KB115887

당 신  인 생 의  이 야 기

# 당신 인생의 이야기

테드 창 **소설** | 김상훈 옮김

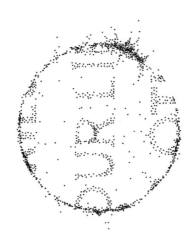

엘리

브라이언 창과 제나 펠리스에게

일러두기

* 본문 중의 주석은 모두 옮긴이주이다.

# 차례

# 바빌론의 탑

## Tower of Babylon

만약 그 탑을 시나르*의 평원에 눕히고 한쪽 끄트머리에서 다른 끄트머리까지 걸어간다면 족히 이틀은 걸릴 것이다. 그러나 탑은 곧추서 있기 때문에 밑동에서 꼭대기까지 올라가려면 짐이 없더라도 한 달 반이나 걸린다. 게다가 빈손으로 탑에 오르는 사람은 거의 없으며, 대부분 벽돌을 실은 손수레를 끌고 올라가기 때문에 훨씬 더 느리게밖에는 움직이지 못한다. 한 개의 벽돌이 수레에 실린 후 탑의 일부를 형성하기 위해 수레에서 꺼내어질 때까지 넉 달은 걸리는 것이 보통이다.

힐라룸은 엘람**에서 태어나 줄곧 살아왔기 때문에 바빌론이 엘람의 구리를 사 가는 도시라는 사실밖에는 알지 못했다. 동괴銅塊는 배에 실려 남쪽 바다를 향해 흐르는 카룬 강을 따라 유프라테스 강으로 운반됐다. 그러나 힐라룸과 다른 광부들은 짐을 잔뜩 실은 당나귀들을 끄

* 수메르. 메소포타미아 남부를 가리키며 현재는 이라크의 일부.
** 현재의 이란에 있던 고대 왕국.

는 대상隊商과 함께 육로로 여행했다. 흙먼지가 날리는 산길을 따라 고원에서 내려온 일행은 평원을 가로질렀고, 운하와 제방으로 구획 지은 푸르른 경작지에 도달했다.

광부들 중에서 탑을 본 적이 있는 사람은 아무도 없었다. 탑은 몇 리그나 떨어진 곳에서도 눈에 들어왔다. 아마실만큼이나 가느다란 선 하나가 공중에서 반짝이며, 바빌론 그 자체를 이루는 점토 거죽에서 우뚝 위로 솟아 있었다. 목적지에 다가가면서 이 거죽은 도시의 거대한 성벽으로 바뀌었지만 그들의 눈은 여전히 탑에 못 박혀 있었다. 한참 후에야 고개를 내리고 강어귀의 평야를 바라보자, 탑이 도시 바깥에 남긴 흔적이 보였다. 벽돌 재료인 진흙을 얻으려고 강가를 파헤친 탓에 유프라테스 강조차도 넓고 푹 꺼진 바닥을 흐르고 있었던 것이다. 도시 남쪽에는 수많은 벽돌 가마가 줄줄이 늘어서 있었지만 연기가 나는 것은 하나도 없었다.

일행이 도시의 성문으로 접근하면서 탑은 힐라룸이 지금까지 상상했던 그 어떤 물체보다 거대해지기 시작했다. 탑의 두께는 신전 건물만큼이나 두꺼웠지만, 너무나 높은 곳까지 솟아 있는 탓에 끄트머리로 갈수록 바늘 끝만 해지다가 결국 보이지 않을 정도였다. 일행 모두가 고개를 뒤로 젖히고 눈부신 햇살에 눈을 가늘게 뜬 채로 걷고 있었다.

친구인 난니가 경외심에 가득 찬 표정을 하고 힐라룸을 쿡쿡 찔렀다. "저기로 올라갈 거란 말이야? 꼭대기까지?"

"파기 위해서 올라가는 거지. 뭔가…… 부자연스러운 기분이 들어."

광부들은 서쪽 성벽에 난 중앙 성문에 도달했다. 다른 대상이 막 떠나고 있는 참이었다. 일행이 성벽이 떨어뜨리는 그림자가 만들어내는 좁은 웅덩이 안을 가득 메웠을 때 광부들의 우두머리인 벨리가 성문 위에 서 있는 문지기들을 향해 소리쳤다. "우린 엘람의 땅에서 부름을 받고 온 광부들이오!"

그러자 문지기들은 기쁜 표정을 지었다. 그중 한 사람이 큰 소리로 물었다. "하늘의 천장을 파들어갈 그 광부들인가?"

"그렇소."

도시 전체가 축제로 들떠 있었다. 축제는 마지막 벽돌을 실은 손수레가 출발한 여드레 전에 시작되었고, 앞으로 이틀 동안 더 계속될 예정이었다. 도시 사람들은 밤낮으로 축하하고 춤을 추며 잔치를 벌였다.

벽돌을 만드는 직공들 사이에는 수레꾼들도 있었다. 수레를 끌며 탑을 수없이 오르내리면서 다리 근육이 울퉁불퉁하게 단련된 사내들이었다. 아침이 되면 수레꾼들은 조를 짜서 탑을 올랐다. 나흘을 그렇게 올라간 다음, 대기하고 있던 다른 조에게 짐을 넘기고, 닷새째 되는 날 빈 수레를 끌고 되돌아오는 식이었다. 이런 수레꾼의 무리는 탑의 정상까지 사슬처럼 이어져 있었지만, 도시에서 벌어지는 축제에 참가할 수 있는 것은 가장 아래층을 맡은 사람들뿐이었다. 탑에 사는 사람들을 위해서는, 탑 전체의 인구가 연회를 벌이기에 충분한 양의 술과 고기가 올려 보내졌다.

저녁이 되자 힐라룸과 다른 엘람인 광부들은 음식을 잔뜩 차려놓은 기다란 탁자를 앞에 두고 점토로 만든 민걸상에 앉았다. 도시 광장에는 그런 탁자가 수없이 놓여 있었다. 광부들은 수레꾼들과 얘기를 나누며 탑에 관해 질문을 던졌다.

난니가 운을 뗐다. "탑 꼭대기에 살면서 벽돌을 쌓는 벽돌공들이 실수로 벽돌을 하나 떨어뜨리면 머리를 쥐어뜯으면서 울부짖는다는 얘기를 들은 적이 있어. 그 벽돌 하나를 꼭대기까지 가져오려면 넉 달이나 걸리기 때문이라나. 하지만 직공 하나가 탑에서 떨어져 죽어도 아무도 신경을 안 쓴다는군. 그게 정말이야?"

수레꾼들 중에서도 얘기하기를 좋아하는 루가툼은 고개를 가로저었다. "설마. 그건 그냥 지어낸 얘기에 불과해. 벽돌을 실은 손수레는 끊임없이 탑 위로 올라가고 있고, 탑 꼭대기에는 매일 몇천 개나 되는 벽돌이 도착해. 벽돌 한 개쯤 잃는 건 아무 일도 아냐." 이러면서 루가툼은 몸을 앞으로 내밀었다. "하지만 사람 목숨보다 중한 게 하나 있기는 해. 흙손이지."

"흙손이라니, 왜?"

"벽돌공이 흙손을 떨어뜨린다면 새 흙손이 도착할 때까지 아예 일을 할 수가 없지 않나. 그렇게 되면 몇 달이나 밥벌이를 못하기 때문에 먹고살기 위해 빚을 지는 수밖에 없어. 그러니까 흙손을 잃어버리면 크게 상심하는 거지. 하지만 흙손 대신 사람이 탑에서 떨어진다면 여분의 흙손이 하나 생기니까 모두 속으로는 크게 안도할걸? 누군가가 흙손을 떨어뜨리더라도 빚을 지지 않고 계속 일할 수 있으니까."

힐라룸은 등골이 오싹했고, 광부들이 곡괭이를 몇 개나 가지고 왔는지 속으로 황급히 세어보려다가 퍼뜩 깨달았다. "그럴 리가 없어. 여분의 흙손을 가져가는 게 뭐 그리 힘들단 말인가? 그 많은 벽돌을 탑 정상까지 운반하는 판인데 기껏 흙손 몇 개의 무게가 나가봤자 얼마나 나가겠어? 또 직공을 하나 잃는다면 작업 일정이 심각하게 지체될 것이 뻔하잖아. 탑 꼭대기에서 그 친구를 대체할 솜씨 좋은 벽돌 직공이 한 명 더 대기하고 있지 않는 한 말이야. 그게 아니라면 결국 지상에서 새로운 직공이 올라올 때까지 마냥 기다리는 수밖에 없을 거야."

수레 끄는 인부들은 일제히 폭소를 터뜨렸다. "이 친구는 안 속는 군." 루가툼은 재미있다는 듯이 말하고는 힐라룸 쪽으로 몸을 돌렸다. "자네들은 축제가 끝나면 올라가기 시작할 작정인가?"

힐라룸은 사발에 담긴 맥주를 들이켰다. "응. 서쪽 나라에서 온 광부들과 합류하기로 되어 있다는 얘기를 들었는데 아직 만나지는 못했어. 자넨 만나본 적이 있나?"

"응. 이집트라고 불리는 나라에서 왔다는데, 자네들처럼 광석을 채굴하지는 않아. 돌을 채석한다는군."

"우리도 엘람에서 돌을 캐는데." 구운 돼지고기를 입에 한가득 넣고 우물거리던 난니가 말했다.

"그들의 방법은 달라. 화강암을 자른다는군."

"화강암?" 엘람에서는 석회암이나 설화석은 캤지만 화강암은 아니었다. "그게 정말이야?"

"이집트에 갔다 온 상인들 말로는 거기서 거대한 석회암이나 화강암 덩어리로 만든 지구라트*와 신전들을 보았다고 했어. 화강암을 쪼아서 엄청나게 큰 석상을 만들기도 한다는군."

"하지만 화강암은 정말 다루기 힘든 돌인데."

루가툼은 어깨를 으쓱해 보였다. "그들에게는 그렇지 않은 거겠지.

---

\* 고대 바빌로니아와 아시리아의 성탑. 둘레에 네모반듯한 계단이 있는 피라미드 모양의 구조물.

왕궁의 건축가들은 일단 하늘의 천장에 닿으면 그런 석공들이 쓸모가 있을 거라고 생각하고 있어."

힐라룸은 고개를 끄덕였다. 그럴 가능성은 있었다. 그곳에서 무엇이 필요해질지 그 누가 알 수 있겠는가? "만나봤나?"

"아니, 아직 도착하지 않았어. 하지만 며칠 안에 올 거야. 축제가 끝나기 전에 맞춰 오는 건 힘들지도 모르겠지만 말이야. 그럴 경우엔 자네들 엘람인끼리만 출발해야 하겠지."

"하지만 자네들도 우리와 함께 가는 거지?"

"응. 하지만 처음 나흘 동안만이야. 우린 다시 여기로 되돌아와야 하고, 운이 좋은 자네들은 계속 위로 올라가는 거지."

"왜 우리가 운이 좋다고 생각하나?"

"난 탑 꼭대기까지 올라가고 싶어. 예전에는 더 높은 층들을 맡은 친구들과 함께 수레를 끌면서 열이틀 걸리는 곳까지 올라가봤지만, 내가 가본 가장 높은 곳은 거기야. 자네들은 훨씬 더 높은 곳까지 가게 되겠지." 루가툼은 멋쩍은 웃음을 지었다. "난 자네들이 부러워. 하늘의 천장을 만질 수 있을 테니까."

하늘의 천장을 만진다. 곡괭이로 그것을 깨 연다. 그런 생각을 하니 힐라룸은 마음이 불안해지는 것을 느꼈다. "부러워할 필요는 없다고 생각―" 그는 운을 뗐다.

"맞아." 난니가 맞장구쳤다. "우리 일이 끝나면, 모든 사람이 하늘의 천장을 만질 수 있을 테니까 말이야."


다음 날 아침 힐라룸은 탑을 보러 갔다. 그는 탑을 둘러싼 광대한 안

뜰에 서 있었다. 한쪽으로 조금 떨어진 곳에 있는 신전은 따로 보았으면 매우 인상적이었을 것이 틀림없는 장엄한 건물이었지만, 탑 옆에서는 거의 눈에 띄지 않았다.

힐라룸은 탑이 내포한 놀랄 만한 육중함을 느낄 수 있었다. 예전에 들은 이야기에 따르면 탑은 지구라트와는 비교도 안 될 정도로 견고하게 만들어졌다고 한다. 탑 내부까지 모두 불에 구워 단단해진 벽돌로 지어졌다. 지구라트의 경우는 햇볕에 말린 진흙 벽돌을 쓰는 것이 고작이고, 구운 벽돌은 외장에 쓰일 뿐이다. 벽돌 사이를 메우는 모르타르로는 역청이 쓰이며, 이 역청이 불에 구운 벽돌 속으로 스며들면서 벽돌 못지않은 단단한 결합력이 생기게 된다고 했다.

탑의 기부는 지구라트의 아래 두 단을 닮았다. 너비 200큐빗*, 높이 40큐빗에 달하는 거대한 정사각형의 기단이었고, 남쪽 측면에는 3열의 층계가 나 있었다. 첫 번째 기단 위로는 그보다는 좀 작은 두 번째 단이 쌓여 있었고, 중앙 계단을 통해서만 이곳으로 올라갈 수 있었다. 탑 본체가 시작되는 곳은 바로 이 두 번째 단이었다.

한 변이 60큐빗인 정사각형의 탑은 마치 하늘의 무게를 떠받치고 있는 기둥처럼 우뚝 솟아 있었다. 그 측면에 각인된 완만한 경사로는 채찍 손잡이에 감아놓은 가죽끈처럼 탑을 빙 둘러싸고 있었다. 아니다. 다시 자세히 바라보니, 처음에는 하나라고 생각했던 경사로가 실은 서로 얽혀 있는 두 줄의 경사로로 이루어져 있다는 사실을 알 수 있었다. 각 경사로의 바깥 가장자리에는 햇빛을 가려 그늘을 만들기 위한 것으

---

* 팔꿈치에서 가운뎃손가락 끝까지의 길이에 해당하며, 1큐빗은 약 50cm이다.

로 보이는, 두껍지는 않지만 폭이 넓은 기둥들이 늘어서 있었다. 고개를 들고 탑 위쪽을 훑어보니 경사로, 벽돌 벽, 경사로, 벽돌 벽 하는 식으로 번갈아가며 바뀌는 띠가 보였지만, 일정한 높이 위로 가면 더 이상 구분이 안 됐다. 그러나 탑은 계속 위를 향해 올라갔고, 급기야는 눈으로 볼 수 없는 까마득한 곳까지 이어졌다. 힐라룸은 눈을 깜박이다가 가늘게 떴고, 현기증이 이는 것을 느꼈다. 그는 비틀거리며 두 걸음 뒤로 물러선 다음, 몸을 부르르 떨고는 고개를 돌렸다.

어렸을 때 들은 대홍수 이후의 이야기가 머리에 떠올랐다. 인간은 또다시 이 땅의 구석구석까지 퍼져나가 유례가 없을 정도로 많은 땅에서 살기 시작했다고 한다. 이야기는 이들이 어떻게 배를 타고 세계의 가장자리까지 항해해, 물 아지랑이를 뚫고 쏟아져내리는 대해가 까마득하게 아래에 있는 심연의 검은 물과 합쳐지는 광경을 보았는지를 언급하고 있었다. 사람들은 그렇게 해서 대지의 크기를 가늠할 수 있었으며, 그것이 작다고 느끼고, 그 경계 너머에 있는 것들, 야훼의 모든 피조물을 보고 싶어하게 되었다. 하늘을 우러러보고, 하늘의 물이 담긴 저수지 위에 있는 야훼의 주거住居란 도대체 어떤 곳일까 궁금해하게 되었다. 그리고 그런 연유로 몇 세기 전 이 탑의 건설이 시작되었다. 하늘에 닿는 이 기둥은 인간이 야훼의 위업을 보기 위해 올라가기 위한 계단이자, 야훼가 인간의 위업을 보기 위해 내려오기 위한 계단이었다.

이 이야기는 언제나 힐라룸을 고무했다. 몇천 명이나 되는 사람들이 쉬지 않고, 그러나 기꺼이 일하는 광경을 상상해보라. 그들의 즐거움이 끊이지 않는 것은, 그것이 야훼를 더 잘 이해하기 위한 일이기 때문이다. 그래서 바빌로니아인들이 광부를 모집하기 위해 엘람으로 왔을 때 힐라룸은 크나큰 기쁨을 느꼈다. 그러나 그 탑의 밑동까지 와서 서 있는 지금, 그의 오감은 반란을 일으키며 그 어떤 물체도 이토록 높게 솟아 있을 수는 없다고 주장하고 있었다. 탑을 올려다보면 자신이 대지 위에 서 있다는 느낌이 들지 않았던 것이다.

과연 저런 곳에 올라가도 되는 것일까?

탑으로 올라가는 날 아침, 탑의 두 번째 기단은 줄지어 늘어선 튼튼한 이륜 수레로 발 디딜 틈이 없을 정도였다. 많은 수의 수레가 온갖 종류의 음식을 잔뜩 싣고 있었다. 보리, 밀, 렌틸콩, 양파, 대추야자, 오이, 빵, 말린 생선 등. 물, 대추야자 술, 맥주, 산양 젖, 야자 기름이 든 거대한 점토 항아리도 수없이 눈에 띄었다. 다른 수레에는 청동 그릇, 갈대 바구니, 아마포, 목제 민걸상과 탁자 등 시장에서 팔릴 법한 일용품들이 실려 있었다. 살찐 황소와 산양들도 있었는데, 몇몇 제관들은 이 동물들의 눈에 가리개를 씌우고 있었다. 그렇게 하면 좌우를 볼 수 없기 때문에 높은 곳으로 올라가도 두려워하지 않을 터였다. 이것들은 탑의 정상에 도착한 후에는 제물로 바쳐질 예정이었다.

그 밖의 수레에는 광부들의 곡괭이와 해머, 그리고 작은 대장간을 차릴 수 있는 자재가 실려 있었다. 광부 우두머리가 주문한 땔감과 갈대 더미를 실은 수레도 몇 대 준비되어 있었다.

루가툼은 손수레 옆에 서서 땔감을 묶은 밧줄을 단단히 죄고 있었다. 힐라룸은 그쪽으로 걸어갔다. "이 땔감은 어디서 왔어? 엘람을 떠나온 이래 난 한 번도 숲을 본 적이 없는데."

"북쪽으로 가면 이 탑이 지어지기 시작했을 때 심어놓은 나무들로 이루어진 숲이 하나 있어. 거기서 벌채한 나무들을 유프라테스에 띄워 이리로 보내오는 거지."

"숲을 통째 심었다는 거야?"

"탑을 짓기 시작했을 때 건축가들은 이 평원에서 얻을 수 있는 것보다 훨씬 더 많은 양의 땔감이 필요하게 되리라는 것을 알고 있었어. 벽돌 가마에서 태울 땔감 말이야. 그래서 나무를 심어 숲을 만들었던 거지. 숲에 물을 주고, 나무를 하나 잘라낼 때마다 새 묘목을 심는 일을 전문으로 하는 인부들도 있을 정도야."

힐라룸은 깜짝 놀랐다. "그럼 그 숲에서 땔감을 전부 조달할 수가 있었어?"

"대부분을 조달했지. 북쪽에 있는 다른 숲들도 많이 벌채했고, 강을 따라 목재를 여기로 운반해 왔어."

루가툼은 수레바퀴를 점검했고, 몸에 지닌 가죽 단지의 마개를 열더니 바퀴와 바퀴 축 사이에 기름을 조금 쳤다.

난니가 두 사람 곁으로 걸어오더니 눈앞에 펼쳐진 바빌론의 거리들을 바라보았다. "도시를 위에서 내려다볼 수 있다니, 난 이렇게 높은 곳까지 올라와본 적이 없어."

"나도 마찬가지야." 힐라룸이 이렇게 대꾸하자 루가툼은 그저 웃기만 했다.

"자, 따라오게. 수레에 짐 싣는 일이 모두 끝났어."

곧 모든 사내들이 두 명씩 조를 짜서 수레 하나씩을 맡았다. 사내들은 수레 앞쪽으로 튀어나온 좌우의 채 사이에 섰다. 채 끄트머리에는 수레를 끌기 위한, 고리 지은 밧줄이 연결되어 있었다. 광부들이 끄는 수레가 전문 수레꾼들의 수레 사이에 섞여 있는 것은 적절한 보조를 유지하기 위해서였다. 루가툼과 다른 수레꾼이 끄는 수레는 힐라룸과 난니의 수레 바로 뒤에 위치해 있었다.

"잊지 말게." 루가툼이 말했다. "앞쪽 수레와 언제나 10큐빗은 거리를 유지하고 나아가야 해. 탑 모퉁이를 돌 때는 오른쪽에 있는 사람만 수레를 끌게 되니까, 한 시간마다 서로 자리를 바꿔야 해."

앞의 수레꾼들이 경사로를 향해 수레를 끌고 가기 시작했다. 힐라룸과 난니는 허리를 굽히고 수레 채에 연결된 밧줄을 각기 다른 어깨에 걸쳤다. 그들은 함께 일어나며 수레의 앞부분을 위로 들어올렸다.

"자, 잡아당겨." 루가툼이 큰 소리로 말했다.

두 사람이 어깨에 걸친 밧줄에 힘을 넣자 수레는 움직이기 시작했다. 일단 수레가 움직이기 시작하자 끄는 일은 그다지 어렵게 느껴지지 않았다. 기단을 한 바퀴 돈 다음 경사로에 도달했을 때는 다시 앞으로 몸을 깊이 수그리고 힘을 주어야 했지만.

"이게 가벼운 수레라고?" 힐라룸은 중얼거렸다.

경사로는 필요하다면 사내 하나가 수레 옆에 나란히 서서 걸을 수 있을 정도로는 넓었다. 벽돌을 깐 경사로 표면에는 몇 세기 동안이나 이곳을 왕래한 수레들이 남긴 깊은 바큇자국이 두 줄 패어 있었다. 머리 위에서는 돌출받침형 천장이 호를 그리고 있었다. 층을 지어 겹치게 쌓은 넓은 정사각형 벽돌들이 중앙에서 만나는 형식이었다. 오른쪽에 늘어선 기둥들의 폭이 넓은 탓에, 경사로가 마치 터널처럼 보일 때도 있었다. 곁눈질을 하지 않으면 탑 안에 있다는 실감이 좀체 나지 않을 정도였다.

"광석을 캘 때 자네들은 노래를 부르나?" 루가툼이 물었다.

"돌이 부드러울 때는 부르지." 난니가 대답했다.

"그럼 광부들의 노래를 불러보게나."

이 얘기는 다른 광부들에게 차례로 전달되었고, 오래지 않아 그들 모두가 노래를 부르기 시작했다.

그림자가 짧아지는 것을 보며 일행은 위로, 위로 올라갔다. 햇볕이 차단된데다가 주위를 에워싼 것은 맑은 공기뿐이었기 때문에 지상의 도시에 있는 좁은 골목보다는 이곳이 훨씬 더 시원했다. 한낮의 더위는 골목을 가로지르는 도마뱀을 말라죽일 정도로 뜨거웠으니까. 옆을 보니 유프라테스 강의 검은 물살과 사방으로 몇 리그나 뻗어나간 초록색 경작지가 보였다. 경작지를 가로지르는 운하가 햇살을 받고 반짝였다. 바빌론 시는 밀집한 거리와 건물들로 이루어진 정교한 무늬였다. 건물에 바른 흰 석고 반죽이 햇빛을 반사하는 탓에 눈이 부실 지경이었다. 위로 올라가면서 도시 전체가 탑의 밑동으로 끌어당겨지는 듯한 느낌이 들었고, 잘 보이지 않는 부분이 점점 더 많아졌다.

힐라룸이 다시 오른쪽 밧줄을 끌며 탑 가장자리를 나아가고 있을 때, 바로 아래층 경사로에서 고함 소리가 들려왔다. 멈춰 서서 탑 옆쪽을 내려다볼까 하는 생각도 들었지만 작업 속도에 영향을 끼치고 싶지 않았기 때문에 그만두었다. 어차피 아래쪽 경사로는 잘 보이지도 않을 터였다. "아래에서 무슨 일이 일어났지?" 힐라룸은 등 뒤의 루가툼을 향해 큰 소리로 말했다.

"자네와 함께 온 광부들 중에 높은 데를 무서워하는 친구가 하나 있었어. 탑을 처음 오르는 이들 중에 이따금 그런 경우가 있지. 그렇게 되면 바닥을 얼싸안고 더 이상 올라가지를 못해. 하지만 이렇게 일찍 그런 증상을 보이는 경우는 드문데."

힐라룸은 이해했다. "광부가 되려는 사람들에게도 비슷한 일이 일어날 때가 있네. 막장이 무너져 묻히게 될까봐 두려워 갱도 속으로 들어가지 못하는 이들이 있지."

"정말?" 루가툼이 등 뒤에서 말했다. "그런 얘기는 처음 들어보는군. 높은 데 오니 자네 기분은 어떤가?"

"아무 느낌도 없어." 그러나 힐라룸은 난니를 흘낏 보았고, 두 사람 모두 같은 기분이라는 사실을 깨달았다.

"손바닥에 땀이 나지 않아?" 난니가 속삭였다.

힐라룸은 밧줄의 거친 섬유에 양손을 문지르고는 고개를 끄덕였다.

"아까 가장자리에 가까워졌을 땐 나도 그랬어."

"우리도 소나 염소처럼 눈가리개를 쓰고 나아가야 할지도 모르겠군." 힐라룸은 농담하듯이 중얼거렸다.

"여기서 더 위로 올라가면 우리도 높은 곳을 두려워하게 될 거라고 생각해?"

힐라룸은 이 말에 관해 생각했다. 동료 하나가 이토록 빨리 공황 상태에 빠졌다는 것은 별로 좋은 징조가 아니었다. 그러나 그는 이런 생각을 재빨리 머리에서 떨쳐냈다. 몇천 명이나 되는 사람이 아무런 두려움 없이 이곳을 올라오지 않았던가. 단 한 사람의 광부가 느끼는 두려움에 모두가 전염되는 것은 바보짓이었다. "우리가 아직 이런 일에 익숙하지 않아서 그래. 몇 달 올라가다보면 차차 높은 곳에 익숙해지 겠지. 탑 꼭대기에 도달할 즈음이면 더 높았으면 좋았을 거라고 생각 하게 될걸?"

"그건 좀 아니군." 난니가 대꾸했다. "그때면 나는 이 수레를 더 끌 고 싶어하지는 않을 테니까 말이야." 두 사람은 웃음을 터뜨렸다.

저녁이 되자 일행은 보리와 양파와 렌틸콩으로 끼니를 때우고 탑 본 체를 꿰뚫는 좁은 복도들 안에서 잠을 청했다. 다음 날 아침 일어났을 때 광부들은 다리가 하도 아픈 나머지 제대로 걷지도 못했다. 수레꾼 들은 웃음을 터뜨리며 다리에 발라 근육통을 완화시켜줄 연고를 건넸 고, 수레의 짐을 여기저기 옮겨 실어 광부들의 짐을 덜어주었다.

이제는 곁눈질을 하는 것만으로도 무릎에서 힘이 쑥 빠졌다. 이 고 도에서는 바람이 끊임없이 불어왔고, 위로 올라가면 올라갈수록 바람 은 더 강해질 것 같았다. 혹시 잠깐 한눈을 팔다가 실수로 탑 밖으로 날려가버린 사람은 없었을까. 여기서 추락한다면 어떤 기분이 들까. 땅에 떨어지기 전 기도를 할 시간은 충분히 있을 것이다. 이런 생각을 하며 힐라룸은 몸을 부르르 떨었다.

다리가 쑤신다는 점을 제외하면 둘째 날은 첫째 날과 거의 다르지 않았다. 이제는 훨씬 더 먼 곳까지 보였기 때문에 놀라울 정도로 넓은 지역을 조망할 수 있었다. 경작지 너머로 펼쳐진 사막이 눈에 들어왔 고, 그 위를 지나는 대상은 줄지어 나아가는 개미처럼 작아 보였다. 높 은 곳이 무서워 앞으로 나가지 못하는 광부는 더 이상 나오지 않았기 때문에 그들의 여정은 별다른 일 없이 계속되었다.

사흘째가 되어서도 광부들의 다리 상태는 별반 나아지지 않았다. 몸이 불편한 노인이 된 기분이었다. 다리의 통증은 나흘째가 돼서야 줄어들었고, 광부들은 그제야 원래 할당받은 짐을 끌 수가 있었다. 저녁이 될 때까지 탑을 올라가던 그들은 빈 수레를 끌고 하강용 경사로를 빠른 속도로 내려오는 수레꾼들과 마주쳤다. 등반용 경사로와 하강용 경사로는 서로 닿지 않고 나선을 그리며 탑 전체를 관통하는 복도들에 의해 연결되어 있었다. 각 경사로를 완전히 돈 수레꾼들은 이 복도에서 만나 서로의 수레를 교환했다.

광부들은 수레를 끄는 두 번째 조를 소개받았고, 그날 밤은 모두 함께 저녁을 먹으며 얘기를 나눴다. 다음 날 아침이 되자 첫 번째 조는 빈 수레를 끌고 바빌론으로 돌아갈 준비를 마쳤다. 루가툼은 힐라룸과 난니에게 작별 인사를 했다.

"수레를 소중히 다루게. 그 어떤 인간보다도 더 많이 탑을 오른 수레라네."

"자넨 이 수레가 부러운가?" 난니가 물었다.

"아니. 꼭대기에 올라갈 때마다 그 수레는 다시 제일 아래층까지 내려와야 해. 난 도저히 그럴 수 없을 거야."

날이 저물고 두 번째 조가 멈춰 섰을 때, 힐라룸과 난니 뒤에서 수레를 끌던 사내가 올라오더니 뭔가를 보여주겠다고 했다. 쿠다라는 이름의 사내였다.

"이 높이에서 해 지는 걸 본 적이 한 번도 없겠지. 자, 와서 보게." 수레꾼은 탑 가장자리로 가서 앉더니 다리를 건들거렸고, 두 사람이 주저하는 것을 보고는 말했다. "오라니까. 원한다면 엎드려 고개만 내밀고 봐도 좋아." 힐라룸은 어린애처럼 두려워하는 기색을 보이고 싶지는 않았지만, 발아래로 몇천 큐빗이나 되는 절벽 가장자리에 앉을 생각은 도저히 나지 않았다. 그래서 엎드린 채 가장자리 너머로 고개만 빼꼼히 내밀었다. 난니도 함께 엎드렸다.

"해가 막 넘어가려고 할 때 탑 옆쪽을 내려다보게나." 힐라룸은 아래쪽을 흘끗 보고는 재빨리 지평선으로 시선을 돌렸다.

"해가 지는 광경이 여기선 달라지나보지?"

"생각해보게. 해가 서쪽 산마루 뒤로 넘어갈 때면 시나르 평원은 어두워져. 하지만 우리는 산마루보다 더 높은 곳에 있으니 여전히 해를 볼 수 있지. 탑에 있는 우리가 밤을 보려면 해가 서산 너머로 더 내려가야 한다는 얘기야."

말뜻을 이해한 힐라룸은 아연실색했다. "산마루가 그림자를 떨어뜨리면 밤이 된다는 소리로군. 지상에서는 여기서보다 더 빨리 밤이 온다는 뜻이야."

쿠다는 고개를 끄덕였다. "밤이 지상에서 하늘을 향해 탑을 올라오는 광경을 볼 수 있어. 속도가 빠르긴 하지만 충분히 볼 수 있을 거야."

쿠다는 붉고 둥근 태양을 잠시 바라보고 있다가 아래쪽을 내려다보며 손으로 가리켰다. "지금이야!"

힐라룸과 난니는 아래를 내려다보았다. 거대한 기둥의 발치에 위치한 조그만 바빌론은 그림자 속에 잠겨 있었다. 그러더니 순간, 어둠이 위를 향해 펼쳐지는 천개天蓋처럼 탑을 올라오기 시작했다. 처음에는 힐라룸이 시각을 잴 수 있을 정도로 느렸지만, 접근해옴에 따라 점점 빨라지더니 급기야 눈 깜짝할 새에 그가 있는 곳에 도달했다. 다음 순간 그들은 박명 속에 있었다.

힐라룸은 몸을 굴려 위를 쳐다보았고, 어둠이 빠르게 탑의 남은 부분을 올라가는 광경을 바라보았다. 태양이 까마득하게 먼 곳에 있는 세상의 가장자리 아래로 넘어가면서 하늘은 조금씩 어두워졌다.

"괜찮은 구경거리였지, 안 그런가?" 쿠다가 물었다.

힐라룸은 아무 말도 하지 않았다. 태어나서 처음으로 그는 밤의 정체를 깨달았던 것이다. 밤이란 하늘을 향해 드리우는 대지의 그림자였다.


이틀을 더 올라가자 힐라룸은 높은 곳에 점점 더 익숙해졌다. 지상에서 1리그 가까운 곳까지 올라왔지만, 이제는 경사로 가장자리에 서서 탑 아래쪽을 내려다볼 수도 있었다. 그는 가장자리 쪽 기둥 하나를 잡고 조심스럽게 몸을 내밀어 위쪽을 올려다보았다. 그는 탑이 더 이상 매끄러운 기둥처럼 보이지 않는다는 사실을 깨달았다.

힐라룸이 쿠다에게 물었다. "위로 올라가면서 탑이 더 넓어지는 것 같아. 어떻게 그럴 수 있는 거지?"

"좀더 자세히 보게나. 탑 측면에서 밖을 향해 튀어나온 발코니들이 보일 거야. 삼나무로 짠 발코니를 아마亞麻 밧줄로 매단 거야."

힐라룸은 눈을 가늘게 뜨고 보았다. "발코니라고? 무슨 이유에서?"

"채소를 키울 수 있도록 그 위에 흙을 깔아놓는 거지. 이런 높이에서는 물이 적기 때문에 양파가 가장 인기가 있어. 더 위층에서는 비가 더 자주 내리니까 콩을 키우지."

난니가 물었다. "높은 곳에서 비가 내리는데 왜 여긴 내리지 않는 거지?"

쿠다는 놀란 얼굴을 하고 난니를 보았다. "그거야 물론 떨어지는 도중에 말라버리기 때문이야."

"아, 그런 거였군." 난니는 어깨를 으쓱했다.

다음 날 해가 질 무렵 일행은 발코니가 있는 층에 도달했다. 양파로 뒤덮이다시피 한 발코니는 편평한 단이었고, 탑 측면에서 내려온 두꺼운 밧줄에 매달려 있었다. 그 위로는 또 다른 발코니가 계속되는 식이었다. 탑의 각 층 내부에는 좁다란 방이 몇 개 있었고, 그곳에는 수레꾼들의 가족이 살고 있었다. 문간에 앉아서 웃옷을 꿰매거나 뜰에서 구근을 캐는 여자들의 모습이 보였다. 아이들은 경사로를 오르내리며 수레들 사이를 누비고 술래잡기를 하거나, 아무렇지도 않은 듯이 발코니 가장자리를 뛰어다녔다. 탑의 주민들은 누가 광부인지를 한눈에 알아보는 듯했고 그들 모두가 미소 지으며 손을 흔들었다.

저녁식사 시간이 되자 모두가 수레를 멈춰 세우고 이곳에 사는 사람들을 위한 음식과 기타 물품들을 꺼내놓았다. 수레꾼들은 자기 가족들의 마중을 받았고 광부들을 저녁식사에 초대했다. 힐라룸과 난니는 쿠다의 가족에게서 대접을 받았다. 말린 생선, 빵, 대추야자 술, 그리고 과일로 이루어진 훌륭한 식사였다.

힐라룸은 탑의 이 부분이 등반용 경사로와 하강용 경사로로 이뤄진 두 개의 거리 사이에서 일종의 조그만 마을을 이루고 있다는 사실을 깨달았다. 축제 때 의식을 거행하는 신전이 있었고, 사람들 사이의 분쟁을 해결하는 판관들도 있었고, 아래에서 올라오는 대상들에게 물품을 보급받는 상점들도 있었다. 이 마을은 당연히 대상과는 떼려야 뗄 수 없는 관계였다. 서로가 없으면 존재할 수 없기 때문이었다. 그러나 대상이란 필연적으로 여정이며, 한 장소에서 시작돼 다른 장소에서 끝나는 법. 이 마을은 결코 항구적인 거주지로 만들어진 것이 아니었고, 몇 세기나 걸리는 긴 여행의 일부에 지나지 않았다.

저녁식사를 마친 후 힐라룸은 쿠다와 그의 가족들에게 물었다. "이 중에 혹시 바빌론에 가본 사람이 있습니까?"

쿠다의 아내인 알리툼이 대답했다. "아뇨. 그럴 필요가 뭐 있겠어요? 다시 올라오려면 한참이 걸리고 필요한 건 여기 모두 있어요."

"그럼 정말로 지상을 걷고 싶은 마음이 전혀 없는 겁니까?"

쿠다는 어깨를 으쓱했다. "우리는 하늘로 가는 길가에 살고 있다네. 우리가 여기서 하는 모든 일은 그 길을 더 연장시키기 위한 거지. 우리가 이 탑을 떠날 때면 위로 가는 경사로를 오르지, 아래로 내려가지는 않을 거야."


탑을 오르던 어느 날, 광부들은 경사로 가장자리에서 보면 위를 올려다보든 아래를 내려다보든 탑이 똑같아 보인다는 사실을 깨달았다. 아래를 내려다보면 탑의 원주는 바늘 끝처럼 점점 가늘어지다가 아래쪽의 평원에 도달하기도 전에 사라져버렸다. 마찬가지로 위를 바라봐도 아직 탑의 정상은 보이지 않았다. 눈에 보이는 것이라고는 탑 중간의 일부뿐이었다. 올려다보거나 내려다보는 행위는 이제 두려움을 불러일으켰다. 연속성이 주는 안심이 사라져버렸기 때문이다. 그들은 더 이상 지상의 일부가 아니었다. 탑은 대지에도 하늘에도 연결되어 있지 않은, 허공에 뜬 실이 아닐까 하는 생각이 들 정도였다.

탑을 오르는 여정의 이 단계에서 힐라룸은 몇 번이나 절망감에 사로잡혔다. 알고 지내던 세계를 떠나보내고, 그 세계와 소원해진 듯한 느낌이 그를 괴롭혔다. 대지는 불충의 죄로 그를 추방하고, 하늘은 그를 거부하는 기분이었다. 야훼가 어떤 징조를, 인간의 이 역사役事를 승인한다는 확답을 내려주기를 그는 갈망했다. 그러지 않는다면, 그들의 영혼을 결코 따뜻이 환영해주지 않는 이런 장소에 어떻게 계속 머물러 있는단 말인가?

이 고도에 사는 탑의 주민들은 자신들의 생활에 아무런 불안도 느끼지 않았다. 그들은 언제나 광부들을 향해 따스한 인사를 건넸고, 천장에서의 작업이 잘 풀리도록 행운을 빌어주었다. 그들은 축축한 구름 아지랑이 속에서 살았고, 아래에서 올라오거나 위에서 내려오는 폭풍우를 바라보는 데도 익숙했다. 공중에서 작물을 수확했고, 이곳이 인간이 있기에 적절치 않은 곳이라는 두려움도 없었다. 신의 약속도 격려도 받을 수 없었지만, 주민들은 단 한 순간도 의구심을 가지는 법이 없었다.

몇 주가 지나자 매일 보는 해와 달의 높이가 점점 더 낮아졌다. 달은 탑의 남쪽 측면을 은빛으로 물들였고, 그들을 바라보는 야훼의 눈처럼 반짝였다. 얼마 지나지 않아 일행은 달이 뜨고 지는 고도와 완전히 동일한 위치에 도달했다. 첫 번째 천체의 높이까지 올라온 것이다. 그들은 눈을 가늘게 뜨고 얽은 자국이 있는 달의 표면을 바라보았고, 그 어떤 것에도 지탱될 필요가 없는 그 당당한 움직임에 감탄했다.

그다음은 태양의 차례였다. 여름이었기 때문에 해는 바빌론에서는 머리 바로 위에서 뜨다시피 했고, 그들이 지금 있는 고도에서는 탑 부근을 지나갔다. 열기가 보리알을 익혀버릴 정도로 강렬했기 때문에 탑의 이 구획에 사는 가족은 없었고 발코니도 없었다. 탑의 벽돌 사이를 메우는 모르타르로는 녹아서 흘러내릴 염려가 있는 역청 대신에 점토가 쓰이고 있었다. 점토는 열에 의해 사실상 구워진 상태였다. 낮 시간의 열기를 막기 위해 기둥의 폭을 늘린 탓에 경사로는 거의 연속적인 벽으로 에워싸인 터널과 다를 바 없었다. 기둥 사이에 이따금 나 있는 좁은 틈새를 통해 바람이 핑 소리를 내며 불어오고 황금빛 햇살이 가느다랗게 스며드는 것이 전부였다.

수레꾼들의 팀은 지금껏 규칙적인 노동 시간을 유지하고 있었지만, 이제는 이것을 조정할 필요가 있었다. 어둠 속에서 수레를 끄는 시간을 늘리기 위해 아침 출발 시간이 날이 갈수록 앞당겨졌던 것이다. 태양과 같은 고도에 도달한 후에는 오로지 밤에만 여행을 했다. 낮에는 훅 끼쳐오는 열풍을 견디려고 벗은 몸으로 땀투성이가 되어 잠을 청했다. 광부들은 만약 잠이 들어버리면 깨어나기 전에 타죽는 것이 아닐까 걱정했지만, 수레꾼들은 한 사람의 동료도 잃는 일 없이 이곳을 여러 번 여행했다면서 그들을 안심시켰다. 마침내 그들이 태양의 높이를 지나 그 위로 올라오자 아래쪽을 지날 때와 같은 생활이 돌아왔다.

이제 낮의 햇살은 위를 향해 비쳤다. 엄청나게 부자연스러운 느낌이었다. 아래로부터 비쳐오는 햇살을 받기 위해 발코니의 판자는 모두 철거되어 있었고, 남은 통로 위에 깔린 흙 위에 심어진 채소는 햇빛을 받기 위해 방향을 바꿔 옆과 아래를 향해 자라고 있었다.

이윽고 일행은 별들의 높이 가까이에 도달했다. 불타오르는 이 작은 구체들은 사방에 흩어져 있었다. 힐라룸은 별들이 훨씬 더 밀집해 있을 것이라고 예상했었는데, 지상에서는 보이지 않는 조그만 것들을 모두 합쳐도 별들은 드문드문 산재해 있을 뿐이었다. 모두 같은 고도에 있는 것이 아니라 위로 몇 리그에 이르는 공간 여기저기에 떠 있었다. 정확한 크기를 가늠할 수 없는 탓에 별들이 얼마나 떨어져 있는지는 알 수 없었지만, 이따금 별 하나가 탑 가까이로 다가올 때면 엄청나게 빠른 속도로 움직인다는 것을 알 수 있었다. 힐라룸은 하늘에 있는 물체들이 하루 사이에 세계의 끝에서 끝까지 여행하기 위해 모두 비슷하게 맹렬한 속도로 날고 있다는 사실을 깨달았다.

낮이 되자 지상에서 바라보는 것보다 훨씬 더 엷은 파란색의 하늘이 보였다. 이것은 그들이 하늘의 천장에 다가가고 있다는 징후였다. 하늘을 자세히 바라보던 힐라룸은 낮에도 보이는 별들이 있다는 것을 알고 깜짝 놀랐다. 지상에서는 눈부신 햇살에 가려 보이지 않았지만, 이 고도에서는 뚜렷하게 보였다.

그러던 어느 날 난니가 황급히 그에게 달려오더니 말했다. "별이 탑에 부딪쳤대!"

"뭐?" 힐라룸은 경악하며 주위를 둘러보았다. 마치 자기 자신이 일격당한 기분이었다.

"아니, 지금 그랬다는 게 아냐. 오래전, 1세기도 더 된 얘기야. 탑의 주민한테서 들었어. 자기 할아버지가 그 자리에 있었다는군."

두 사람이 복도 안으로 들어가자 몇몇 광부들이 쪼그라든 몸집의 노인을 둘러싸고 얘기를 듣고 있었다. "—여기서 반 리그쯤 위로 올라간 곳에 있는 벽돌 벽에 박혔지. 지금도 그 별이 남긴 상흔을 볼 수 있어.

거대한 곰보자국 같아.”

“그래서 그 별은 어떻게 됐습니까?”

“쉭쉭 소리를 내면서 탔지. 너무 밝아서 바라볼 수조차 없었어. 박힌 곳에서 끄집어내서 가던 길을 가게 해줄 생각도 했지만 접근할 수 없을 정도로 뜨거웠고, 물을 뿌려 식힐 엄두를 내지 못했어. 몇 주 뒤에는 식어서 검고 울퉁불퉁한 하늘의 금속으로 변했어. 크기가 한 아름은 됐지.”

“그렇게 컸습니까?” 난니는 경외심에 찬 목소리로 되물었다. 별들이 스스로 땅에 떨어지는 때면 이따금 작은 하늘 금속 덩어리들이 발견됐다. 그것들은 가장 좋은 청동보다도 단단했다. 녹지 않는 탓에 주조는 할 수 없었고, 시뻘겋게 달궈서 해머로 모양을 다듬는 방법밖에는 없었다. 많은 호부護符가 그런 식으로 만들어졌다.

“그랬지. 그렇게 큰 덩어리는 지상에서는 일찍이 발견된 적이 없다더군. 그걸 썼다면 얼마나 많은 도구들을 만들 수 있었을까!”

“설마 그걸 해머로 때려서 도구를 만들지는 않았겠지요?” 힐라룸은 오싹한 표정으로 물었다.

“아, 그러지는 않았어. 두려워서 아무도 손을 대려고 하지 않았거든. 모든 사람이 탑에서 내려와 천지의 움직임을 방해한 죄로 야훼의 천벌이 내리기를 기다렸다네. 그렇게 몇 달이나 기다렸지만 아무런 징조도 없었어. 그래서 결국은 다시 탑으로 돌아와서 별을 끄집어냈지. 그 별은 아래쪽 도시의 신전에 안치되어 있다네.”

잠시 침묵이 흘렀다. 이윽고 광부 하나가 입을 열었다. “탑에 관한 얘기는 많이 들었지만 이런 얘긴 처음입니다.”

"불경스러운 사건이었기 때문에 사람들 입에 오르지 않았던 거야."

탑을 더 높이 올라갈수록 하늘 색깔은 점점 더 엷어졌다. 어느 날 아침 일어나 탑 가장자리에 선 힐라룸은 경악한 나머지 탄성을 내질렀다. 지금까지는 희뿌연 하늘로 보이던 것이 이제 까마득하게 높은 곳에 펼쳐진 하얀 천장처럼 보였던 것이다. 이제 그들은 하늘의 천장을 보고, 그것을 하늘 전체를 뒤덮은 견고한 뚜껑으로 인식할 수 있을 정도로 가까운 곳까지 올라와 있었다. 서로 쑥덕거리며 멍한 표정으로 위를 올려다보는 광부들의 모습을 보고 탑의 주민들은 웃었다.

계속 탑을 올라가면서 그들은 천장이 실제로 얼마나 가까운지 알고 또 한 번 놀랐다. 천장의 밋밋한 표면에 속아서, 느닷없이 머리 바로 위에 천장이 나타난 것처럼 느껴질 때까지 까맣게 모르고 있었던 것이다. 이제 그들은 하늘로 올라가는 대신, 모든 방향을 향해 끝없이 펼쳐진 텅 빈 평원을 향해 올라가고 있었다.

이런 광경에 힐라룸의 오감 전체가 혼란을 겪었다. 이따금 고개를 들어 천장을 바라보면, 마치 세계가 어떤 이유에선가 거꾸로 반전되었고, 지금 발을 헛디딘다면 위를 향해 추락할 것만 같은 느낌을 받았다. 천장이 그의 머리 위에 있는 것처럼 보일 때는, 머리를 짓누르는 듯한 무게에 숨이 막혔다. 하늘의 천장은 전 세계에 맞먹는 무게를 가진 무거운 층層이면서도 그 무엇에 의해서도 지탱되고 있지 않았다. 그리고 그는 광산의 갱도 안에서는 결코 느껴보지 못한 두려움을 느꼈다. 그것은 천장이 머리 위로 무너져내릴지도 모른다는 두려움이었다.

또한, 천장은 그의 앞에서 상상을 초월할 정도로 높게 솟아 있는 수

직의 깎아지른 절벽이며, 그의 뒤에 있는 흐릿한 대지도 이와 똑같은 절벽이고, 탑은 이 두 절벽 사이로 팽팽하게 쳐진 밧줄처럼 느껴지는 순간들도 있었다. 아니, 가장 끔찍했던 것은 한순간 위아래의 구분이 사라지고, 자신의 육체가 어느 쪽을 향해 끌려가고 있는지 가늠할 수 없는 순간이었다. 높은 곳에 대한 공포를 닮았지만, 그보다 훨씬 더 지독했다. 뒤숭숭한 잠에서 깨어나면 온몸이 땀에 젖어 있고, 자면서 벽돌 바닥을 움켜쥐려고 했던 탓에 손가락에 경련이 인 것을 깨닫는 일도 부지기수였다.

난니와 다른 많은 광부들도 잠이 부족한 탓에 퀭한 눈을 하고 있었지만 불면의 이유를 입에 담는 사람은 없었다. 그들의 등반 속도는 우두머리인 벨리의 예상에 반해 빨라지는 대신 더 느려졌다. 천장을 본 후에는 열의보다 불안이 앞섰던 것이다. 수레꾼들은 광부들의 굼뜬 동작에 짜증을 내기 시작했다. 이런 조건에서 살아갈 수 있도록 단련된 사람들이란 도대체 어떤 종류의 사람들일까, 힐라룸은 의아했다. 어떻게 광기에 빠지는 것을 피할 수 있는 것일까? 이런 것에도 결국은 익숙해지는 것일까? 견고한 하늘 아래에서 태어난 아이들은 발아래에 지면이 있는 것을 보게 된다면 비명을 지르게 될까?

어쩌면 인간은 이런 장소에서 살도록 만들어지지 않은 것인지도 모른다. 만약 인간의 본성이 인간이 하늘에 너무 가까이 접근하는 것을 막는다면, 인간은 지상에 남아 있는 것이 마땅하리라.

그들이 탑의 정상에 도달하자 혼란은 사라졌다. 혹은 면역이 되어 버린 것일 수도 있었다. 광부들은 정사각형 모양을 한 단 위에 서서 인간이 지금까지 목격한 것 중 가장 경이로운 광경을 바라보았다. 까마득한 하계下界에서 아지랑이에 휩싸인 땅과 바다의 태피스트리가 눈길이 닿는 한 먼 곳까지 사방팔방으로 뻗어나가고 있었다. 머리 바로 위에는 세계 그 자체의 천장이 있었다. 이것은 하늘의 경계를 이루는 절대적인 상한선이었고, 그들이 있는 장소의 전망이야말로 전 세계에서 가장 높은 것임을 보장해주고 있었다. 단박에 이해 가능한 천지창조가 모두 이곳에 한꺼번에 모여 있는 듯한 광경이었다.

제관들이 야훼를 향한 기도를 선도했다. 그들은 이토록 많은 것을 볼 수 있도록 허락해주신 신에게 감사했고, 그 이상을 보고 싶다는 자신들의 욕망을 용서해달라고 빌었다.

그리고 탑의 정상에 벽돌이 쌓였다. 역청 덩어리를 녹이는 뜨거운 가마솥 안에서 강렬하고 톡 쏘는 타르 냄새가 올라오며 사방에 퍼졌다. 이것은 과거 넉 달 동안 광부들이 맡을 수 있었던 가장 지상적인 냄새였다. 이 냄새가 바람에 날려 사라져버리기 전에 맡으려고 그들은 필사적으로 콧구멍을 벌름거렸다. 한때 대지의 균열을 통해 밖으로 스며나오던 점액은 이제 탑의 정상에 깔린 벽돌을 고정하기 위해 굳혀졌다. 바야흐로 대지는 하늘을 향해 손을 뻗치려 하고 있었다.

정상에서는 벽돌 쌓는 직공들이 일하고 있었다. 온몸이 역청투성이인 이들은 모르타르를 섞고 육중한 벽돌을 한 치의 어긋남도 없이 능숙하게 제자리에 박아넣었다. 다른 직종이라면 모를까, 천장을 보고 현기증을 느끼는 것은 결코 허용되지 않는 작업이었다. 탑은 한 지폭指幅의 오차도 없이 완벽하게 수직으로 올라가야 하기 때문이다. 그들은 마침내 자신들의 과업을 끝마치려 하고 있었다. 그리고 넉 달 동안 탑을 올라온 광부들은 이제 자신들의 일을 시작할 준비가 되어 있었다.

며칠 지나지 않아 이집트인들이 도착했다. 가무잡잡한 피부에 호리호리한 몸집을 가진 사내들이었고, 턱에는 드문드문한 수염이 나 있었다. 그들은 현무암 해머와 청동제 도구, 그리고 목제 쐐기로 가득 찬 수레를 끌고 왔다. 그들의 우두머리인 센무트는 엘람인들의 우두머리인 벨리와 함께 어떻게 천장을 뚫을지에 관해 의논했다. 이집트인들은 엘람인들과 마찬가지로 직접 가지고 온 자재를 써서 대장간을 만들었다. 굴삭하면서 날이 무뎌지게 될 청동제 끌 따위를 다시 주조하기 위해서였다.

천장 그 자체는 탑의 정상에 선 사내가 손을 뻗치면 거의 닿을 거리에 와 있었다. 껑충 뛰어서 만져보면 매끄럽고 차가운 감촉을 느낄 수 있었다. 입자가 고운 백색 화강암으로 만들어진 것 같았지만, 흠집 하나 없는데다 완전히 밋밋했다. 그리고 문제는 바로 그것이었다.

오래전 야훼는 하늘과 땅에서 물을 해방함으로써 대홍수를 일으켰다. '심연'의 물이 대지의 샘에서 솟구쳐나왔고, 하늘의 물은 천장의 수문을 통해 쏟아져내렸다. 일꾼들은 이 천장을 자세히 관찰해보았지만 어디를 보아도 수문은 눈에 띄지 않았다. 눈을 가늘게 뜨고 사방팔방 둘러보아도 화강암의 평원에는 그 어떤 입구도, 창문도, 이음매도 나 있지 않았다.

따라서 그들의 탑은 그 어떤 저수지와도 떨어져 있는 중간 지점에서 하늘의 천장을 만난 듯했다. 이것은 실로 다행스러운 일이었다. 만약 수문이 눈에 띄었다면 그들은 그것을 깨고 저수지에서 물을 비우는 위험을 무릅써야 했을지도 모른다. 그랬다면 시나르에는 계절에 걸맞지 않은 비가, 그 어떤 겨울비보다 더 세찬 비가 내렸을지도 모르는 것이다. 유프라테스 강 유역은 범람했을 것이다. 저수지가 텅 비면 비는 멈추겠지만, 야훼가 인간을 벌해, 탑이 무너지고 바빌론이 진흙 속에서 녹아 없어질 때까지 비가 계속될 가능성은 언제나 있었다.

수문이 눈에 띄지 않는다 하더라도 위험이 사라진 것은 아니었다. 하늘의 수문에는 인간의 눈에 보이는 이음매 따위가 없고, 저수지는 그들의 머리 바로 위에 있을지도 몰랐다. 혹은 저수지 자체가 너무나 거대한 탓에 가장 가까운 수문조차 몇 리그나 떨어진 곳에 있으며, 저수지 자체는 그들의 머리 위에 가로놓여 있을지도 모르는 일이었다.

최선의 작업 진행 방식에 대해 많은 논쟁이 벌어졌다.

"야훼가 이 탑을 비로 흘려보내실 리가 없어." 벽돌 직공인 쿠르두사가 주장했다. "만약 탑이 신에 대한 모독이었다면 야훼는 이미 오래전에 그랬을 거야. 지금까지 몇 세기나 이 작업을 진행해왔지만, 야훼가 노여워한다는 징후는 티끌만큼도 보지 못했어. 그러니까 야훼는 우리가 천장을 뚫기 전에 저수지를 비워줄 거야."

"야훼가 이 역사役事에 관해 그토록 호의를 품었다면 천장에는 이미 우리가 걸어올라갈 계단이 만들어져 있었을걸?" 엘람인 엘루티가 반박했다. "야훼는 우리를 돕지도, 방해하지도 않을 작정인 거야. 만약 우리가 저수지를 뚫는다면 머리 위에서 물이 쏟아지겠지."

상황이 이렇게 돌아가자 힐라룸은 더 이상 자신이 느끼고 있는 의구심을 속으로만 품고 있을 수가 없었다. "그리고 그 물의 양에 한도가 없다면? 설령 야훼가 우리를 벌하지는 않는다고 해도, 우리가 스스로를 벌하는 것을 그냥 내버려둘지도 모르잖나."

"엘람 친구." 쿠르두사가 말했다. "아무리 탑에 온 지 얼마 안 되었다고 해도 조금만 생각해보면 알 수 있지 않나. 우리가 몸을 아끼지 않고 일하는 건 야훼를 사랑하기 때문이야. 우리는 지금까지 줄곧 그렇게 살아왔고, 우리 조상들도 몇십 세대 전부터 그렇게 살아왔어. 우리만큼이나 의로운 사람들에게 그렇게 가혹한 벌을 내릴 리가 없어."

"우리가 더할 나위 없이 순수한 목적을 위해 일해온 건 사실이지만, 그렇다고 우리가 현명하게 판단했다는 보장이 있을까? 인간이 자기 몸을 빚어낸 대지를 떠나 살아가려고 선택한 것이 정말 올바른 길이었을까? 야훼는 한 번도 이 선택이 옳았다고 한 적이 없어. 그리고 지금 우리는 머리 위에 물이 저장되어 있다는 사실을 알면서도 하늘에 구멍을 뚫으려 하고 있어. 만약 우리의 선택이 잘못되었다면, 야훼가 우리를 우리 자신의 잘못으로부터 지켜줄 것이라는 보장이 어디 있나?"

"조심할 필요가 있다는 힐라룸의 충고에는 나도 찬성이야." 벨리가 말했다. "우리는 세계에 제2의 대홍수를 일으키는 일이 절대 없도록 주의해야 해. 시나르에 위험한 폭우가 쏟아지는 일이 있어서도 안 돼. 이집트인 센무트와 의논했더니 이집트 왕들의 묘소를 밀봉하는 방법에 관해 얘기하더군. 그 방법을 쓰면 안전하게 천장을 파들어갈 수 있다고 생각해."

제관들은 황소와 산양을 살아 있는 제물로 바쳤다. 이 의식에서는 수많은 성스러운 단어가 말해졌고, 수많은 향이 피워졌다. 그런 다음 광부들은 작업을 개시했다.

해머와 곡괭이로 파내는 단순한 방법이 무리라는 것은 광부들이 도착하기 이미 오래전에 밝혀진 사실이었다. 설령 수평으로 터널을 낸다고 해도 화강암을 팔 경우는 하루에 두 지폭을 파내는 것이 고작일 것이고, 위를 향해 터널을 판다면 그보다 훨씬 더 느릴 것이 뻔했다. 그래서 그들은 화력火力 채굴법을 쓰기로 했다.

그들은 이곳까지 가지고 온 땔감을 써서 천장 아래의 한 지점에서 모닥불을 피웠고, 하루 종일 쉬지 않고 불을 지폈다. 불의 열기에 노출된 화강암에 금이 가면서 쪼개졌다. 광부들은 불이 완전히 꺼질 때까지 기다렸다가 금이 더 커지도록 화강암에 물을 뿌렸다. 그런 뒤에는 돌을 큰 조각으로 나눠 깨어낼 수 있었다. 돌조각들은 쿵 소리를 내며 탑으로 떨어졌다. 이런 식으로 하루 종일 불을 피우면 다음 날에는 1큐빗 가깝게 파들어가는 것도 가능했다.

터널은 똑바로 위를 향하고 있는 게 아니라 층계처럼 비스듬하게 올라가고 있었기 때문에, 그들은 탑 정상 위에 발판이 딸린 경사로를 지어 터널 입구로 연결할 수 있었다. 화력 채굴법을 쓴 탓에 터널 벽과 바닥은 매끄러웠다. 발치에 목제 발판을 짜서 넣었기 때문에 뒤로 미끄러질 염려는 없었다. 그들은 단단하게 구운 벽돌로 토대를 만들어 터널 입구의 모닥불을 지탱했다.

터널이 하늘의 천장을 10큐빗까지 파들어가자 그들은 터널 바닥을 수평으로 다듬고 공간을 넓혀 방을 만들었다. 광부들이 불에 달궈져 약해진 돌덩어리들을 모두 제거하자 이집트인들이 작업을 개시했다. 그들은 돌을 잘라낼 때도 불을 전혀 쓰지 않았고, 현무암 공과 해머만으로 화강암으로 된 미닫이문을 만들기 시작했다.

우선 그들은 거대한 화강암 판석을 잘라내기 위해 한쪽 벽의 암석을 깎아나갔다. 힐라룸과 그의 동료들도 도우려고 했지만 이것은 매우 어려운 작업이었다. 돌을 연마하는 것이 아니라 일정한 힘을 유지하며 계속 해머로 내리쳐야 했기 때문이다. 그 힘보다 약해도 안 되고, 더 강해도 안 됐다.

몇 주 후 판석이 완성됐다. 사람 키보다 높았고, 폭은 그보다 더 넓었다. 아직도 터널 바닥에 연결되어 있는 그 판석을 떼어내기 위해 그들은 밑동에 가는 홈을 몇 개 판 다음 바싹 마른 목제 쐐기를 박아넣었다. 그러고는 처음 쐐기 꽁무니에 그보다 더 얇은 쐐기를 박아넣어 반으로 갈랐고, 그 틈새로 물을 쏟아부어 목재를 팽창시켰다. 몇 시간 후 쐐기가 만들어낸 틈새가 돌 안쪽에까지 달하면서 판석이 바닥에서 떨어져나왔다.

광부들은 방 안쪽의 오른쪽 벽 가에 불을 지펴 비스듬하게 위로 올라가는 좁은 복도를 만들었고, 그 입구 앞쪽 바닥에 비스듬하게 아래로 내려가는 1큐빗 깊이의 홈을 팠다. 이렇게 해서 입구 바로 앞의 바닥을 가로지르며 입구 바로 왼쪽에서 끝나는 매끄러운 경사로가 생겨났다. 이 경사로 위에 이집트인들은 화강암 판석을 올려놓았다. 그 판석을 밀고 끌면서 좁은 복도까지 가지고 올라갔다. 판석은 복도 크기에 가까스로 맞을 정도였다. 그다음에는 그 판석이 뒤로 미끄러지지 않도록 왼쪽 벽 바닥에 납작한 점토 벽돌을 괴어놓았다. 판석이 기둥처럼 경사로에 눕혀져 있는 꼴이었다.

물을 막을 수 있는 활석滑石이 완성되자 광부들은 이제 안전하게 터널을 파고 올라갈 수 있었다. 만약 그들이 저수지를 뚫어 하늘의 물이 터널 안으로 쏟아져내린다 해도, 괴어놓은 벽돌을 하나씩 깨뜨린다면 지탱하는 것이 없어진 활석은 아래로 미끄러지고, 바닥의 홈에 들어맞으며 입구를 완전히 봉쇄하게 된다. 설령 물살이 너무 거세 광부들이 터널 아래로 휩쓸려버린다 해도, 점토 벽돌들은 점차 물에 녹을 것이고 활석은 결국 아래로 미끄러져내리게 된다. 이렇게 해서 물을 막고 나면, 광부들은 저수지를 피해 다른 방향으로 터널을 파고 올라갈 수 있을 터였다.

방 끄트머리로 간 광부들은 화력 채굴법을 써서 터널 파는 일을 재개했다. 천장 내부의 환기를 돕기 위해, 나무로 짜고 소가죽을 덧댄 높은 틀이 탑 정상과 맞닿은 터널 입구 좌우에 비스듬하게 놓였다. 이렇게 해서 그들은 하늘의 천장 아래에서 끊임없이 부는 바람을 터널 안으로 끌어들일 수 있었다. 바람은 모닥불을 계속 불타오르게 하고, 불이 꺼진 다음에는 공기를 맑게 해주었다. 덕분에 광부들은 연기를 들이마시는 일 없이 작업을 계속할 수 있었다.

이집트인들은 활석을 설치한 뒤에도 일손을 멈추지 않았다. 광부들이 터널 끝에서 곡괭이를 휘두르는 동안, 이집트인들은 딱딱한 돌을 잘라내 나무 계단을 대체할 석조 계단을 만드는 일에 열중했다. 경사로에 목제 쐐기를 박아 돌덩어리들을 제거하면 그 자리에 계단이 남는 식이었다.

광부들은 이런 식으로 일하며 터널을 계속 연장시켜나갔다. 터널은 거대한 바느질 자국처럼 주기적으로 방향을 바꾸고 있었지만 언제나 위를 향하고 있었고, 그래서 전체적으로 볼 때는 똑바로 올라가고 있었다. 중간 중간 활석 문이 딸린 방들을 계속 만들어놓았기 때문에 설령 저수지를 뚫는다고 해도 물에 잠기는 것은 터널의 최상층뿐이었다. 광부들은 하늘의 천장 표면에 홈을 내고 보도步道와 지지대들을 매달았다. 그들은 탑에서 충분히 떨어져 있는 이 지지대들을 발판 삼아 측면 터널을 파기 시작했고, 이것들은 천장 깊숙한 곳에서 주 터널과 합류했다. 이 측면 터널들을 통해 들어간 바람은 주 터널 깊숙한 곳에 찬 연기를 빼주는 환기공 역할을 했다.

이런 작업이 몇 년 동안이나 계속되었다. 이제 수레꾼들은 벽돌을 나르는 대신 화력 채굴을 위한 땔감과 목재를 끌고 올라왔다. 사람들은 하늘의 천장 안에 난 터널에서 살기 시작했고, 천장에 매단 지지대 위에서 아래쪽으로 자라는 채소를 재배했다. 광부들은 하늘의 경계에서 살아갔고 그중 일부는 결혼해서 자식을 낳았다. 또다시 대지를 밟는 사람은 거의 없었다.

젖은 천으로 얼굴을 감싼 힐라룸은 나무 계단에서 돌 위로 내려갔다. 터널 끄트머리에 있는 모닥불에 방금 나무를 때고 온 참이었다. 모닥불은 앞으로 몇 시간 동안은 탈 것이었고, 그는 연기가 그리 자욱하지 않은 아래쪽 터널에서 기다릴 생각이었다.

그때 멀리서 뭔가 박살이 나는 소리가 들렸다. 산처럼 거대한 돌이 쪼개지는 듯한 소리였다. 이어 들려온 포효가 점점 더 커지더니, 격류로 화한 물이 터널로 쏟아져 들어왔다.

한순간 힐라룸은 공포로 얼어붙었다. 물. 깜짝 놀랄 정도로 차가운 물이 그의 다리를 강타해 넘어뜨렸다. 벌떡 일어난 그는 가쁜 숨을 몰아쉬었고, 거센 물길에 저항하며 나무 계단을 움켜잡았다.

저수지를 뚫은 것이다.

가장 높은 곳에 있는 활석 문이 닫히기 전에 그 아래로 내려가야 했다. 마음 같아서는 계단을 한꺼번에 몇 단씩 뛰어내려가고 싶었지만, 그랬다간 발을 헛디디고 격류에 휩쓸려 온몸이 박살나 죽는 것이 고작일 터였다. 그는 최대한 빠른 속도로 한 단씩 계단을 내려갔다.

힐라룸은 몇 번이나 넘어졌고, 그럴 때마다 십여 계단을 한꺼번에 미끄러져내렸다. 돌계단에 스쳐 등의 살갗이 벗겨졌지만 아픔은 느껴지지 않았다. 그러는 와중에도 그는 터널이 지금 당장 무너져내려 그를 깔아뭉개거나, 아니면 천장 전체가 갈라지면서 그의 발치에서 하늘이 입을 벌리고, 하늘의 비와 함께 그가 지상으로 추락하게 될 거라고 확신하고 있었다. 야훼의 벌이 내려진 것이다. 두 번째의 대홍수가.

활석이 있는 곳까지는 얼마나 남았을까? 터널은 끝없이 계속되는 것처럼 느껴졌고, 물은 아까보다 한층 더 빠르게 쏟아져내리고 있었다. 이제 그는 계단 위를 질주해 내려가고 있었다.

갑자기 발을 헛디디며 얕은 물속으로 첨벙 하며 고꾸라졌다. 계단이 끝나는 곳을 그대로 지나쳐 활석이 설치된 방 안으로 떨어진 것이었다. 물은 무릎 위까지 차 있었다.

일어서자 동료 광부인 담키야와 아후니가 눈에 들어왔다. 그제야 그가 왔다는 것을 눈치 챈 듯했다. 두 사람은 이미 입구를 가로막고 있는 활석 앞에 서 있었다.

"안 돼!" 힐라룸은 소리를 질렀다.

"닫아버렸어!" 담키야가 절규했다. "우리를 기다리지도 않고!"

"우리 뒤에서 또 오는 사람들이 있나?" 아후니는 희망을 잃은 표정으로 외쳤다. "힘을 합쳐 이 돌을 움직일 수 있을지도 몰라."

"우리 말고는 아무도 없어." 힐라룸은 대꾸했다. "반대편에서 이걸 밀어내달라고 할 수는 없을까?"

"저쪽에서는 우리 목소리가 아예 들리지 않을 거야." 아후니가 해머로 화강암의 문을 두들겨보았지만, 격류가 내는 굉음에 묻혀 아무 소리도 나지 않았다.

힐라룸은 조그만 방 안을 둘러보았고, 그제야 이집트인 하나가 엎드린 자세로 물에 떠 있는 것을 보았다.

"계단에서 굴러떨어져서 죽었어." 담키야가 소리를 질렀다.

"우리가 할 수 있는 일은 없는 거야?"

아후니는 위를 올려다보았다. "야훼여, 우리를 구해주소서."

세 사람은 점점 높아만 가는 물속에 서서 필사적으로 기도했지만, 힐라룸은 이것이 헛된 노력임을 알고 있었다. 드디어 운명의 시간이 다가온 것이다. 야훼는 탑을 짓거나 천장을 뚫으라고 인간에게 부탁하지 않았다. 탑을 건설한다는 선택은 전적으로 인간의 몫이었고, 그들은 다른 인간들이 지상에서 일하다가 죽는 것과 마찬가지로 여기서 일을 하다가 죽어가는 것뿐이었다. 아무리 정당한 선택이었다고 해도 그들의 행위의 결과로부터 그들을 구원해줄 수는 없었다.

물이 가슴까지 차올라왔다. "위로 올라가자!" 힐라룸이 외쳤다.

그들은 격류에 저항하며 힘겹게 터널을 올라갔다. 수위는 그들의 배후에서 점점 높아져만 갔다. 터널 안을 밝히고 있던 횃불들은 이미 꺼져 있었기 때문에 그들은 어둠 속에서 자신들의 귀에도 들리지 않는 기도를 중얼거리며 계속 올라갔다. 터널 꼭대기의 나무 계단이 원래 있던 자리에서 뜯겨나와 아래쪽 통로에 걸려 있었다. 그들은 이 계단을 넘어 돌로 된 매끄러운 경사로에 도달했고, 물이 들어차 그들의 몸을 더 높은 곳까지 실어다줄 때까지 거기에서 기다렸다.

그들은 아무 말 없이 기다렸다. 기도 문구는 이미 바닥난 지 오래였다. 힐라룸은 야훼의 검은 목 안에 서 있는 자신의 모습을 상상했다. 위대한 신은 하늘의 물을 깊이 들이마시고, 죄인들을 모두 삼켜버릴 작정인 듯했다.

점점 차올라온 물이 그들을 위쪽으로 실어 날랐다. 힐라룸이 손을 뻗치자 천장이 손에 닿았다. 물이 콸콸 쏟아져나오는 거대한 균열이 바로 옆에 있었다. 이제 물과 천장 사이의 공기는 아주 조금밖에는 남아 있지 않았다. 힐라룸이 외쳤다. "이 방이 물로 가득 차면 하늘을 향해 헤엄쳐 갈 수 있어!"

동료들이 이 말을 들었는지는 알 수 없었다. 그는 물이 천장에 닿기 직전 마지막 숨을 들이쉬고는 균열 속으로 헤엄쳐 올라갔다. 죽더라도 그 어떤 인간보다도 하늘 가까운 곳에서 죽고 싶었다.

균열의 길이는 몇 큐빗에 달했다. 그곳을 통과하자마자 힐라룸의 손에서는 암석의 감촉이 사라졌다. 손발을 마구 휘둘러보아도 아무것도 닿지 않았다. 한순간 어떤 흐름에 실려가고 있는 듯한 기분이 들었지만, 곧 그런 확신도 사라졌다. 오직 칠흑 같은 어둠으로 에워싸인 채, 탑을 올라오며 처음 천장을 보았을 때 느꼈던 그 끔찍한 현기증이 또다시 그를 엄습했다. 이제는 방향조차 가늠할 수 없었고, 어디가 위고 어디가 아래인지도 알 수 없었다. 손으로 물을 밀고 발로 찼지만 자신이 움직였는지조차도 알 수 없었다.

무력하게, 그는 지금 물에 떠 있는지도 모르고, 급류에 맹렬하게 휩쓸려가고 있는지도 모른다. 느껴지는 것은 몸이 마비될 듯한 냉기뿐이었다. 빛은 전혀 보이지 않았다. 이 저수지에는 떠오를 수면조차도 없는 것일까?

순간 그는 또다시 암반 위에 내팽개쳐졌다. 그 표면에 닿은 양손에 또다시 균열이 느껴졌다. 처음 왔던 곳으로 다시 되돌아왔단 말인가? 그는 균열 속으로 밀려들어갔지만 저항할 힘은 남아 있지 않았다. 그는 터널 안으로 빨려들었고 그 측면에 쾅쾅 부딪쳤다. 터널은 믿기 힘들 정도로 길었다. 마치 기나긴 갱도에 들어온 느낌이었다. 금방이라도 폐가 터질 것 같았지만 터널은 여전히 끝날 기색이 없었다. 마침내 숨을 더 이상 참을 수 없는 때가 왔다. 입술에서 공기가 빠져나갔다. 그는 익사 직전이었다. 주위의 어둠이 폐 속으로 흘러들어왔다.

그런데 느닷없이 주위의 벽이 넓어졌다. 그는 돌진하는 급류에 실려가고 있었다. 그는 수면 위에 있는 공기를 느꼈다! 그러곤 더 이상 아무것도 느끼지 못했다.

힐라룸은 젖은 돌에 얼굴을 맞댄 채 깨어났다. 아무것도 보이지 않았지만 양손 부근에서 물이 느껴졌다. 그는 몸을 굴려 큰대자로 누우며 신음을 흘렸다. 사지가 욱신거렸다. 맨몸이었고, 살갗 대부분은 시뻘겋게 벗겨지거나 물에 오래 잠겨 있었던 탓에 쭈글쭈글해져 있었다. 그러나 숨은 쉴 수 있었다.

한참 후에 그는 힘겹게 일어설 수 있었다. 발목을 물살이 빠르게 스치고 지나갔다. 한쪽으로 걸어가니 물이 깊어졌다. 반대쪽으로 가니 마른 돌이 있었다. 감촉으로 미루어 이판암인 듯했다.

주위는 횃불이 모두 꺼져버린 지하 갱도처럼 깜깜했다. 그는 찰과상을 입은 손가락 끝으로 바닥을 더듬으며 나아갔다. 마침내 바닥이 높아지며 벽이 생겨났다. 그는 눈이 먼 동물처럼 납작하게 엎드린 자세로 천천히 앞뒤의 지형을 탐색했다. 그러자 수원水源을 찾을 수 있었다. 바닥에 난 커다란 구멍. 순간, 기억이 떠올랐다! 그는 그 저수지에서 이 구멍을 통해 이곳으로 뿜어져나왔던 것이다. 그는 몇 시간 동안이나 주위를 기어다녔다. 만약 이곳이 동굴이라면 실로 거대한 동굴일 터였다.

그는 바닥이 경사를 이루며 올라가는 지점을 찾아냈다. 이곳을 지나 위쪽으로 이어지는 통로가 있는 것일까? 혹시 이것을 따라가면 하늘에 도달할 수 있을지도 모른다.

힐라룸은 얼마나 오랜 시간이 흘렀는지도 모르는 채 계속 기어갔다. 왔던 길을 기억할 수 없다는 사실에도 개의치 않았다. 어차피 되돌아갈 수는 없었다. 위로 향하는 터널과 마주치면 그것을 따라 올라갔고, 어쩔 수 없는 경우에는 아래로 향한 터널로도 나아갔다. 이미 엄청난 양의 물을 삼켰음에도 불구하고 그는 갈증을 느끼기 시작했다. 허기도 느껴졌다.

그리고 마침내 그는 빛을 보았다. 그는 터널 밖으로 뛰쳐나갔다.

눈을 질끈 감아야 할 정도로 눈부신 빛이었다. 그는 주먹 쥔 손을 얼굴에 갖다대고 양 무릎을 꿇었다. 이것은 야훼의 광휘일까? 나의 눈이 그것을 보고 견딜 수 있을까? 몇 분 후 눈을 떴을 때, 그는 사막을 보았다. 방금 그가 나온 곳은 어느 산맥 기슭의 작은 언덕에 있는 동굴이었고, 눈앞으로는 바위와 모래가 지평선까지 뻗어나가고 있었다.

하늘은 지상과 마찬가지인 것일까? 야훼는 이런 곳에 살고 있는 것일까? 아니면 이곳은 야훼의 피조물 안에 존재하는 다른 영역, 인간 세계의 위에 존재하는 또 다른 대지에 불과하고, 야훼는 훨씬 더 높은 곳에 살고 있는 것일까?

등 뒤의 산마루 부근에 태양이 떠 있었다. 저 태양은 뜨고 있는 것일까, 지고 있는 것일까? 이곳에도 낮과 밤이 있는 것일까?

힐라룸은 눈을 가늘게 뜨고 모래투성이의 풍경을 응시했다. 지평선을 따라 움직이는 하나의 선이 보였다. 혹시 대상일까?

그는 그 선을 향해 달리면서 바싹 말라버린 목이 터져라 고함을 질렀지만, 곧 숨을 쉬기 위해 고함을 거둬야 했다. 대열 끄트머리에서 나아가던 사람이 그를 보더니 대열 전체를 멈추게 했다. 힐라룸은 계속 달렸다.

그를 본 자는 정령이 아닌 인간인 듯했고, 사막 여행자의 복장을 하고 있었다. 사내는 물이 든 가죽 수통을 내밀었다. 힐라룸은 숨을 헐떡이며 허겁지겁 물을 들이켰다.

마침내 그는 수통을 사내에게 되돌려주고 헐떡이며 물었다. "여기가 어디요?"

"산적들한테 습격을 당하셨소? 우리는 에레크로 가는 중이오."

힐라룸은 사내를 응시했다. "나를 속이려는 거지!" 그는 고함을 질렀다. 사내는 움찔 물러나며 햇볕이 뜨거운 탓에 머리가 이상해진 건가 하는 표정으로 그를 쳐다보았다. 무슨 일인지 알아보려고 대열에서 다른 사내가 걸어오는 모습이 보였다. "에레크는 시나르에 있어!"

"물론 그렇소. 당신도 시나르로 가던 중이 아니었소?" 새로 합류한 사내는 언제든지 휘두를 수 있도록 지팡이를 쥐고 옆에 섰다.

"내가 출발한 곳은 — 내가 있던 곳은 —" 힐라룸은 말을 멈췄다. "당신은 바빌론을 아시오?"

"아, 당신 목적지가 거기였소? 그 도시는 에레크 북쪽에 있소. 서로 쉽게 왕래할 수 있는 거리요."

"바빌론의 탑. 당신들은 그 얘기를 들어봤소?"

"물론이오. 하늘에 닿는 기둥이잖소. 그 꼭대기에서 하늘의 천장을 뚫고 있는 사내들이 있다는 얘기를 들었소."

힐라룸은 모래땅 위에 푹 쓰러졌다.

"어디가 편찮소?" 두 명의 상인은 서로 수군거리더니 다른 사람들과 의논을 하기 위해 자리를 떴다. 힐라룸은 그들을 보고 있지도 않았다.

그는 시나르에 있었다. 대지 위로 다시 돌아온 것이다. 그는 하늘의 저수지 위로 올라갔다가 다시 지상에 도착했다. 야훼는 그가 더 이상 위로 올라갈 수 없도록 그를 이곳으로 되돌려놓은 것일까? 그러나 힐라룸은 야훼가 그의 존재를 깨달았다는 어떤 징조도 보지 못했다. 야훼가 그를 이곳에 되돌려놓기 위해 행한 어떤 기적도 경험하지 못했다. 그가 이해하는 한, 그는 단지 하늘의 천장에서 위로 헤엄쳐 하계의 동굴로 들어간 것뿐이었다.

어떤 이유에선가 하늘의 천장은 대지 아래에 위치하고 있었다. 이 두 장소는 멀리 떨어져 있으면서도 마치 서로 맞닿아 있는 듯했다. 어떻게 이런 일이 가능한 것일까? 그토록 멀리 떨어져 있는 장소들이 어떻게 서로 맞닿아 있을 수 있단 말인가? 이런 생각을 하고 있자니 골이 지끈거렸다.

그러다가 갑자기 이런 생각이 머리에 떠올랐다. 원통형 인장. 부드러운 점토판 위에서 그림이 새겨진 원통형의 인장을 대고 굴리면 원통이 남긴 자국은 하나의 그림을 형성한다. 점토판 위에서는 각자 반대편에 서 있는 두 인물도 원통 표면에서는 나란히 서 있을 수 있다. 세계는 이처럼 원통 모양을 하고 있는 것이다. 인간은 천상과 지상이 점토판의 양 끄트머리에 각각 존재하며, 그 사이에 하늘과 별들이 펼쳐져 있다고 상상해왔다. 그러나 세계는 천상과 지상이 서로 인접하도록 어떤 현묘한 방법에 의해 둥글게 말려 있는 것이다.

이제는 왜 야훼가 탑을 무너뜨리지 않았는지, 정해진 경계 너머로 손을 뻗치고 싶어하는 인간들에게 왜 벌을 내리지 않았는지 뚜렷이 알 수 있었다. 아무리 오랫동안 여행을 해도 인간은 결국 출발점으로 되돌아오도록 되어 있기 때문이다. 몇십 세기에 걸쳐 역사한다고 해도 인간은 천지창조에 관해 그들이 이미 알고 있는 지식 이상의 것을 알 수 없다. 그러나 그런 노력을 통해, 인간은 야훼의 업적에 깃든 상상을 초월한 예술성을 일별하고, 이 세계가 얼마나 절묘하게 건설되었는지 깨달을 수 있다. 이 세계를 통해 야훼의 업적은 밝혀지고, 그와 동시에 숨겨지는 것이다.

이렇게 하여 인간은 자신의 위치를 깨달을 수 있는 것이다.

힐라룸은 경외심으로 휘청거리는 다리를 펴며 일어섰고, 대상들을 찾아나섰다. 그는 바빌론으로 돌아갈 것이다. 어쩌면 그곳에서 다시 루가툼을 만날 수 있으리라. 그는 탑에 있는 사람들에게 이 소식을 전할 것이다. 이 세계가 어떤 모양을 하고 있는지 그들에게 알려줄 것이다.

이해

**Understand**

얼음 층. 얼굴에 닿는 감촉은 깔깔하지만 차갑지는 않다. 손으로 잡을 만한 것은 아무것도 없고 장갑은 단지 그 표면을 미끄러질 뿐이다. 위에 사람들이 보이지만 뛰어다니기만 하고 아무 도움도 주지 못한다. 주먹으로 얼음을 쳐보려고 하지만 팔은 느리게밖에는 움직이지 않는다. 허파가 터질 듯하다. 정신이 몽롱해지고, 마치 내가 분해되어버리는 듯한 느낌이—

비명을 지르며 깨어난다. 심장이 미친 듯이 방망이질치고 있다. 하느님. 나는 담요를 젖히고 침대 가장자리에 앉는다.

지난번에는 기억하지 못했던 일이다. 그때만 해도 얼음 속으로 떨어졌던 일밖에는 기억하지 못했다. 의사는 내 마음이 그 이외의 다른 기억들을 억압하고 있기 때문이라고 했다. 이제는 기억할 수 있다. 그리고 이것은 일찍이 경험해본 적 없는 최악의 악몽이다.

양손으로 깃이불을 움켜쥐자 온몸이 떨리는 것을 느낄 수 있다. 천천히 숨을 들이쉬며 마음을 가라앉히려고 해보지만 오열이 북받치는 것을 막을 수 없다. 너무나도 진짜 같았던 탓에 나는 느낄 수 있었다. 죽는다는 게 어떤 느낌인지.

나는 그 물속에 한 시간 가까이 있었고, 위로 끌어올려졌을 때는 식물인간이나 다름없는 상태였다. 나는 회복됐을까? 병원이 나처럼 광범위한 뇌 손상을 입은 환자에게 이 신약을 써본 것은 이번이 처음이었다. 효과가 있는 것일까?

똑같은 악몽이 또다시 되풀이된다. 세 번째로 깨어난 다음에는 도저히 다시 잘 생각이 들지 않는다. 동이 틀 때까지 고민하며 시간을 보낸다. 이것이 그 결과일까? 나는 미쳐가고 있는 것일까?

내일은 병원 수련의에게 일주일에 한 번 있는 정기검진을 받는 날이다. 뭐든지 좋으니 그로부터 대답을 들을 수 있으면 좋으련만.

차를 몰고 보스턴 시내로 가서 반시간 뒤 닥터 후퍼의 진료를 받고 있다. 지금 앉아 있는 곳은 진료실 노란 커튼 뒤에 있는 바퀴 달린 침대다. 벽에서 수평하게 허리 높이로 튀어나와 있는 평면 스크린은 잔뜩 기울여놓았기 때문에 내 눈에는 공백으로 보인다. 키보드를 두드리는 의사는 내 진단 파일을 불러내고 있는 듯하다. 검진에 착수한 그가 펜라이트로 내 동공을 검사할 때 나는 어젯밤 악몽에 관해 털어놓는다.

"사고를 당하기 전 그런 경험을 한 적이 한 번이라도 있습니까, 리언?" 의사는 조그만 망치를 꺼내 내 팔꿈치와 무릎과 발목을 툭툭 치며 말한다.

"없습니다. 혹시 그 약의 부작용일까요?"

"부작용이 아닙니다. 호르몬 K 요법은 손상된 뉴런을 대량으로 재생시킵니다. 뇌의 입장에서는 적응이 필요한 엄청난 변화이지요. 악몽은 아마 그런 적응의 징후일 겁니다."

"영구적인 증상인가요?"

"그럴 가능성은 거의 없습니다. 일단 뇌가 새로 생긴 신경 경로들에 익숙해진 다음에는 괜찮아질 겁니다. 자, 집게손가락을 코끝에 대보시고, 그다음 여기 보이는 제 손가락에 갖다대보시죠."

나는 그가 하라는 대로 한다. 곧이어 그는 엄지를 다른 손가락들에 재빨리 갖다대보라고 한다. 그다음에는 마치 음주 검사를 할 때처럼 직선 위를 걸어보라고 한다. 그러고는 질문이 시작된다.

"일반적인 구두를 구성하는 것들의 이름을 대보십시오."

"구두창, 구두축, 구두끈. 흐음, 구두끈을 꿰는 구멍이 있고, 끈 아래쪽에는 구두혀가⋯⋯"

"좋습니다. 이 번호를 되풀이해보십시오. 3, 9, 1, 7, 4—"

"—6, 2."

닥터 후퍼의 입장에서는 예기치 않았던 반응이었다. "뭐라고요?"

"3, 9, 1, 7, 4, 6, 2. 제가 아직 입원 환자였을 때 처음으로 검진하시면서 선생님이 썼던 번호입니다. 아마 환자들을 테스트할 때 이 번호를 자주 쓰는 모양이군요."

"그걸 외워선 안 됩니다. 이건 즉각적 기억력 테스트입니다."

"의식적으로 외운 것이 아닙니다. 그냥 머리에 떠올랐을 뿐입니다."

"두 번째 검진을 했을 때 내가 말한 번호를 기억하고 있습니까?"

나는 잠시 생각한다. "4, 0, 8, 1, 5, 9, 2."

그는 놀란 눈치다. "대다수의 사람들은 한 번 들어서는 그렇게 많은 수를 기억하지 못합니다. 혹시 뭔가 기억술을 쓰고 있습니까?"

나는 고개를 가로젓는다. "아뇨. 전화번호는 언제나 자동 다이얼에 기록할 정도입니다."

그는 단말기 쪽으로 가서 숫자 키를 몇 번 두드린다. "이걸 기억해 보십시오." 그는 열네 자리의 수를 읽고, 나는 그것을 복창한다. "혹시 거꾸로 말할 수 있습니까?" 나는 수를 거꾸로 복창한다. 그는 이마를 찌푸리고, 키보드를 두드려 내 파일에 무엇인가를 써넣기 시작한다.


나는 정신병동에 있는 어느 검사실 안에서 단말기를 앞에 두고 앉아 있다. 이곳은 닥터 후퍼가 지능검사를 시행할 수 있는 가장 가까운 장소이다. 한쪽 벽에 박혀 있는 작은 거울 너머에는 비디오카메라가 있을지도 모른다. 녹화가 진행되고 있을 경우에 대비해 나는 거울을 향해 미소 짓고 잠깐 손을 흔들어 보인다. 나는 자동 현금 출납기에 숨겨진 카메라에도 언제나 그러곤 한다.

닥터 후퍼가 내 지능검사 결과 프린트를 들고 들어온다. "흐음, 리언, 점수가…… 아주 높군요. 두 가지 테스트 모두 99라는 백분위 점수가 나왔습니다."

나는 놀라 입이 벌어진다. "농담이시겠죠."

"아니, 농담이 아닙니다." 그는 자기도 믿기 힘들다는 표정이었다. "이 점수는 당신이 맞힌 정답률을 보여주는 게 아니거든요. 이건 당신에 비해 점수가 낮은 사람의 비율이—"

"무슨 뜻인지는 나도 압니다." 나는 멍하게 대꾸한다. "고등학교 때는 백분위 점수가 70이었죠." 99퍼센트라. 나는 그런 징후가 실제로 있는지 알아보려고 머릿속을 뒤진다. 어떤 기분을 느껴야 하는 걸까?

의사는 탁자 위에 앉아 아직도 프린트를 보고 있다. "대학에는 다니신 적이 없죠?"

나는 그에게 주의를 돌렸다. "있습니다. 하지만 중퇴했습니다. 교육에 관한 내 생각이 교수들과는 맞지 않았거든요."

"그랬군요." 그는 내가 낙제라도 했다고 생각하는 듯하다. "흠. 점수가 놀랄 정도로 향상되었다는 점은 명백하군요. 어느 정도는 나이를 먹으면 자연히 그렇게 되는 부분도 있지만, 많은 부분 호르몬 K 요법의 결과라고 봐야 할 겁니다."

"놀라운 부작용이군요."

"흐음, 너무 큰 기대는 하지 마십시오. 테스트 점수가 당신이 현실 세계의 일들을 얼마나 잘 처리할 수 있는지를 예견해주지는 않으니까요." 의사가 이쪽을 보고 있지 않을 때 나는 눈을 홉뜬다. 뭔가 경이로운 일이 일어나고 있는 이런 상황에서, 그런 흔해빠진 경구밖에는 내놓지 못하다니. "조금 더 검사를 해보고 싶군요. 내일도 와주실 수 있습니까?"


전화가 울릴 때 나는 홀로그래프를 수정하던 중이다. 전화를 받을까 그냥 컴퓨터 작업을 계속할까 잠시 망설이다가 마지못해 전화를 받기로 한다. 편집하는 중에 전화가 오면 보통 자동 응답기에 맡기지만, 내가 일에 복귀했다는 사실을 사람들에게 알릴 필요가 있다. 입원한 사이에 거래처를 많이 잃었다. 프리랜서업의 위험 중 하나이다. 나는 전화기를 터치한다. "그레코 홀로그래피의 리언 그레코입니다."

"리언, 제리야."

"잘 있었어? 무슨 일이야?" 나는 여전히 스크린에 떠오른 이미지를 관찰하고 있다. 서로 맞물려 있는 한 쌍의 나선형 톱니바퀴. 공동 작업을 상징하는 진부한 메타포이지만, 고객이 광고에 싣기를 원한 것이 바로 이것이니 어쩔 수 없다.

"오늘밤 영화 볼래? 수하고 토리하고 〈메탈 아이즈〉 보러 갈 건데."

"오늘밤? 아, 안 돼. 해닝 극장에서 여배우가 하는 1인극 마지막 공연이 있거든." 톱니의 표면이 긁히고 기름기가 번들거리는 것처럼 보인다. 커서를 이용해 각 톱니의 표면에 하이라이트를 주고 키보드를 두드려 파라미터를 수정한다.

"어떤 공연인데?"

"〈심플렉틱〉이라고, 운문 모놀로그야." 이번에는 라이팅을 수정해서 톱니가 맞물리는 부분의 그림자 일부를 제거한다. "같이 가볼래?"

"셰익스피어의 독백극 같은 거야?"

너무 올렸다. 라이팅을 너무 많이 주면 바깥 가장자리가 너무 밝아진다. 반사광 휘도의 상한을 설정한다. "아니. 의식의 흐름을 주제로 한 작품이야. 네 가지 보격步格을 교대로 쓰고 있어. 약강격은 그중 하나에 지나지 않지. 평론가들 모두가 희대의 걸작이라고 칭송하고 있어."

"그렇게 시를 좋아하는지는 몰랐어."

나는 한 번 더 모든 수치를 점검한 다음 컴퓨터로 상호 간섭 패턴을 재점검한다. "평소에는 꼭 그렇지도 않지만, 이 작품은 정말로 재미있을 것 같아서. 함께 가보면 어때?"

"고맙지만 우린 영화나 볼래."

"알았어. 재밌게 놀아. 다음주에는 한 번 보자." 우리는 서로 잘 있으라고 인사하고는 전화를 끊었고, 나는 재점검이 끝나기를 기다린다.

불현듯 방금 무슨 일이 일어났는지를 깨닫는다. 전화를 하면서 중요한 편집 작업을 하는 것은 불가능했다. 그러나 이번에는 전혀 힘들이지 않고 두 가지 일을 한꺼번에 해냈던 것이다.

이런 식으로 영원히 놀라움이 이어지게 되는 것일까? 예의 그 악몽이 사라지고 마음 편히 지낼 수 있게 되자 내가 처음으로 깨달은 것은 독서 속도와 이해력이 향상됐다는 사실이었다. 언젠가는 읽을 생각으로 책장에 꽂아두긴 했지만 딱히 그럴 시간을 만들지 못하고 방치해두었던 책들을 이제 나는 실제로 읽을 수가 있었다. 심지어 난해한 기술서적까지. 대학 시절 이미 나는 내가 흥미를 느끼는 모든 분야를 공부할 수 없다는 사실을 받아들였었다. 그러나 이제 그럴 수 있을지도 모른다고 생각하니 마음이 부풀었다. 다음 날 책을 한 아름 안고 집에 돌아왔을 때는 한껏 들뜬 상태였다.

그리고 방금 나는 동시에 두 가지 일에 마음을 집중시킬 수 있다는 사실을 발견했다. 전혀 예기치 않았던 일이다. 나는 책상 위로 올라가 목청껏 소리를 질렀다. 내가 좋아하는 야구 팀이 놀라운 트리플 플레이라도 보여준 듯한, 바로 그런 기분이었다.

신경과 과장인 닥터 셰이가 나를 담당하게 된 것은 아마 공적을 차지하기 위해서인지도 모른다. 전혀 안면이 없었음에도 불구하고 그는 마치 몇 년 동안이나 내 주치의였던 것처럼 행동한다.

잠시 얘기할 것이 있다고 해서 나는 그의 사무실에 와 있다. 그는 깍지를 끼고 책상 위에 팔꿈치를 괸다. "지능이 향상되니 기분이 어떤가?"

실로 무의미한 질문이다. "아주 좋습니다."

"좋아." 닥터 셰이가 말한다. "호르몬 K 요법의 부작용은 여태껏 발견되지 않았네. 자네는 이제 사고로 입은 뇌 손상 치료를 더 이상 받을 필요가 없어." 나는 고개를 끄덕인다. "하지만 우리는 지금 그 호르몬이 지능에 끼치는 영향을 더 잘 알아내기 위한 연구를 진행중이야. 만약 자네가 동의해준다면 우리는 자네에게 그 호르몬을 더 주사하고 그 결과를 모니터해보고 싶네."

나는 갑자기 흥미를 느꼈다. 마침내 뭔가 들을 가치가 있는 얘기가 나온 것이다. "동의합니다."

"순수하게 연구를 위한 목적이지 치료와는 무관하다는 사실은 이해하고 있겠지. 그 과정에서 지능이 더 향상되는 혜택을 얻을 수 있을지도 모르지만, 의료적인 측면에서 볼 때 자네의 건강에 필수적인 과정은 아냐."

"이해합니다. 아마 동의서에 서명할 필요가 있겠죠?"

"그렇지. 연구에 참여해준다면 어느 정도 금전적인 보상도 해줄 수 있네." 그는 그 액수를 내게 말하지만 나는 거의 듣고 있지 않다.

"그걸로 됐습니다." 이 일의 결과가 어떻게 나올지, 그것이 나에게는 또 어떤 의미가 될지 생각하니 내심 흥분을 억누르기 힘들다.

"비밀 유지 동의서에도 서명해주면 좋겠네. 이 약물이 엄청나게 큰 관심을 불러일으킬 것은 명백하지만, 섣부른 공표는 하고 싶지 않으니까 말이야."

"물론입니다, 박사님. 예전에도 호르몬 K를 추가로 주입받은 사람이 있습니까?"

"물론이네. 자네를 실험 대상으로 쓰려는 것은 아냐. 지금까지 유해한 부작용이 발견되지 않았다는 점은 장담하겠네."

"그 사람들은 어떤 효과를 경험했습니까?"

"자네의 마음에 선입견을 심어주지 않는 편이 나을 것 같군. 내가 언급한 징후가 자네에게도 나타났다고 상상하게 될지도 모르니까 말이야."

의사는 모든 것을 다 알고 있으니 믿고 맡기라는 투다. 나는 물러서지 않는다. "적어도 그들의 지능이 얼마나 향상되었는지는 말해주실 수 있지 않습니까?"

"각인각색이라고나 할까. 다른 사람들에게 일어난 일들을 바탕으로 자네 경우를 예상하는 것은 바람직하지 않네."

나는 불만을 감춘다. "잘 알겠습니다, 박사님."


만약 셰이가 내게 호르몬 K에 관해 얘기해줄 생각이 없다면, 혼자 힘으로도 알아낼 수 있다. 나는 집에 있는 단말기로 데이터넷에 접속한 다음 식품의약국의 공개 데이터베이스에 접근해 최신 연구용 신약들의 신청서들을 열람한다. 신약의 경우는 임상실험을 개시하기 전에 승인을 얻어야 한다.

호르몬 K의 신청서를 제출한 것은 중추신경계의 뉴런 재생을 촉진하는 합성 호르몬을 연구중인 소렌슨 제약이었다. 산소 결핍 상태의 개들, 이어서 비비원숭이들을 대상으로 시행된 투약 실험의 기록을 훑어본다. 실험 대상이 된 동물들은 모두 완전히 회복했다. 독성은 낮았고, 장기 관찰에서도 아무런 부작용을 찾아볼 수 없었다.

실험 대상의 대뇌피질 채취 결과는 실로 흥미로웠다. 뇌 손상을 입은 동물들은 그것을 대체할 뉴런, 그것도 예전보다 훨씬 많은 수상돌기가 있는 뉴런들을 생성해냈지만, 건강한 개체에 투여한 경우에는 아무런 변화도 없었다. 연구자들의 결론은 다음과 같았다. 호르몬 K는 오직 손상된 뉴런만을 대체하고, 건강한 뉴런에는 작용하지 않는다. 뇌 손상을 입은 동물들에게 새로 생성된 수상돌기들은 무해한 것처럼 보인다. PET 스캔으로 조사해보아도 실험동물의 뇌의 대사 활동에는 아무런 변화도 없었고, 지능검사 결과도 바뀌지 않았다.

인간을 대상으로 한 임상실험 신청서에 소렌슨 제약의 연구원들이 게재한 실험 안은 처음에는 건강한 피험자들에게 약물을 투여해보고, 그다음 여러 종류의 환자들에게 시험해볼 것을 제안하고 있었다. 뇌졸중 환자, 알츠하이머 환자, 그리고 지속적 식물인간 상태에 놓인 환자—나 같은. 이런 실험들의 경과 보고서에는 접근할 수 없다. 환자의 신원을 익명 처리한 경우에도 그 기록의 열람 허가를 받는 것은 실험에 참가한 의사들뿐이다.

동물실험은 인간의 지능이 향상되는 이유에 관해서는 밝히지 못하고 있다. 지능에 대한 영향은 이 호르몬에 의해 재생된 뉴런의 수, 바꿔 말하자면 애초에 손상된 뉴런의 수에 정비례한다는 가정은 타당해 보인다. 그렇다면 깊은 혼수상태에 빠져 있었던 환자들일수록 지능이 더 많이 향상된다는 얘기가 된다. 물론 이 이론이 맞는지 확인하려면 다른 환자들의 실험 경과를 보아야 한다. 이것은 때가 오기를 기다리는 수밖에 없다.

다음에 떠오르는 의문. 지능에는 더 이상 오를 수 없는 정점이 존재하는 것일까. 아니면 호르몬의 추가 주입에 의해 추가 증대할 수 있는 것일까? 그 대답은 의사들보다 내가 더 먼저 알게 될 것이다.

특별히 불안감을 느끼지는 않는다. 사실 오히려 느긋한 기분이다. 나는 엎드린 자세로 매우 천천히 숨을 쉬고 있다. 등에는 감각이 없다. 의사들은 국부 마취를 한 다음 골수에 호르몬 K를 주입했다. 호르몬은 혈액뇌관문을 통과하지 못하기 때문에 정맥주사로는 효과가 없다. 내가 기억하는 한 이런 식으로 호르몬을 주입받는 것은 이번이 처음이지만, 예전에도 두 번 이런 적이 있었다는 얘기를 들었다. 처음 주입은 내가 여전히 혼수상태에 빠져 있었을 때, 두 번째는 의식은 있지만 아직 인지 능력을 되찾지 못하던 무렵.

또 악몽을 꾼다. 폭력적인 악몽은 없지만, 일찍이 없었던 기괴하며 황당무계한 꿈들이다. 내용 또한 전혀 파악할 수 없는 경우가 대부분이다. 비명을 지르고, 팔을 마구 휘둘러대며 침대 위에서 깨는 일도 다반사다. 그러나 이번에는 악몽이 언젠가는 사라질 것을 알고 있다.

지금은 병원에서 몇몇 심리학자들의 검사를 받고 있다. 그들이 나의 지능을 분석하는 모습이 대단히 흥미롭다. 어떤 의사는 나의 능력을 습득, 유지, 행동, 전이라는 구성요소로 치환해 파악한다. 다른 의사는 수학 논리적 추론, 언어적 커뮤니케이션, 공간 시각화 능력이라는 관점에서 나를 본다.

이 전문가들을 보고 있자니 대학 시절의 교수들이 생각난다. 그들에게는 각자 애지중지하는 이론이 하나씩 있었고, 그들은 그 이론에 들어맞도록 연구 결과를 왜곡했다. 당시에도 그랬지만 지금은 한층 더 설득력이 없어 보인다. 이들에게서 배울 것은 여전히 전무하다. 이들이 그 어떤 분류법을 써서 나의 능력을 분석하려고 해도 성과는 나오지 않는다. 왜냐하면—더 이상 부정해봐야 의미가 없다—나는 무엇이든 똑같이 잘하기 때문이다.

원한다면 나는 새로운 수준의 방정식도, 외국어의 문법도, 엔진의 작동 방식도 얼마든지 파악 가능하다. 어떤 경우든 모든 것이 딱 들어맞고, 모든 요소가 완벽하게 협조한다. 어떤 경우든 의식적으로 규칙을 기억한 다음 그것을 기계적으로 적용해볼 필요조차 없다. 해당 시스템이 전체적으로, 총체적으로 작용하는 방식을 저절로 지각할 수 있기 때문이다. 물론 모든 세부 사항과 개별적인 단계들을 빠짐없이 자각하고는 있지만, 정신을 집중할 필요가 거의 없기 때문에 본능적으로 느끼는 것과 다를 바 없다.

컴퓨터 보안망을 뚫는 것은 사실 매우 따분한 일이다. 자기 머리가 얼마나 좋은지 증명하고 싶어서 안달하는 이들에게는 거부할 수 없는 매력으로 다가온다는 것을 알지만, 이런 일은 지적인 심미안을 전혀 만족시키지 못한다. 잠겨 있는 집의 문들을 일일이 잡아당겨 제대로 설치되지 않은 자물쇠를 찾아내는 일과 하등 다를 것이 없다. 쓸모는 있지만 재미와는 거리가 멀다.

식품의약국의 비공개 데이터베이스에 침입하는 것은 쉬웠다. 병원 벽면에 설치된 단말기들 중 하나를 조작해 방문자 안내 프로그램을 돌리자 화면에 지도와 직원 명부가 떠올랐다. 시스템 레벨까지 그 프로그램을 뚫고 들어가서 초기 접속 화면을 그대로 흉내 내는 위조 프로그램을 짜 넣었다. 그런 다음 그대로 자리를 떴다. 얼마 지나지 않아 내 담당 의사 중 한 사람이 자신의 파일을 체크하기 위해 이 단말기를 썼다. 위조 프로그램은 그녀의 패스워드를 거부했고, 그런 다음 진짜 초기 화면을 복구시켰다. 의사는 또다시 접속을 시도했고, 이번에는 성공했지만, 그녀의 패스워드는 고스란히 내 위조 프로그램 속에 남았다.

이 의사의 아이디를 이용해 식품의약국의 환자 기록 데이터베이스를 열람하는 허가를 얻었다. 건강한 지원자들을 대상으로 하는 1단계 실험에서 호르몬은 아무 효과도 없었다. 그러나 현재 진행중인 2단계 실험에서는 얘기가 달랐다. 각자 고유 번호로 표시된 82명의 환자들에 관한 주간 보고서가 있었다. 이들은 뇌졸중으로 쓰러졌거나 알츠하이머를 앓고 있거나 혼수상태에 빠진 환자들이었고, 모두가 호르몬 K 치료를 받았다. 가장 최근에 나온 보고서는 나의 추론을 확인해주었다. 뇌 손상도가 큰 환자일수록 지능이 더 크게 향상되었던 것이다. PET 스캔 조사 결과 뇌의 대사율이 높아져 있었다.

동물실험에서는 왜 이런 선례를 찾아볼 수 없었던 것일까? 임계량 臨界量이라는 개념이 유추의 단서가 될지도 모르겠다. 시냅스의 수라는 측면에서 동물들은 어떤 임계량 아래에 있다. 동물의 뇌는 최소한의 추상 작용을 지원할 뿐이며, 시냅스가 추가되더라도 아무런 효과를 보지 못한다. 인간은 이 임계량을 초과하고 있다. 인간의 뇌는 완전한

자의식을 지원하며 그와 동시에―이 보고서들이 보여주는 바에 의하면―그 어떤 시냅스가 새로 추가되더라도 최대한 활용할 수 있다.

가장 흥미로운 보고서는 약간의 지원자들을 모아 새로 시작된 연구 실험의 기록이었다. 호르몬을 추가로 주입했더니 역시 지능은 더 향상되었다. 향상률은 이번에도 최초의 손상 정도에 달려 있었다. 가벼운 뇌졸중 환자들의 경우에는 천재 수준에도 도달하지 못했다. 그보다 더 큰 손상을 입은 환자들의 경우는 그보다 더 높은 수준에 도달했다.

깊은 혼수상태에 빠져 있던 최초의 환자들 중에서 세 번 주입을 받은 사람은 나 하나뿐이다. 나는 지금까지 연구 대상이 된 그 누구보다 더 많은 시냅스들을 새로 획득했다. 나의 지능이 어디까지 높아질까 하는 의문에는 아직 대답이 나오지 않았다. 이런 생각을 하면서 심장의 고동이 빨라지는 것을 느낀다.

몇 주 뒤에는 의사들과 놀아주는 일이 점점 따분해지기 시작한다. 그들은 내가 마치 백치천재라도 되는 양 나를 다룬다. 높은 지능의 징후들을 보이는 환자이기는 하지만, 그들에게는 여전히 환자인 것이다. 신경학자들에게 나는 그저 PET 스캔 이미지의 자료이며, 이따금 소량의 뇌척수액을 제공해주는 실험 대상에 불과하다. 심리학자들은 가끔 실시되는 개인 면담을 통해 나의 사고 과정에 관한 통찰을 얻을 기회가 있지만 내가 나 자신을 다 알지 못하며, 자기 힘으로는 평가할 수 없는 선물을 받은 보통 사람이라는 선입견을 버리지 못하고 있다.

이와는 달리 의사들의 경우는 단 한 사람도 무슨 일이 일어나고 있는지 알지 못하고 있다. 그들은 약물에 의해 현실 세계의 행동 수준이 높아질 수는 없으며 나의 능력은 단지 지능검사라는 인공적인 평가 기준을 통해서만 존재한다고 확신하고 있기 때문에 그런 검사에만 시간을 낭비하고 있다. 그러나 이 기준은 인위적일뿐만 아니라 지나치게 단순하다. 나는 검사 때마다 만점을 받지만, 그들에게는 종형鐘形 학습 곡선과는 동떨어진 이런 현상을 비교할 만한 기반이 전혀 없기 때문에 의미 있는 결론을 내릴 수가 없는 것이다.

물론 검사 점수는 실제로 일어나고 있는 변화의 편린을 포착한 것에 지나지 않는다. 만약 의사들이 내 머릿속에서 무슨 일이 일어나고 있는지를 깨닫는다면 얘기는 달라지겠지만, 그들은 예전에는 모르고 그냥 지나쳤던 것들을 내가 얼마나 많이 깨닫고 있는지, 또 이런 지식이 얼마나 많은 응용 가능성을 가지고 있는지 전혀 모른다. 나의 지능은 테스트 결과 따위를 훌쩍 넘어선 실용적이고 유용한 것이다. 완벽에 가까운 기억력과 여러 요소들을 연관 짓는 능력을 사용해 나는 그 어떤 상황이라도 즉각적으로 파악하고, 나의 목적을 달성하기 위한 최상의 행동 방침을 선택할 수 있다. 나는 우유부단함과는 거리가 멀다. 결국 내게 도전 의식을 불러일으키는 것은 오직 이론적 주제들뿐이다.

무엇을 관찰해도 나는 패턴들을 본다. 수학, 과학, 예술과 음악, 심리학과 사회학을 망라하는 모든 학문에서 게슈탈트를, 음표들 속에 존재하는 멜로디를 보는 것이다. 텍스트를 읽으면 저자들은 눈에 보이지 않는 관련성을 찾아 장님이 앞을 더듬듯이 한 지점에서 다른 지점으로 힘겹게 나아가고 있다는 느낌밖에 들지 않는다. 마치 음악을 알아듣지 못하면서도 바흐 소나타의 악보를 들여다보며 한 음표가 다음 음표로 어떻게 이어지는지 설명하려고 하는 사람들 같다.

패턴들이 뛰어나면 뛰어날수록 그것들을 알아내고 싶다는 나의 욕망은 한층 더 강해진다. 발견되기만을 기다리고 있는 다른 패턴들이, 전혀 다른 수준의 게슈탈트들이 존재하는 것이다. 이런 것들에 관해서는 나도 장님이나 마찬가지다. 이것들에 비하면 내가 아는 소나타들은 고립된 데이터의 점들에 불과하다. 게슈탈트들이 어떤 형태를 취하고 있을지는 짐작도 되지 않지만, 시간이 지나면 알 수 있을 것이다. 나는 그것들을 찾아내고 싶고, 그것들을 이해하고 싶다. 이 욕구는 내가 지금까지 느꼈던 그 어떤 욕구보다도 강렬한 것이다.


객원 의사의 이름은 클라우젠이고, 그의 행동거지는 다른 의사들과는 다르다. 환자를 대하는 태도로 판단하건대 그는 무덤덤한 가면을 쓰는 일에 익숙하다. 그런데 오늘은 어딘가 불편한 기색이다. 친근한 분위기를 풍기고는 있지만, 다른 의사들이 툭툭 내뱉는 형식적인 언사에 비하면 매끄럽지가 않다.

"이번 테스트는 이런 식으로 진행되네, 리언. 우선 자네는 여러 상황에 관한 묘사를 읽게 될 거야. 이 상황들에는 각각 문제가 하나씩 있어. 한 상황에 관해 읽은 다음에는 어떤 식으로 그 문제를 풀 건지 내게 얘기해주게."

나는 고개를 끄덕인다. "전에도 이런 테스트를 받아본 적이 있습니다."

"좋네, 좋아." 그가 명령을 타이핑하자 내 앞의 화면을 텍스트가 가득 채운다. 나는 시나리오를 읽는다. 스케줄을 작성하고 우선순위를 정하는 문제다. 이런 종류의 테스트에서는 보기 힘들게, 현실적인 상황을 다루고 있다. 대부분의 연구자들에게 이런 테스트의 점수를 매기는 일은 너무 임의적이다. 나는 해답을 내놓기 전에 잠시 짬을 두지만, 클라우젠은 여전히 그 속도에 놀라워한다.

"아주 좋네, 리언." 그는 컴퓨터의 키를 하나 누른다. "그럼 이걸 해 보게."

그 뒤로 여러 개의 시나리오가 제시된다. 내가 네 번째 시나리오를 읽는 동안, 클라우젠은 주의 깊게 직업에 걸맞은 무관심한 표정을 짓고 있다. 이 문제에 대한 나의 반응에 특별한 관심이 있지만, 내가 그것을 알아차리는 것을 원하지 않는 것이다. 네 번째 시나리오는 회사 내부의 정치적 관계와 격렬한 승진 경쟁을 다루고 있다.

클라우젠이 누구인지를 깨닫는다. 그는 정부의 심리학자이다. 군부, 혹은 CIA의 연구개발 팀에서 파견됐을 것이다. 이 테스트는 호르몬 K가 전략가를 만들어낼 가능성이 있는지를 측정하기 위한 것이다. 그래서 나를 대할 때 불편해하는 것이리라. 군인이나 정부 직원 같은, 명령에 따라야 하는 피험자들만 다루어왔기 때문이다.

CIA가 더 많은 테스트를 해보기 위해 나를 계속 붙잡아놓을 가능성이 높다. 다른 환자들의 경우에도 그들이 보인 능력에 따라 같은 조치를 취할 것이다. 그런 다음 그들은 자기 직원들 중에서 지원자를 뽑아 그들의 뇌를 산소 결핍 상태로 만든 다음 호르몬 K를 처방할 것이다. 나는 CIA의 인적자원이 될 생각이 전혀 없지만, 이미 그들의 흥미를 끌기에 충분한 능력을 보여주었다. 최선의 방법은 진짜 역량을 숨기고 이 질문에 틀린 대답을 하는 것이다.

내가 서투른 행동 방침을 해답으로 제시하자 클라우젠은 실망한 듯하다. 그럼에도 불구하고 테스트는 계속된다. 나는 더 시간을 들여 시나리오들을 읽고, 예전보다 더 수준이 떨어지는 대답을 내놓는다. 무해한 질문들 사이에 중대한 질문들이 흩어져 있다. 적대적 기업 매수를 피하려면 어떻게 해야 하느냐는 질문, 석탄을 쓰는 화력발전소 건설을 막기 위해 사람들을 동원하는 방법에 관한 질문이다. 양쪽 질문에 대해 나는 틀린 대답을 내놓는다.

테스트가 끝나자 클라우젠은 나를 놓아준다. 그는 이미 머릿속에서 나에 대한 평가서를 작성하고 있다. 만약 내가 나의 진짜 능력을 보여주었다면 CIA는 그 즉시 나를 채용하려 들었을 것이다. 나의 고르지 않은 성적은 그들의 열의를 감소시킬 것이다. 그러나 그들의 마음을 바꾸지는 못할 것이다. 호르몬 K의 잠재적 이익은 무시하기에는 너무 엄청나기 때문이다.

내가 놓인 상황은 격변했다. CIA가 나를 테스트의 피험자로 포섭할 작정이라면 나의 동의는 전적으로 부차적인 문제에 불과하다. 계획을 세울 필요가 있다.

나흘 후. 셰이는 놀란 기색을 보인다. "실험을 그만두고 싶다고?"

"예, 지금 당장. 다시 일을 시작할 생각입니다."

"혹시 사례 쪽에 불만이 있다면, 틀림없이 어떻게든—"

"아니, 돈 문제가 아닙니다. 더 이상 테스트를 받고 싶지 않을 뿐입니다."

"한동안 그런 테스트를 받다보면 지치지. 나도 아네. 하지만 우리는 지금 많은 것들을 배우고 있어. 그리고 우리는 자발적으로 실험에 참가해준 자네에게 감사하고 있다네, 리언. 이건 단순히 —"

"그 테스트들을 통해 당신들이 얼마나 많은 것들을 배우고 있는지는 저도 압니다. 하지만 그렇다고 해서 제 결심이 바뀌지는 않습니다. 저는 더 이상 계속할 생각이 없습니다."

셰이는 다시 입을 열려고 하지만 나는 그의 말을 끊어버린다. "제가 여전히 기밀 유지 협정의 구속을 받고 있다는 건 잘 압니다. 재확인을 위해서 서명이 또 필요하다면 제 주소로 보내주시면 됩니다." 나는 일어서서 문을 향해 간다. "안녕히 계십시오, 박사님."


셰이가 전화를 걸어온 것은 그로부터 이틀 후의 일이다.

"리언, 검사를 받으러 와줘야겠네. 방금 연락을 받았는데, 다른 병원에서 호르몬 K 치료를 받은 환자들에게서 유해한 부작용이 발견되었다는군."

셰이는 거짓말을 하고 있다. 전화로 이런 얘기를 할 리가 없다. "어떤 종류의 부작용을 말씀하시는 겁니까?"

"실명이네. 시신경 수가 비정상적으로 늘어나고 그 결과 시력이 약해지는 부작용이야."

CIA는 내가 실험에서 빠졌다는 얘기를 듣고 이런 명령을 내렸음이 틀림없다. 일단 내가 병원에 되돌아가면 셰이는 나를 정신병 환자로 선언하고 강제로 보호할 것이다. 그런 다음 나는 정부의 연구기관으로 이송될 것이다.

나는 걱정스러운 목소리를 낸다. "지금 당장 가겠습니다."

"좋아." 셰이는 자신의 통지가 효과가 있었다고 판단하고 안도하고 있다. "도착 즉시 검사를 해보기로 하지."

나는 전화를 끊고 단말기로 몸을 돌려 식품의약국의 데이터베이스에 올라온 최신 정보를 확인한다. 유해한 부작용에 관한 언급은 시신경이든 기타 무엇에 관해서든 없다. 장래에 그런 부작용이 나타날 가능성을 도외시하는 것은 아니지만, 그럴 경우에는 내 힘으로 발견할 것이다.

보스턴을 떠날 때가 되었다. 나는 짐을 싸기 시작한다. 떠나기 전에 은행 예금을 모두 인출할 것이다. 스튜디오의 장비들을 판다면 현금을 더 얻을 수 있겠지만, 장비 대부분은 들고 이동하기에는 너무 크다. 그래서 가장 작은 것들 몇 개만 가지고 가기로 했다. 그렇게 두 시간쯤 지났을 때 전화가 울린다. 셰이다. 내가 어디 있는지 궁금해하고 있겠지. 이번에는 자동 응답기에게 맡긴다.

"리언, 아직 집인가? 셰이 박사일세. 한참을 기다린 것 같네만."

그는 한 번 더 전화를 걸 것이다. 그래도 대답이 없으면 흰 제복을 입은 간호사들, 혹은 진짜 경찰들을 우리 집으로 보낼 것이다.


오후 일곱시 반. 셰이는 여전히 병원에서 나에 관한 소식이 들려오기를 기다리고 있다. 나는 키를 돌려 시동을 걸고, 병원 건너편에 세워두었던 차를 몰고 도로로 나온다. 셰이는 지금 이 순간 내가 사무실 문 아래로 밀어둔 편지봉투를 찾았을지도 모른다. 봉투를 뜯자마자 그는 내가 보낸 편지라는 사실을 깨달을 것이다.

안녕하십니까, 셰이 박사님.

아마 저를 찾고 계실 거라고 짐작합니다.

놀라움의 순간. 그러나 그것도 한순간에 불과하다. 곧 침착성을 되찾고 경비원들을 시켜 병원 건물을 수색하고, 병원에서 나가는 모든 차를 검문하라고 할 것이다. 그런 다음 그는 편지의 나머지 부분을 읽을 것이다.

제 아파트에서 대기하고 있는 덩치 큰 간호사들에게 돌아오라고 연락하는 편이 나을 겁니다. 그 친구들의 귀중한 시간을 낭비하게 하고 싶지는 않으니까요. 박사님은 아마 경찰에 연락해 저를 전국 지명수배자 명단에 올릴 결심인지도 모르겠군요. 따라서 실례인 줄은 알지만 제 자동차 번호를 입력하면 엉뚱한 정보를 제공하도록 하는 바이러스를 차량 등록 컴퓨터에 심어놓았습니다. 물론 제 차의 겉모양을 경찰에 설명할 수도 있겠지만, 박사님은 제 차를 보신 적도 없으시죠?

리언

셰이는 이 사실을 경찰에 신고해 당국의 프로그래머들로 하여금 그 바이러스를 잡도록 할 것이다. 그리고 내가 남긴 편지의 오만한 말투, 병원으로 돌아와 직접 편지를 전달하는 불필요한 위험을 감수했다는 점, 그리고 입 다물고 있었다면 아무도 몰랐을 바이러스의 존재를 폭로하는 무의미한 행동에 나섰다는 사실에 입각해서 내게 우월 콤플렉스가 있다는 결론을 내릴 것이다.

그러나 셰이의 그런 결론은 틀렸다. 나의 행동은 경찰이나 CIA가 나를 과소평가하게 만들어 그들이 적절한 예방조치를 취하는 일이 없도록 하기 위해서 계획된 것이다. 차량 등록 컴퓨터에서 내 바이러스를 제거한 경찰의 프로그래머들은 나의 프로그래밍 실력이 우수하기는 하지만 그렇게 뛰어난 것은 아니라는 평가를 내리고, 나의 진짜 자동차 번호를 검색하기 위해 백업 파일을 로딩할 것이다. 그러면 훨씬 더 복잡한 두 번째 바이러스가 활동을 개시하게 될 것이다. 이 바이러스는 백업 파일과 실제 데이터베이스 양쪽을 모두 변형시킬 것이다. 경찰은 정확한 차량 번호를 찾아냈다는 사실에 만족하고 엉뚱한 단서를 뒤쫓는 데 시간을 허비할 것이다.

나의 다음 목표는 호르몬 K의 새로운 앰풀을 손에 넣는 것이다. 그러나 이것을 실행에 옮긴다면 유감스럽지만 CIA는 나의 진정한 능력을 정확하게 인식하게 될 것이다. 만약 내가 그 편지를 보내지 않았다면 경찰은 그 바이러스를 나중에 발견했을 터이고, 그랬다면 바이러스를 퇴치하기 위해 극도로 엄격한 예방조치를 취했을 것이다. 그럴 경우 내 자동차 번호를 파일에서 삭제할 수 있는 가능성은 완전히 사라져버렸을지도 모른다.

한편 나는 호텔에 방을 얻었고, 지금은 방에 딸린 데이터넷 단말기를 조작하고 있다.

나는 식품의약국의 비공식 데이터베이스에 침입해 호르몬 K 실험 피험자들의 주소와 식품의약국의 내부 정보를 찾아냈다. 호르몬 K의 임상실험에 대해 금지령이 내려져 있었다. 식품의약국이 이 금지령을 거둘 때까지 후속 실험은 허용되지 않는다. CIA가 식품의약국이 연구를 속행시키기 전 일단 나를 체포해 나의 잠재적 위험도를 평가해야 한다고 주장했기 때문이다.

식품의약국은 모든 병원에 대해 배달원을 통해 남은 앰풀들을 반환하라고 요구했다. 반환이 이루어지기 전에 앰풀을 한 개 입수할 필요가 있다. 가장 가까운 곳에 있는 환자는 피츠버그에 살고 있다. 내일 아침 일찍 떠나는 비행기 편을 예약한다. 그런 다음 피츠버그의 지도를 체크하고, '펜실베이니아 급송'에 시내의 한 투자회사에서 배달 물건을 수령해달라고 의뢰한다. 마지막으로 슈퍼컴퓨터를 몇 시간 사용하기 위한 계약을 한다.


나는 피츠버그의 어느 마천루가 있는 거리 모퉁이에 렌터카를 세워놓고 대기하고 있다. 웃옷 주머니에는 키패드가 달린 작은 회로반이 하나 들어 있다. 나는 배달차가 나타날 방향을 바라보고 있다. 보행자의 반이 흰색의 공기 여과식 마스크를 쓰고 있지만 시야는 트여 있다.

배달차가 두 교차로 너머에 나타난다. 신형의 국산 밴이고, 측면에 '펜실베이니아 급송'이라고 쓰여 있다. 보안 수준이 높은 차는 아니다. 식품의약국은 나에 대해 그리 크게 걱정하고 있지는 않은 것이다. 차에서 나와 마천루를 향해 걷기 시작한다. 이윽고 건물 앞에 주차한 밴에서 운전사가 나온다. 그가 건물 안으로 들어가자마자 나는 밴 안으로 침입한다.

이 밴은 방금 병원에서 온 참이다. 운전사는 마천루에 입주한 투자회사에서 소포를 건네받기 위해 40층으로 올라가고 있는 참이다. 적어도 사 분 동안은 돌아오지 않을 것이다.

밴의 바닥에는 이중 강철판으로 만들어진 대형 로커가 용접되어 있다. 로커 문에는 매끄러운 금속판이 달려 있다. 운전사가 그 표면에 손바닥을 갖다대면 문이 열리는 방식이다. 금속판 측면에는 프로그래밍용 데이터 포트도 하나 달려 있다.

어젯밤 나는 '펜실베이니아 급송'에 장문掌紋 잠금장치를 납품하는 '루카스 보안 시스템'의 사내용 데이터베이스에 침투했다. 그곳에서 그들의 잠금장치 작동을 중단시킬 수 있는 코드가 포함된 암호 파일을 찾아냈다.

컴퓨터 보안 시스템을 돌파하는 일은 일반적으로 심미적이라고 말할 수 없지만, 수학이 제시하는 매우 흥미로운 문제들과 간접적으로 관련된 측면이 있다는 사실은 인정하지 않을 수 없다. 이를테면 통상적으로 쓰이고 있는 암호 체계를 해독하려면 슈퍼컴퓨터를 몇 년 동안이나 가동시켜야 한다. 그러나 잠시 옆길로 새서 수론數論을 연구하다가 나는 엄청난 자릿수의 수를 인수분해하는 멋진 테크닉을 발견했다. 이 테크닉을 이용하면 슈퍼컴퓨터는 단 몇 시간 만에 그 암호를 알아낼 수 있다.

호주머니에서 끄집어낸 회로반을 케이블로 데이터 포트에 연결한다. 열두 자리의 수를 누르자 로커의 문이 활짝 열린다.


앰풀을 가지고 보스턴에 돌아오자 식품의약국은 도난 사건에 대한 대응 조치로 데이터넷을 통해 접근할 수 있는 모든 컴퓨터에 저장된 관련 파일을 모조리 삭제해놓고 있었다. 예상했던 대로이다.

나는 앰풀과 소지품들을 챙겨 차를 몰고 뉴욕으로 간다.

내가 돈을 벌 수 있는 가장 빠른 길은 기묘하게 들릴지도 모르지만 도박이었다. 경마의 승자를 예상하는 것은 아주 쉬운 일이다. 불필요하게 주의를 끄는 일 없이 나는 적당한 액수의 돈을 모았고, 그것을 증권시장에 투자해 생계를 유지한다.

나는 뉴욕 인근에서 데이터넷 단말 접속이 가능한 아파트 중 임대료가 가장 싼 곳에 머무르고 있다. 증권투자용 가짜 이름을 몇 개 준비했고, 정기적으로 바꿀 예정이다. 월스트리트에서 조금 시간을 보내면 브로커들의 보디랭귀지를 통해 단기에 고수익을 올릴 수 있는 투자 기회를 찾아낼 수 있다. 일주일에 한 번 이상은 가지 않을 작정이다. 내가 주의를 기울여야 하는 더 중요한 일들이 있기 때문이다. 게슈탈트들이 나를 부르고 있다.

사고력이 발달하자 내 몸을 제어하는 능력도 함께 발달한다. 진화를 거치면서 인류가 지능을 발달시키는 대신 육체적인 능력을 희생했다는 생각은 오해이다. 육체를 행사하는 것은 정신적 활동이다. 힘 자체는 강해지지 않았지만, 내 육체를 다루는 조정력은 이제 평균을 훨씬 뛰어넘은 상태이며 양손잡이가 되어가고 있을 정도이다. 게다가 정신 집중 능력이 뛰어난 덕분에 바이오피드백 테크닉을 극히 효과적으로 쓸 수 있다. 약간의 연습만으로도 나는 맥박수나 혈압을 자유자재로 낮추거나 올릴 수 있게 되었다.

내 얼굴 사진에 조응하는 패턴을 찾아내는 동시에 내 이름이 언급된 사건을 검색하는 프로그램을 짠다. 그런 다음 그것을 컴퓨터 바이러스에 통합해 데이터넷의 모든 공개 파일을 스캔하도록 한다. CIA는 전국 데이터넷의 뉴스난에 내 얼굴 사진을 공개하고 병원에서 도주한 위험한 정신병 환자 내지는 살인자로 지목할 것이다. 내가 만든 바이러스는 내 얼굴 사진을 텅 빈 영상으로 대체할 것이다. 이와 비슷한 바이러스를 식품의약국과 CIA의 컴퓨터에 심어놓고, 각 지역의 경찰 컴퓨터가 다운로드한 내 사진의 사본을 검색하게 한다. 이 바이러스는 그들의 프로그래머가 고안해낼 수 있는 그 어떤 대응책에도 영향을 받지 않을 것이다.

셰이와 다른 의사들이 CIA 심리학자들과의 협의를 통해 내 위치를 추정하려 들고 있다는 점에는 의심의 여지가 없다. 부모님은 돌아가셨기 때문에 CIA는 내 친구들에게로 주의를 돌려 내가 그들과 접촉했는지 탐문하고 있다. 내가 실제로 그럴 경우에 대비해서 그들은 친구들을 감시할 것이다. 개탄할 만한 사생활 침해이지만 급박하게 처리를 요하는 문제는 아니다.

CIA가 자신들의 요원 중 한 사람에게 호르몬 K 요법을 시술해서 나를 찾도록 할 가능성은 없다. 나 자신의 경우로 알 수 있듯이 초지능을 가진 인간을 제어하기란 극히 힘든 일이기 때문이다. 그러나 정부가 다른 환자들을 채용할 경우에 대비해서 나는 그들의 상태를 계속 추적할 작정이다.

사회의 일상적 패턴들은 내가 아무런 노력을 기울이지 않아도 자연히 드러난다. 거리를 걸으며 사람들이 용무차 돌아다니는 모습을 보면, 그들이 단 한 마디 하지 않았음에도 불구하고 그 배후에 깔린 의미를 뚜렷하게 알 수 있다. 부근을 산책하는 젊은 커플의 경우에는 한쪽의 흠모가 상대방의 묵인에 튕겨나오고 있다. 상사를 두려워하는 한 비즈니스맨에게서 깜박거리던 불안은 좀 전에 자신이 내린 결정에 의문을 품기 시작하면서 고정화된다. 어떤 여자는 짐짓 세련된 분위기를 몸에 두르고 있지만, 진짜로 세련된 여자가 옆을 지나가자 그 허상이 벗겨지고 만다.

언제나처럼, 한 인간이 수행하는 역할은 그보다 훨씬 더 성숙한 인간에 의해서만 인식된다. 내 눈에 이들은 놀이터에서 노는 어린애들처럼 보인다. 나는 그들의 진지함을 재미있어하고, 과거에는 나도 이들과 똑같이 행동했다는 사실을 기억하며 창피해한다. 이들의 행동은 이들 입장에서 볼 때는 타당하다. 그러나 나는 이제 도저히 그런 일에는 참여할 수 없다. 성인이 되면서 유치한 일들과는 인연을 끊은 것과 같은 문제이다. 이제 보통 인간들의 세계와의 접촉은 오로지 생활을 유지하기 위한 부분에만 한정시킬 작정이다.

매주 나는 몇 년 치의 교육 과정을 습득하고, 점점 더 큰 패턴들을 조합한다. 인류의 지식 체계가 자아내는 태피스트리를 과거의 그 누구도 일찍이 가지지 못했던 넓은 시야에서 바라본다. 학자들이 전혀 눈치 채지도 못하고 지나갔던 결손된 틈을 채우고, 그들이 완전무결하다고 자부했던 부분의 텍스처를 더 풍성하게 만들 수 있는 능력이 내게는 있는 것이다.

가장 명확한 패턴을 가진 분야는 자연과학이다. 물리학은 근사한 통일성을 허용한다. 기본력의 레벨에서뿐만 아니라, 그 규모나 그것이 함축하는 바를 고려할 경우에도 말이다. 광학이라든지 열역학 따위의 분류는 물리학자들이 수많은 교차점을 보는 것을 가로막고 있는 구속복에 불과하다. 미학적 관점을 고려하지 않더라도, 지금까지 간과되어 온 실용적인 응용 가능성은 무수히 많다. 그런 것에만 구속되지 않았어도 기술자들은 이미 몇십 년 전에 구면 대칭 중력장을 인공적으로 만들어낼 수 있었을 것이다.

이런 사실을 깨달았다고는 해도, 그런 장치를 포함한 기타 어떤 것들을 직접 만들 생각은 전혀 없다. 다수의 특별 제작된 부품이 필요한 데다 조달도 어렵고 시간도 많이 소요된다. 게다가 설령 그런 장치를 실제로 만든다고 해도 내가 특별한 만족을 느낄 일도 없다. 나는 그 장치가 작동하리라는 것을, 그것이 새로운 게슈탈트를 밝혀주는 데는 아무런 도움도 되지 않으리라는 사실을 이미 알고 있기 때문이다.

나는 실험 삼아 장대한 시의 일부를 쓰고 있다. 이 칸토canto 한 편을 완성시키면 모든 예술에 내포된 패턴들을 통합할 수 있는 하나의 접근법을 선택할 수 있을 것이다. 나는 여섯 개의 현대 언어와 네 개의 고대 언어를 사용하고 있고, 이것들은 인류 문명에서 중요한 대다수의 세계관을 포함하고 있다. 각 언어는 상이한 의미 차이와 시적 효과를 부여해주고, 병치에 의해 멋진 효과를 낼 때도 있다. 이 시의 각 행은 다른 언어의 어형 변화를 통해 형성된 신조어들을 포함하고 있다. 시 전체를 완성시킨다면 『피네간의 경야』에 파운드의 『칸토스』를 곱한 듯한 작품으로 간주될지도 모른다.

CIA가 함정을 파놓고 내 작업을 방해하고 있다. 두 달에 걸친 시도 끝에 통상적인 방법으로는 나를 찾아낼 수 없다는 사실을 받아들이고, 더 과격한 수단을 쓰기로 한 것이다. 뉴스 서비스의 보도에 의하면 발광한 살인자의 여자친구가 그의 도망을 방조하고 교사한 혐의로 기소되었다. 그녀의 이름은 코니 페리트, 작년에 내가 사귀던 여자이다. 만약 재판까지 간다면, 그녀가 장기 징역형을 선고받으리라는 것은 이미 기정사실이다. CIA는 내가 그것을 두고 보지만은 않으리라는 희망을 품고 있다. 내가 모종의 행동에 나서고, 그 과정에서 소재가 밝혀지고 체포되기를 기대하고 있는 것이다.

코니의 1차 공판은 내일 열린다. 그들은 필요하다면 보증인을 세워서라도 그녀가 보석으로 풀려나도록 할 것이다. 내게 그녀와 접촉할 기회를 주기 위해서 말이다. 그런 다음에는 그녀의 아파트가 있는 지역에 비밀요원들을 잔뜩 깔아놓고 내가 나타나기를 기다릴 것이다.

화면에 나타난 첫 번째 이미지의 편집에 착수한다. 이 디지털 사진들은 홀로그램에 비하면 최저한도의 정보밖에는 포함하고 있지 않지만 이번 목적을 달성하는 데는 충분하다. 어제 찍은 사진들은 코니가 살고 있는 아파트 건물 외부와 건물 앞쪽의 도로, 그리고 인근 교차로들을 보여주고 있다. 나는 화면 위로 커서를 움직여 사진의 몇몇 지점에 작은 십자 선을 그린다. 아파트에서 대각선 건너편 건물에 나 있는, 불이 꺼졌지만 커튼은 열려 있는 창문. 건물 뒤편으로 두 블록 떨어진 곳에 위치해 있는 노점상.

도합 여섯 곳에 표시를 한다. 어젯밤 코니가 자기 아파트로 돌아왔을 때 비밀요원들이 대기하고 있던 장소이다. 그들은 병원에서 찍힌 나의 비디오테이프를 통해 내 얼굴을 눈에 익혔으므로, 모든 남자 내지는 성별이 불확실한 행인들의 모습에서 어떤 특징을 찾아야 하는지를 알고 있다. 자신에 찬 안정된 걸음걸이. 그들의 이런 선입견이 역효과를 가져왔다. 나는 단지 보폭을 넓히고 머리를 위아래로 조금 움직이면서 팔의 움직임을 줄였을 뿐이었다. 이렇게 하고, 평소와는 다른 옷을 입는 것만으로도 그들의 눈을 끌지 않고 손쉽게 그 거리를 통과할 수 있었다.

사진 하단에 요원들이 사용한 무선 주파수를 타이핑하고, 통신에 쓰인 암호화 알고리듬 식을 첨부한다. 작업이 끝난 후 이 이미지들을 CIA 국장에게 전송한다. 이것이 시사하는 바는 뚜렷하다. 비밀요원들이 철수하지 않는다면 나는 언제든 그들을 죽일 수 있다는 뜻이다.

코니에 대한 고소를 취하시키고 CIA의 방해를 좀더 항구적으로 억제하기 위해서는 조금 더 작업을 할 필요가 있다.

또다시 패턴 인식의 문제지만, 이번에는 좀더 세속적인 종류의 것이다. 몇천 페이지나 되는 보고서, 메모, 편지를 대상으로 하는. 이것들하나하나가 점묘화를 이루고 있는 색색의 점이다. 나는 이 파노라마에서 한 걸음 뒤로 물러난 후 선과 윤곽이 나타나 패턴을 이루기를 기다린다. 내가 스캔한 몇백 메가바이트의 자료는 내가 조사한 시기의 완전한 기록의 극히 일부에 지나지 않지만, 그것만으로도 충분하다.

내가 찾아낸 것은 스파이 소설의 줄거리보다는 훨씬 더 단순하고 다소 평범하다. CIA 국장은 워싱턴의 지하철 망을 폭파하려는 테러리스트 집단의 음모를 알고 있었다. 이 집단에 대해 극단적인 조치를 취해도 좋다는 의회의 허가를 얻어내기 위해 그는 이 폭탄 테러가 일어나도록 방치했다. 희생자 중에는 하원의원의 아들이 끼어 있었고, 국장은 테러리스트들을 마음대로 처리해도 좋다는 자유 재량권을 받아냈다. 그의 계획이 CIA 기록에 실제로 명시된 것은 아니다. 그러나 암시되어 있는 것은 분명하다. 관련 메모들은 단지 우회적으로 이 계획을 언급하고 있을 뿐이며 악의라곤 없는 문서의 바다를 떠돌아다니고 있어서, 설령 조사 위원회가 모든 기록을 읽는다고 해도 증거는 잡음 속에 파묻히고 말 것이다. 그러나 불법 행위를 시사하는 메모들을 추출한다면 분명 언론을 설득할 수 있을 것이다.

나는 이 메모 목록을 국장에게 보냈다. "나를 건드리지 마시오. 그러면 나도 그쪽을 건드리지 않을 테니"라는 글귀와 함께. 국장은 자신에게 선택의 여지가 없다는 사실을 깨달을 것이다.

이 조그만 사건은 세상사에 관한 나의 의견을 한층 더 확고하게 만들었다. 시사 문제에 계속 신경을 쓴다면 온갖 곳에 숨겨진 음모를 탐지해낼 수 있겠지만, 그 어떤 것도 내 흥미를 끌지는 못할 것이다. 나 자신의 연구를 재개하기로 하자.


신체 제어 능력이 점점 더 발달하고 있다. 이제 나는 작열하는 석탄 위를 걷거나 팔에 굵은 바늘을 꽂을 수도 있다. 내게 그럴 생각만 있다면 말이다. 그러나 동양의 명상에 관한 나의 흥미는 육체 제어에 관련된 응용 면에만 국한된다. 명상을 통해 도달할 수 있는 그 어떤 트랜스 상태도 내가 기본 데이터에서 게슈탈트들을 조합해낼 때 느끼는 정신 상태에 필적할 만큼 매력적이지는 않다.

나는 새로운 언어를 설계하고 있다. 종래의 언어들은 이미 한계에 달한 나머지 내가 더 이상 진보하는 것을 가로막고 있다. 이 언어들은 내가 필요로 하는 개념들을 표현할 만한 힘을 가지고 있지 않고, 자기 자신의 영역 안에서조차 부정확하며 제어가 힘들다. 사고는 둘째치고 대화에도 적합하지 않은 정도인 것이다.

현존하는 언어 이론은 아무 쓸모도 없다. 나는 나 자신의 언어에 적합한 언어소들을 결정하기 위해 기본적 논리를 재검토할 작정이다. 이 언어는 수학의 모든 부문과 표현 방식을 공유하는 파생어를 지원하므로, 내가 적는 모든 방정식은 언어적 등가물을 가지게 될 것이다. 그러나 수학은 이 언어의 전체가 아닌 작은 일부에 불과하다. 라이프니츠와 달리 나는 기호논리학의 한계를 인식하고 있다. 나는 미학과 인지론에 관한 나의 주석과 표현 방식을 공유하는 다른 파생어들도 만들 계획이다. 시간이 걸리는 프로젝트이지만, 그 최종 성과는 나의 사고를 대단히 명석하게 해줄 것이다. 내가 알고 있는 모든 것을 이 언어로 번역한다면, 내가 찾고 있는 패턴들은 자연스럽게 명백해질 것이다.

이 작업을 잠시 중단한다. 미학의 표현 방법을 개발하기에 앞서 내가 상상할 수 있는 모든 감정을 나타내는 어휘를 확정할 필요가 있다.

나는 보통 인간의 경험을 넘어선 여러 감정들에 관해 알고 있다. 이것들의 정서적 범위가 얼마나 한정적인지도 안다. 예전에 내가 느꼈던 사랑이나 고뇌의 가치를 부정하는 것은 아니다. 그러나 지금은 그것들을 그 자체로서 바라볼 수 있다. 유년기의 열병이나 우울과 마찬가지로, 그것들은 지금 내가 경험하고 있는 감정들의 전조에 불과했다. 나의 열정은 이제 좀더 다면적인 것으로 변했다. 자기 인식이 증대함에 따라 모든 감정은 기하급수적으로 복잡해진다. 창조적인 작업을 시도하기에 앞서 우선 이런 감정들을 완전히 기술할 수 있어야 하는 것이다.

물론 내가 실제로 경험하는 감정의 수는 내가 경험할 수 있는 감정의 수보다 훨씬 적다. 나의 발달은 내 주위에 있는 사람들의 지적 수준과, 내가 이따금 허용하는 그들과의 미미한 교류에 의해 제한받고 있다. 나는 유교의 '인仁' 개념을 떠올린다. 박애라는 불충분한 표현으로는 충분히 그 뜻을 전달할 수 없는 이 개념은 인간성의 정수에 해당하는 특질이며, 오로지 타자와의 교류를 통해서만 함양되고, 고립된 개인이 실현할 수는 없는 종류의 것이다. '인'이란 이런 성질을 가진 많은 특질 중 하나이다. 그리고 내 경우에는, 사람들과 함께 있고 또 그들에게 에워싸여 있다시피 하면서도 교류가 가능한 상대는 단 한 명도 없다. 나는 내 수준의 지능을 가진 인간이 도달할 가능성이 있는 완전한 개인의 극히 제한된 일부에 지나지 않는 것이다.

자기 연민이나 자기 기만으로 나 자신을 속이지는 않는다. 나는 나 자신의 심리 상태를 최대한 객관성과 일관성을 가지고 평가할 수 있다. 나는 내게 어떤 감정적 원천이 있으며 어떤 것이 없는지, 내가 이것들에 대해 어느 정도의 가치를 두고 있는지 정확하게 알고 있다. 나에게 후회는 없다.

새로운 언어가 모양을 갖춰가고 있다. 이 언어는 게슈탈트 지향적이며, 사고 활동에 최적화되어 있지만 쓰기나 말하기에는 그리 적합하지 않다. 이 언어는 선형적인 단어 배열이 아니라 총체적으로 받아들여야 하는 거대한 표의문자의 형태로 표현된다. 그런 표의문자는 몇천 개의 단어로도 표현할 수 없는 의미를 그림보다 더 의도적으로 전달할 수 있다. 각 문자의 복잡성은 그것이 내포하는 정보량에 비례할 것이다. 전 우주를 묘사하는 거대한 표의문자라는 개념을 상상하며 나는 즐거움을 느끼곤 한다.

인쇄물은 이 언어를 표현하기에는 너무 조잡하고 정적이다. 유일하게 이용 가능한 매체는 시간에 따라 진화하는 그래픽 이미지를 보여줄 수 있는 비디오나 홀로그램일 것이다. 인간 후두의 제한된 발성 대역을 감안하면 이 언어를 입으로 말하는 것은 불가능하다.

나의 마음은 고대나 현대 언어에서 차용한 욕설들로 부글부글 끓고 있다. 이 욕설들의 조야함은 나를 조롱하고, 충분히 표독스러운 감정을 담아 내가 지금 느끼고 있는 이 좌절감을 표현하려면 결국 나의 이상적인 언어가 필요할 것이라는 점을 깨우쳐준다.

이 인공 언어를 완성시키는 것은 무리이다. 현재 내가 가지고 있는 도구들만으로 대처하기에는 프로젝트의 규모가 너무 큰 탓이다. 몇 주 동안이나 정신을 집중해서 작업에 임했지만 쓸모 있는 성과는 전무했다. 리라이팅을 통해 더 완성도 높은 언어들을 축차적으로 만들어내기 위해 초보적 언어를 미리 규정해두고, 그것을 부트스트랩 방식으로 띄워 새 언어를 고안해보려고도 했다. 그러나 새로운 버전들은 나올 때마다 오히려 그 불충분함을 강조하는 역할밖에는 하지 못하고, 나로 하여금 궁극적인 목표를 확장할 것을 강요할 뿐이다. 마치 무한한 분기分岐를 통한 퇴행 끝에 존재하는 성배를 찾아보려는 꼴이다. 무에서 유를 만들어내려는 것처럼.

네 번째 앰풀을 쓰면 어떨까? 머리에서 이런 생각을 떨쳐낼 수가 없다. 현재 내가 도달한 정상에서 좌절을 경험할 때마다, 나는 더 높은 곳이 존재할 가능성이 있다는 사실을 곱씹는다.

물론 이 시도에는 큰 위험이 따른다. 한 번 더 주입한다면 뇌 손상이나 광기로 이어질지도 모르는 일이다. 악마의 유혹이라고 해야 하겠지만, 유혹적이라는 점에는 변함이 없다. 거부할 이유를 찾아낼 수 없다.

병원에서 주입하거나, 아니면 적어도 누군가를 이 아파트 방 안에 대기시켜놓는다면 어느 정도의 안전은 확보할 수 있다. 그러나 이 주입은 성공하든지 아니면 돌이킬 수 없는 손상을 입히든지 둘 중 하나일 것이라고 판단했기 때문에 이런 예방조치들은 취하지 않는다.

의료기기 판매회사로부터 주문한 장비가 도착한 다음 혼자 힘으로 척수에 약물을 주입할 수 있는 장치를 조립한다. 주입 효과가 완전히 나타나려면 며칠이 걸릴지 알 수 없기 때문에 나는 침실에 나를 가둘 것이다. 나의 반응이 폭력적일 수도 있기 때문에 깨질 만한 물건들을 방에서 모두 치우고 침대에 가죽끈을 헐겁게 연결해둔다. 설령 이웃들이 무슨 소리를 듣는다고 해도 마약 중독자가 고함을 지르고 있다고 생각할 것이다.

주입하고, 기다린다.

나의 뇌는 불타오르고 있고, 등골 전체가 도화선처럼 타오른다. 당장이라도 뇌졸중을 일으킬 것 같다. 눈이 보이지 않고 귀도 들리지 않으며 아무런 감각도 느낄 수 없다.

환각을 본다. 초자연적일 정도로 선명하고 뚜렷한 환각은 망상의 산물이겠지만, 형언할 수 없는 공포가 내 주위를 에워싼다. 물리적인 폭력이 아닌 정신적인 훼손의 이미지들.

정신적 고뇌와 오르가슴. 전율과 히스테리컬한 웃음.

잠시 잠깐 지각이 되돌아온다. 나는 양손으로 머리를 꽉 움켜쥐고 바닥에 쓰러져 있고, 주위에는 타래째 뽑힌 머리털이 흩어져 있다. 옷은 땀으로 젖어 있다. 혀를 깨물었고, 목청이 타들어가듯 아프다. 아마 계속 절규했기 때문이리라. 경련을 일으킨 탓에 몸 곳곳에 심한 타박상을 입었고, 뒤통수가 잔뜩 부어 있다는 점을 감안하면 뇌진탕을 일으킨 것 같기도 하지만, 아무런 느낌이 없다. 몇 시간이 지난 것일까, 아니면 단지 몇 초 계속되었을 뿐일까?

순간 시야가 흐릿해지고 다시 포효가 시작된다.

---

임계량.

---

계시.

나는 나 자신의 사고 메커니즘을 이해한다. 내가 어떻게 아는지를 정확히 알며, 이런 나의 이해는 귀납적이다. 나는 이전 단계에서 다음 단계로 나아가는 식이 아니라 그 한계를 인식함으로써 자기 인식의 무한한 퇴행을 이해한다. 이 귀납적 인식의 본질은 명백하다. '자각'이라는 단어는 이제 새로운 의미를 가진다.

말이 있으라Fiat Logos. 나는 내가 과거에 상상했던 그 어떤 것보다 더 풍부한 표현력을 가진 언어를 통해 나의 마음을 안다. 말을 함으로써 혼돈에서 질서를 창조하는 신처럼, 나는 이 언어를 써서 나를 새롭게 바꾼다. 이것은 메타 자기 기술이며 자기 편집이다. 이 언어는 사고를 기술할 수 있을 뿐만 아니라 자기 자신의 작용을 모든 레벨에서 기술하고 수정할 수 있는 것이다. 하나의 서술을 수정하면 문법 전체의 조정이 야기되는 언어가 있다는 사실을 괴델이 알았다면 뭐라고 했을까.

이 언어를 통해 나는 내 마음이 어떻게 기능하는지 알 수 있다. 나 자신의 뉴런이 발화發火되는 것이 보인다는 식으로 말할 생각은 없다. 그런 주장은 1960년대에 존 릴리가 했던 LSD 실험에나 걸맞은 것이다. 내가 할 수 있는 것은 게슈탈트를 지각하는 일이다. 나는 정신 구조들이 생성되고 상호 작용하는 것을 볼 수 있다. 나 자신의 사고 과정이 보이고, 그 사고를 기술하는 식들이 보이고, 그 식들을 이해하는 나 자신이 보이며, 이런 이해 과정을 이 식들이 어떻게 기술하는지 보인다.

이것들이 어떻게 나의 사고를 이루고 있는지를 나는 안다.

바로 이런 사고를.


처음에는 이 모든 정보에 압도당해, 자기 인식으로 인해 마비된 상태다. 자기 기술 정보의 홍수를 제어할 수 있게 된 것은 몇 시간 후다. 그것들을 여과하거나 배경 뒤로 밀쳐놓았다는 것이 아니라, 일상생활의 통상적인 활동에서도 쓸 수 있도록 나의 사고 과정에 통합시켰다는 뜻이다. 내가 그것을 힘들이지 않고 효율적으로 활용하기까지는 좀더 시간이 걸릴 것이다. 무용수가 운동감각에 관한 지식을 응용하는 방식과 마찬가지이다.

나의 마음에 관해서 예전에는 이론적으로만 알고 있던 것들을 이제는 뚜렷하고 상세하게 볼 수 있다. 유년기의 조건화에 의해 해석된 성욕, 공격욕, 자기 보존 본능 따위의 저류가 이성적인 사고와 충돌하고, 때로는 이성적 사고의 가면을 쓰기도 한다. 나는 내가 느끼는 모든 기분의 원인을 깨닫고, 내가 내리는 모든 결정 뒤에 자리 잡은 동기를 인식한다.

이 지식을 가지고 나는 무엇을 할 수 있을까? 나는 통상적으로 '인격'이라는 단어로 표현되는 것의 대부분을 자유로이 통제할 수 있다. 내 사이키psyche의 고차적 측면들은 지금 내가 누구인지를 결정한다. 나는 나의 마음을 여러 종류의 정신적 혹은 감정적 상태에 놓을 수 있지만, 이 상태를 줄곧 자각하고 있으므로 얼마든지 본래 상태로 복구시킬 수 있다. 이제 나는 내가 동시에 두 가지 작업을 진행했을 당시에 작동하고 있던 메커니즘을 이해할 수 있다. 나는 나의 의식을 분할하고, 거의 완전한 집중력 및 게슈탈트 인식 능력을 두 개 혹은 그 이상의 분리된 문제에 대해 동시에 발휘하고, 그러는 동안에도 이 모든 과정에 대한 메타 자각을 유지할 수 있다. 내가 할 수 없는 일은 무엇일까?

나의 육체를 새롭게 자각한다. 마치 손을 절단한 환자의 손목에 갑자기 시계 직공의 손이 돋아난 느낌이다. 수의근의 제어 따위는 노력 축에도 끼지 않는다. 내게는 초인적인 근육 협조 능력이 있기 때문이다. 보통 몇천 번은 되풀이해야 습득할 수 있는 기술도 내 경우에는 두세 번만 연습하면 된다. 나는 피아니스트가 연주하는 손을 찍은 비디오를 찾아낸다. 얼마 후에는 키보드 없이도 그의 손가락 움직임을 똑같이 흉내 낼 수 있다. 근육의 선택적인 수축과 이완은 나의 근력과 유연성을 향상시킨다. 근육의 반응 속도는 의식적이든 반사적이든 35밀리세컨드이다. 곡예나 무술 습득에도 이제는 거의 연습이 필요 없다.

나는 신장 기능, 영양 흡수, 선腺 분비 등을 생체적으로 자각한다. 내가 생각할 때 신경전달물질들이 수행하고 있는 역할조차도 의식할 수 있다. 이런 의식 상태는 에피네프린*에 의해 조장된 그 어떤 초긴장 상태보다도 강렬한 정신 활동을 수반한다. 내 마음의 일부는 보통의 몸과 마음을 가진 보통의 인간이라면 몇 분 안에 죽어버릴 수도 있는 상태를 줄곧 유지하고 있다. 내 마음의 프로그래밍을 조절하며, 나는 나의 감정 반응을 유발하고, 내 주의력을 강화하고, 내 태도를 미묘하게 수정하는 모든 물질들의 증감을 경험한다.

이제 나는 밖으로 눈을 돌린다.

기쁨과 두려움을 선사하는 눈부신 대칭성이 나를 에워싸고 있다. 너무나도 많은 것들이 패턴 내부에 통합되어 있기 때문에 이제 전 우주가 하나의 상像으로 녹아들어가기 직전이다. 나는 궁극적 게슈탈트를 향해 가고 있다. 모든 지식이 한 치의 틈새도 없이 들어맞고, 모든 지식이 명백해진 맥락을 향해. 만다라. 천구天球들의 음악. 코스모스.

내가 원하는 깨달음은 영적인 것이 아니라 이성적인 것이다. 그것을 달성하기 위해서는 더 전진해야 하지만, 이번에는 그 목표가 계속해서

---

* 부신피질 호르몬의 일종. 아드레날린제.

내 손아귀를 빠져나가는 일은 없을 것이다. 내 마음의 언어를 쓰면 나 자신과 깨달음 사이의 거리를 정확하게 계산할 수 있다. 최종 목표는 시야에 들어와 있다.

이제 다음 행동 계획을 세워야 한다. 우선 자기 보존 능력의 단순 강화를 위해 무술 훈련을 시작할 필요가 있다. 나는 실행 가능한 공격법을 연구하기 위해 몇몇 무술 대회를 관찰할 것이다. 그러나 실제로 습득하는 것은 방어 동작만으로도 충분하다. 제아무리 빠른 타격 테크닉으로 공격받는다고 해도 나는 상대방과의 접촉을 피할 수 있을 정도로 민첩하게 움직일 수 있기 때문이다. 이렇게 하면 길거리에서 범죄자의 공격을 받더라도 내 몸을 지키고 상대방을 무력화할 수 있다. 한편, 신진대사율이 향상되었음에도 불구하고 나의 뇌가 요구하는 영양 수준을 충족시키려면 대량의 음식을 섭취할 필요가 있다. 그리고 머릿속 혈류 증가에서 비롯된 열을 효과적으로 발산시키기 위해 머리를 밀기로 하자.

그런 다음 일차적 목표로 다가갈 것이다. 패턴 해독. 내 마음을 지금보다 더 높은 수준으로 개발하기 위한 유일한 길은 인공적인 강화뿐이다. 마음을 다운로드할 수 있도록 컴퓨터와 마음을 직결하는 것이야말로 내게 필요한 것이지만 이것을 실행에 옮기기 위해서는 새로운 테크놀로지를 창조해야 한다. 디지털식 계산에 기반을 둔 기술만으로는 충분하지 않다. 내가 염두에 두고 있는 것을 충족시키려면 신경 회로망에 기반을 둔 나노 스케일의 구조가 필요한 것이다.

이렇게 기본적인 아이디어들을 확립한 다음 나는 마음을 다중처리

모드에 놓고 작업에 착수한다. 내 마음의 한 구획은 신경 회로망의 행동을 반영하는 수학 분야를 고안하고, 다른 구획은 자기 복구 능력을 가진 바이오세라믹 매체에 분자 레벨의 신경 경로를 복제할 수 있는 처리법을 개발한다. 세 번째 구획은 개인 소유의 공업 연구개발 기업을 유도해 내가 필요로 하는 것들을 제조하도록 하는 전술을 고안하고 있다. 시간을 허비할 수는 없다. 이론 및 기술에 폭발적인 발전을 불러올 수 있는 돌파구를 세상에 내놓음으로써 내가 만들어낸 새로운 산업이 단기간에 번창할 수 있도록 할 작정이다.

사회를 다시 관찰하기 위해 외부 세계로 나간다. 내가 한때 알고 있던 감정의 몸짓들은 상호 관계 방정식의 매트릭스로 대체되었다. 힘의 선들이 사람, 물체, 제도, 개념들 사이로 꿈틀거리며 뻗어나간다. 개개인은 모두 비극적인 꼭두각시 인형처럼 보인다. 개별적으로는 살아서 움직이지만, 보는 것을 스스로 포기한 그물에 결박되어 있다. 원한다면 저항할 수도 있지만, 그러는 사람은 극소수이다.

지금 나는 바에 앉아 있다. 오른쪽 세 번째 스툴에 한 남자가 앉아 있다. 그는 이런 종류의 술집에 익숙해 보이는 태도로 주위를 둘러보더니 어두운 구석 부스에 커플이 앉아 있는 것을 알아차린다. 남자는 미소 짓더니 바텐더를 손짓해 부르고, 앞으로 몸을 기울이고 커플에 관해 수군대기 시작한다. 듣지 않아도 나는 그가 무슨 말을 하는지 알고 있다.

남자는 바텐더에게 마음 내키는 대로 적당한 거짓말을 늘어놓고 있다. 그는 강박적인 거짓말쟁이이지만, 그것은 자신의 인생보다 더 멋진 인생을 경험하고 싶다는 욕구 때문이 아니라 다른 사람들을 기만하는 자신의 능력에 희열을 느끼기 때문이다. 남자는 바텐더가 손님의 말에 흥미를 느끼는 척해도 내심 무덤덤하다는 것을―이것은 사실이다―알고 있지만, 바텐더가 여전히 자신의 거짓말에 속아넘어가고 있다는 것을―이것 또한 사실이다―알고 있다.

다른 사람들의 보디랭귀지에 대한 나의 감수성은 눈으로 보거나 귀로 듣지 않아도 이런 관찰을 할 수 있을 정도로 향상되었다. 나는 남자의 피부에서 풍기는 페로몬 냄새를 맡을 수 있다. 나의 근육은 어느 정도까지는 남자의 근육 내부의 긴장까지 감지할 수 있다. 아마 근육의 전기장 때문이리라. 이런 경로들은 정확한 정보를 전달하지 못한다. 그러나 내가 받는 인상들은 진상을 외삽하기에 충분한 기반을 제공한다. 예의 그물에 질감을 부여한다고나 할까.

보통 사람들은 이런 방사물들을 잠재의식 차원에서 탐지한다. 나는 이런 것들에 대해 좀더 민감해질 수 있도록 노력할 작정이다. 그런 다음에는 나 자신의 방사물 표출에 대한 의식적인 제어를 시도해볼 수 있을 것이다.

나는 3류 신문에 흔히 실리는 마인드 컨트롤 광고를 연상케 하는 능력을 개발했다. 내 몸이 표출하는 방사물을 제어함으로써 타인의 정확한 반응을 유발할 수 있게 된 것이다. 나는 페로몬과 근육 긴장을 이용해 상대방이 노여움, 두려움, 공감, 성적 욕구를 느끼도록 할 수 있다. 친구를 얻는다거나 사람들에게 영향을 끼치기에 충분하다.

타인에게서 자기 충족적인 행동을 유도해내는 것조차 가능하다. 특정 반응과 만족감을 결합시킴으로써 나는 바이오피드백과 마찬가지로 긍정적인 행동 강화 루프를 만들어낼 수 있다. 그러면 당사자의 신체가 이 반응을 자발적으로 강화하게 되는 것이다. 기업 총수들에게 이 능력을 써서 내가 필요로 하는 산업 분야를 지원하도록 할 생각이다.

나는 통상적인 의미의 꿈을 더 이상 꾸지 않는다. 잠재의식이라고 부를 만한 것이 완전히 결여되어 있고, 나 자신이 뇌가 수행하는 유지 기능들을 모두 제어하고 있기 때문에 통상적인 렘수면의 역할은 의미를 잃었다. 이따금 내 마음에 대한 장악력이 약해질 때도 있지만 이것을 꿈이라고 부를 수는 없고, 일종의 메타 환각일지도 모르겠다. 이것은 순수한 고문에 가깝다. 이럴 때면 나는 초연한 상태가 된다. 내 마음이 어떻게 해서 그런 기묘한 환상을 만들어내는지 이해하지만, 마비 상태에 빠져 반응할 수가 없는 것이다. 내가 보는 환상들은 거의 알아볼 수 없는 것들이다. 나 스스로도 무의미하다고밖에 생각되지 않는 기괴한 초유한적 자기 언급과 변용의 이미지들.

마음이 뇌 기능에 부담을 주고 있는 것이다. 이 정도의 크기와 복잡성이 있는 생물학적 구조로는 자기 인지 능력이 있는 정신을 유지하기에도 벅차다. 그러나 자기 인지 능력이 있는 정신에게는 어느 정도까지는 자기 규제 능력이 있다. 나는 내 마음에 대해 쓸 수 있는 것들만을 쓸 것을 허용하고, 그 너머까지 확장하는 것을 억제한다. 그러나 이것은 쉽지 않다. 마치 앉을 수도 없고 일어날 수도 없도록 만들어진 대나무 우리 안에 갇힌 꼴이다. 내가 긴장을 늦추거나 나 자신을 완전히 확장하도록 놓아둔다면 그다음에는 고통과 광기가 찾아온다.

나는 환각을 경험하고 있다. 나는 내 마음이 스스로 취할 수 있는 온 갖 구조를 상상하고, 그런 다음 그것들을 붕괴시키는 광경을 본다. 나 는 나 자신의 망상을, 내가 궁극적 게슈탈트들을 파악했을 때 내 마음 이 취할 형태에 대한 나 자신의 환상을 목격한다.

나는 궁극적인 자아 인식에 도달할 수 있을까? 나 자신의 정신적 게 슈탈트들을 구성하는 요소들을 발견할 수 있을까? 나는 종족적 기억 을 꿰뚫어보게 될까? 덕성의 본유적 지식을 발견하게 될까? 나는 어쩌 면 마음이 물질에서 저절로 발생했는지 확인하고, 의식을 우주의 나머 지와 연관시키는 것이 무엇인지 이해하게 될지도 모른다. 주체와 객체 를 융합시켜 무경험에 도달하는 방법을 알아낼지도 모른다.

혹은 정신 게슈탈트는 생성될 수가 없고 모종의 간섭이 필요하다는 사실을 발견할지도 모른다. 육체를 초월한 의식의 한 구성요소로서 존 재하는 영혼을 보게 될지도 모르겠다. 신이 있다는 증거? 나는 의미 를, 존재의 진정한 특성을 바라보게 될 것이다.

나는 깨달음을 얻게 될 것이다. 그것은 실로 도취적인 경험이 될 것 이다……

나의 마음이 정상 상태로 수축한다. 나 자신에 대해 좀더 강하게 고 삐를 죄어야 할 필요를 느낀다. 내가 메타 프로그래밍 레벨을 장악하 고 있을 때면 나의 마음은 완벽하게 자기 복구를 수행할 수 있다. 망상 이나 기억상실증을 닮은 상태에서도 원상 복구가 가능한 것이다. 그러 나 메타 프로그래밍 레벨에서 너무 멀리까지 나아간다면, 나의 마음은 불안정한 구조가 되고 단순한 광기를 넘어선 상태에 빠져들지도 모른 다. 나는 나의 마음을 프로그램해 자체적인 리프로그래밍 영역 너머로 나아가는 것을 금할 것이다.

이런 환각은 인공 뇌를 창조해야 한다는 나의 결의를 강화한다. 나는 오직 그런 구조를 통해서만 게슈탈트들을 실제로 지각할 수 있는 것이다. 그렇지 않고서는 단순히 꿈꾸는 것에 불과하다. 완전한 각성에 도달하기 위해서는 뉴런적 맥락에서 또 다른 임계량을 넘어설 필요가 있다.

눈을 뜬다. 자기 위해서가 아니라 쉬기 위해서 눈을 감은 지 2시간 28분 10초가 지났다. 침대에서 일어난다.

단말기로 내 주식들의 동향을 보여주는 목록을 불러낸다. 평면 디스플레이 화면을 내려다보다가 얼어붙는다.

화면이 나를 향해 외치고 있다. 강화된 마음을 가진 인간이 한 명 더 있다고.

투자 대상 중 다섯 건이 손실을 기록하고 있다. 폭락까지는 아니지만 증권 브로커들의 보디랭귀지만으로도 충분히 예측했어야 할 규모의 손실이다. 알파벳 순서를 따른 목록을 훑어내려가며 주가가 떨어진 기업들의 머리글자가 C, E, G, O, R이라는 것을 확인한다. 재배열하면 GRECO, 그레코가 된다.

누군가가 내게 메시지를 보내고 있는 것이다.

나와 같은 인간이 하나 더 있다. 혼수상태에서 호르몬 K를 세 번 주입받은 환자가 한 명 더 있었던 것이다. 그는 내가 액세스하기 전에 식품의약국의 데이터베이스에서 자신의 파일을 지웠고, 아무도 눈치 채지 못하도록 주치의들의 보고서에 가짜 정보를 입력해놓았다. 그도 호르몬 앰풀을 하나 더 훔침으로써 식품의약국이 관련 파일을 폐쇄하는 데 일조했고, 당국이 소재지를 찾지 못하는 동안 나와 같은 수준에 도달했던 것이다.

그가 나의 존재를 알아차린 것은 내가 가짜 신분을 써서 수행한 투자 패턴을 통해서였을 것이다. 그러기 위해서는 임계치를 넘은 인간이어야 한다. 강화된 인간의 능력을 통해 주식시장에 급작스럽고 정확한 변화를 줌으로써 나의 손실을 유발하고 나의 주의를 끈 것이다.

여러 데이터 서비스를 통해 주식 동향을 체크해보니 내 보유 주식 목록에 기재된 값들은 모두 정확했다. 따라서 상대방은 단지 내 계정에 올라온 수치를 변조한 것이 아니라 상호 관련이 없는 다섯 개 주식회사의 주식 매매 패턴을 변화시켰다는 얘기가 된다. 단어 하나를 나타내기 위해서. 능력을 과시하기에 썩 괜찮은 방법이다. 나는 그것이 결코 쉽지 않다는 사실을 알고 있다.

아마 그는 나보다 먼저 치료를 받기 시작한 것 같다. 따라서 그는 나를 앞지르고 있다. 그러나 얼마나 많이? 그의 진보 상황을 외삽해보고, 새로운 정보를 획득하면 그것을 통합하기로 하자.

가장 중요한 질문. 그는 친구인가 적인가? 이것은 단지 그의 능력을 보여주기 위한 악의 없는 표현일까, 아니면 나를 파멸시키겠다는 그의 의지를 보여주는 징후일까? 내가 입은 손해는 그리 크지 않았다. 이것은 나에 대한 배려일까, 아니면 그가 조작해야 했던 기업들에 대한 배려일까? 나의 주의를 끌기 위해 그가 쓸 수 있었던 온갖 무해한 방법들을 감안할 때, 그가 어느 정도는 나에 대해 적대적이라고 가정할 필요가 있다.

그럴 경우 나는 위험에 처해 있고, 이런 식의 장난에서부터 치명적인 공격에 이르는 모든 위협에 대해 취약한 상태에 놓여 있다. 만일의 경우를 위해 지금 당장 이곳을 떠나기로 하자. 그가 나에 대해 강한 적대감이 있다면 난 이미 죽었을 것이라는 점은 명백하다. 메시지를 보냈다는 것은 서로 게임을 하고 싶다는 뜻이다. 나는 그와 동등한 입장에 설 필요가 있다. 내 소재지를 숨기고 그의 신원을 확인한 연후에 의사소통을 시도할 것이다.

무작위로 도시를 하나 고른다. 멤피스. 평면 스크린을 끄고 옷을 입은 다음 여행 가방을 싸고, 비상사태에 대비해 아파트에 둔 현금을 모두 쓸어모은다.


멤피스의 한 호텔에서 나는 스위트룸에 딸린 데이터넷 단말기의 조작에 착수한다. 가장 처음 하는 일은 여러 개의 위장 단말기를 경유해서 나의 컴퓨터 활동 경로를 변조하는 것이다. 경찰의 통상적인 위치 추적으로는 내가 한 조회들은 유타 주 전역에 흩어져 있는 여러 개의 단말기에서 발신된 것으로 보일 것이다. 군의 정보부라면 휴스턴의 단말기까지는 추적할 수 있을지도 모르지만, 이것을 따라 멤피스까지 오는 것은 나조차도 쉽지 않을 것이다. 누군가가 휴스턴의 단말기까지 추적해 오는 데 성공한다면, 그 단말기에 설치해놓은 경보 프로그램이 내게 경고를 보낼 것이다.

내 쌍둥이라고 할 수 있는 그는 자기 신원에 관한 단서를 얼마나 많이 소거했을까? 식품의약국의 파일은 전무하므로 여러 도시의 배달 회사 파일들부터 시작해보자. 호르몬 K 연구가 진행되고 있던 시기에 식품의약국에서 각지의 병원에 물품을 배달했는지 알아보는 것이다. 그런 다음 해당 병원에 뇌 손상 환자들이 있었는지 체크해보면 일단 출발점은 확보가 될 것이다.

설령 이런 종류의 정보가 남아 있다고 해도 그 가치는 높지 않다. 강화된 마음이 남긴 흔적을 찾기 위해 가장 중요한 것은 투자 패턴을 살펴보는 일이다. 그러기 위해서는 시간이 필요할 것이다.

그의 이름은 레이놀즈이다. 피닉스 출신, 초기의 발달 상황은 나와 매우 유사하다. 그가 세 번째 주입을 받은 것은 육 개월 하고 나흘 전의 일이니까, 나보다 15일 일찍 시작했다는 얘기가 된다. 그는 명백한 기록들을 지우지 않고 남겨두었다. 내가 자신을 찾아내기를 기다리고 있는 것이다. 그가 임계량을 넘은 지 12일이 지났다고 추측할 수 있으므로 나의 두 배에 해당한다.

이제 나는 투자 패턴에서 그의 존재를 읽을 수 있다. 하지만 레이놀즈의 소재지를 파악하는 것은 극히 힘든 작업이다. 나는 그가 침입한 계정들을 찾아내기 위해 데이터넷 전체의 사용 기록을 조사한다. 내 단말기에 열어놓은 회선은 열두 개이다. 한 손 키보드 두 대와 목 마이크를 쓰고 있기 때문에 세 건의 조회를 동시에 행할 수 있다. 내 몸 대부분은 미동도 않고 있다. 피로를 예방하기 위해 적절한 혈액 순환을 확보하고, 근육 수축과 이완을 주기적으로 되풀이하고, 젖산을 제거한다. 눈에 보이는 모든 데이터를 흡수하면서, 음표들 속의 멜로디를 관찰하고, 그물망을 통해 전해오는 떨림의 진원지를 찾는다.

시간이 흐른다. 두 사람 모두 몇십 기가바이트에 달하는 데이터를 스캔하며, 서로의 주위를 빙빙 돈다.

그의 소재지는 필라델피아이다. 그는 내가 도착하기를 기다리고 있다.

나는 지금 흙탕물이 잔뜩 튀긴 택시를 타고 레이놀즈의 아파트로 가고 있다.

과거 몇 달 동안 그가 조회한 데이터베이스와 정보 서비스 기관들로 판단컨대, 그의 개인적 연구는 생명공학으로 만들어낸 미생물을 이용한 유독 폐기물 처리라든지, 실용적 핵융합을 가능케 하는 관성 봉입 기술의 개발, 다양한 구조를 가진 사회들에 대한 정보의 잠재의식적 유포 따위를 다루고 있다. 그는 세계를 구원하고, 그 자체로부터 지키려는 계획을 가지고 있다. 따라서 나에 대한 그의 평가는 부정적이다.

나는 외부 세계의 일에 대해 아무 관심을 보이지 않았고, 보통 인간들을 돕기 위한 어떤 연구도 하지 않았다. 두 사람 중 누구도 서로의 마음을 돌릴 수는 없을 것이다. 나는 이 세계를 나의 목적을 위한 부차적인 것으로 보고 있고, 그는 강화된 지능을 가진 누군가가 순수하게 자기 이익만을 위해 행동하는 것을 좌시할 수 없다고 생각하고 있다. 마음-컴퓨터 링크를 실현하려는 나의 계획은 전 세계에 엄청난 파문을 불러올 것이고, 정부나 일반 대중으로부터 그의 계획에 방해가 되는 반응을 이끌어낼 것이다. 속담에 있듯 나는 해답의 일부가 아니라 문제의 일부다.

만약 우리가 강화된 마음을 가진 사람들로 이루어진 사회의 일원이라면 인간들 사이의 상호 작용은 전혀 다른 양태를 취할 것이다. 그러나 이 사회에 속한 이상, 우리 두 사람은 저지 불가능한 힘이 되는 것을 피할 수 없었다. 우리 기준에서 볼 때 보통 인간들의 행동은 사소한 것에 불과하다. 설령 12,000마일 떨어진 곳에서 살더라도 우리는 서로를 무시할 수 없다. 따라서 해결책이 필요하다.

두 사람 모두 몇 번의 대결 기회를 무시하고 그냥 지나쳤다. 상대방을 죽이는 방법이라면 문손잡이에 신경독소를 섞은 디메틸술폭시드를 발라놓는 일부터 군의 공격용 인공위성으로 정밀 공격을 가하는 것까지 족히 몇천 가지는 된다. 두 사람 모두 물리적인 장소와 데이터넷 양쪽을 샅샅이 훑어 수없이 많은 공격 가능성에 미리 대비하고, 그와 동시에 상대방의 그런 조치를 상정한 함정들을 파놓을 수도 있었다. 그러나 두 사람 모두 그런 일을 실행에 옮기거나 확인해볼 필요를 느끼지 않았다. 추측과 이중사고의 무한한 회귀만으로도 포기를 결정하기는 충분했다. 결말은 상대방이 예측할 수 없는 준비 공작을 누가 하는지에 달려 있다.

택시가 멈춘다. 운전사에게 요금을 지불하고 아파트 건물을 향해 걸어간다. 건물 현관의 전자자물쇠가 나를 위해 열린다. 코트를 벗고 5층까지 걸어올라간다.

레이놀즈의 아파트 현관문도 열려 있다. 현관을 지나 거실로 들어가자 디지털 신시사이저가 발하는 초고속으로 가속된 다중음이 들려온다. 레이놀즈가 직접 작곡한 곡이라는 점은 명백하다. 이 소리는 통상적인 청력으로는 들을 수 없도록 변조되어 있고, 나조차도 아무런 패턴을 식별할 수 없다. 고밀도 정보 음악의 실험인지도 모르겠다.

거실에는 커다란 회전의자가 하나 있고 내게 등을 보이고 있다. 레이놀즈의 몸은 보이지 않고, 그는 신체 방사 물질의 표출을 혼수 레벨까지 억제하고 있다. 나는 나의 존재를, 그의 신원에 대한 나의 인식을 암시한다.

〈레이놀즈.〉

인지. 〈그레코.〉

의자가 매끄럽게, 천천히 회전한다. 그는 나를 향해 미소 짓고 곁에 둔 신시사이저를 끈다. 〈만나서 반가워.〉

의사소통을 위해 우리는 보통 인간들이 쓰는 신체 언어의 편린들을 교환한다. 일상적인 신체 언어의 단축 버전이다. 구句 하나를 전달하는 데 10분의 1초밖에 걸리지 않는다. 나는 넌지시 유감을 표명한다. 〈적으로 만나야 한다니 슬프군.〉

아쉬워하는 느낌의 동의, 그러고는 추정. 〈사실이야. 서로 협조해서 일한다면 이 세계를 어떻게 바꿀 수 있을지 생각해봐. 두 개의 강화된 마음이. 이런 절호의 기회를 놓쳐야 한다니.〉

사실이다. 협력해서 행동에 나선다면 각자 개인적으로 얻을 수 있는 그 어떤 것보다 훨씬 더 큰 성과를 거둘 수 있을 것이다. 두 사람 사이의 교류는 믿을 수 없을 정도의 풍성한 결과를 가져올 것이다. 나와 맞먹는 사고 속도를 가지고 있고, 내게 새로운 아이디어를 제공해줄 수 있고, 내가 듣는 것과 똑같은 멜로디들을 들을 수 있는 인물과 그저 토론이라도 할 수 있다면 얼마나 만족스러울까. 그도 똑같은 것을 원하고 있다. 둘 중 하나는 살아서 이 방을 나가지 못하리라는 사실을 생각하고 두 사람 모두 고통을 느낀다.

제안. 〈우리가 과거 여섯 달 동안 알아낸 것을 공유하고 싶나?〉

그는 내 대답을 이미 알고 있다.

신체 언어는 기술적 어휘를 결여하고 있기 때문에 우리는 소리 내어 말을 한다. 레이놀즈는 재빨리, 그리고 조용히 다섯 단어를 말한다. 이 것들은 그 어떤 시구보다도 더 풍성한 의미를 함축하고 있다. 각 단어 는 그에 선행하는 단어들에 내재된 모든 의미를 추출한 다음 내가 딛 고 올라갈 수 있는 논리적 발판을 마련해준다. 결합된 다섯 개의 단어 는 사회학에 관련된 혁명적인 통찰을 내포하고 있다. 그는 신체 언어 를 사용해 자신이 가장 먼저 달성한 업적이 이것임을 내게 전한다. 나 도 비슷한 인식에 도달했지만 형식화하는 방식에 차이가 있었다. 나는 즉각 일곱 개의 단어로 대응한다. 그중 네 단어는 그의 통찰과 나의 통 찰 사이의 차이점을 요약하고, 나머지 세 단어는 이 차이점이 야기하 는 불분명한 결과를 묘사하고 있다. 그가 대답한다.

이런 식으로 교류는 진행된다. 우리는 상대방에게 각기 단서를 제 시함으로써 즉흥 시련詩聯을 이끌어내고, 지식으로 이루어진 서사시를 함께 자아내는 두 명의 음유시인을 닮았다. 몇 초 지나지 않아 우리의 대화는 가속된다. 상대방의 단어가 채 끝나기도 전에 이쪽의 단어를 덧붙이는 식이지만, 단 하나의 뉘앙스도 빠뜨리고 지나가는 법이 없 다. 이윽고 우리는 계속적으로, 동시적으로, 상호의존적으로, 흡수하 고, 결론 내고, 반응한다.

몇 분이 경과한다. 나는 그에게서, 그는 나에게서 많은 것을 배운다. 나는 그 의미를 충분히 고려하려면 며칠은 걸릴 듯한 아이디어의 물줄 기에 갑자기 몸을 맡기며 고양감을 느낀다. 그러나 우리는 전략적인 정보 역시 수집하고 있다. 나는 그가 입 밖에 내지 않은 지식의 전체상을 추론하고, 나 자신의 것과 비교하고, 이에 조응하는 그의 추론을 시뮬레이트한다. 이 일에 결말이 있다는 사실을 자각하고 있기 때문이다. 우리 사이의 교류는 쌍방의 이데올로기적 차이를 선명하고 명료하게 나타내고 있다.

레이놀즈는 내가 목격한 미美를 보지 못했다. 실로 멋진 통찰을 앞에 두고서도 그것을 깨닫지 못하고 있는 것이다. 그에게 영감을 주는 유일한 게슈탈트는 내가 무시한 것이다. 행성 규모 사회의 게슈탈트, 생물권의 게슈탈트. 나는 미를 사랑하고, 그는 인류를 사랑한다. 두 사람 모두 상대방이 위대한 기회들을 무시해왔다고 느끼고 있다.

언급되지 않은 그의 계획은 전 지구 규모의 감화 네트워크를 구축하여 전 세계의 번영을 가져오는 것이다. 이 계획을 실행에 옮기기 위해서 그는 일련의 사람을 고용할 작정이다. 이들 중 어떤 자들에게는 단순히 강화된 지능을 주고, 다른 자들에게는 초월적 자기 인식을 줄 생각이다. 그들 중 몇몇은 그에게 위협적인 존재가 될 것이다. 〈왜 보통 인간들을 위해 그런 위험을 무릅쓰는 거지?〉

〈보통 인간들에 대한 자네의 냉담함은 자네가 깨달음의 경지에 도달했다면 정당화될 수 있겠지. 자네의 영역과 그들의 영역은 겹치지 않을 테니까. 그렇지만 자네와 내가 여전히 그들의 일을 이해하고 있는 한, 우리는 그들을 무시할 수 없어.〉

나는 쌍방의 윤리적 관점 사이의 거리를 정확하게 계측할 수 있고, 결코 양립할 수 없는 두 네트워크 사이에 존재하는 긴장을 볼 수 있다. 레이놀즈의 동기는 단순한 동정이나 애타주의가 아니라 그런 것들을 필연적으로 내포하는 어떤 것이다. 그와는 대조적으로 나는 단지 숭고함을 이해하는 데만 집중하고 있다. 〈깨달음의 위치에서 볼 수 있는 미에 관해서는 어떻게 생각하나? 그것에 대해서는 아무런 매력을 느끼지 않나?〉

〈자네는 깨달음을 얻은 의식을 유지하기 위해 어떤 종류의 구조가 필요한지 알고 있네. 그것이 요구하는 산업 분야가 확립될 때까지 기다려야 할 이유가 내게는 없어.〉

그는 지능을 수단으로 보고, 나는 지능을 그 자체의 목적으로 본다. 더 높은 지능은 그에게는 거의 쓸모가 없다. 현 수준에서도 그는 인간이 경험할 수 있는 영역에 존재하는 그 어떤 문제에 대해서도 최적화된 해답을 찾아낼 수 있다. 그 영역을 넘어선 문제들까지도 다수 포함해서 말이다. 그에게 필요한 것은 자신의 해법을 실행에 옮기기 위한 충분한 시간뿐이다.

더 이상 토론을 해보았자 의미가 없다. 쌍방의 양해하에, 우리는 시작한다.

우리가 공격 타이밍을 정할 때 기습이라는 개념은 무의미하다. 사전에 경고를 받는다고 해서 우리의 의식이 지금 상태보다 더 예민해지는 것은 아니니까. 우리가 전투 개시에 동의하는 것은 서로에 대한 예의가 아니라 필연을 실행에 옮기는 것에 불과하다.

각자의 추론을 바탕으로 우리가 구축한 상대방의 모델에는 틈새가, 결락이 있다. 각자의 내면에 독자적으로 발생한 심리적 발달 과정이나 발견들이. 이 간극에서 방사되는 메아리는 없고, 그것을 세계의 그물로 연결해주는 그 어떤 실도 보이지 않았다. 지금까지는.

나는 시작한다.

그의 내부에 두 개의 강화 루프를 생겨나게 하는 데 집중한다. 그중 하나는 매우 간단한 것으로 혈압을 급상승시키는 효과를 야기한다. 아무 간섭도 받지 않고 일 초 동안 계속된다면, 이 루프는 그의 혈압을 뇌졸중 수준까지―아마 400/300까지―올려 뇌의 모세혈관을 파열시킬 것이다.

레이놀즈는 이것을 즉시 감지한다. 좀 전의 대화로 미루어 그가 타인에 대한 바이오피드백 루프에 관해 연구해본 적이 없다는 사실은 명백하지만, 그는 무슨 일이 일어나고 있는지 깨닫는다. 그러자마자 그는 심장 박동 수를 줄이고 몸 전체의 혈관을 팽창시킨다.

그러나 나의 진짜 공격은 그와는 별도의 더 미묘한 강화 루프이다. 이것은 내가 레이놀즈를 수색하기 시작했을 때부터 줄곧 개발해온 무기이다. 이 루프는 그의 뉴런들이 길항 작용을 하는 신경전달물질을 극적으로 과잉 방출시키게 해, 신경 자극이 시냅스와 시냅스 사이를 가로지르는 것을 막고 뇌의 활동을 정지시킨다. 나는 이 루프를 앞의 것보다 훨씬 더 강하게 방사하고 있었다.

위장 공격을 받아넘겼을 때 레이놀즈는 상승한 혈압의 효과 뒤에서 약간의 집중력 저하를 경험한다. 일 초 후 그의 육체는 자발적으로 이 효과를 증폭하기 시작한다. 레이놀즈는 자신의 사고가 흐려지는 것을 깨닫고 충격을 받는다. 그는 이 현상의 정확한 메커니즘을 찾아내려고 한다. 곧 확인하겠지만, 시간을 들여 그것을 검토할 틈은 없을 것이다.

일단 그의 뇌 기능이 보통 인간의 수준으로 떨어지면 나는 쉽게 그의 마음을 조작할 수 있을 것이다. 최면 테크닉을 쓰면 그의 강화된 마음이 가지고 있는 정보 대부분을 뱉어내게 할 수 있다.

나는 그의 신체적 표현을 점검하고 그것이 지능 저하의 징후를 보이는 것을 목격한다. 뚜렷하게 퇴행하고 있다.

다음 순간 퇴행이 멈춘다.

레이놀즈는 평형 상태에 도달했다. 나는 경악한다. 그는 강화 루프를 돌파해냈다. 내가 내놓을 수 있는 가장 정교한 공격을 막은 것이다.

그런 다음 그는 자신이 받은 손상을 복구하기 시작한다. 능력 저하 상태에서도 그는 신경전달물질의 균형을 교정할 수 있다. 몇 초 후 레이놀즈는 완전히 회복한다.

나 또한 그에게 노정되었던 것이다. 나와의 대화를 통해 그는 내가 강화 루프를 연구했다는 사실을 연역해냈고, 그래서 의사소통을 하면서 나에게 탐지당하지 않고 일반적인 예방조치를 고안해냈다. 그러고는 나의 실제 공격이 효력을 발휘하는 사이 그 특성을 관찰했고, 그 효과를 무력화시킬 수 있는 방법을 알아냈던 것이다. 그 분별력, 그 속도, 그 은폐 능력에 나는 경탄했다.

그는 나의 기술을 인정한다. 〈매우 흥미로운 테크닉이군. 자네의 자기 몰두 경향에 걸맞다고 해야겠지. 그때는 나도 아무런 징후를─〉느닷없이 그가 다른 신체 부호를 투사한다. 이것은 예전에도 본 적이 있는 것이다. 그가 이것을 쓴 것은 사흘 전 잡화점에서 내 뒤로 걸어왔을 때의 일이다. 통로는 붐비고 있었고, 내 주위에는 공기 정화 마스크를 쓰고 헐떡이는 노파와 사이키델릭 패턴이 끊임없이 변화하는 액정 셔츠 차림으로 환각제에 취해 비틀거리는 십대가 있었다. 레이놀즈는 포르노 잡지 판매대에 주의를 기울이며 내 배후로 슬쩍 다가왔다. 나를 감시하면서 그는 나의 강화 루프에 관한 정보를 얻지는 못했지만, 나의 마음에 관해서 좀더 상세한 상像을 얻은 것은 사실이었다.

내가 예상하고 있던 가능성이다. 나는 나의 사이키를 재구성하고, 예측을 어렵게 하기 위한 무작위 요소들을 도입한다. 내 마음의 방정식들은 이제 나의 통상적 의식의 그것들과는 전혀 닮지 않은 것으로 변화함으로써, 레이놀즈가 했을지도 모를 추정들을 배제하고 특정 사이키를 대상으로 한 공격을 모두 무력화한다.

나는 미소에 해당하는 신체 언어를 투사한다.

레이놀즈도 미소 짓는다. 〈자네는 고려해본 적이 있나─〉 느닷없이 그는 침묵만을 투사한다. 입을 열어 어떤 말을 할 태세지만 그것이 무엇인지 나는 예측할 수 없다. 이윽고 그것은 속삭임의 형태로 나타난다. "자기 파괴 커맨드에 관해 말이야, 그레코."

그가 이 말을 하자 내가 재구성한 그의 모델에 존재하는 틈새 하나가 채워지고 넘친다. 그것이 암시하는 바는 내가 그에 관해 알고 있는 모든 지식을 물들인다. 그가 의미하는 것은 '말'이다. 입 밖으로 내면 듣는 사람의 마음을 파괴하게 되는 문장. 레이놀즈는 이 신화가 사실이며, 모든 마음에는 본래 그런 방아쇠가 내장되어 있다고 주장하고 있는 것이다. 모든 개인에게는, 단지 들려주기만 해도 그를 백치로, 광인으로, 긴장병 환자로 몰아넣을 수 있는 문장이 하나씩 있다고. 그리고 그는 나의 문장도 알고 있다고 주장하고 있는 것이다.

나는 즉시 모든 감각 정보를 차단하고 격리된 단기 기억의 버퍼로 그것을 돌린다. 그러고는 나 자신의 의식을 고스란히 모방한 시뮬레이터를 만들어, 감각 정보를 받아들이고 감속 상태에서 그것을 흡수하게 한다. 나는 메타 프로그래머로서 이 시뮬레이션의 식들을 간접적으로 모니터할 것이다. 내가 실제로 감각 정보를 받아들이는 것은 그 안전성을 확인한 후의 일이 될 것이다. 시뮬레이터가 파괴된다면 나의 의식은 격리될 것이고, 나는 파국을 유발한 개개의 단계를 재추적해 나의 사이키를 리프로그래밍하기 위한 지침을 끌어낼 것이다.

레이놀즈가 나의 이름을 말하는 것을 마친 무렵에는 이미 모든 수단이 정비된 상태다. 다음에 오는 문장이 파괴 커맨드일 것이다. 나는 지금 120밀리세컨드의 시차를 두고 감각 정보를 받아들이고 있다. 나는 그의 주장을 확인해줄 증거를 명확히 찾으며, 인간 마음에 대한 나의 분석을 재점검한다.

그러는 동안 나는 대수로울 것 없다는 말투로 대답한다. 〈자네가 할 수 있는 최고 수준의 공격을 해봐.〉

〈걱정 말게. 그건 내 혀끝에서 나오는 것이 아니니까.〉

나의 노력이 어떤 결과를 찾아낸다. 나는 나 자신을 저주한다. 사이키의 디자인에는 극히 미묘한 뒷문이 하나 있다. 하지만 나는 적절한 사고 양식을 결여하고 있었기 때문에 그것을 미처 깨닫지 못했다. 나의 무기가 자기 성찰에서 생겨난 것이라면, 그의 무기는 오로지 조종자만이 만들어낼 수 있는 것이다.

레이놀즈는 내가 방어망을 쌓아놓았다는 사실을 알고 있다. 그렇다면 그의 유발 커맨드는 내 방어망을 우회해서 무력화하게끔 설계되어 있는 것일까? 나는 유발 커맨드 작동의 성질에 관한 유추를 계속한다.

〈무엇을 기다리고 있나?〉 그는 내게 설령 시간이 더 주어진다고 해도 방어 태세를 갖추지 못할 것이라고 확신하고 있다.

〈추측하려고 시도하는 중이야.〉독선적일 정도의 자신감. 정말 그렇게 쉽게 나를 농락할 수 있다고 믿는 것일까?

나는 유발 커맨드의 효과가 보통 인간에게 끼치는 영향에 관한 이론적 설명에 도달한다. 임계치에 도달하지 못한 마음이라면 단 하나의 커맨드만으로도 백지 상태로 되돌려놓을 수 있지만, 강화된 마음의 경우에는 어느 정도인지는 불분명하지만 특화가 필요하다. 정신 삭제는 명확한 징후를 동반하기 때문에 시뮬레이터는 내게 경고를 해줄 수 있지만, 이런 것들은 내가 계산할 수 있는 과정의 징후에 불과하다. 그러나 파괴 커맨드가 나의 상상력을 뛰어넘는 특정한 식式이라는 점은 자명하다. 나의 메타 프로그래머는 시뮬레이터의 상태를 진단하는 도중에 붕괴해버리는 것일까?

〈보통 인간에게 파괴 커맨드를 써본 적이 있나?〉나는 특화된 파괴 커맨드를 생성하기 위해 필요한 것들이 무엇인지 계산하기 시작한다.

〈마약 판매상에게 한 번, 실험 삼아. 나중에 관자놀이에 일격을 가해서 증거를 은폐했지.〉

파괴 커맨드의 생성이 엄청나게 힘든 작업이라는 사실이 명백해진다. 유발 자극을 만들어내기 위해서는 나의 마음에 관한 치밀한 지식이 필요하다. 그가 나에 관해 무엇을 알아낼 수 있었는지를 외삽한다. 내가 리프로그래밍했다는 사실을 감안하면 그의 지식은 불충분한 것처럼 보이지만, 그에게는 내가 모르는 관찰 테크닉이 있을 가능성이 있다. 외부 세계를 연구함으로써 그가 얻은 이점을 나는 뼈아프게 자각하고 있다.

〈자네는 앞으로도 몇 번이나 더 그런 일을 해야 할 거야.〉

그가 이 사실에 대해 유감을 느끼고 있다는 점은 역력하다. 그의 계획을 실현하기 위해서는 더 많은 사람들의 죽음을 피할 수 없다. 전략적 필요에 의해 죽어야 하는 보통 인간들과, 강화된 마음을 부여받지만 결국 더 높은 곳을 향하려는 유혹 때문에 그의 계획에 방해가 될 몇몇 조력자들. 이 커맨드를 쓴 이후 레이놀즈는 그들을—혹은 나를—백치로 리프로그래밍할지도 모른다. 받은 명령에만 정신을 집중하고 제한된 수의 자기 메타 프로그래밍 기능만을 가지는 자들로. 이런 죽음은 그의 계획이 필연적으로 치러야 하는 대가이다.

〈나는 내가 성인이라고 주장할 생각은 없어.〉

구세주에 불과하다는 얘기군.

보통 인간들은 그를 폭군으로 간주할지도 모른다. 스스로의 판단도 신뢰하지 못하는데다가 그를 자기들과 같은 인간이라고 착각하기 때문이다. 레이놀즈에게 실제로 그 과업을 성공시킬 능력이 있으리라고는 상상도 못하는 것이다. 인간사에 관한 레이놀즈의 판단은 최고 수준에 도달해 있고, 탐욕과 야망이라는 인간의 개념은 강화된 마음에는 해당되지 않는다.

연극적인 몸짓으로 레이놀즈가 한 손을 들어올린다. 마치 무엇인가를 강조하려는 듯이 집게손가락을 뻗치고 있다. 내게는 그의 파괴 커맨드를 생성할 수 있을 만큼 정보가 충분하지 않기 때문에 일단은 방어에 전념하는 수밖에 없다. 만약 그의 공격에서 살아남을 수 있다면, 나 자신의 공격을 투사할 수 있는 여유가 생길지도 모른다.

그는 손가락으로 위를 가리키며 말한다. "이해해."

처음에는 못한다. 그런 다음, 소름끼치게도, 나는 이해한다.

레이놀즈는 입 밖에 내서 말하는 커맨드를 설계한 것이 아니었다. 그것은 감각을 통한 유발 자극이 결코 아니었다. 기억 자극이었다. 이 커맨드는 개별적으로는 아무런 해가 없는 일련의 지각으로 이루어져 있었고, 그는 이것들을 내 뇌 속에 마치 시한폭탄처럼 심어놓았던 것이다. 이 기억의 결과로서 형성된 정신 구조들이 이제 하나의 패턴으로 융합되기 시작해 나의 붕괴를 규정하는 게슈탈트를 형성한다. 나는 스스로 '말'을 직감하고 있다.

즉시 나의 마음은 유례가 없을 만큼 빠르게 작동하기 시작한다. 나의 의지에 반해 치명적인 인식이 머릿속에 떠오른다. 나는 연상 작용을 멈추려고 하지만, 이 기억들을 억제하는 것은 불가능하다. 이 과정은 나의 자각의 결과로서 가차 없이 진행된다. 나는 높은 곳에서 추락하는 사내처럼 억지로 보고 있는 수밖에 없다.

몇 밀리세컨드가 경과한다. 나의 죽음이 내 눈앞에서 진행된다.

레이놀즈가 지나갔을 때 그 잡화점의 이미지. 소년이 입고 있던 사이키델릭 셔츠. 레이놀즈는 셔츠의 디스플레이를 프로그래밍해 나의 내부에 암시를 심어놓았고, '무작위로' 리프로그래밍된 나의 사이키가 이 암시에 반응하도록 했던 것이다. 이미 그때.

시간이 없다. 내가 할 수 있는 일이라고는 맹렬한 속도로 나 자신을 무작위하게 메타 프로그래밍하는 것뿐이다. 이것은 자포자기적인 행위이고, 영구적인 기능의 상실로 이어질 수도 있다.

처음 레이놀즈의 아파트로 들어설 때 들었던 기묘한 변조음. 나는 어떤 방어도 개시하기 전에 이 치명적인 통찰을 흡수했다.

나 자신의 사이키, 나의 정신을 찢어발기지만, 여전히 결론은 점점 더 명료해지고, 선명도는 점점 더 뚜렷해질 뿐이다.

**시뮬레이터를 구축하는 나 자신.** 이 방어 구조를 디자인하는 과정에서 나는 문제의 게슈탈트를 인식할 수 있는 관점을 획득했다.

그가 나보다 더 독창적이라는 점을 인정한다. 그의 계획에는 분명 좋은 징조이다. 구세주에게는 심미주의보다는 실용주의 쪽이 훨씬 더 쓸모가 있다.

세계를 구원한 후 그는 무엇을 할 작정일까.

나는 '말'을 이해하고, 그것이 작용하는 방식을 이해한다. 고로, 나는 붕괴한다.

**영으로 나누면**

Division by Zero

# 1

어떤 수를 0으로 나눠도 그 값이 무한대가 되는 경우는 없다. 나눗셈은 곱셈의 역逆이라고 정의되기 때문이다. 만약 어떤 수를 0으로 나누고 그다음 0을 곱하면 처음 수를 다시 얻을 수 있어야 한다. 그러나 무한대에 0을 곱하면 0이 되지 다른 수가 되지는 않는다. 0을 곱해서 0 이외의 값을 얻을 수 있는 수는 존재하지 않는다. 따라서 어떤 수를 0 으로 나눈 결과는 글자 그대로 '무정의無定義'인 것이다.

## 1a

르네가 창밖을 바라보고 있을 때 미시즈 리바스가 다가왔다.

"일주일밖에 안 됐는데 벌써 퇴원이야? 푹 쉴 틈도 없었네. 난 대체 언제쯤이면 돌아갈 수 있을지 모르겠어."

르네는 억지로 예의바른 웃음을 지었다. "곧 퇴원하실 수 있을 거예요." 미시즈 리바스는 이 병동을 장악하고 있다시피 한 오래된 환자였다. 그녀의 행동이 겉치레에 불과하다는 사실을 모두가 알고 있었지만, 그 술수가 우연히 성공이라도 한다면 골치가 아프므로 간호사들은 속으로는 짜증을 내면서도 그녀에 대한 주의를 게을리하지 않았다.

"하. 여기 사람들은 내가 한시라도 빨리 퇴원하기만 바라고 있겠지. 만약 지금 단계에서 내가 죽는다면 그치들한테 어떤 불이익이 돌아갈지 알아?"

"예, 알죠."

"그치들이 걱정하는 건 오로지 자기들이 받을 불이익뿐이야. 언제나 책임을 지게 될까봐 걱정—"

르네는 몸을 돌려 창밖으로 다시 주의를 돌렸고, 하늘에서 비행운이 뻗어나가는 광경을 응시했다.

"미시즈 노우드?" 간호사가 그녀를 불렀다. "남편분이 오셨습니다."

르네는 미시즈 리바스를 향해 한 번 더 예의바르게 웃어 보이고는 방에서 나왔다.


## 1b


칼이 몇 번째인가의 서명을 하고 나서야 간호사들은 전산 처리를 하기 위해 서류를 가져갔다.

칼은 르네를 입원시키기 위해 이곳으로 데려와 처음 의사와 면담했을 때 받았던 상투적인 질문들을 머리에 떠올렸다. 그때는 모든 질문에 대해 냉정하게 대답할 수 있었다.

"예, 제 아내는 수학 교수입니다. 인명록에도 이름이 올라 있죠."

"아뇨, 제 분야는 생물학입니다."

그리고 :

"학교에서 필요한 슬라이드 사진이 든 상자를 집에 놓아두고 왔던 겁니다."

"아뇨, 제 처가 그걸 알았을 리가 없습니다."

그리고 예상했던 질문에 대한 대답 :

"예, 그런 적이 있습니다. 이십 년 전쯤 제가 대학원생이었을 때의 일입니다."

"아뇨, 저는 옥상에서 뛰어내리려고 했습니다."

"아뇨, 르네와 저는 당시에는 아직 모르는 사이였습니다."

질의응답은 이런 식으로 계속됐다.

이제 병원 측에서는 그가 유능하고 협조적이라는 결론에 도달했고, 르네를 퇴원시켜 외래환자 치료 프로그램에 편입시켜도 좋다는 입장이었다.

당시를 돌이켜보며 칼은 일종의 추상적인 놀라움을 느꼈다. 단 한 순간의 예외 말고는, 이 시련의 모든 기간을 통틀어서 기시감을 느낀 적이 한 번도 없었던 것이다. 그렇게 자주 병원과 의사들과 간호사들과 접촉했음에도 불구하고, 칼과 함께한 감각은 기계적인 절차를 되풀이하는 데서 오는 일종의 마비 상태뿐이었다.

# 2

1은 2와 같다는 사실을 보여주는 잘 알려진 '증명'이 하나 있다. 그것은 이런 정의로 시작된다. "a=1, b=1이라고 하자." 그리고 a=2a, 즉 1은 2라는 결론으로 끝난다. 증명 과정 중간쯤 눈에 안 띄게 숨어 있는 것은 0으로 나누기이다. 그 시점에서 이 증명은 벼랑 너머로 한 발을 내딛으며 모든 법칙을 무효로 만들어버린다. 0으로 나누는 것을 인정한다면 1과 2는 같을 뿐만 아니라 그 어떤 두 개의 수도—실수이든 허수이든, 유리수이든 무리수이든—같다고 증명할 수 있게 된다.

# 2a

칼과 함께 집에 돌아오자마자 르네는 자기 서재의 책상으로 갔고, 모든 서류를 뒤집어 아무렇게나 쌓기 시작했다. 종이 귀퉁이가 말려 올라가며 내용이 엿보일 때마다 르네는 미간을 찡그렸다. 모조리 태워버릴까 하는 생각도 들었지만 그래봐야 이제 상징적 행위에 지나지 않는다. 눈길을 주지 않는 것만으로도 충분히 목적을 달성할 수 있다.

의사들은 아마 이것을 강박 행동으로 볼 것이다. 르네는 얼굴을 찌푸렸다. 그런 멍청이들의 환자 노릇을 하며 느꼈던 굴욕이 뇌리에 되살아났던 것이다. 자살 위험군 환자로 간주된 그녀는 구속 병동에 격리되어 이십사 시간 내내 간호사들의 감시를 받았다. 생색내는 듯한, 속이 뻔히 들여다보이는 의사들과 여러 번 면담을 한 일도 떠올랐다. 르네는 미시즈 리바스 같은 책사는 아니었지만 의사들을 속이는 일은 쉬

웠다. "지금 제 상태가 좋지 않다는 건 알고 있지만 예전보다는 나아졌
어요"라고 말하기만 하면, 거의 퇴원할 준비가 되었다는 판정을 받는
것이다.

## 2b

칼은 복도를 지나가다가 문간에서 잠시 르네를 바라보았다. 그리고
이십 년이나 된 기억을 떠올렸다. 칼 자신이 병원에서 퇴원하던 날의
기억을. 차를 몰고 그를 데리러 온 부모와 함께 집으로 돌아가던 중,
너를 보면 모두들 정말 기뻐할 거야 하는 식의 공허한 말을 어머니가
입에 담았을 때, 칼은 어깨를 감싸안은 그녀의 손을 뿌리치고 싶다는
충동을 가까스로 억눌렀다.

칼은 예전 병원에 있었을 당시의 그라면 기꺼이 받아들였을 일들을
르네에게도 해주려고 노력했다. 입원했을 당시 르네는 그와 만나기를
거부했지만 매일 문병을 갔다. 그렇게 하면 르네가 정말로 그를 만나
고 싶어할 때 만나줄 수 있었기 때문이다. 이따금 두 사람은 말을 나눴
고, 어떨 때는 그냥 병원 부지를 함께 산책하곤 했다. 칼은 자신의 그
런 행동에서 아무런 잘못도 찾아낼 수 없었고, 르네가 그것에 대해 감
사해하고 있다는 사실도 알고 있었다.

그러나 이 모든 노력에도 불구하고 그가 그녀에 대해 느낀 감정은
책임감 이상의 그 어떤 것도 아니었다.

# 3

『수학 원리』에서 버트런드 러셀과 앨프리드 화이트헤드는 형식 논리학을 토대 삼아 수학에 엄밀한 기반을 부여하려고 시도했다. 그들은 자신들이 공리公理로 간주하는 것으로부터 출발했고, 이것들을 이용해서 점점 더 복잡한 정리를 끌어냈다. 362쪽에 다다를 무렵에는 "1 + 1 = 2"를 증명하기에 충분한 기반을 쌓아놓고 있었다.

## 3a

일곱 살의 어린아이였을 당시 친척 집을 탐험하던 르네는 바닥에 깔린 매끄러운 대리석 타일의 완벽한 정사각형에 매료당했다. 한 장의 타일. 두 장씩 2열, 세 장씩 3열, 네 장씩 4열. 타일은 정사각형 속에 딱 맞아들어갔다. 당연히. 어느 쪽에서 바라보아도 결과는 마찬가지였다. 그뿐 아니라 각각의 정사각형은 홀수 개만큼 타일 수가 불어났다. 이것은 에피파니*였다. 결론은 필연적이었다. 그것에는 일종의 옳음이 존재했고, 타일의 매끄럽고 차가운 감촉이 이를 입증해주었다. 타일들이 끼워 맞춰진 방식도 마찬가지였다. 놀라울 정도로 가느다란 선만 남기고 한 치의 틈도 없이 짜 맞추어진 그 정확성에 그녀는 전율했다.

세월이 흐르자 다른 인식들과 다른 업적들이 찾아왔다. 스물세 살의 나이에 경탄할 만한 박사 논문을 제출한 르네는 학계의 절찬을 받은

---

* 순간적인 직관, 통찰. 신적 존재의 출현.

논문들을 잇달아 발표했다. 사람들은 그녀를 폰 노이만에 비교했고, 여러 대학이 그녀를 초빙하려고 했다. 르네는 그런 일들에 거의 신경을 쓰지 않았다. 그녀의 관심은 지금까지 배운 모든 정리에 내포된, 바로 그 옳음에 대한 감각을 향해 있었다. 타일의 물성만큼이나 지속적이고, 그 배열만큼이나 정밀한.

## 3b

칼은 현재의 그는 자살 시도 후 로라를 만나고 생성된 것이라고 느끼고 있었다. 병원에서 퇴원하고 나서는 도저히 다른 사람을 만나고 싶은 기분이 아니었지만, 어떤 친구가 애를 쓴 끝에 로라를 소개받던 것이다. 칼은 처음에는 그녀를 밀어냈지만 로라는 명민했다. 칼이 괴로워하는 동안 로라는 그를 사랑해주었고, 마음의 상처가 아문 뒤에는 그를 보내주었다. 로라와의 교류를 통해 칼은 공감에 관해 배웠고, 새사람으로 태어날 수 있었다.

로라는 석사 학위를 받고 떠났고, 칼은 생물학 박사 학위를 받기 위해 대학에 남았다. 훗날 칼은 인생의 위기와 상심을 여러 번 경험했지만 절망에 빠지는 일만은 결코 없었다.

로라가 어떤 사람이었는지 생각할 때마다 칼은 경이로움을 느끼곤 했다. 대학원 졸업 이래 로라와는 연락한 적이 없다. 지금까지 그녀는 어떤 인생을 일궈왔을까? 어떤 남자들을 사랑했을까? 일찍이 칼은 그녀를 향한 자신의 사랑이 어떤 종류의 사랑인지, 또 어떤 종류의 사랑이 아닌지 인식했고, 그것을 더할 나위 없이 소중하게 여겼다.

# 4

19세기 초부터 수학자들은 유클리드 기하학과는 다른 종류의 기하학들을 탐구하기 시작했다. 이 대체 기하학들은 말도 안 되게 부조리해 보이는 결과를 도출해냈지만, 그것에서 논리적 모순을 찾아낼 수는 없었다. 훗날 이 비非유클리드 기하학들은 유클리드 기하학과 비교해도 모순이 없다는 사실이 증명되었다. 유클리드 기하학 자체에 모순이 없다고 가정하는 한, 비유클리드 기하학 또한 논리적으로 모순되지 않는다는 뜻이다.

유클리드 기하학의 무모순성의 증명은 오랫동안 수학자들의 풀리지 않는 과제였다. 19세기 말까지 나온 최대의 성과는 그것을 뒷받침하는 산술에 모순이 없는 한 유클리드 기하학에도 모순이 없다는 증명이었다.

## 4a

이 모든 일이 시작됐을 당시 르네는 그것을 사소한 골칫거리 정도로밖에는 보고 있지 않았다. 어느 날 그녀는 복도를 지나 피터 파브리시가 있는 연구실의 열린 문을 노크했다. "피트, 시간 좀 내줄 수 있어?"

책상 앞에 앉아 있던 파브리시는 의자를 뒤로 밀었다. "물론이지, 르네. 무슨 일인데?"

르네는 안으로 들어갔다. 그가 어떤 반응을 보일지는 이미 알고 있었다. 지금까지 그녀는 그 어떤 문제에 대해서도 학과 동료들의 조언을 구한 적이 없었다. 언제나 그 반대였다. 그런 건 아무래도 좋다. "조금 도움이 필요해서 말야. 이 주쯤 전에 내가 전개중인 형식 체계에 관해서 얘기했던 거 기억 나?"

파브리시는 고개를 끄덕였다. "그걸 통해서 공리계公理系를 다시 쓰려 한다고 했었지."

"맞아. 그런데 실은 며칠 전부터 정말 말도 안 되는 결론이 자꾸 나오기 시작했고, 이제 내 형식 체계 자체에 모순이 생겨나고 있어. 그걸 잠깐 살펴봐줄 수 있겠어?"

파브리시의 얼굴에 예상했던 표정이 떠올랐다. "그러니까 — 물론이야, 기꺼이 그러지."

"정말 고마워. 문제가 있는 건 처음 몇 페이지에 있는 예증들이야. 나머지는 그냥 참고용이고." 르네는 파브리시에게 엷은 서류 뭉치를 건넸다. "이걸 읽으면 당신도 나와 같은 결론을 내지 않을까 싶어서."

"아마 그렇게 되겠지." 파브리시는 앞의 두 쪽을 훑어보았다. "얼마나 걸릴지는 모르겠지만."

"서두르지 않아도 돼. 시간 날 때 읽어보고, 전제들 중에 뭔가 미심쩍은 것이 있다든지, 뭐 그런 걸 확인해주면 돼. 나도 계속 체크해볼 생각이니까 뭔가 새로운 게 나오면 얘기해줄게. 알겠지?"

파브리시는 미소를 지었다. "오늘 오후에라도 다시 내 방으로 와서 문제가 뭔지 알아냈다고 할 것 같은데?"

"그럴 것 같지는 않아. 내게 필요한 건 신선한 시점이야."

파브리시는 양손을 펼쳤다. "어쨌든 해볼게."

"고마워." 파브리시가 그녀의 형식 체계를 완전히 파악할 가능성은 크지 않았지만, 지금 르네에게 필요한 것은 좀더 기계적인 측면을 대신 체크해줄 인물이었다.

## 4b

칼이 르네를 처음 만난 것은 대학 동료가 주최한 파티에서였다. 칼은 르네의 얼굴에 매료당했다. 대단히 평이한데다가 언제나 우울한 표정인 듯했지만, 파티에서 그는 그녀가 미소 짓는 것을 두 번, 찡그리는 것을 한 번 보았다. 그때마다 르네의 이목구비 전체가 마치 다른 표정은 아예 모른다는 듯 완전히 돌변하는 것을 보고 칼은 깜짝 놀랐다. 평소에 자주 미소 짓거나 자주 찌푸리는 얼굴이라면 설령 주름이 없다고 해도 금세 알아볼 수 있는 법이다. 저토록 깊이 있는 표정을 지을 수 있으면서 왜 평소에는 그것을 전혀 밖으로 드러내지 않는 것일까.

르네를 이해하고 그 표정을 읽을 수 있게 되기까지는 오랜 시간이 걸렸다. 하지만 그것은 충분히 그럴 만한 가치가 있는 일이었다.

지금 칼은 자기 서재의 안락의자에 앉아 〈해양 생물학〉 최신호를 무릎 위에 얹은 채로 복도 건너편의 서재에서 르네가 종이를 꾸깃꾸깃 구기는 소리에 귀를 기울이고 있다. 그녀는 저녁 내내 일에 몰두하고 있었고, 그 과정에서 좌절감이 점점 쌓여가는 것을 소리로 알 수 있었다. 아까 잠깐 들여다보았을 때는 평소와 마찬가지로 무표정한 얼굴을 하고 있었지만.

칼은 학술지를 옆에 내려놓고 의자에서 일어나 그녀의 서재 문간까지 걸어갔다. 르네는 책상 위에 책 한 권을 펼쳐놓고 있었다. 책의 페이지에는 평소대로 상형문자 같은 방정식이 가득했다. 군데군데 러시아어 주석이 들어가 있다.

르네는 그 일부를 훑어보았고, 거의 눈에 띄지 않을 정도로 얼굴을 찡그리고는 소리 나게 책을 닫았다. 칼은 그녀가 "쓸모없어"라고 중얼거리는 소리를 들었다. 르네는 책을 책꽂이에 다시 집어넣었다.

"그런 식으로 몰두하다가는 고혈압이 되어버릴지도 몰라." 칼은 농담을 했다.

"나를 바보 취급하지 마."

칼은 이 말에 깜짝 놀랐다. "그런 뜻이 아니었어."

르네는 고개를 돌리고 그를 노려보았다. "난 내가 언제 생산적으로 일할 수 있고, 언제 그러지 못하는지 잘 알아."

찬물을 뒤집어쓴 기분. "그럼 방해 안 할게." 칼은 물러섰다.

"고마워." 르네는 서가로 주의를 돌렸다. 칼은 그녀가 보인 성난 표정의 의미를 해석해보려고 노력하며 자리를 떴다.

## 5

1900년에 열린 제2차 국제수학학회에서 다비드 힐베르트는 그가 수학에서 가장 중요하다고 간주하는 스물세 개의 미해결 문제들을 열거했다. 목록에서 두 번째 문제는 수론數論의 무모순성을 증명하라는 요청이었다. 그런 증명이 존재한다면 대부분의 고등수학의 무모순성을 확립할 수 있을 것이었다. 이 증명은 요컨대 1이 2와 등가임을 입증하기란 불가능하다는 것을 보증해야 했다. 당시에 이것을 중대한 문제로 간주한 수학자는 거의 없었다.

# 5a

르네는 파브리시가 입을 열기도 전에 그가 무슨 말을 할지 짐작하고 있었다.

"이런 황당한 건 난생처음 봤어. 단면이 다른 블록들을 각기 모양이 다른 구멍 속에 끼워넣는 어린애들 장난감 알지? 네가 고안한 형식 체계를 읽고 있으면, 누군가가 그 블록들을 판에 난 구멍에 하나씩 끼워넣는데 그럴 때마다 완벽하게 맞아떨어지는 걸 보고 있는 기분이 들어."

"그럼 틀린 데는 없었어?"

파브리시는 고개를 가로저었다. "난 못 찾았어. 아무래도 너와 똑같은 도랑에 빠진 것 같아. 한 방향으로밖에는 생각할 수가 없으니."

르네는 더 이상 도랑에 빠져 있지 않았다. 그녀는 그 문제에 대해 완전히 다른 접근법을 고안해냈다. 다만 최초의 모순이 존재한다는 사실을 재확인했을 뿐이었다. "흠, 어쨌든 고마워."

"다른 사람한테 또 보여줄 작정이야?"

"응. 버클리의 캘러핸한테 보내볼 생각이야. 지난봄 학회에서 만난 후 줄곧 연락을 주고받아왔거든."

파브리시는 고개를 끄덕였다. "그 친구가 최근 발표한 논문에는 나도 정말 감탄했어. 캘러핸이 뭔가를 찾아낸다면 나한테도 얘기해줘. 나도 궁금하거든."

르네라면 '궁금하다'라는 말보다 훨씬 더 강한 표현을 썼을 것이다.

# 5b

자신의 연구가 지겨워진 것일까? 하지만 칼은 르네가 수학을 난해하다고 생각한 적이 결코 없고 단지 지적인 흥미를 돋우는 것으로 간주한다는 사실을 잘 알고 있었다. 그렇다면 혹시 르네는 난생처음 해답을 알 수 없는 난제에 맞부딪친 것일까? 아니면 수학이란 본래 그런 것일까? 칼 자신은 엄격한 실험주의자였다. 따라서 르네가 새로운 수학을 어떻게 만들어내는지는 상상도 되지 않았다. 바보 같은 생각이지만, 혹시 르네는 더 이상 아이디어가 떠오르지 않는 것은 아닐까?

르네는 조숙한 천재가 평범한 성인이 되어버리는 과정에서 맛보는 환멸감에 괴로워하기에는 너무 나이를 먹었다. 그렇다고는 해도 많은 수학자들이 서른 살 이전에 최상의 업적을 남기는 것은 사실이고, 르네는 그 통계가 몇 년 늦게 자신을 따라잡은 것이 아닌가 고민하고 있을지도 모르는 일이다.

그러나 그럴 가능성은 거의 없어 보였다. 칼은 다른 가능성들을 피상적으로 검토해보았다. 혹시 시니컬한 시각으로 학계를 보기 시작한 것일까? 자신의 연구가 지나치게 전문화되었다는 사실에 낙담하는 것일까? 아니면 단순히 자신의 연구에 싫증을 내고 있는 것일까?

칼은 그런 종류의 불안이 르네가 보인 행동의 원인이라고는 믿지 않았다. 만약 그것이 사실이라면 칼은 자신이 어떤 인상을 받게 될지 잘 알고 있었지만, 그가 실제로 그녀에게서 받은 인상은 이것과는 일치하지 않았다. 르네를 고민에 빠뜨린 것이 무엇이든 간에 그것은 칼의 상상을 넘어선 일이었고, 이 사실은 그를 불안하게 만들었다.

# 6

1931년에 쿠르트 괴델은 두 개의 정리를 발표했다. 첫 번째 정리를 요약하자면, 수학은 참일 수도 있지만 본질적으로 증명 불가능한 명제들을 포함하고 있다는 내용이다. 수론만큼이나 단순한 형식 체계가 도출하는 명제들이 아무리 정확하고 의미 있고 확실하게 참인 것 같아도, 이것들을 형식적인 수단에 의해 증명할 수는 없다는 뜻이다.

괴델의 제2정리는 수론의 무모순성에 대한 주장이 바로 그런 명제임을 보여준다. 수론의 공리를 써서는 결코 그것이 참임을 증명할 수 없다. 즉, 형식적 체계로서의 수론은 자기 자신이 이를테면 '1 = 2'와 같은 결과를 내지 않는다고는 보장하지 못하는 것이다. 그런 모순과는 단 한 번도 맞부딪치지 않을지도 모르지만, 결코 그럴 가능성이 없다고 증명하는 것은 불가능하다.

## 6a

다시 한 번 칼은 르네의 서재로 들어갔다. 책상 앞에 앉아 있던 르네는 고개를 들고 칼을 쳐다보았다. 칼은 단호한 어조로 말하기 시작했다. "르네, 아무리 봐도—"

르네는 그의 말을 끊었다. "내가 뭣 때문에 고민하고 있는지 알고 싶어? 알았어, 얘기해줄게." 르네는 백지를 한 장 집어 책상 위에 놓았다. "잠깐만 기다려. 일 분이면 끝나니까." 칼은 또다시 입을 열었지만, 르네는 손을 흔들며 그를 조용히 시켰다. 그녀는 심호흡을 한 번 한 다음 백지에 뭔가를 쓰기 시작했다.

우선 백지 중앙에 세로 선을 하나 넣어 두 개의 단으로 나눴다. 왼쪽 윗부분에 '1'이라고 쓰고 오른쪽에는 '2'라고 썼다. 르네는 이것들 아래에 재빨리 어떤 기호들을 휘갈겼고, 그 아래 행에는 다른 일련의 기호들을 적어넣어 확장시켰다. 그녀는 이를 앙다물고 있었다. 마치 칠판을 날카로운 손톱으로 긁는 듯한 표정이었다.

페이지 아래로 3분의 2쯤 내려간 곳에서 르네는 기호의 긴 열들을 점점 짧은 열들로 바꿔나갔다. 이제 최후의 일격을 가하는 거야, 그녀는 생각했다. 연필심으로 종이를 꾹꾹 누르고 있다는 사실을 깨닫고는 연필을 쥔 손에서 의식적으로 힘을 뺐다. 다음 줄에서는 좌우의 기호 열이 동일해졌다. 그녀는 종이 아래쪽 끄트머리에 강조하듯이 '=' 기호를 써넣었다.

르네는 칼에게 그 종이를 건넸다. 칼은 영문을 모르겠다는 듯이 그녀를 쳐다보았다. "제일 위를 봐." 그는 그곳을 보았다. "이제 제일 아래를 봐."

칼은 얼굴을 찌푸렸다. "무슨 뜻인지 모르겠군."

"난 어떤 수도 그 이외의 임의의 수와 동일하다는 걸 보여주는 형식 체계를 발견했어. 거기 그 종이에 쓰인 건 1은 2와 같다는 증명이야. 어떤 수라도 좋으니까 두 개를 골라봐. 그것들 또한 같다는 걸 증명해 보일 테니까."

칼은 뭔가를 기억하려고 애쓰는 듯했다. "이건 0에 의한 나눗셈이야, 맞지?"

"아니. 난 법칙을 위반하지도 않았고, 명확하지 않은 용어도 쓰지 않았고, 독립된 공리 따위를 암묵적으로 가정하지도 않았어. 그 증명에서 금지된 방법은 단 하나도 사용되지 않았어."

칼은 고개를 설레설레 저었다. "잠깐 기다려봐. 1과 2가 같지 않다는 건 뻔한 사실이잖아."

"하지만 형식적으론 같아. 지금 당신이 손에 쥐고 있는 게 바로 그 증명이야. 난 절대 이론의 여지가 없다고 간주되는 것들만 사용했어."

"하지만 이건 모순이잖아."

"맞아. 형식 체계로서의 수론은 모순이야."

## 6b

"당신 자신의 오류는 발견하지 못했다는 뜻이야?"

"그런 뜻이 아냐. 내 말을 귀담아듣지 않았구나. 당신은 내가 그런 사소한 일로 좌절할 거라고 생각해? 그 증명에는 오류라는 게 없어."

"그렇다면 공인된 체계 내부에 뭔가 잘못된 점이 있다는 거야?"

"바로 그거야."

"설마―" 칼은 여기서 입을 다물었지만 이미 엎질러진 물이었다. 르네는 그를 쏘아보았다. 그녀에게는 물론 확신이 있었다. 칼은 그녀의 말이 암시하는 바에 대해 생각했다.

"아직도 모르겠어?" 르네는 힐문했다. "난 방금 수학 대부분이 오류라는 것을 증명했어. 이젠 그것들 모두가 무의미해진 거야."

르네는 점점 흥분하면서 거의 냉정을 잃기 직전인 것처럼 보였다. 칼은 신중하게 말을 골랐다. "어떻게 그걸 장담할 수 있지? 수학은 여전히 유효하잖아. 그걸 인식했다고 해서 과학이나 경제계가 당장 무너지는 건 아냐."

"그건 그들이 사용하는 수학이 단지 트릭에 지나지 않기 때문이야. 하나의 기억법에 불과해. 어느 달이 큰 달인지를 알기 위해 손등의 손가락 관절로 셈하는 것과 같은 거야."

"그건 좀 과격한 비유가 아닐까."

"왜 안 된다는 거지? 이제 수학은 현실과는 전혀 상관없는 것이 되어버렸어. 허수라든지 무한소 따위의 개념은 완전히 무의미해. 정수의 덧셈조차도 손가락으로 세는 방법과는 무관하게 되었으니까. 손가락으로 1 더하기 1을 해보면 언제나 2가 나오지만, 종이 위라면 난 무한한 수의 해답을 써넣을 수 있어. 그것들 모두가 똑같이 유효하고, 바꿔 말해서 모두 똑같이 무효한 거야. 난 당신이 본 중 가장 질서정연한 정리定理를 쓸 수 있지만, 그건 난센스 방정식 이상의 아무 의미도 없어." 르네는 쓰디쓴 웃음을 웃었다. "실증주의자들은 수학이 동의반복이라고 주장하곤 했지. 그들의 말은 모두 틀렸어. 수학은 자가당착이야."

칼은 다른 접근법을 시도했다. "잠깐. 방금 당신은 허수에 관해서 언급했어. 허수를 둘러싼 예전의 그 소동이 당신이 발견한 그것과 무슨 차이가 있단 말이지? 과거 수학자들은 허수를 무의미하다고 믿었지만, 지금은 기본 개념의 하나로 받아들여지고 있잖아. 지금도 그때와 같은 상황이 아닐까."

"그때와는 전혀 달라. 허수의 경우는 단순히 컨텍스트를 확장시키기만 하면 해결이 됐지만 이 경우에는 그래봐야 아무 소용도 없어. 허수 개념은 수학에 새로운 것을 덧붙였지만, 내 형식 체계는 이미 존재하는 것들을 재정의하고 있기 때문이야."

"하지만 그 컨텍스트를 바꿔서 새롭게 재조명한다면—"

르네는 대책 없다는 듯이 눈을 치켜뜨고 천장을 보았다. "아냐! 이건 덧셈과 마찬가지로 공리에서 도출된 결론이야. 그걸 피해 갈 방법은 없어. 내 말을 믿어도 좋아."

## 7

1936년 게르하르트 겐첸은 수론의 무모순성을 증명했지만, 그러기 위해서 그는 초한귀납법이라는 논쟁의 여지가 많은 테크닉을 써야 했다. 이 테크닉은 통상적인 증명 방법에 속하지 않았고 수론의 무모순성을 보증하기 위한 방법으로 적당하다고 보기는 힘든 것이었다. 겐첸이 한 일은 의심스러운 가정을 통한 명백한 사실의 증명이었다.

## 7a

캘러핸이 버클리에서 전화를 걸어왔지만 아무런 도움도 되어주지 못했다. 캘러핸은 그녀의 연구를 계속 검토하겠다고 했지만 르네가 뭔가 기본적이고 불온한 것을 발견했다는 인상을 받았다고 토로했다. 그는 르네가 언제 그녀의 형식 체계를 학계에 발표할 생각인지 알고 싶어했다. 만약 그 체계에 두 사람이 발견하지 못한 오류가 포함되어 있다면, 수학계의 다른 동료들이 틀림없이 발견해줄 것이므로.

르네는 그의 말이 거의 귀에 들어오지 않았고 결국 나중에 다시 연락하겠다고 하고 전화를 끊었다. 최근 들어서는 사람들과 대화하는 일이 힘들어졌고 칼과 논쟁을 벌인 이래 이 경향은 더 심화됐다. 학과 동료들도 이제 그녀를 피했다. 집중력도 사라졌고 어젯밤은 악몽까지 꿨다. 임의의 개념을 수학적 방식으로 번역하는 형식 체계를 발견하는 꿈이었다. 그리고 그녀는 생과 사가 동일하다는 사실을 발견했다.

이것은 그녀를 두려움에 떨게 만들었다. 어쩌면 그녀는 미쳐가고 있는지도 몰랐다. 분명 사고의 명석함은 사라지고 있었기 때문에 전혀 터무니없는 상상도 아니었다.

어리석기는, 르네는 자기 자신을 꾸짖었다. 괴델이 불완전성 정리를 증명한 뒤에 자살 경향을 보이기라도 했단 말이야?

그러나 그것은 아름답고, 장엄하며, 르네가 지금까지 본 정리 중에서도 가장 정묘한 것이었다.

르네 자신의 증명은 그녀를 조롱했고, 바보로 만들었다. 마치 퍼즐 책 속의 난제 같았다. 문제를 풀었다고 생각하면 틀렸어, 틀린 곳을 모르고 그냥 지나쳤군, 무엇이 틀렸는지 찾아봐, 라고 말한다. 겨우 찾았다 싶으면 아니, 또 틀렸어, 라는 대답이 돌아온다.

지금쯤이면 캘러핸도 그녀의 발견이 수학에 끼치게 될 영향에 대해 숙고하고 있을 것이라고 그녀는 상상했다. 수학의 너무나도 많은 부분이 실제적인 응용과는 아무 관련이 없다. 그것들은 단지 형식적 이론으로 존재할 뿐이고, 지적인 아름다움으로 인해 연구의 대상이 될 뿐이다. 그러나 이 경우는 그것도 오래 계속되지는 않을 것이다. 자기모순을 내포한 이론은 너무나도 무의미한 탓에 대다수의 수학자들은 혐오감을 못 이기고 내팽개칠 것이 뻔하다.

르네를 정말로 분개하게 만든 것은 그녀 자신의 직관에 배신당했다는 생각이었다. 이 얼어죽을 정리는 이치에 맞는다. 어딘가 비뚤어졌다는 느낌을 금할 수는 없지만, 옳다는 느낌을 받는 것이다. 르네는 이 정리를 이해했고, 왜 그것이 사실인지를 알았고, 그것을 믿었다.

## 7b

칼은 그녀의 생일날을 떠올리며 미소 지었다.

"세상에, 믿기지가 않아! 어떻게 알았어?" 그녀는 양손에 스웨터를 든 채로 층계를 뛰어내려왔다.

지난여름 두 사람이 스코틀랜드로 휴가를 떠났을 때, 르네는 에든버러의 한 옷가게에서 어떤 스웨터를 유심히 바라보았지만 결국 사지 않았던 적이 있다. 칼은 그것을 주문했고, 생일날 아침 그녀의 눈에 띄도록 옷장 첫 번째 서랍에 슬쩍 넣어두었던 것이다.

"당신 생각이야 빤하지 뭐." 칼은 이렇게 그녀를 놀렸다. 두 사람 모두 이것이 사실이 아님을 잘 알고 있었지만 그는 이렇게 말하기를 좋아했다.

이것이 두 달 전의 일이다. 겨우 두 달.

지금은 기분전환이 필요한 시점이었다. 칼은 그녀의 서재로 갔다. 르네는 의자에 앉아 창밖을 내다보고 있었다. "내가 뭘 가지고 왔는지 맞춰봐."

르네는 고개를 들었다. "뭐라고?"

"이번 주말로 예약해뒀어. 빌트모어 호텔 스위트룸. 거기서 아무 일도 하지 말고 마음 편히 —"

"부탁이니 그만해줘." 르네는 말했다. "당신이 무슨 생각으로 그러는지 나도 다 알아. 둘이서 함께 뭔가 재미있고 흥미로운 시간을 보내면 내가 그 형식 체계에 관해 잊을 거라고 생각하겠지. 하지만 이번엔 무리야. 이것이 어떤 식으로 나를 옭아매고 있는지 당신은 모를 거야."

"에이, 그러지 마." 칼이 르네의 두 손을 잡아당겨 의자에서 일으켜 세우려고 하자 그녀는 손을 홱 잡아 뺐다. 한순간 멍하니 자리에 서 있던 칼을 향해 르네는 갑자기 몸을 돌렸고, 그의 눈을 똑바로 보았다.

"내가 수면제를 삼키고 싶다는 유혹에 시달리는 걸 알아? 내가 백치였으면 좋겠다고 생각할 정도야. 그것에 관해 생각하지 않아도 될 테니까."

칼은 아연실색했다. 그는 갈피를 잡지 못하고 이렇게 말했다. "왜 잠시라도 그 문제와 떨어져 있을 생각을 안 하는 거지? 해 될 거 없잖아. 그 문제를 잊을 수 있을지도 모르고."

"이건 내가 잊을 수 있는 종류의 문제가 아냐. 당신은 이해 못 해."

"그럼 설명해줘."

르네는 숨을 내쉬고는 몸을 돌려 잠시 생각에 잠겼다. "눈에 보이는 모든 것이 나를 향해 모순이라고 소리 지르고 있는 것 같아. 지금 난 하루 종일 수와 수를 등식으로 잇고 있어."

칼은 침묵했다. 이윽고 갑작스럽게 이해가 됐다. "고전 물리학자들이 양자역학에 직면했을 때와 같은 상황이군. 줄곧 믿어왔던 이론이 통째로 부정되고 새로운 이론은 도무지 이해가 안 되지만, 모든 증거가 아무래도 새 이론 쪽이 옳다는 것을 보여주는 상황."

"아니, 그것과는 전혀 달라." 르네는 거의 경멸조로 칼의 말을 일축했다. "이건 증거와는 아무런 관계가 없어. 모든 게 선험적이니까."

"뭐가 다르다는 거지? 그럼 당신 추론만으로 증명했다는 얘기야?"

"맙소사, 지금 농담해? 1과 2가 등가라고 계측하는 것과 그것을 직관하는 것은 전혀 달라. 난 더 이상 마음속에 뚜렷한 양$_量$의 개념을 유지할 수가 없어. 모든 게 똑같이 느껴지거든."

"진심은 아니겠지. 어떤 인간도 실제로 그런 경험을 할 순 없어. 그건 아침도 먹기 전에 여섯 개의 불가능한 일들을 믿는 것과 똑같아."

"내가 무엇을 경험하고 있는지 당신이 어떻게 알아?"

"난 이해하려고 노력하고 있어."

"부질없는 짓이야."

칼은 인내심을 잃었다. "그래 그럼." 그는 방에서 나와 호텔 예약을 취소했다.

이 일이 있은 후 두 사람 사이에서는 대화가 끊겼다. 반드시 필요할 때 몇 마디 나눌 뿐이었다. 슬라이드 사진이 든 상자를 집에 두고 나왔다는 사실을 깨닫고 차를 몰고 되돌아간 칼이 탁자 위에서 그녀의 메모를 발견한 것은 그로부터 사흘 후의 일이었다.

메모를 발견한 후 몇 초 동안 칼이 직관한 것들은 다음과 같다. 첫 번째 직관은 르네가 화학과에서 청산이라도 입수한 것이 아닐까 생각하며 집 안을 마구 돌아다니고 있을 때 찾아왔다. 자신은 그녀가 왜 그런 행동에 이르게 되었는지 이해할 수 없기 때문에 그녀에 대해 아무런 감정도 느끼지 못한다는 인식이었다.

두 번째 직관은 그가 침실 문을 탕탕 두드리며 안에 있는 그녀에게 고함을 지르고 있을 때 찾아왔다. 그는 기시감을 경험했다. 어딘가 낯이 익다는 느낌을 받은 것은 그때가 유일했다. 상황이 그로테스크하게 역전되었다는 느낌은 금할 수 없었지만. 그는 건물 옥상의 잠긴 문 반대편에 자신이 있고, 문 너머에서는 친구가 그러면 안 된다고 소리치며 마구 문을 두들기는 광경을 머리에 떠올렸다. 그리고 침실 문 밖에 서 있을 때 칼은 수치심으로 얼어붙은 채 르네가 바닥에서 흐느끼는 소리를 들을 수 있었다. 문 반대편에 있는 사람이 그였던 당시, 자신이 그랬던 것처럼.

## 8

힐베르트는 이런 말을 한 적이 있다. "만약 수학적 사고에 결함이 있다면 우리는 진실과 확신을 도대체 어디서 찾을 수 있단 말인가?"

## 8a

이 자살 미수 사건은 일생 동안 낙인처럼 따라붙는 것일까? 르네는 이런 생각을 하며 책상 위에 놓인 서류 더미의 모서리들을 가지런히 맞췄다. 이제 사람들은—아마 무의식적으로—그녀를 경솔하거나 불안정한 인물로 간주하게 될까? 혹시 이런 불안을 느껴봤느냐고 칼에게 물어본 적은 없었다. 한 번도 칼의 자살 시도를 탓한 적이 없었기 때문이다. 어차피 오래전 일이었고, 누구든 현재의 그를 본다면 즉시 그가 건전하다는 평가를 내릴 테니까.

그러나 르네는 자기 자신에 대해서는 같은 평가를 내릴 수 없었다. 지금 그녀는 수학을 명확하게 논할 수 없는 상태였고, 나중에 그럴 수 있으리라는 확신도 없었다. 현재의 르네를 본다면 동료들은 그녀가 과거의 예리함을 잃었다고 단언할 것이다.

책상 정돈을 마친 르네는 서재에서 나와 거실로 갔다. 그녀의 형식 체계가 학계에 회자되고 나면 기존의 수학적 기초를 완전히 재정비할 필요가 생길 것이다. 그러나 그녀만큼 큰 타격을 받는 사람은 몇 되지 않을 것이다. 대다수의 수학자들은 파브리시처럼 될 것이다. 기계적으로 그 증명을 따라가고, 그것이 옳다고 확신하겠지만, 단지 그뿐일 것이다. 그녀만큼 예민하게 그것을 절감하려면 증명이 가리키는 모순을 실제로 파악하고, 직관할 수 있는 사람이어야 한다. 캘러핸은 이들 중한 사람이었다. 상당한 시일이 지났는데 캘러핸은 지금 그것에 어떻게 대처하고 있을까.

르네는 벽 가의 탁자에 쌓인 먼지 위에 손가락으로 구불구불한 무늬를 그렸다. 예전의 그녀라면 심심풀이 삼아 그 곡선을 파라미터화化하고 그 특성들을 검토했을 것이다. 그러나 이제 그런 일은 무의미해 보였다. 개념을 시각화하는 능력 자체가 통째로 무너져버렸기 때문이다.

지금껏 르네는 많은 사람들과 마찬가지로 수학은 우주에서 그 의미를 끌어내는 것이 아니라 우주에 대해 모종의 의미를 부여한다고 생각하고 있었다. 물리적인 존재에 대소나 유사함의 구분은 없다. 그것들은 단지 그곳에 있고 존재할 뿐이다. 수학은 이런 것들로부터 완전히 독립해 있지만 실질적으로 이런 존재들에 대해 범주나 관계를 제공하며 기호론적인 의미를 부여한다. 수학이 표현하는 것은 고유한 성질이 아니라 가능한 하나의 해석인 것이다.

그러나 이것은 더 이상 사실이 아니었다. 수학은 일단 물리적 존재들로부터 유리된 뒤에는 모순을 내포하게 되고, 형식적 이론은 모순 그 자체였다. 수학은 **경험적인 것** 이상의 그 어떤 것도 아니었고 더 이상 그녀의 흥미를 끌지 않았다.

이제부터 그녀는 어떤 것으로 관심을 돌려야 할까? 르네의 지인 중에는 학계를 떠나 가죽 수공예품을 팔며 살아가는 사람도 있었다. 지금부터 나아갈 길을 찾기 위해서는 조금 시간이 필요할 것이다. 그리고 칼이 지금까지 줄곧 그녀를 도우려고 했던 것 또한 바로 그것을 위해서였다.

## 8b

칼의 친구들 중에는 마를린과 앤이라는 여자들이 있었고, 이 두 사람은 절친한 사이였다. 오래전 마를린이 자살을 생각했을 때 그녀는 앤이 아니라 칼에게 도움을 요청했다. 칼과 마를린은 몇 차례 밤을 새워가며 대화를 나누거나 그냥 침묵 속에서 함께 앉아 있곤 했다. 그와 마를린이 공유하고 있는 것에 대해 앤이 언제나 조금 부러워했으며, 그에겐 도대체 어떤 장점이 있기에 마를린과 그토록 친해질 수 있었는지 궁금해했다는 사실을 칼은 알고 있었다. 대답은 간단했다. 그것은 동정과 감정이입의 차이였다.

칼은 지금까지 살아오면서 몇 번이나 이와 비슷한 상황에 맞부딪쳤고 그때마다 기꺼이 상대방을 위무했다. 다른 사람을 도울 수 있다는 것은 확실히 기분 좋은 일이었지만, 그것 이상으로, 다른 사람의 의자에 앉아 다른 사람의 역할을 해본다는 것은 어딘가 옳은 느낌을 그에게 주었다.

칼에게는 연민을 자기 성격의 기본적인 일부로 간주할 만한 이유가 있었다. 지금까지는. 그는 그 사실을 높이 평가했고, 감정이입이라는 점에서는 그 누구에게도 뒤지지 않는다고 자부했다. 그러나 지금 그는 전에는 한 번도 경험한 적이 없는 무엇인가와 맞부딪친 기분이었다. 평소의 본능은 아무짝에도 쓸모가 없었다.

르네의 지난번 생일에 누군가가 앞으로 두 달 후 그가 이런 기분을 느끼게 될 것이라는 얘기를 했다면 칼은 일소에 부쳤을 것이다. 물론 세월이 지나면 그런 일도 일어날 수 있다. 세월이 어떤 일을 할 수 있는지 칼은 잘 알고 있다. 하지만 단 두 달 만에?

육 년에 걸친 결혼 생활 끝에 칼은 더 이상 르네를 사랑할 수 없게 되었다. 칼은 이런 생각을 하는 자신을 혐오했지만 그녀가 변했다는 사실에는 변함이 없었다. 이제는 더 이상 그녀를 이해할 수 없었고 그녀에 대해 어떤 감정을 느껴야 할지조차 알 수 없었다. 르네의 지적 생활과 감정적 생활은 끊으려야 끊을 수 없을 정도로 밀접한 관계를 맺고 있었고, 후자는 이제 칼의 손이 닿지 않는 곳으로 가버렸던 것이다.

그러자 반사적인 관용의 정신이 끼어들어 그 어떤 종류의 위기에도 굴하지 않고 꿋꿋하게 배우자를 지탱해줄 수 있는 사람은 그 어디에도 없다는 식으로 그를 설득했다. 아내가 갑자기 정신병에 걸렸다면 아내와 헤어진다는 것은 죄악이지만, 이것은 용서받을 수 있는 죄악이다. 그대로 함께 산다는 것은 예전과는 다른 종류의 관계를 받아들인다는 것을 의미하지만, 모든 사람이 그것을 견뎌낼 수 있는 것은 아니다. 그리고 칼은 그런 상황에 놓인 사람을 결코 비난한 적이 없었다. 그러나 여기에는 암묵적인 의문 하나가 언제나 존재했다. 나라면 어떻게 할까? 그리고 칼의 대답은 언제나 이랬다. 난 그녀와 헤어지지 않을 거야.

위선자.

무엇보다도 견디기 힘들었던 것은 칼 자신이 바로 그런 입장에 서본 적이 있다는 사실이었다. 그는 자기 자신의 고통에 완전히 몰입한 채로 다른 사람들의 인내심을 시험했지만, 그중 한 사람은 줄곧 그를 돌봐주었다. 르네와 헤어지는 것은 피할 수 없는 일이었지만, 그는 결코 자신을 용서할 수 없을 터였다.

# 9

알베르트 아인슈타인은 이렇게 말한 적이 있다. "수학의 명제가 현실에 관한 어떤 설명을 제공하는 한 그것은 불확실하며, 명제가 확실하다면 그것은 현실을 묘사하고 있지 않다."

$$9a = 9b$$

칼이 부엌에서 저녁거리인 완두콩을 손질하고 있을 때 르네가 들어왔다. "잠깐 얘기할 수 있어?"

"응." 두 사람은 식탁에 앉았다. 르네는 창밖을 유심히 바라보았다. 이것은 그녀가 심각한 얘기를 꺼낼 때의 버릇이었다. 칼은 그녀 입에서 갑자기 어떤 말이 나올지 큰 두려움을 느꼈다. 르네가 완전히 회복할 때까지 두어 달 기다리다가 헤어지자는 얘기를 꺼낼 작정이었다. 아직은 너무 일렀다.

"잘 모르고 있었을지도 모르지만—"

그만둬. 그는 빌었다. 말하지 마. 제발.

"당신이 나와 함께 있어줘서 정말 고마워."

가슴이 찢어지는 듯한 기분을 느끼며 칼은 눈을 감았다. 다행히도 르네는 여전히 창밖을 내다보고 있었다. 이것은 정말로, 정말로 괴로운 대화가 될 것이다.

"지금까지 내 머릿속에서 일어난 일들은—" 여기서 그녀는 잠시 말을 멈췄다. "내가 상상해본 적도 없는 거였어. 만약 그게 보통의 우울증 같은 거였다면 당신도 이해했을 거고, 함께 극복해나갈 수 있었을 거라고 생각해."

칼은 고개를 끄덕였다.

"하지만 실제로 일어난 일은 그것과는 달라. 나는 마치 신이 존재하지 않는다는 사실을 증명한 신학자가 된 느낌이었어. 그럴까봐 단순히 불안해하는 게 아니라 그것이 사실이라는 걸 아는 거야. 말도 안 되는 소리 같아?"

"아니."

"그 느낌을 당신에게 전할 수는 없었어. 내가 마음속 깊이 무조건적으로 믿고 있었던 무엇인가는 결국 진실이 아니었고, 그걸 증명한 사람은 다름아닌 나였으니까."

칼은 르네의 말이 무슨 뜻인지 자기도 정확하게 알며, 그 자신도 그녀와 똑같은 감정을 느꼈다고 말하려고 했지만, 결국 입을 다물었다. 이것은 두 사람을 이어주는 것이 아니라 떼어놓는 종류의 감정이입이었고, 그녀에게 그 사실을 털어놓을 수는 없었기 때문이다.

네 인생의 이야기

**Story of Your Life**

네 아버지가 지금 내게 어떤 질문을 하려고 해. 이것은 우리 인생에서 가장 중요한 순간이고, 나는 온 정신을 집중해서 모든 것을 빠짐없이 기억에 새겨두려고 하고 있지. 그이와 나는 밖에서 디너쇼를 보고 방금 돌아온 참이란다. 자정을 넘은 시각, 우리는 보름달을 보기 위해 파티오에 나와 있어. 춤을 추고 싶다고 네 아버지에게 말하자 그이는 쾌히 응했고, 그래서 지금 우리는 서로를 껴안고 춤을 추고 있어. 달빛 아래에서, 십대들처럼, 삼십대의 남녀가 앞뒤로 천천히 몸을 흔들면서. 밤의 한기는 전혀 느끼지 않아. 이윽고 네 아빠는 이렇게 말해. "아이를 가지고 싶어?"

네 아버지와 나는 결혼한 지 이 년쯤 된 부부이고, 지금은 엘리스 애비뉴에 살고 있어. 이사를 갈 무렵 너는 아직 너무 어려서 이 집을 기억하지 못하겠지만, 우리는 네게 사진을 보여주고 이 집 얘기를 해줄 거야. 오늘밤의 이야기, 너를 잉태했던 이 밤의 이야기를 너에게 해주고 싶은 마음이 간절하단다. 하지만 그런 얘기는 네가 너의 아이를 가질 준비가 되었을 때나 할 수 있는 얘기이고, 우리는 결국 그런 기회를 갖지 못하겠지.

그보다 더 이른 시기에 네게 얘기해보아도 아무 소용이 없을 거야. 네 인생의 거의 모든 기간에 걸쳐서, 너는 자리에 가만히 앉아 이렇게 로맨틱한—너라면 감상적이라는 표현을 쓰겠지—얘기에 귀를 기울이고 싶어하지는 않을 테니까. 나는 네가 열두 살 때 내놓게 될 너의 탄생 시나리오를 기억해.

"엄마가 나를 낳은 이유는 단 하나, 월급 안 줘도 되는 하녀를 들이기 위해서야." 벽장에서 진공청소기를 끌어내면서 너는 쓰디쓴 어조로 이렇게 말하겠지.

"맞아." 나는 이렇게 대답할 거야. "십삼 년 전 난 지금 이맘때쯤 카펫을 청소할 필요가 생길 것을 깨달았고, 제일 값싸고 손쉬운 방법이 애를 낳는 거라는 생각을 했거든. 자 이제 청소를 시작하렴."

"진짜 엄마만 아니었다면 이건 불법이었을 텐데." 너는 화가 잔뜩 치민 표정으로 전선을 빼내 벽의 콘센트에 꽂으면서 이렇게 말할 거야.

그건 우리가 벨몬트 스트리트의 집에 살고 있을 때의 일이겠지. 살아가면서 나는 두 집에 낯선 사람들이 들어가 사는 것을 보게 될 거야. 너를 가졌던 집과 네가 자란 집들에 말이야. 네 아빠와 나는 네가 태어나고 이 년 후에 첫 번째 집을 팔아. 나는 네가 떠나간 직후에 두 번째 집을 팔지. 그 무렵이면 넬슨과 나는 그 농가로 이사하고, 네 아빠는 이름이 생각나지 않는 그 여자와 함께 살고 있겠지.

나는 이 이야기가 어떻게 끝날지 알고 있단다. 자주 그 생각을 해보곤 해. 불과 몇 년 전, 이 이야기가 어떻게 시작되었는지에 관해서도 자주 생각에 잠기곤 하지. 지구 궤도상에 우주선들이 느닷없이 출현하고, 목초지에 인공물들이 나타났던 그때 말이야. 정부는 그 일에 관해 함구하다시피 했어. 싸구려 신문에선 온갖 가능성을 떠들어댔지만.

그러던 중에 전화가 울렸고, 난 회의에 참석해달라는 요청을 받았던 거야.

내 사무실 밖의 복도에서 그들이 기다리고 있는 것을 보았다. 묘한 콤비였다. 한 사람은 짧은 머리에 군복 차림이었고, 알루미늄 서류가방을 들고 있었다. 냉철한 눈초리로 주변을 관찰하고 있는 듯했다. 다른 한 사람은 한눈에 보기에도 학자였다. 턱수염과 콧수염을 길렀고, 코듀로이 소재 옷을 입고 있었다. 그는 옆의 게시판에 스테이플러로 고정시킨 여러 장의 게시물을 훑어보고 있었다.

"웨버 대령님이시죠?" 나는 군인과 악수를 나눴다. "루이즈 뱅크스입니다."

"처음 뵙겠습니다, 뱅크스 박사님. 시간을 내주셔서 감사합니다." 군인이 말했다.

"천만에요. 무슨 핑계든 간에 교수 회의에서 빠질 수만 있다면 대환영입니다."

웨버 대령은 동행한 남자 쪽을 가리켰다. "이분은 게리 도널리 박사입니다. 통화할 때 말씀드린 물리학자입니다."

"게리라고 부르십시오." 물리학자는 나와 악수를 나누며 말했다. "당신이 어떤 의견을 내놓을지 정말 궁금하군요."

모두 함께 내 사무실로 들어갔다. 내가 두 번째 손님용 의자 위에 쌓아둔 책들을 치운 다음 일동은 자리에 앉았다. "녹음을 들어봐달라고 하셨죠. 아마 외계인들과 관련된 것인가보군요?"

"제가 제공할 수 있는 것은 녹음 내용뿐입니다." 대령이 말했다.

"알았어요. 들어보죠."

웨버 대령은 서류가방에서 녹음기를 꺼내 재생 버튼을 눌렀다. 녹음기에서 흘러나오는 소리는 어딘가 모르게 물을 뒤집어쓴 개가 후드득 몸을 흔들어 털가죽에서 물을 떨쳐내는 소리를 연상시켰다.

"어떤 느낌을 받으셨습니까?" 대령이 물었다.

나는 물을 뒤집어쓴 개가 내는 소리와 비슷하다고 말하고 싶은 마음을 억눌렀다. "이 소리는 어떤 정황에서 녹음되었나요?"

"그걸 말해도 좋다는 허가를 받지 못했습니다."

"그걸 안다면 이 소리들을 해석하는 데 도움이 될 텐데요. 외계인이 말할 때 그 모습을 볼 수 있었습니까? 당시 외계인은 어떤 행동을 했나요?"

"제가 제공할 수 있는 것은 이 녹음뿐입니다."

"외계인들을 보았다고 실토한다고 해도 잃을 건 없지 않나요? 대중은 당신들이 그들을 보았다고 생각하고 있으니."

웨버 대령은 물러나려 하지 않았다. "이 소리의 언어학적 특성에 관해서 뭔가 의견이 있으신지요?"

"흠. 그들의 성도聲道가 인간의 그것과 큰 차이가 있다는 것은 확실하군요. 외계인들은 인간과는 전혀 다른 모습을 하고 있지요?"

대령이 뭔가 애매모호한 대답을 하려고 할 때 게리 도널리가 끼어들었다.

"그 테이프에 입각해서 뭔가 추측할 수는 없습니까?"

"힘들어요. 그들이 후두喉頭를 이용해 소리를 내는 것 같지는 않지만, 그것만으론 어떤 모습을 하고 있는지 추측할 수 없습니다."

"무엇이든, 무엇이든 좋으니 우리에게 얘기해주실 수 있는 것이 있습니까?" 웨버 대령이 물었다.

그가 민간인의 조언을 얻는 일에 익숙지 않다는 사실은 명백했다.

"해부학적인 차이 탓에 커뮤니케이션을 성립시키는 일 자체가 극히 힘들 거라는 사실밖에는 얘기할 수 없군요. 그들이 인간의 성도가 만들어낼 수 없는 소리를 사용하고 있다는 건 거의 확실하고, 그 소리는 인간의 귀로서는 알아들을 수 없는 소리인지도 모르니까 말입니다."

"초저주파나 초음파를 얘기하시는 겁니까?" 게리 도널리가 물었다.

"꼭 그렇다는 뜻은 아녜요. 단지 인간의 청각 시스템은 완벽한 음향 기관이 아니라는 얘기를 하고 싶었을 뿐입니다. 인간의 귀는 결국 인간의 후두가 내는 소리를 인식하는 데 최적화된 기관이라는 뜻이죠. 따라서 외계인의 발성 시스템의 경우, 추측은 별 의미가 없어요." 나는 어깨를 으쓱해 보였다. "충분히 연습을 한다면 어쩌면 우리도 외계인 언어의 음소音素 차이를 인식할 수 있겠지만, 우리의 귀로는 그들이 의미 있다고 간주하는 차이를 아예 식별조차 못할 가능성 또한 있습니다. 그럴 경우 외계인이 무슨 말을 하는지 알아듣기 위해서는 음향분석기가 필요할 겁니다."

웨버 대령이 말했다. "만약 제가 박사님께 한 시간 분량의 녹음테이프를 드린다고 가정한다면, 우리에게 그 음향분석기가 필요한지 여부를 결정하는 데 얼마나 걸릴까요?"

"아무리 많은 시간이 주어져도 녹음된 소리만으로는 그 여부를 결정할 수 없습니다. 외계인들과 직접 얘기할 필요가 있습니다."

대령은 고개를 가로저었다. "그건 불가능합니다."

나는 가급적 완곡하게 설득을 시도했다. "대령님의 입장은 십분 이해합니다. 하지만 미지의 언어를 습득하기 위한 유일한 방법은 그 언어를 모어로 사용하는 이와 직접 교류하는 것뿐입니다. 여기서 교류라는 건 질문을 하고, 대화를 나누는 일 등을 의미합니다. 그런 것 없이 언어 습득은 절대 불가능해요. 따라서 외계인들의 언어를 배우고 싶다면, 언어학 분야에서 훈련을 쌓은 사람이—이를테면 저라든지 아니면 다른 언어학자가—직접 외계인과 대화를 나눠야 합니다. 녹음만으로는 불충분하니까요."

웨버 대령은 미간을 찌푸렸다. "외계인들이 우리 방송을 모니터해 인류의 언어를 습득했을 가능성은 없다는 말씀처럼 들리는군요."

"그런 일이 가능할 것 같지는 않군요. 그러기 위해서는 비非인류에게 인류의 언어를 가르칠 목적으로 특별 제작된 교재가 필요할 겁니다. 그게 아니라면 인간과 직접 교류하거나. 둘 중 하나의 조건이라도 만족된다면 그들도 텔레비전 같은 것을 통해 많은 것을 배울 수 있겠지만, 그렇지 않다면 출발점에조차 서지 못할 겁니다."

대령은 나의 말에 흥미가 당기는 듯했다. 외계인들은 우리에 관해 모르면 모를수록 좋다는 것이 그의 관점임이 분명했다. 게리 도널리도 대령의 표정을 읽었는지 눈을 홉뜨며 한심하다는 표정을 지어 보였다. 나는 웃음이 나오려는 것을 참았다.

이윽고 웨버 대령이 물었다. "해당 언어 사용자들과의 대화를 통해서 새로운 언어를 배운다고 가정해봅시다. 그들에게 우리의 언어를 가르치지 않고 그럴 수 있습니까?"

"그건 해당 언어 사용자들이 얼마나 협조적인가에 달려 있습니다. 제가 그들의 언어를 배우는 과정에서, 그들 또한 우리의 언어에 관해 이것저것 조금씩 알게 되리라는 점은 거의 확실하지만, 만약 그들이 자기들의 언어를 이쪽에 가르칠 용의가 있다면 그쪽에서 우리 언어에 관해 배우는 건 많지 않을 겁니다. 반면에 그들이 자기들의 언어를 가르치는 것보다 우리의 언어를 배우는 편을 선호한다면 상황은 훨씬 더 힘들어지겠죠."

대령은 고개를 끄덕였다. "이 일에 관해서는 나중에 다시 연락을 드리겠습니다."

그 회의에 참석해달라는 요청은 아마 내 인생에서 두 번째로 중대한 전화 통화였는지도 몰라. 첫 번째는 물론 산악 구조대에게서 걸려올 전화였겠지. 그 시점에서 네 아빠와 나는 일 년에 많아봐야 한 번쯤 전화 통화를 하는 사이가 되어 있을 거야. 하지만 그 전화를 받고 내가 처음 한 일은 네 아빠에게 전화를 거는 일이겠지.

그이와 나는 차를 타고 침묵으로 가득 찬 긴 노정을 함께하게 될 거야. 신원 확인을 위해 가는 길이야. 온통 타일과 스테인리스뿐인 시체 안치소, 냉동 장치가 웅웅거리는 소리와 방부제 냄새를 기억해. 직원이 시트를 걷어 네 얼굴을 보여줄 거야. 어딘가 이상하다는 느낌을 받겠지만, 네 얼굴이라는 걸 나는 알겠지.

"예, 맞습니다." 나는 말하겠지. "제 딸입니다."

그때 네 나이는 스물다섯 살이야.

헌병은 내 배지를 확인하고 회람판의 서류에 뭔가를 기입한 다음 게이트를 열어주었다. 나는 오프로드 차를 몰고 캠프 안으로 들어갔다. 볕에 바싹 마른 농장 목초지에 육군 천막이 잔뜩 들어차 조그만 마을을 이루고 있었다. 이 캠프 한복판에 자리 잡고 있는 것은 체경looking glass이라는 별명이 붙은 외계인의 기계 장치였다.

사전 브리핑에서 들은 바에 의하면 미국 전역에는 이런 체경이 아홉 개, 전 세계에는 백열두 개가 있다고 했다. 쌍방향 통신 장치로서 기능하고, 아마 궤도상의 우주선들과의 연락에 쓰일 거라고 했다. 외계인들이 우리와 직접 만나서 이야기하려 하지 않는 이유를 아는 사람은 없었다. 이가 옮는 것을 두려워하는 건지도. 물리학자와 언어학자가 각기 한 명씩 포함된 과학자 팀 하나가 체경 하나를 담당하고 있었다. 이 캠프의 팀에는 게리 도널리와 내가 포함되어 있었다.

게리는 주차 지역에서 나를 기다리고 있었다. 우리는 콘크리트 바리케이드로 이루어진 원형의 미로를 지나 체경 본체를 덮어싸고 있는 커다란 천막으로 갔다. 천막 앞에는 대학의 음향학 연구실에서 빌려 온 물건들이 잔뜩 실린 장비 운반용 카트가 한 대 놓여 있었다. 군에서 미리 검사할 수 있도록 출발하기 전 내가 보내둔 것이었다.

천막 밖에는 천막 창문을 통해 내부를 촬영할 수 있도록 삼각대에 거치된 비디오카메라도 세 대 놓여 있었다. 지금부터 게리와 내가 하는 일은 군 정보부를 포함해 수많은 다른 사람들에 의해 검토될 것이다. 그 밖에도 우리는 매일 보고서를 제출해야 하고, 내 경우는 이 보고서에 외계인들이 어느 정도까지 우리의 언어를 이해하는지에 관한 추정도 포함시켜야 했다.

게리는 텐트 입구의 천을 옆으로 걷고 나더러 먼저 들어가라는 시늉을 했다. "어서 들어갑쇼, 손님." 그는 서커스 호객꾼 같은 말투로 말했다. "하느님의 푸른 지구에서 단 한 번도 목격된 적이 없는 창조물들을 보면 경탄하실 겁니다."

"그것도 단돈 10센트에 말이죠." 나는 입구를 지나며 중얼거렸다. 비활성 상태인 체경은 높이 10피트, 너비 12피트가 넘는 반원형 거울처럼 보였다. 체경 앞쪽의 갈색 풀밭에 흰 스프레이 페인트로 그려놓은 호弧는 체경이 활성화되었을 때의 작동 영역을 표시한 것이었다. 현재 이 영역 안에는 탁자 하나, 접이의자 둘, 그리고 외부 발전기에 전선으로 연결된 멀티탭 콘센트가 하나 있을 뿐이었다. 천막 가장자리를 따라 배치된 기둥들에 형광등이 매달려 있었고, 그것이 웅웅거리는 소리가 찌는 듯한 무더위 속에서 붕붕거리며 날아다니는 파리 소리와 뒤섞여 들리고 있었다.

게리와 나는 서로의 얼굴을 흘끗 바라보고는 기계 장치가 실린 카트를 함께 밀고 탁자 쪽으로 가기 시작했다. 페인트로 표시된 선을 넘자 체경은 점점 투명해지는 것처럼 보였다. 마치 색유리 뒤에서 누군가가 천천히 조명의 광도를 높이고 있는 듯한 광경이었다. 체경 자체에 생겨난 삼차원적인 깊이는 섬뜩할 만큼 진짜 같았다. 그 안으로 그냥 걸어들어갈 수 있을 듯한 느낌이었다. 완전히 밝아지자 체경은 반원형 방의 실물 크기 모형처럼 보였다. 그 방에는 가구일지도 모르는 커다란 물체가 몇 개 있었지만, 외계인들의 모습은 보이지 않았다. 만곡한 뒤쪽 벽에는 문이 하나 나 있었다.

게리와 나는 서둘러 모든 장치를 연결했다. 마이크, 음향분석기, 휴대용 컴퓨터, 스피커 등등. 작업을 하면서 나는 외계인이 나타나기를 기대하며 체경 쪽을 흘낏흘낏 쳐다보았다. 그랬는데도 막상 그들 중 하나가 들어왔을 때는 놀라서 움찔했다.

외계인은 일곱 개의 가지가 맞닿은 지점에 올려놓은 통처럼 보였다. 방사상으로 대칭이었고, 가지는 모두 팔이나 다리로 기능할 수 있었다. 내 앞에 있는 그것은 네 다리를 써서 걷고 있었고, 나머지 세 개의 가지는 팔처럼 측면에 말려올라간 상태였다. 게리는 이들을 '헵타포드'*라고 불렀다.

사전에 비디오테이프를 통해 본 적이 있었지만 나는 여지없이 넋이 나간 채 그것을 바라보았다. 그것의 수족에서 관절은 딱히 눈에 띄지 않았다. 해부학자들은 이것들이 척추 모양을 한 기둥에 의해 지탱되고 있을지도 모른다고 추측하고 있었다. 내부 구조가 어떻든 간에, 헵타포드의 수족은 보는 사람이 당황스러울 만큼 유동적으로 움직였다. 헵타포드의 '몸통'은 그 수족 위에 올라타 호버크라프트처럼 매끄럽게 파도를 탔다.

눈꺼풀이 없는 일곱 개의 눈이 헵타포드의 몸통 꼭대기를 둘러싸고 있었다. 헵타포드는 방금 들어온 입구를 향해 돌아가더니 짧게 풋 풋 소리를 냈고, 다른 헵타포드를 대동하고 다시 방 중앙으로 되돌아왔다. 그러면서도 한 번도 몸의 방향을 바꾸지 않았다. 기괴하면서도 논

---

* heptapod. 그리스어에서 7을 뜻하는 hepta와 발을 뜻하는 pod를 합친 조어.

리적이었다. 모든 방향으로 눈이 있으므로, 헵타포드에게는 어느 방향도 '전방'이 될 수 있는 것이다.

게리는 내 반응을 관찰하고 있었다. "준비됐어요?" 그가 물었다.

나는 심호흡을 했다. "충분히."

필드워크라면 아마존 유역에서 실컷 해본 경험이 있지만, 그것은 언제나 두 언어를 병용하는 방식의 조사였다. 정보 제공자들이 포르투갈어를 어느 정도 하는 경우 나는 그것을 이용할 수 있었고, 그렇지 않을 경우라도 현지 선교사들과 접촉해서 해당 언어에 관한 기본 정보를 미리 얻을 수 있었던 것이다. 이것은 내가 처음으로 시도해보는 진정한 단일어 사용 언어 습득 절차가 될 것이다. 물론 이론적으로는 충분히 단순한 방식이긴 하지만 말이다.

내가 체경을 향해 걸어가자 반대쪽의 헵타포드도 같은 행동을 했다. 그 모습이 너무나도 생생해 소름이 돋을 지경이었다. 소용돌이나 고리 모양의 돋을무늬가 있는 코듀로이 천을 연상케 하는 상대의 잿빛 피부의 질감까지 파악할 수 있었다. 체경 쪽에서는 아무 냄새도 풍겨오지 않았지만, 왠지 그 때문에 나는 한층 더 기이한 인상을 받았다.

나는 나 자신을 가리키고 천천히 말했다. "인간." 그러고는 게리를 가리켰다. "인간." 그런 다음 각 헵타포드를 가리키며 한 번씩 말했다. "당신은 무엇입니까?"

반응은 없었다. 나는 같은 일을 되풀이했고, 한 번 더 되풀이했다.

헵타포드 하나가 일곱 개의 가지 중 하나를 써서 자기 자신을 가리켰다. 그 끝에 달린 네 개의 손가락이 가지런히 붙어 있었다. 운이 좋았다. 어떤 문화에서는 사람을 가리킬 때 턱을 쓴다. 헵타포드가 칠지

중 하나를 쓰지 않았다면 어떤 제스처에 주목해야 할지 알 수 없었을 것이다. 나는 짧게 퍼덕거리는 듯한 소리를 들었고, 동체 꼭대기의 오므라진 구멍이 떨리는 것을 보았다. 헵타포드는 말을 하고 있었다. 이윽고 그것은 자기 동료를 가리키고는 다시 퍼덕거리는 소리를 냈다.

나는 컴퓨터가 있는 곳으로 되돌아갔다. 모니터 화면에는 방금 들린 퍼덕거리는 소리를 나타내는 두 개의 음향 패턴이 나타나 있었고, 이것들은 실질적으로 동일했다. 나는 재생을 위해 샘플 하나를 골라 표시했다. 나는 나를 가리키며 다시 "인간"이라고 말했고, 게리를 가리키며 같은 말을 되풀이했다. 그런 다음 헵타포드를 가리켰고, 스피커를 통해 퍼덕거리는 소리를 재생했다.

처음에 말을 한 헵타포드는 또다시 퍼덕거리는 소리를 냈다. 음향분석기에 떠오른 패턴의 후반부는 반복인 듯했다. 가장 처음의 발화들을 〔퍼덕거림1〕, 이번 것을 〔퍼덕거림2-퍼덕거림1〕이라고 부르기로 한다.

나는 헵타포드의 의자일지도 모르는 물체를 가리키며 말했다. "저것은 무엇입니까?"

헵타포드는 잠시 뜸을 들이다가 '의자'를 가리키며 또 무언가 말을 했다. 이 소리의 음향 패턴은 처음에 들었던 소리들의 그것과는 확연하게 달랐다. 〔퍼덕거림3〕이다. 나는 〔퍼덕거림3〕을 재생하며 또다시 '의자'를 가리켰다.

헵타포드가 대답했다. 음향분석기에 의하면 그것은 〔퍼덕거림3퍼덕거림2〕처럼 보였다. 낙관적 해석: 헵타포드는 내 발화가 정확하다고 확인해주었고, 이것은 헵타포드와 인류의 담화 패턴이 호환 가능하다는 사실을 암시하고 있다. 비관적 해석: 아까부터 자꾸 기침이 멎지 않는 모양이다.

내 컴퓨터에서 음향분석 결과를 특정 섹션들로 나누고 각 섹션에 임시 주석을 하나씩 타이핑했다. 〔퍼덕거림1〕에는 '헵타포드', 〔퍼덕거림2〕에는 '네', 그리고 〔퍼덕거림3〕에는 '의자'. 그런 다음 이 모든 발화에 대한 표제로 〈언어: 헵타포드 A〉라고 기입했다.

게리는 내가 써넣은 것을 들여다보았다. "그 A는 무슨 용도예요?"

"헵타포드가 사용할지도 모르는 다른 언어들과 구별하기 위해서예요." 내가 이렇게 말하자 그는 고개를 끄덕였다.

"자, 이제 한번 해볼까요? 시험삼아." 나는 각 헵타포드들을 손으로 가리키고 '헵타포드'를 의미하는 〔퍼덕거림1〕을 흉내내보려고 했다. 오랜 침묵이 흐른 후 첫 번째 헵타포드가 무슨 말을 했고, 그러자 두 번째 헵타포드가 뭐라고 다른 말을 했다. 양쪽의 음향분석 모두 지금까지 들었던 것과는 전혀 달랐다. 서로 대화를 나누는 것인지, 아니면 나에게 말을 건 것인지는—그들에게는 돌릴 고개가 없었으므로—알 수 없었다. 나는 〔퍼덕거림1〕을 다시 발음해보았지만 아무런 반응도 얻을 수 없었다.

"비슷하게 들리지도 않는가보네요." 나는 툴툴거렸다.

"당신이 그런 소리를 낼 수 있다는 사실 자체가 제겐 놀랍습니다." 게리가 말했다.

"제가 큰사슴 울음소리 내는 걸 들어보셔야 하는데. 후다닥 달려가게 할 수도 있어요."

몇 번 더 시도해보았지만 헵타포드들은 내가 판별할 수 있는 반응을 보이지 않았다. 헵타포드의 발음을 재생한 후에야 비로소 상대방의 확인을 얻을 수 있었다. 헵타포드는 〔퍼덕거림2〕, 즉 "네"라고 대답했던 것이다.

"그러니까 우린 앞으로도 녹음만 사용해야 하는 겁니까?" 게리가 물었다.

나는 고개를 끄덕였다. "적어도 당분간은요."

"이제 뭘 할 거죠?"

"헵타포드가 실은 '쟤네들 되게 귀엽게 노네'라든지, '쟤네들 지금 뭐하는지 좀 봐'라고 말하는 게 아니었다는 사실을 확인해야죠. 그런 다음 다른 헵타포드가 같은 말을 할 때 녹음된 소리와 동일한 소리가 있는지 알아보죠." 나는 그에게 앉으라는 손짓을 했다. "편하게 있어요. 시간이 좀 걸릴 테니까."


1770년 쿡 선장이 지휘하는 범선 인데버호는 오스트레일리아의 퀸 즐랜드 해안에서 좌초했어. 쿡은 부하들 일부에게 수리를 맡겨놓고, 탐험대를 이끌고 상륙해서 원주민들을 만났지. 선원 중 한 사람이 새 끼를 배의 주머니에 넣고 껑충껑충 뛰며 돌아다니는 동물들을 가리키 며 원주민에게 그 이름이 무엇인지를 물었어. 그러자 원주민은 "캥구 루Kanguru"라고 대답했어. 이때부터 쿡과 그의 부하 선원들은 이 동물 을 이 이름으로 불렀어. 그들은 나중에야 이 말이 실은 "방금 뭐라고 했지?"라는 뜻이라는 사실을 알았지.

내가 맡은 기초 강좌에서 매년 나는 이 이야기를 하곤 해. 이 이야기 가 사실이 아니라는 것은 거의 확실하고 나 역시 나중에 그 점을 알려 주지만, 이것이 고전적인 일화라는 점에는 변함이 없어. 물론 내가 가르치는 학부생들이 정말로 듣고 싶어하는 것은 헵타포드에 관한 일화야. 내가 교직에 머무는 동안 그들 중 다수가 바로 그 이유에서 내 수업을 택하지. 그래서 나는 내가 참여한 체경 대화 세션 및 다른 언어학자들이 수행한 세션들을 녹화한 오래된 비디오테이프를 그들에게 보여주게 돼. 테이프에는 배울 점이 많아. 우리가 다시 외계인들의 방문을 받는다면 쓸모가 있겠지. 하지만 아까 그 캥거루 얘기 같은 그럴듯한 일화와는 그리 인연이 없지.

언어 습득에 관한 일화의 경우 내가 가장 즐겨 쓰는 자료는 어린이 언어 습득에 관한 거야. 네가 다섯 살인 어느 날의 오후를 기억해. 너는 유치원에서 돌아온 참이지. 내가 리포트 채점을 하는 동안 너는 크레용으로 색칠 놀이를 하고 있어.

"엄마." 너는 뭔가 부탁할 때 쓰곤 하는, 짐짓 아무 일도 아니라는 식의 말투로 이렇게 말하지. "뭐 하나 물어봐도 돼?"

"물론이지 우리 아가, 물어봐."

"나도 음, 칭찬받을honored 수 있을까?"

나는 채점하고 있던 리포트에서 고개를 들어. "그게 무슨 뜻이니?"

"학교에서 샤론이 그러는데 자긴 칭찬을 받았대."

"정말? 뭣 때문에 칭찬받았는지도 얘기했니?"

"걔 큰언니가 결혼했을 때 그랬대. 샤론 말로는, 음, 칭찬받을 수 있는 건 한 사람뿐인데, 자기가 받았대."

"아, 그랬구나. 샤론이 신부 들러리maid of honor를 섰대?"

"응, 맞아. 엄마, 나도 그렇게 칭찬받을made of honor 수 있을까?"

게리와 나는 체경 캠프를 담당하는 작전본부가 있는 조립식 건물로 들어갔다. 안은 마치 침공 내지는 철수 작전을 계획하고 있는 듯한 분위기였다. 짧은 머리의 군인들이 커다란 이 지역 지도를 에워싸고 분주하게 움직이는가 하면, 육중한 전자장치 앞에 앉아 헤드셋으로 교신을 하고 있었다. 우리는 건물 안쪽에 있는 웨버 대령의 방으로 안내받았다. 에어컨이 돌아가고 있어 시원했다.

우리는 첫날의 성과를 대령에게 간략하게 보고했다.

"그다지 큰 진전은 없었던 것 같군요." 대령이 말했다.

"좀더 빨리 진전시킬 수 있는 방법이 있습니다." 나는 말했다. "지금보다 많은 장비들을 쓸 수 있도록 승인을 받아내셔야 하겠지만요."

"더 무엇이 필요합니까?"

"디지털카메라 한 대와 대형 비디오 스크린이 필요해요." 나는 머릿속에서 상상한 장치의 드로잉을 대령에게 보여주었다. "글자 쓰기를 통해 언어 습득 절차를 진행하고 싶습니다. 스크린에 단어를 보여주고, 그들이 쓰는 글자를 카메라로 녹화할 생각입니다. 헵타포드들도 같은 행동에 나서주기를 기대하고 있습니다."

웨버는 미심쩍은 눈초리로 내 드로잉을 바라보았다. "이럴 경우 어떤 장점이 있습니까?"

"지금까지는 문자가 없는 언어의 화자들을 대상으로 할 때의 방법을 써왔습니다. 하지만 헵타포드에게도 글이 있을 거라는 생각이 떠오르더군요."

"그래서?"

"만약 헵타포드에게 글을 생성하는 기계적인 수단이 있다면, 그들의 문자 체계는 매우 규칙적이고 안정되어 있을 가능성이 높아요. 그럴 경우 음소 대신 문자소를 판별하면 되니까 작업은 더 쉬워지죠. 소리 내어 읽은 문장을 알아들으려고 하는 대신에, 인쇄된 문장에서 글자를 알아보는 것과 마찬가지니까요."

"무슨 뜻인지 알겠습니다. 그럼 대답은 어떤 식으로 할 생각입니까? 그들이 당신에게 보여준 단어들을 다시 보여줄 건가요?"

"기본적으로는 그래야겠죠. 만약 그들이 단어와 단어 사이에 빈 공간을 둔다면, 그들 입장에서는, 녹음된 말을 이어붙여 우리가 말하는 문장보다는 우리가 글로 쓰는 헵타포드어의 문장이 훨씬 더 이해하기 쉬울 겁니다."

대령은 의자 등받이에 등을 기댔다. "이쪽에서 우리의 과학기술이 노출되는 것을 가급적 줄이고 싶어한다는 건 알고 있지 않습니까."

"그 점은 이해합니다만, 우리는 이미 여러 기계들을 매개 수단으로 사용하고 있습니다. 만약 그들이 글을 사용할 수 있게 한다면 음향분석기에만 매달리는 것보다는 작업 속도가 훨씬 빨라질 겁니다."

대령은 게리를 쳐다보았다. "박사의 의견은?"

"괜찮은 아이디어로 생각되는데요. 다만 헵타포드가 우리의 모니터 화면을 읽는 데 혹시 어려움을 느끼지 않을지 궁금하군요. 그들의 체경은 우리의 비디오 스크린과는 완전히 다른 기술에 기반을 둔 것이니까요. 우리가 아는 한 그들은 픽셀이나 스캔 라인을 쓰고 있지는 않고, 프레임 단위로 화면을 내보내지도 않습니다."

"헵타포드들이 우리 비디오 스크린의 스캔 라인을 판독하지 못할 수도 있다는 뜻입니까?"

"그럴 가능성이 있습니다. 일단 시도해서 확인해보는 수밖에요."

웨버는 생각에 잠겼다. 나로선 생각할 필요도 없는 일이었지만 그의 관점에서 보면 그것은 어려운 결정이었다. 그러나 군인답게 그는 신속하게 결정을 내렸다. "요청을 승인하겠습니다. 밖에 있는 상사에게 필요한 것들을 얘기하십시오. 내일까지 준비시키세요."


네가 열여섯 살인 여름의 어느 날을 기억해. 이번에 데이트 상대가 도착하기를 기다리고 있는 사람은 네가 아닌 나야. 물론 너도 내 데이트 상대를 기다리고 있을 테지. 어떤 사람일지 궁금해하면서. 너는 네 친구, 록시라는 엉뚱한 이름의 금발 소녀를 집으로 데려와 키득거리며 시간을 보내고 있을 거야.

"그이에 관해 이러쿵저러쿵하고 싶겠지만," 나는 복도 벽에 걸린 거울에 내 모습을 비춰보며 말할 거야. "우리가 집을 나설 때까지는 입을 다물고 있어야 해."

"걱정 마, 엄마." 넌 이렇게 말할 거야. "그 아저씬 알아차리지도 못할 거야. 록시, 나한테 오늘밤 날씨가 어떨 것 같으냐고 물어봐줘. 그럼 난 엄마의 데이트 상대에 관한 평가를 내릴 테니까."

"알았어." 록시는 이렇게 대꾸할 거야.

"아냐. 절대 그러지 마."

"긴장하지 마요, 그 아저씨는 절대로 모를 거니까 걱정 안 해도 돼. 우린 맨날 이러는걸."

"퍽도 안심되네."

잠시 후 넬슨이 차로 나를 데리러 올 거야. 난 그이를 소개하고, 우리는 모두 포치에서 잠시 이야기를 나누겠지. 넬슨은 투박하기는 하지만 나름대로 잘생겼고, 네 표정을 보니 너도 마음에 들어해. 우리가 막 떠나려는 순간, 록시가 자연스러운 말투로 네게 이렇게 말할 거야. "오늘 밤 날씨가 어떨 것 같아?"

"더울hot 것 같아." 넌 이렇게 대답하겠지.

록시도 끄덕이며 맞장구를 칠 거야. 그러자 넬슨은 말해. "정말? 일기예보에서는 시원해질 거라고 하던데."

"그런 일들에 관해서는 육감이랄까 그런 게 있어요." 너는 말할 거야. 천연덕스러운 얼굴로. "아주 뜨거울 것 같은 느낌이 들어요. 딱 맞는 옷을 입으셨네요, 엄마."

나는 너를 쏘아보며 잘 자라고 인사할 거야.

앞장서서 넬슨과 함께 차로 갈 때 그가 재미있다는 표정으로 묻겠지. "내가 모르는 뭔가가 있는 모양이군, 안 그래?"

"우리끼리 하는 농담이야." 나는 중얼거리지. "설명하라고는 하지 말아줘."


체경을 통한 다음 세션에서 우리는 이전의 절차를 되풀이했다. 하지만 이번에는 말을 하면서 동시에 그에 해당하는 글자를 컴퓨터 화면에 보여주었다. '인간'이라고 말하면서 '인간'이라는 단어를 보여주는 식이었다. 마침내 헵타포드들은 우리가 무엇을 원하는지 이해했다. 그리고 작은 대좌 위에 편평한 원형 스크린을 설치했다. 헵타포드 하나가 말을 했고, 그런 다음 칠지 하나를 뻗어 대좌에 난 커다란 구멍에 집어넣었다. 마치 흘려 쓴 낙서 같은 느낌의 문자가 스크린에 떠올랐다.

이것은 곧 일과가 되었고, 나는 발화와 그에 조응하는 문자 샘플로 이루어진 두 종류의 언어 자료를 작성했다. 처음 받은 인상으로는 이들의 문자는 표어체계로 보였고, 나는 이 사실에 실망했다. 그들의 말을 배우는 데 도움이 될 알파벳식의 표음문자를 내심 기대하고 있었기 때문이다. 그들의 표어문자에도 어느 정도의 음성 정보가 포함되어 있을지도 모르지만, 그것을 알아내기란 알파벳식 문자의 경우보다는 훨씬 더 어렵다.

나는 체경으로 바싹 다가가 헵타포드의 여러 신체 부위, 이를테면 칠지라든지 손가락, 눈 따위를 가리키고 그에 해당하는 단어를 이끌어 낼 수 있었다. 그 과정에서 그들의 동체 아래쪽에 연접한 골질의 주름 사이에 구멍이 하나 나 있음이 밝혀졌다. 아마 이것은 음식 섭취를 위한 것이고, 동체 꼭대기에 있는 구멍은 호흡과 발화를 위한 것인 듯했다. 그 밖에 특별히 눈에 띄는 구멍은 없었다. 아마 입이 항문의 역할까지 맡고 있는 듯했는데 이런 종류의 의문을 해결하는 것은 일단 미루어두는 수밖에 없다.

나는 두 헵타포드에게 혹시 개체를 칭하는 용어가 있는지 물어보았다. 개별적인 이름 같은 것이 있는지 말이다. 그들의 대답은 물론 우리에게는 발음 불가능한 것이었다. 그래서 게리와 나의 편의를 위해 나는 그들에게 '플래퍼'와 '래즈베리'라는 이름을 붙였다. 이들을 구별하고 싶었기 때문이다.

다음 날 나는 체경이 있는 천막에 들어가기 전에 게리와 의논했다.

"이번 세션에서는 당신 도움이 필요해요."

"얼마든지 도와드리죠. 무슨 일을 하면 됩니까?"

"동사를 좀 이끌어내야 하는데, 그건 3인칭으로 하는 게 제일 쉽거든요. 내가 컴퓨터에 동사 몇 개를 치는 동안 그것들을 몸으로 보여줄 수 있을까요? 운이 좋으면 헵타포드가 우리가 뭘 하는지를 깨닫고 똑같이 해줄지도 몰라요. 사용할 만한 소도구들을 여기 가지고 왔어요."

"문제없어요." 게리는 손마디를 꺾어 뚝뚝 소리를 내며 말했다. "언제든지 준비만 되면 말해줘요."

우리는 단순 자동사들부터 시작했다. 걷다, 뛰어오르다, 말하다, 쓰다. 게리는 이 동사들을 하나씩 몸으로 표현했다. 그러면서도 멋쩍어하는 기색이 전혀 없는 것이 인상적이었다. 비디오카메라가 자기 모습을 촬영하고 있다는 사실에도 아랑곳하지 않는 듯했다. 게리가 처음 동작 몇 개를 실연한 다음 나는 헵타포드들에게 물었다. "당신들은 저걸 뭐라고 부릅니까?" 오래지 않아 헵타포드들은 우리가 무엇을 시도하고 있는지 알아차렸다. 래즈베리는 게리의 몸짓을 흉내내기 시작했다. 아니 적어도 그에 상응하는 헵타포드의 몸동작을 보여주기 시작했다. 그러는 동안 플래퍼는 자기들의 컴퓨터로 글자를 표시하고 큰 소리로 발음했다.

음향분석기에 나타난 그들의 발화에서 나는 내가 '헵타포드'라는 주석을 붙인 단어를 식별해낼 수 있었다. 각 발화의 나머지 부분은 동사구인 듯했다. 그들의 언어에는 명사나 동사에 해당하는 것들이 있는 듯했다. 천만다행이었다.

그러나 글의 경우는 그만큼 명확하지 않았다. 각각의 동작에 대해 그들은 두 개의 다른 어표語標 대신 하나의 어표를 보여주었던 것이다. 처음에는 그들이 '걷는다'처럼 주어의 존재를 암시하는 무언가를 썼다고 생각했다. 그런데 플래퍼는 왜 말을 할 때는 '헵타포드가 걷는다'라고 하면서 글을 쓸 때는 이에 조응하는 단어들을 쓰지 않고 그냥 '걷는다'라고 쓰는 것일까? 문득 나는 어표들 중 일부는 '헵타포드'를 의미하는 어표 한쪽에 여분의 선을 몇 개 추가한 것처럼 보인다는 사실을 깨달았다. 어쩌면 동사를 글로 쓸 때 그들은 명사에 대한 접사의 형태를 사용하는 것일 수도 있었다. 그러나 이것이 사실이라면, 플래퍼는 왜 어떤 경우에는 명사를 쓰고 다른 경우에는 그러지 않는 것일까?

나는 타동사를 시도해보기로 했다. 목적어를 도입한다면 사정이 좀 더 명확해질지도 모른다. 내가 가져온 소도구들 중에 사과 한 알과 빵 한 조각이 있었다.

"오케이." 나는 게리에게 말했다. "저들에게 음식을 보여주고 그다음 먹는 걸 조금 보여줘요. 우선 사과를 먹고, 그다음 빵을 먹어요."

게리는 골든 딜리셔스 품종 사과를 가리킨 다음 한입 베어물었고, 그사이 나는 비디오 스크린에 "당신들은 저걸 뭐라고 부릅니까?"라는 표현을 나타내 보였다. 그런 다음 우리는 통밀 빵 한 조각을 이용해 같은 과정을 되풀이했다.

그러자 래즈베리는 방에서 나갔고, 잠시 후 거대한 견과 내지는 호리병박처럼 보이는 물체와 젤리 상태의 달걀 같은 것을 가지고 돌아왔다. 래즈베리가 호리병박을 가리키는 동안 플래퍼는 어떤 단어를 말하고 어표 하나를 스크린에 나타내 보였다. 그런 다음 래즈베리는 호리병박을 자기 다리들 사이로 가져갔다. 그러자 우두둑 소리가 들렸고, 한입 베어문 듯한 상태의 호리병박이 다시 출현했다. 호리병박의 껍질 아래에는 옥수수 낟알 같은 것들이 들어차 있었다. 플래퍼가 뭐라고 말을 하면서 자기들의 스크린에 커다란 어표를 나타내 보였다. 문장에서 사용될 때는 '호리병박'을 의미하는 음향 패턴이 변해 있었다. 아마 격표지格標識일지도 모르겠다. 이 어표는 뭔가 기묘한 느낌을 주었다. 잠시 관찰해본 결과 나는 이 어표에서 '헵타포드'와 '호리병박'을 의미하는 각각의 어표와 유사한 문자적 요소들을 발견했다. 이것들은 마치 서로 융합시켜놓은 듯한 모양을 하고 있었고, 중간에 있는 여분의 선 몇 개는 '먹다'라는 뜻인 것처럼 보였다. 여러 개의 단어를 연결한 합자로 보아야 하는 것일까?

다음에는 젤리 달걀에 대응하는 소리와 글자, 그리고 그것을 먹는 동작의 기술記述이 제시되었다. '헵타포드가 젤리 달걀을 먹는다'에 대응하는 음향 패턴은 분석 가능했다. 아까와 어순이 다르기는 했지만, '젤리 달걀'에는 예상대로 격표지가 포함되어 있었다. 그러나 그들이 나타내 보인 커다란 어표의 경우에는 사정이 달랐다. 그 구성요소를 조금이라도 인식하는 데는 아까보다 훨씬 더 긴 시간이 걸렸다. 개개의 어표들은 아까처럼 융합되어 있을 뿐 아니라 '헵타포드'를 의미하는 문자는 누워 있는 것 같았고, '젤리 달걀'의 어표는 그 위에서 물구나무를 선 것처럼 보였다.

"흐음." 나는 단순한 명사-동사의 예를 찾아 그들의 글을 한 번 더 훑어보았다. 전에는 모순되는 것처럼 보였는데 지금 보니 이것들 모두가 실은 '헵타포드'를 나타내는 어표를 포함하고 있다는 사실을 알 수 있었다. 이들 중 어떤 것들은 여러 동사와 결합함으로써 회전하고 변형되기 때문에 처음에는 식별하지 못했던 것이다. "세상에 이럴 수가." 나는 중얼거렸다.

"왜 그래요?" 게리가 물었다.

"저들의 문자는 단어로 분할되어 있지 않아요. 구성 단어들에 해당하는 어표를 결합해서 문장을 표기하고 있어요. 회전시키고 수정하면서 어표들을 결합시키는 거예요. 이걸 봐요." 나는 그에게 어표들이 어떻게 회전하고 있는지 보여주었다.

"그렇다면 저들은 한 단어가 어떤 식으로 회전해도 쉽게 읽을 수 있다는 뜻이군요." 게리가 말했다. 그는 몸을 돌려 감탄한 듯한 표정으로 헵타포드들을 바라보았다. "몸이 방사상 대칭이기 때문에 생겨난 결과가 아닐까 하는 생각이 드네요. 몸에 '전방'이라는 것이 없기 때문에 글자 역시 마찬가지일지도 모르겠어요. 고도로 근사한 방식이로군."

나는 내 귀를 의심했다. 함께 일하는 동료가 '근사하다'라는 말을 '고도로'라는 말로 수식하는 사람이었다니. "흥미로운 건 사실이에요. 하지만 그게 사실이라면 우리가 우리 문장들을 그들의 언어로 쉽게 쓸 수 있는 방법은 없다는 얘기가 돼요. 우리는 그들의 문장을 개개의 단어로 분해해서 재조립할 수 없으니까 말이에요. 조금이라도 읽을 수 있는 걸 쓰려면 그들의 문자 체계 규칙을 모두 습득해야 할 거예요. 적용 대상이 글이라는 것만 제외하면, 발화의 단편을 이어보려고 했을 때 직면했던 연속성의 문제와 같은 거지요."

나는 체경 안에서 우리가 작업을 계속해주기를 기다리고 있는 플래퍼와 래즈베리를 바라보고는 한숨을 쉬었다. "우리 일을 쉽게 만들어줄 생각은 없는 것 같네요, 안 그래요?"

공평을 기하기 위해 말해두지만 헵타포드들은 협력을 아끼지 않았다. 그후에도 그들은 우리에게 우리의 언어를 가르쳐달라는 요구를 하지 않고 기꺼이 자신들의 언어를 가르쳐주었다. 웨버 대령과 다른 군 관계자들이 이 사실이 암시하는 바에 관해 숙고하는 동안, 나와 다른 체경 캠프의 언어학자들은 화상 회의를 통해 헵타포드의 언어에 관해 서로가 알아낸 정보를 교환했다. 이런 식으로 회의를 진행할 때면 어쩐지 어색한 느낌을 금할 수가 없었다. 우리의 비디오 스크린은 헵타포드의 체경에 비하면 원시적이었고, 따라서 그것을 통해 보는 내 동료들은 외계인들보다 더 먼 존재처럼 느껴졌다. 익숙한 쪽은 멀리 떨어져 있는 데 비해, 낯선 쪽은 지척에 있었다.

왜 지구로 왔는지 헵타포드들에게 물어보거나, 그들의 기술에 관해 질문할 수 있을 정도로 능숙하게 물리학 토론을 하게 되기까지는 좀더 시간이 걸릴 것이다. 당분간은 음소론 및 자소론, 어휘, 구문론 등의 기본에 힘을 쏟아야 했다. 모든 체경의 헵타포드들은 동일 언어를 사용하고 있었기 때문에 우리는 서로의 데이터를 합치고 공조할 수 있었다.

우리 입장에서 가장 큰 혼란의 원인이 된 것은 헵타포드의 '글'이었다. 이들의 글은 전혀 글 같지가 않았고, 오히려 정교한 그래픽 디자인의 집합체처럼 보였기 때문이다. 行이라고 할 만한 것도 없었고, 그렇다고 나선형이나 선형적인 방식과도 거리가 멀었다. 플래퍼나 래즈베리는 필요할 때마다 어표들을 갖다붙여 거대한 복합체를 만드는 방식으로 문장을 작성하곤 했다.

이런 형태의 문자는 읽는 사람이 메시지 전체의 문맥을 미리 알고 있어야 이해할 수 있는, 원시적인 기호 시스템을 연상케 했다. 이런 시스템에는 너무 많은 제약이 따르기 때문에 체계적으로 정보를 기록하는 방법으로는 적절하지 않은 것으로 간주되고 있었다. 그러나 헵타포드들이 그저 단순한 구승만으로 현재 기술 수준에 도달했을 리가 없었다. 따라서 세 가지 가능성을 생각해볼 수 있었다. 첫 번째, 헵타포드들은 진짜 문자 체계가 있으면서도 우리 앞에서는 쓰지 않으려 한다. 웨버 대령이라면 이 견해를 지지할 터였다. 두 번째, 헵타포드들이 지금 쓰고 있는 과학기술은 본래 그들이 만들어낸 것이 아닐 가능성이 있었다. 그렇다면 그들은 다른 누군가의 과학기술을 이용하는 문맹이라는 얘기가 됐다. 그리고 내가 가장 흥미를 느끼는 세 번째 가설, 헵타포드들이 진정한 문자로서의 필요조건을 충족하는 비선형적 체계를 쓰고 있을 가능성이었다.

네가 고등학교 2학년인 무렵의 대화를 기억해. 일요일 아침이고, 내가 스크램블 에그를 만드는 동안 너는 브런치 식탁에 식기를 차리고 있겠지. 어젯밤 갔던 파티 얘기를 내게 해주면서 너는 웃고 있을 거야.

"세상에." 너는 이렇게 말하지. "몸무게가 모든 걸 결정한다는 얘기는 농담이 아니었어, 엄마. 남자아이들보다 더 마시지도 않았는데, 내가 훨씬 더 취했거든."

나는 아무렇지도 않은 상냥한 표정을 지어 보이려고 노력할 거야. 정말로. 그러면 너는 이렇게 말해.

"에이 그런 얼굴 하지 마, 엄마."

"무슨 얼굴?"

"엄마도 내 나이 땐 나하고 똑같았으면서 뭘 그래."

네 나이 때 나는 그런 일은 전혀 한 적이 없지만 사실대로 얘기한다면 네가 나에 대한 존경심을 완전히 잃으리라는 걸 알아. "알지? 술을 마시곤 절대로 운전하면 안 되고, 남의 차에 따라 들어가서도 안—"

"맙소사. 그건 당연하잖아. 엄만 내가 바보라고 생각해?"

"아니, 네가 바보일 리가 없잖아."

그때 내 머릿속에 떠오르게 될 생각. 너는 명백하게, 기가 막힐 정도로 나와는 다르다는 사실. 이 생각은 네가 나의 복제가 아니라는 사실을 내게 또다시 일깨워줄 거야. 너는 매일처럼 내게 행복을 가져다주는 소중한 존재이지만, 나 혼자 만들어낼 수 있었던 존재는 결코 아니야.

군은 체경이 있는 지점 부근에 우리의 사무실 공간이 들어가 있는 트레일러 하나를 설치해놓았다. 나는 트레일러를 향해 걸어가는 게리를 보고 달려갔다.

"의미표시 문자였어요." 그를 따라잡자마자 내가 말했다.

"뭐라고요?" 게리가 되물었다.

"와요, 직접 보여줄 테니." 나는 게리를 내 사무실로 데리고 갔다. 나는 칠판으로 곧장 가 원을 그리고 그 안에 사선을 그어 반으로 나눴다. "이게 무슨 뜻이죠?"

"출입금지?"

"맞아요." 나는 칠판에 '출입금지'라는 단어를 썼다. "이것도 같은 뜻을 전달하죠. 하지만 둘 중에서 실제의 발화를 나타내고 있는 건 하나뿐이에요."

게리가 고개를 끄덕였다. "오케이."

"언어학자들은 이런 글자를—" 나는 이렇게 말하며 내가 쓴 글자를 가리켰다. "입으로 한 말을 표현한다고 해서 '음성표시' 문자라고 칭해요. 인간의 문자언어는 모두 이 범주에 들어가죠. 하지만 이 기호는—" 나는 원과 사선을 가리켰다. "발화와는 전혀 무관하게 의미를 전달하기 때문에 '의미표시' 문자라고 해요. 이 시스템의 구성요소들은 특정한 음성과 아무런 조응 관계가 없어요."

"그러니까 헵타포드의 문자는 모두 이런 거란 뜻인가요?"

"지금까지 관찰한 바로는 그래요. 그림문자는 아니에요. 그보다는 훨씬 복잡해요. 문장을 구성하는 자체적인 규칙들이 있으니까. 그들의 음성언어의 구문법과는 전혀 상관이 없는 시각적 구문법이라고 할 수 있겠죠."

"시각적 구문법? 예를 들어줄 수 있습니까?"

"잠시만요." 나는 책상 앞에 앉아 컴퓨터로 어제 래즈베리와 나눴던 대화의 녹화 기록에서 불러냈다. 그런 다음 모니터의 방향을 돌려 게리가 볼 수 있도록 했다.

"헵타포드의 음성언어에서 명사는 그것이 주어인지 목적어인지를 나타내는 격표지를 가지고 있어요. 하지만 그들의 문자언어에서 명사는 동사를 나타내는 어표의 방향에 따라 주어인지 목적어인지 알 수 있어요. 자, 여기를 봐요." 나는 문자 집합체 하나를 가리켰다. "예를 들어 '헵타포드'라는 단어가 '듣는다'라는 단어와 여기 이런 평행선과 함께 이런 식으로 통합되어 있는 경우, 이건 이 헵타포드가 듣는 행위를 하고 있다는 걸 표현해요." 나는 게리에게 다른 집합체를 보여주었다. "여기 이런 수직선들과 함께 이런 식으로 결합되어 있는 경우에는 해당 헵타포드의 말이 누군가에게 들리고 있다는 뜻이고요. 이런 식의 어형 변환은 다른 동사 몇 개에도 적용돼요. 또 다른 예를 들자면 굴절 체계가 있어요." 나는 다른 장면을 불러냈다.

"그들의 문자언어에서 이 어표는 대략 '쉽게 듣는다' 내지는 '또렷하게 듣는다'라는 뜻이에요. 이것과 '듣는다'라는 어표 사이의 공통점들이 보여요? 이것 역시 아까 같은 방법으로 '헵타포드'라는 말과 결합시켜서 헵타포드가 뭔가를 또렷하게 듣는다든지, 헵타포드의 말이 또렷하게 들린다는 것을 표현할 수 있어요. 하지만 여기서 정말로 흥미로운 건 '듣는다'에서 '또렷하게 듣는다'로의 변화가 특별한 예가 아니라는 거예요. 그들이 적용하는 변형을 알아볼 수 있겠어요?"

게리가 고개를 끄덕이며 손을 들어 가리켰다. "중간 획들의 곡선을 변화시켜서 '또렷하게'라는 개념을 나타내고 있는 것 같군요."

"맞아요. 그런 식의 변화는 많은 동사에 적용시킬 수 있어요. '보다'의 어표는 같은 방법을 써서 '또렷하게 보다'라고 변화시킬 수 있고, '읽다'나 그 밖의 동사들의 경우도 마찬가지예요. 그리고 이 획들의 곡선을 바꾸는 것은 그들의 발화에서는 조응하는 것이 없어요. 대신 동사에 접두사를 붙여서 상황의 용이함을 나타내죠. '보다'와 '듣다'에 붙는 접두사는 각각 다르고요. 이것들 말고 다른 예도 있지만 개념은 이미 이해했을 거예요. 이건 본질적으로 2차원적 문법이에요."

게리는 생각에 잠긴 얼굴로 사무실 안을 왔다 갔다 하기 시작했다. "인류의 문자 체계에서 이것과 조금이라도 닮은 것이 있나요?"

"수학의 방정식이나 음악과 무용의 표기법이 있죠. 하지만 그것들은 모두 극히 전문화되어 있어요. 그런 것들을 써서 우리가 지금 나누고 있는 대화를 기록할 수는 없어요. 하지만 우리가 아주 잘 알게 된다면 이 대화를 헵타포드의 문자 체계를 써서 기록할 수 있겠다는 생각은 들어요. 그들의 언어는, 언어로서 완성된 하나의 범용 그래픽 언어라고 생각해요."

게리는 미간을 찡그렸다. "그렇다면 그들의 문자는 발화 언어와는 완전히 별개의 언어를 이루고 있다는 뜻인가요?"

"네. 사실 문자 체계는 '헵타포드 B'라고 부르고, 음성언어를 언급할 경우에만 엄밀하게 '헵타포드 A'를 사용하는 것이 더 정확해요."

"잠깐만요. 하나면 충분할 걸 가지고 왜 두 개의 언어를 쓰는 거죠? 필요 이상으로 습득을 어렵게 만드는 듯한 인상인데."

"영어 철자법이 그렇죠?" 나는 말했다. "언어 진화에서 습득의 용이함은 1차 요인이 아니에요. 헵타포드의 경우 쓰는 것과 말하는 것은 아마 굉장히 다른 문화적, 인지적 역할을 수행할 거예요. 그 때문에 별개의 언어를 쓰는 편이 같은 언어의 두 가지 형태를 쓰는 것보다 더 논리적인지도 몰라요."

게리는 내가 한 말에 관해 생각했다. "무슨 뜻인지 알 것 같군요. 어쩌면 저들은 우리의 문자 유형을 과잉투자로 간주할지도 모르겠군요. 제2의 커뮤니케이션 채널이 있는데도 허비하고 있다는 식으로."

"그럴 가능성이 충분하죠. 글을 쓸 때 헵타포드가 왜 제2의 언어를 사용하는지 알아낼 수 있다면 그들에 관해 많은 걸 알 수 있을 거예요."

"바꿔 말하자면 그들의 문자는 우리가 그들의 음성언어를 배우는 데 아무 도움이 될 수 없다는 얘기가 되는군요."

나는 한숨을 쉬었다. "맞아요. 제일 먼저 머리에 떠오른 생각이 그거였어요. 하지만 '헵타포드 A'든 '헵타포드 B'든 한쪽을 무시하고 한

쪽에만 치우치면 안 돼요. 양쪽에서 접근해야 해요." 나는 스크린을 가리켰다. "헵타포드들의 2차원적 문법을 배운다면 나중에 그들의 수학 개념을 이해하는 데도 분명 도움이 될 거예요."

"맞는 말이군요. 그럼 우리가 그들에게 수학에 관한 질문을 할 준비가 된 건가요?"

"아직은 아니에요. 뭐든 시작하기에 앞서 우선 이 문자 체계를 좀더 잘 파악할 필요가 있어요." 나는 이렇게 말했고, 게리가 실망한 듯한 표정을 짓자 미소를 지으며 말했다. "지금 우리에게 필요한 건 인내심입니다, 교수님. 인내는 미덕이라는 말도 있잖습니까."

네 아버지가 하와이에서 열리는 회의에 참석하게 될 때 너는 여섯 살이야. 우리도 그이를 따라서 하와이로 가지. 너는 흥분한 나머지 몇 주 전부터 여행 준비를 하기 시작할 거야. 코코넛과 화산과 서핑에 관해 묻고, 거울을 보면서 훌라춤 연습을 하지. 여행 가방에 갖고 가고 싶은 옷과 장난감을 잔뜩 넣고, 가방을 끌고 집 안을 돌아다니며 얼마나 오래 그럴 수 있는지 확인해보려고 하지. 엄마 가방에 네 에치어스케치*를 넣어가줄 수 없냐고 물어보기까지 할 거야. 반드시 가져가야 하는데 네 가방에는 더 이상 자리가 없다면서 말이야.

"그 많은 걸 몽땅 가져갈 필요는 없잖아." 나는 말할 거야. "거기 가면 재미있는 일이 얼마든지 있으니까, 장난감을 많이 갖고 가도 가지고 놀 틈이 없을 거야."

---

* etch-a-sketch. 두 개의 다이얼을 돌려 스크린 위에 그림을 그리는 장난감.

너는 이 말에 관해 곰곰이 생각해. 열심히 생각할 때면 넌 언제나 눈썹 위에 주름을 짓곤 하지. 결국 너는 장난감을 덜 챙겨간다는 데 동의하지만, 너의 기대는 줄어들기는커녕 한층 더 커지게 될 거야.

"지금 당장 하와이에 가고 싶어." 너는 이렇게 떼를 써.

"기다리는 게 좋을 때도 있어." 나는 이렇게 말할 거야. "기대가 클수록 나중에 오는 즐거움도 커지는 법이란다."

너는 토라진 표정으로 입을 비죽 내밀겠지.


다음번에 제출한 보고서에서 나는 '표어문자'라는 용어는 잘못된 표현이라는 주장을 제기했다. 왜냐하면 표어문자라는 개념에는 해당 표어가 입으로 발화된 단어를 나타낸다는 전제가 깔려 있지만, 헵타포드 언어의 표어는 우리의 발화 개념에는 전혀 맞지 않았기 때문이다. 표의문자라는 용어도 과거에 사용된 사례가 있어 쓰고 싶지 않았다. 그래서 나는 '어의문자語義文字'라는 용어를 제안했다.

어의문자는 인간 언어의 문자와 대략 조응하는 것처럼 보였다. 자체적인 의미를 가졌고, 다른 어의문자들과 결합함으로써 무한하게 서술을 생성할 수 있었다. 정확히 정의할 수는 없었지만, 인간 언어의 '단어'에 대해서도 만족할 만한 정의가 내려진 적은 아직 없는 것이다. 그러나 '헵타포드 B'의 문장에 들어서면 사정은 훨씬 더 복잡해졌다. 이 언어에는 문장과 문장 사이를 갈라주는 구두법이라고 할 만한 것이 전혀 없었다. 구문構文은 어의문자들이 조합하는 방식에 드러나 있었고, 발화의 억양을 나타낼 필요는 없었다. 주부-술부 조합만 완벽하게 떼어내서 문장을 구성하는 일 자체가 불가능했다. 헵타포드에게 '문장'

이란 몇 개이든 좋으니 당사자가 결합하려고 마음먹은 어의문자들인 것 같았다. 문장과 단락, 문장과 페이지의 차이는 크기의 차이일 뿐이었다.

'헵타포드 B'의 문장의 크기가 아주 커지면 그 시각적 효과는 놀랄 만했다. 해독하려는 의도가 없으면 초서체로 그린 기상천외한 사마귀들의 집합처럼 보였다. 마치 에스허르가 그린 격자무늬처럼 서로 달라붙어 있으면서도 각자가 조금씩 다른 자세를 취하고 있었다. 가장 큰 문장들을 보고 있으면 마치 사이키델릭 포스터를 보는 듯했다. 눈이 침침해지면서 눈물이 고이거나 최면에 걸린 듯한 상태가 되는 것이다.

네 대학 졸업식에서 찍은 사진을 기억해. 너는 카메라를 향해 포즈를 취하고 있지. 졸업모를 멋 부린 각도로 비스듬하게 쓰고, 한 손을 선글라스에 갖다대고, 허리에 댄 다른 손으로는 졸업 가운을 잡아당겨 안에 입은 탱크 탑과 반바지를 일부러 보여주고 있지.

네 졸업식을 기억해. 넬슨과 네 아버지와 이름이 생각나지 않는 그 젊은 여자가 모두 와 있는 탓에 조금 산만할 테지만, 그건 별로 중요하지 않아. 주말 내내 너는 나를 네 학교 친구들에게 소개하고, 만나는 사람마다 쉴 새 없이 끌어안지. 너의 모습이 너무 놀라운 탓에 나는 말이 제대로 안 나오는 지경이야. 나보다 키도 크고, 가슴이 아릴 정도로 아름다운 여자가 된 네가, 분수식 식수대에서 물을 마실 수 있도록 들어올려주곤 했던 어린 소녀, 내 옷장에서 꺼낸 드레스와 모자와 네 장의 스카프를 몸에 두르고 내 침실에서 구르듯이 달려나오곤 했던 어린 소녀와 같은 아이라니.

그리고 졸업 후 너는 직장을 얻고 금융 분석가로서의 길을 걷게 돼. 직장에서 네가 무엇을 하는지 나는 이해하지 못할 거야. 네가 왜 그렇게 돈에 매료당하는지, 직장을 두고 협상을 할 때 네가 요구한 파격적인 연봉에 관해서도. 나로서는 네가 금전적 보상에 연연하지 않고 어떤 목표를 추구해줬으면 좋겠지만, 그렇다고 불만을 느끼지는 않을 거야. 나의 어머니도 내가 왜 고등학교 영어 선생 노릇에 만족하지 못하는지 결코 이해하지 못했지. 너는 네가 행복을 느끼는 일을 하면 되고, 내가 너에게 원하는 건 그것뿐이란다.

시간이 흐르면서, 각 체경을 담당하는 연구 팀들은 헵타포드의 기초적인 수학과 물리학 용어 습득에 본격적으로 착수했다. 성과 발표회에서 언어학자들은 의사소통 절차에, 물리학자들은 내용에 초점을 맞추고 협력했다. 물리학자들은 외계인과 의사소통을 하기 위해 과거에 고안되었던, 수학 기반의 시스템들을 우리에게 보여주었다. 문제는 이것이 전파 망원경용으로 만들어졌다는 점이었다. 우리는 이것을 대면용으로 개량했다.

우리 팀은 기초 산수 분야에서는 성과를 올렸지만, 기하학과 대수에서는 장벽에 부딪쳤다. 직각좌표계 대신 구면좌표계를 쓴 것은 헵타포드의 해부학적 구조에는 이쪽이 더 자연스러울 것이라는 생각에서 비롯됐지만, 이 접근법은 별다른 결실을 맺지 못했다. 헵타포드들은 우리의 의도를 이해하지 못하는 듯했다.

물리학 토론에서도 별다른 진전이 없었다. 그나마 성공을 거둔 것은 원소의 명칭 같은, 아주 구체적인 용어를 사용했을 때로 국한되었다.

원소주기율표를 보여주려는 시도를 몇 번 하자 헵타포드들은 의도를 파악했다. 그러나 이들과 조금이라도 추상적인 것을 논하는 것은 무의미한 잡담을 나누는 일과 마찬가지였다. 질량이나 가속도 따위의 기본적인 물리학 특성을 전달하고 이에 해당하는 그들의 용어를 끌어내려고 시도했지만, 헵타포드들은 더 명확하게 설명해달라는 요청을 할 뿐이었다. 특정 매체가 야기할지도 모르는 지각적 문제를 피하기 위해 물리적인 시연뿐 아니라 선형 그림, 사진, 동영상 따위를 써보았지만 아무 효과도 없었다. 진전이 없는 며칠은 곧 몇 주가 되었고, 물리학자들의 환상은 깨지기 시작했다.

이와는 대조적으로 언어학자들은 상당한 성과를 올리고 있었다. 음성언어인 '헵타포드 A'의 문법 해석은 착실하게 진행되고 있었다. 예상대로 인간 언어의 패턴을 따르고 있지는 않았지만, 적어도 지금까지는 이해할 수 있는 수준이었다. '헵타포드 A'의 어순은 완전히 자유로웠고, 조건서술문 안의 여러 구의 경우에도 마치 인간 언어의 '보편성'을 조롱이라도 하는 듯 별다른 우선순위가 존재하지 않았다. 게다가 헵타포드들은 문장 중간에 여러 층위의 구를 삽입하는 일에 아무런 저항도 느끼지 않는 듯했다. 인간에게 이런 문장을 들려준다면 금세 두 손 두 발 다 들 것이다. 기이했다. 하지만 완전히 이해 불능한 것은 아니었다.

훨씬 더 흥미로웠던 것은 '헵타포드 B'에서 새로 발견된, 유례없이 2차원적인 어형 및 문법 변환 절차였다. 해당 어표가 속한 어형 변화군에 따라, 어떤 획의 곡률이나 두께, 혹은 굴곡 방식에 변화를 줌으로써 굴절을 나타내는 식이었다. 혹은 두 어근의 상대적 크기에 변화를 준다든지, 두 어근과 또 다른 어근 사이의 상대적 거리나 방향에 변화를 주는 경우도 있었다. 그 밖에도 여러 방법이 있었다. 이것들은 모두 비분절적인 문자소로서, 해당 어표의 나머지 부분과 분리될 수 없었다. 그리고 그런 특성들이 인간의 문자 체계에서 어떻게 구현되는지와는 별도로 이것들은 서예의 서체와는 무관했다. 문자소들의 의미는 일관되고 명확한 문법에 의해 정의됐다.

우리는 정기적으로 헵타포드들에게 지구에 온 이유를 물었다. 그럴 때마다 '보기 위해' 혹은 '관찰하기 위해' 왔다고 대답했다. 사실 그들은 우리 질문에 대답하기보다는 말없이 우리를 바라보는 쪽을 선호할 때가 종종 있었다. 그들은 과학자일 수도 있고, 관광객일 수도 있었다. 국무성에선 우리에게 인류에 관한 정보는 가급적 발설하지 말라고 지시했다. 향후 교섭시 그들에게 유리한 협상 카드로 사용되는 것을 경계해서였다. 우리는 이 지시에 따랐지만 어차피 별로 힘든 일은 아니었다. 헵타포드들은 그 어떤 것에 관해서도 질문을 하는 법이 없었기 때문이다. 정체가 과학자이든 관광객이든 간에, 그들에게는 지독하게도 호기심이 없었다.


네가 입을 새 옷을 사기 위해 차를 몰고 함께 쇼핑몰로 가고 있을 때를 기억해. 너는 열세 살이야. 너는 완전히 어린애가 되어 남의 눈을 전혀 의식하지 않고 좌석에 축 늘어져 있다가도, 다음 순간에는 패션 모델이 연습이라도 하는 듯이, 짐짓 자연스러운 태도로 긴 머리카락을 뒤로 홱 넘기지.

내가 주차를 하고 있을 때 너는 내게 이렇게 지시할 거야.

"오케이. 엄만 신용카드만 빌려주면 돼. 두 시간 뒤에 저기 입구에서 만나기로 하고."

나는 웃어. "안 돼. 신용카드는 내가 가지고 있을 거야."

"농담이시겠죠." 너는 말도 안 된다는 듯이 온몸으로 분개한 기색을 보이겠지. 우리는 차에서 내리고, 나는 쇼핑몰 입구를 향해 걸어가기 시작할 거야. 내가 전혀 꺾일 기색이 없다는 것을 확인한 너는 재빨리 작전을 변경하겠지.

"알았어, 엄마. 알았다니까. 엄마도 같이 가. 내 뒤로 조금 떨어져서 걸으면 동행처럼 보이지는 않을 거야. 혹시 가다가 친구라도 만나서 잠깐 얘기하거든 엄마는 그냥 모른 척하고 지나쳐줘. 나중에 내가 엄마한테 갈게."

나는 걸음을 멈출 거야. "뭐라고? 난 네 하인도 아니고, 같이 다니면 창피한 돌연변이 친척도 아냐."

"하지만 엄마, 난 내가 엄마하고 다니는 걸 누가 보는 게 싫어."

"그게 대체 무슨 소리야? 예전에도 난 네 친구들을 만나봤잖아. 집에도 왔었고."

"그건 달라." 너는 세상에 이런 일까지 설명해야 하다니 믿기지 않는다는 표정으로 말하겠지. "이건 쇼핑이잖아."

"어머, 그래서 참 유감이다."

이어지는 폭발. "엄마는 내가 기뻐하는 일은 아예 할 생각이 없는 거지! 나 따위는 어떻게 되어도 전혀 상관 안 하는 거야!"

네가 나와 쇼핑하러 가는 것을 즐기던 것은 그리 오래전의 얘기가 아냐. 네가 성장의 한 단계에서 다음 단계로 넘어가는 속도는 언제나 나를 놀라게 할 거야. 너와 함께 살아간다는 것은 마치 움직이는 목표를 조준하는 것과 같아. 너는 언제나 내 예상보다 앞서 나가 있을 거야.

나는 보통 펜으로 종이 위에 방금 내가 쓴 '헵타포드 B'의 문장을 바라보았다. 나 자신이 생성한 다른 모든 문장들과 마찬가지로 보기 흉한 모양이었다. 헵타포드가 쓴 문장을 해머로 때려 부순 다음 테이프로 엉성하게 이어붙인 꼴이었다. 내 책상은 이렇게 우아하지 못한 어표들을 쓴 종이로 뒤덮여 있다시피 했다. 회전하는 선풍기 바람이 지나갈 때마다 종이들이 퍼덕였다.

발화 형태가 없는 언어를 배운다는 것은 기묘한 체험이었다. 내게는 발음을 연습하는 대신, 눈을 질끈 감고 눈꺼풀 안쪽에 어표들을 그려보는 버릇이 생겼다.

문을 두드리는 소리가 들렸고, 미처 대답하기도 전에 게리가 들뜬 표정으로 들어왔다. "일리노이에서 물리학 방면의 대답을 얻었어."

"정말? 정말 좋은 소식이네. 언제?"

"몇 시간 전에. 방금 화상 회의를 하고 온 참이야. 보여주지." 게리는 내 칠판에 쓰인 것들을 지우기 시작했다.

"걱정 안 해도 돼. 필요 없는 것들이니까."

"좋아, 좋아." 게리는 분필 토막을 집어 도표를 하나 그렸다.

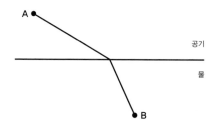

"자, 이건 빛이 공기에서 물속으로 들어갈 때의 경로야. 빛은 수면에 달할 때까지는 일직선으로 나아가지. 물의 굴절률은 공기와는 다르기 때문에 빛은 이런 식으로 방향을 바꿔. 예전에도 들어본 적 있지?"

나는 고개를 끄덕였다. "물론."

"자, 이 빛의 경로에는 흥미로운 특성이 있어. 이 경로는 이 두 지점 사이 가장 빠른 경로야."

"뭐라고?"

"그냥 웃자는 얘기쯤으로 생각하고 빛이 이런 경로를 따라 움직인다고 가정해봐." 게리는 도표에 점선을 하나 추가했다.

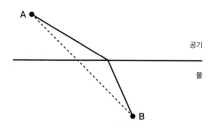

"이 가상의 경로는 빛의 실제 경로보다 짧아. 하지만 빛은 공기보다 물속에서 더 천천히 움직이고, 이 경로에서는 물속에 있는 부분이 더

길지. 따라서 빛이 이 경로를 따라 움직이려면 실제 경로를 따라가는 것보다 시간이 더 걸려."

"응, 이해했어."

"자, 이번에는 빛이 이것과는 또 다른 경로를 따라 움직인다고 생각해봐." 게리는 두 번째 점선 경로를 그렸다.

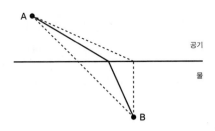

"이 경로에서는 물속에 있는 부분의 비율이 줄어들지만, 전체 길이는 늘어나지. 이 경로로 가도 실제 경로보다 시간이 더 오래 걸려."

게리는 분필을 내려놓고 백묵가루가 묻은 손가락으로 칠판의 그림을 가리켰다. "그 어떤 가상 경로도 실제로 선택된 경로보다 시간이 더 걸려. 바꿔 말하자면, 빛의 경로는 언제나 최소 시간으로 도달할 수 있는 경로라는 뜻이지. 이걸 '페르마의 최단 시간의 원리'라고 해."

"재미있네. 헵타포드들이 이것에 대해 반응을 보였다는 거야?"

"바로 그거야. 무어헤드가 일리노이의 체경 앞에서 페르마의 원리를 동영상으로 나타내 보였더니 헵타포드들이 그걸 되풀이해 재생해 보였다는 거야. 지금은 기호를 통한 기술을 얻어내려는 중이라나." 게리는 씩 웃었다. "고도로 근사하지?"

"근사한 건 맞지만, 지금까지 왜 아무도 나한테 페르마의 원리 얘기를 귀띔해주지 않은 거야?" 나는 바인더를 집어들고 게리를 향해 흔들어 보였다. 거기 철해놓은 문서에는 헵타포드들과의 의사소통을 위해 제안된 물리학 논제들에 관한 기초적 설명이 들어 있었다. "여기엔 플랑크 질량이니 수소 원자의 스핀 반전이니 하는 얘기만 잔뜩 있고, 빛의 굴절에 관한 얘기 따윈 단 한 마디도 없잖아."

"당신이 알아야 하는 내용에 관해서 우리가 잘못된 추측을 했던 거야." 게리는 얼굴빛도 바꾸지 않고 태연하게 말했다. "사실, 페르마의 원리가 최초의 돌파구를 제공해줬다는 점은 흥미로워. 설명하기 쉬운 건 사실이지만, 수학적으로 이걸 기술하기 위해서는 미분이 필요하거든. 그것도 보통 미분이 아니라 변분법이. 우린 기하나 대수의 단순한 정리가 돌파구가 될 거라고 예상하고 있었는데 말이야."

"정말 흥미롭네. 무엇이 단순한지에 대한 헵타포드의 생각이 우리와 다를 거라고 생각하는 거야?"

"바로 그거야. 그래서 난 페르마의 원리에 대한 그들의 수학적 기술을 보고 싶어서 돌아버릴 지경이야." 그는 이렇게 말하며 사무실 안을 왔다 갔다 했다. "만약 헵타포드식 변분법이 그들의 대수학보다 더 단순하다면, 우리가 물리학에 관해 소통하는 것이 그렇게 어려웠던 이유가 설명될지도 몰라. 그들의 수학 체계 전체가 우리 것과는 완전히 반대일 가능성도 있는 거야." 게리는 물리학 책자를 가리켰다. "저걸 개정하게 될 것만은 확실해."

"페르마의 원리에서 물리학의 다른 분야까지 확장할 수 있다고 생각하는 거야?"

"어쩌면. 페르마의 원리를 닮은 물리학 원리는 많이 있으니까."

"루이즈의 최소 벽장 공간의 원리 같은 거 말야? 물리학은 언제부터 그렇게 미니멀리즘을 신봉하게 됐지?"

"흠, 실은 그 '최소'라는 표현에는 어폐가 있어. 페르마의 최단 시간의 원리는 불완전하거든. 어떤 상황에서 빛은 다른 가능한 경로들보다 더 오랜 시간이 걸리는 경로를 택하니까 말이야. 따라서 빛은 언제나 극치極値의 경로, 바꿔 말하자면 이동 시간을 최소화하든지 아니면 최대화하는 경로를 택한다고 하는 편이 더 정확해. 최소와 최대는 어떤 수학적 속성을 공유하고 있으니까, 이 두 상황 모두 하나의 방정식을 써서 나타낼 수 있지. 따라서 엄밀하게 말하자면 페르마의 원리는 최단 원칙이라기보다는 '변분' 원리 중 하나에 해당해."

"그런 변분 원리가 그것 말고도 더 있단 뜻이야?"

게리는 고개를 끄덕였다. "물리학의 모든 분야에 걸쳐서 존재하지. 거의 모든 물리학 법칙은 하나의 변분 원리로 다시 기술될 수 있어. 유일한 차이는 어떤 속성이 최소화되는지 아니면 최대화되는지에 달려 있어." 게리는 마치 탁자 위에 물리학의 여러 분야들이 진열되어 있는 듯한 손짓을 해 보였다. "페르마의 원리가 적용되는 광학에서 극치를 가져야 하는 속성은 시간이야. 역학에서는 또 다른 속성이 적용되지. 전자기학에서는 또 다른 속성이 대두되고. 그러나 그런 원리들은 수학적으로는 모두 비슷해."

"그럼 일단 페르마의 원리에 대한 헵타포드들의 기호적 기술을 얻어낸다면, 다른 원리들도 해석할 수 있을 거라는 얘기네."

"아, 정말 그렇게 되기를 희망하고 있어. 나는 이것이야말로 지금까지 우리가 애타게 찾고 있던 실마리이고, 그들의 물리학 체계를 해독

할 수 있는 기회라고 생각해. 축하할 만한 일이지." 게리는 왔다 갔다 하던 것을 멈추고 나를 바라보았다.

"이봐 루이즈, 저녁 먹으러 가지 않을래? 내가 살게."

나는 조금 놀랐다. "그럴까."

우리 관계가 한쪽으로 치우쳐 있다는 사실을 내가 매일 자각하게 되는 것은 네가 처음 걷기 연습을 하면서부터야. 너는 쉬지 않고 어딘가로 달려나가겠지. 네가 문지방에 부딪치거나 무릎이 까질 때마다 나는 너의 아픔을 내 것처럼 느끼게 돼. 마치 말을 안 듣고 멋대로 행동하는 팔이나 다리가 하나 더 생긴 듯한 느낌이지. 내 몸의 연장이니까 지각신경이 느끼는 아픔은 고스란히 나한테 전달되지만, 운동신경은 전혀 내 명령에 따르지 않는 꼴이야. 정말 불공평해. 나의 본을 떠 빚은 움직이는 부두 인형을 낳은 기분이랄까. 계약서에 서명할 땐 이런 조항을 읽은 기억이 없어. 이것도 계약의 일부였단 말이야?

반대로 네가 웃는 것을 볼 때도 있겠지. 이를테면 쇠그물 울타리 사이로 손을 집어넣고 이웃집 강아지와 놀 때. 어찌나 웃어대는지 너는 급기야 딸꾹질을 하기 시작하지. 강아지가 옆집 안으로 들어가면 너의 웃음소리는 점점 작아지고 너는 그제야 숨을 제대로 쉬기 시작해. 그러다 강아지가 다시 밖으로 나와서 네 손가락을 핥고, 그럼 너는 또 꽥 소리를 지르고 웃기 시작할 거야. 그 소리는 내가 상상할 수 있는 가장 멋진 소리이지. 내가 분수나 샘이라도 된 듯한 기분으로 만들어주는 소리란다.

자기 몸의 안전 따위는 안중에도 없는 너의 행동을 목격하고 심장마비를 일으킬 지경이 될 때 내가 그 소리를 기억할 수 있으면 좋으련만.

페르마의 원리에 의해 돌파구가 열린 이후, 과학 개념에 관한 토론은 예전보다 알찬 결실을 맺기 시작했다. 헵타포드 물리학에 관한 모든 것이 갑자기 투명해지며 완전히 개방된 것은 아니었지만, 착실한 진전이 있었던 것이다. 게리의 말에 의하면 헵타포드의 물리학 체계는 정말로 우리 것과는 반대였다. 인간이 적분학을 써서 정의하는 물리학적 속성들을 헵타포드는 기본적인 것들로 간주하는 듯했다. 게리는 물리학 용어로 '시간으로 적분한 운동에너지와 위치에너지의 차이' 어쩌고를 나타내는, 얼핏 단순해 보이는 명칭인 '작용'이라는 속성을 예로 들었다. 우리에게는 복잡한 적분이지만, 그들에게는 기초적인 개념이었다.

역으로, 인간이 기본적인 것으로 간주하는 속도 따위의 속성들을 정의할 때 헵타포드들은, 게리가 확인해준 바에 의하면, '고도로 괴상한' 수학을 이용한다고 했다. 그러나 물리학자들은 결국 헵타포드의 수학과 인간의 수학이 동일하다는 사실을 증명할 수 있었다. 각자가 거의 정반대의 접근법을 채택하고 있기는 했지만, 양쪽 모두 동일한 물리적 우주를 기술하는 시스템이었기 때문이다.

물리학자들이 고안한 방정식들 일부를 나도 이해해보려고 했지만 아무 소용도 없었다. '작용' 등의 물리적 속성의 의미를 제대로 파악할 수가 없었기 때문이다. 솔직히 그런 속성을 기본적인 것으로 간주하는 행위의 중요성을 음미하는 일은 내 능력을 벗어나 있었다. 그러나 나는 내게 좀더 익숙한 용어로 기술되는 의문들에 관해 생각해보려고 노력했다. 페르마의 원리를 빛의 굴절에 관한 가장 단순한 설명으로 간주하다니, 도대체 헵타포드들의 세계관이란 어떤 것일까? 최소나 최대를 자명한 것으로 만들어버리는 종류의 지각 작용이란 도대체 어떤 것일까?

너는 네 아버지의 푸른 눈을 이어받게 될 거야. 나처럼 우중충한 갈색 눈이 아냐. 남자아이들은 과거에 내가 네 아버지에게 그랬고 지금도 그렇듯이 그 눈을 들여다보며 푸른 눈과 검은 머리의 대비를 깨닫지. 그러고는 내가 과거에 그랬고 지금도 그렇듯이 놀라고, 매료당하게 되지. 너는 여러 남자의 구애를 받게 될 거야.

네가 열다섯 살인 때를 기억해. 아빠 집에서 주말을 보내고 돌아온 너는 아빠가 네가 지금 사귀고 있는 사내아이에 관해 취조라도 하는 것처럼 캐물었다면서 황당한 표정을 지어 보이지. 너는 소파 위에 늘어진 채 가장 최근에 네가 경험한 아빠의 상식 밖의 언행을 일일이 고해바치게 될 거야. "글쎄 그때 아빠가 뭐랬는지 알아? '난 십대 사내아이들이 어떤 놈들인지 잘 알아'라고 했어." 너는 황당하다는 표정으로 눈을 홉뜨겠지. "마치 난 아무것도 모른다는 식이었다니깐."

"너무 아빠 탓만 하지 마." 나는 이렇게 말해. "아빠잖아. 그렇게 말하지 않고는 못 배기는 거야." 네가 친구들을 사귀는 방식을 보아왔기 때문에, 나는 네가 사내아이의 꾐 따위에 넘어갈 가능성에 대해서는 그리 걱정하지 않아. 그 반대가 될 가능성이 더 크다고 생각할 거야. 내가 걱정하는 건 오히려 그쪽이겠지.

"아빤 아직도 내가 어린애였으면 좋겠나봐. 내 가슴이 커지기 시작하면서부터 아빠는 나를 어떻게 대해야 할지 모르는 것 같아."

"흠, 그런 신체적인 발달은 아빠한테는 쇼크였겠지. 회복할 시간을 좀 주면 어떨까."

"벌써 몇 년이나 됐잖아, 엄마. 대체 얼마나 더 기다려야 되는 거야?"

"우리 아버지가 회복하면 그때 네게 얘기해줄게."


언어학자들을 위해 열린 어느 화상 회의에서, 매사추세츠의 체경을 연구하고 있는 시스네로스가 흥미로운 의문을 제기했다. '헵타포드 B'의 문장을 이루는 어의문자들에는 어떤 특별한 순서가 있을까? 그들이 '헵타포드 A'를 말할 경우 어순에 의미가 전혀 없다는 것은 명백했다. 방금 한 말을 반복해달라고 요청하면, 헵타포드는 특별한 요구가 없는 한 다른 어순을 쓰는 경향이 있었다. '헵타포드 B'를 쓸 경우의 어순도 이와 비슷하게 중요하지 않은 것일까?

지금까지 우리는 '헵타포드 B'의 문장이 완성되었을 때의 모양에만 주의를 기울여왔다. 우리가 아는 한 그들이 어떤 문장 속의 어의문자들을 읽을 때 특별히 선호하는 어순은 없었다. 새둥지처럼 얽히고설킨 문장 어디에서 읽기 시작해도 좋았고, 그대로 뻗어가는 절節들을 따라가면 결국 문장 전체를 읽게 됐다. 그러나 이것은 읽을 경우의 얘기였다. 쓰는 경우도 마찬가지일까?

플래퍼와 래즈베리와 가진 가장 최근의 세션에서 나는 그들에게 어떤 어의문자를 완전히 쓴 다음에 보여주는 대신, 쓰는 과정까지 우리에게 보여줄 수는 없는지 물었다. 그들은 그렇게 했다. 나는 이 광경을 녹화한 비디오테이프를 플레이어에 넣고, 컴퓨터로 이 세션의 필기록을 확인했다.

그들과 나눈 대화에서 비교적 긴 발화들 중 하나를 골라냈다. 플래퍼의 말에 의하면 헵타포드의 행성에는 달이 두 개 있고, 그중 하나가 다른 것보다 현저하게 크다고 했다. 행성 대기를 구성하는 3대 성분은 질소, 아르곤, 산소였다. 그리고 행성 표면의 28분의 15는 물로 뒤덮여 있었다. 발화의 처음 단어들을 글자 그대로 번역하자면 "크기의-불균형 암석-궤도비행체 암석-궤도비행체들 주主-부副-관계로-맺어진"이 된다.

그런 다음 이 발화에 대응하는 어의문자가 쓰인 곳까지 비디오테이프를 되감았다. 재생 버튼을 누르고 검은 거미줄 같은 선이 어의문자들로 이루어진 그물을 자아내는 광경을 응시했다. 나는 테이프를 되감고 재생하는 일을 몇 번 반복했다. 마침내 나는 처음 획이 완성되고 두 번째 획이 시작되기 직전에 테이프를 정지시켰다. 화면에 보이는 것은 하나의 구불구불한 선뿐이었다.

완성된 문장과 최초의 획을 비교하며, 나는 이 획이 메시지에 포함된 몇 개의 다른 구에 관여하고 있다는 사실을 깨달았다. 이 획은 처음에는 '산소'를 의미하는 어의문자에서 다른 몇몇 원소들과 그것을 구분하는 한정사로 기능했고, 그다음은 아래로 미끄러져 내려가더니 두 개의 달의 크기에 관한 묘사에서 비교의 기능을 담당하는 형태소가 되었다가, 마지막에는 폭이 넓어지면서 '바다'를 의미하는 어의문자의 아치 모양 등골이 되었다. 그럼에도 불구하고 이 획은 하나의 연속된 선이었고, 플래퍼가 가장 먼저 쓴 획이었다. 이것은 헵타포드가 최초의 획을 긋기도 전에 문장 전체가 어떤 식으로 구성될지 미리 알고 있어야 한다는 뜻이었다.

문장의 다른 획들도 여러 개의 구를 가로지르고 있었다. 이들 사이의 관계가 너무나도 밀접하기 때문에 그중 하나라도 빼려면 문장 전체를 다시 디자인해야 했다. 헵타포드들은 문장을 쓸 때 어의문자를 하나씩 차례로 쓰지 않았다. 대신 개개의 어의문자에 구애받지 않고 휘갈긴 몇 개의 획을 사용해 문장을 구성해나갔다. 이런 고도의 통합 방식은 캘리그래피식 디자인, 특히 아라비아어를 쓰는 경우의 그것과 흡사했다. 그러나 그런 디자인에는 숙달된 캘리그래퍼에 의한 면밀한 사전 계획이 필요했다. 그 누구도 대화 속도에 맞춰 이토록 정교한 디자인을 자아낼 수는 없었다. 적어도 인간은 그럴 수 없었다.

어떤 여자 코미디언이 하는 농담을 들은 적이 있다. 이런 식이다. "실은 난 아이를 가질 준비가 되어 있는지에 관해 별로 확신이 없어. 그래서 애들을 기르는 친구한테 물어본 적이 있지. '내가 자식을 여럿 낳는다고 가정해봐. 만에 하나 그 아이들이 어른이 된 다음에 인생에서 겪은 안 좋은 일들을 모두 내 탓으로 돌리면 어떻게 하지?' 그랬더니 그 친구가 웃으면서 이러더라고. '만에 하나라니, 너 제정신으로 하는 소리야?'"

내가 제일 좋아하는 농담이다.

게리와 나는 조그만 중국 음식점에 와 있었다. 캠프에 있기가 싫어질 때 함께 들르곤 하는 곳이었다. 우리는 자리에 앉아 전채를 먹고 있었다. 돼지고기와 참기름 향이 잘 조화된 군만두였다. 내가 가장 좋아하는 메뉴였다.

나는 초간장에 군만두를 찍었다. "'헵타포드 B' 배우는 건 얼마나 진전됐어?"

게리는 비스듬히 천장을 올려다보았다. 그의 눈을 똑바로 보려고 했지만 그는 자꾸 딴청을 피우며 내 시선을 피했다.

"포기했지? 이제 아예 시도도 하지 않는 거 아냐?"

게리는 그럴듯하게 풀죽은 표정을 지으며 고백했다. "난 언어에는 아예 소질이 없나봐. '헵타포드 B'를 배운다는 건 다른 언어를 습득한 다기보다는 수학을 배우는 것에 가깝다고 생각했는데, 사실은 아니었어. 나한테는 너무 이질적이야."

"그걸 알면 헵타포드들과 물리학 토론을 하는 데 도움이 될 텐데."

"아마 그렇겠지. 하지만 일단 돌파구를 찾았으니까 몇 가지 표현만 알면 토론하는 데는 별 지장이 없어."

나는 한숨을 쉬었다. "당신보고 뭐라고 할 수는 없겠지. 솔직히 고백하자면 실은 나도 수학 배우려는 걸 포기했거든."

"그럼 피장파장인가?"

"피장파장이야." 나는 차를 홀짝였다. "그런데 페르마의 원리에 관해서는 물어보고 싶은 게 있어. 뭔가 이상한데, 그게 무엇인지 꼬집어 말할 수가 없어. 물리학 법칙처럼 들리지 않는다고 할까."

게리의 눈에 재미있어하는 빛이 떠올랐다. "당신이 뭘 말하고 싶은 지 알 것 같아." 그는 젓가락으로 군만두를 반으로 갈랐다. "당신은 빛의 굴절을 인과적인 측면에서 바라보는 데만 익숙해 있어. 수면에 도달하는 것은 원인이고, 그 방향이 바뀌는 것은 결과라는 식이지. 페르마의 원리가 이상하다는 느낌을 받는 건 빛의 행동을 목표 지향적인 표현을 써서 묘사하고 있기 때문이야. 마치 광선에 대한 계명誡命의 느낌이랄까. '네 목표로 갈 때는 도달 시간을 최소화하거나 최대화할지어다' 하는 식으로 말이야."

나는 이 말에 관해 곰곰이 생각했다. "계속해봐."

"그건 물리 철학의 오래된 의문이야. 페르마가 1600년대에 그걸 처음 법칙화한 이래 줄곧 논란의 대상이 되어왔지. 플랑크는 관련 저서까지 여러 권 썼어. 문제의 쟁점은, 물리 법칙의 통상적인 공식은 인과적인데 페르마의 원리 같은 변분 원리는 합목적적이고, 거의 목적론적이기까지 하다는 점이야."

"흠, 흥미로운 제기 방식인데? 조금 생각해볼 테니 잠깐 기다려봐." 나는 사인펜을 꺼내서 종이 냅킨 위에 게리가 내 칠판에 그렸던 것과 똑같은 도식을 그렸다.

"좋아." 나는 소리 내어 머릿속에 떠오른 생각을 말했다. "그럼 이 광선의 목표는 가장 빠른 경로를 택하는 것이라고 해. 빛은 어떻게 그런 일을 하는 거지?"

"그게, 의인화를 통해 확대해석을 해도 무방하다면, 빛은 일단 선택 가능한 경로들을 검토하고 각각 시간이 얼마나 걸릴지 계산해야 해." 게리는 마지막 군만두를 접시에서 집어들었다.

"그러기 위해서는," 나는 그의 말을 이어받았다. "광선은 자신의 정확한 목적지를 알아야 해. 목적지가 다르다면 가장 빠른 경로도 바뀔 테니까."

게리는 또다시 고개를 끄덕였다. "맞아. 목적지가 없다면 '가장 빠른 경로'라는 개념은 무의미해지지. 그리고 해당 경로를 가로지르는 데 걸리는 시간을 계산하기 위해서는 그 경로 중간에 무엇이 놓여 있는지, 이를테면 수면이 어디 있는지 등의 정보도 필요해."

나는 냅킨에 그려진 그림을 계속 응시했다. "그리고 광선은 그런 것들을 사전에 모두 알고 있어야 해. 움직이기 전에. 맞지?"

"그렇다고 할 수 있지. 빛은 이전의 지점을 향해 출발한 다음 나중에 진로를 수정할 수는 없어. 그런 행위에서 야기된 경로는 가장 빠른 경로가 아니니까. 따라서 빛은 처음부터 모든 계산을 끝마쳐야 해."

나는 마음속으로 이 사실을 곱씹었다. 광선은 어느 방향으로 움직일지 선택하기 전, 자신의 최종 목적지를 알고 있어야 한다. 이것이 무엇을 떠오르게 하는지 나는 알고 있었다. 나는 게리를 올려다보았다. "내가 고민하던 것도 바로 그거였어."


네가 열네 살인 때를 기억해. 학교에 제출할 리포트를 쓰던 너는 낙서투성이 노트북 컴퓨터를 들고 네 침실에서 나오지.

"엄마, 양쪽 진영 모두가 이길 수 있을 때 쓰는 말이 뭐야?"

컴퓨터로 논문을 쓰던 나는 고개를 들고 이렇게 말하지. "윈-윈 말이야?"

"그런 걸 표현하는 수학 용어 비슷한 전문 용어가 있잖아. 아빠가 여기 와서 주식시장 얘기하던 거 생각 나? 그때 아빠가 그 말을 썼어."

"글쎄, 들은 기억이 있긴 한데 정확히 그때 뭐라고 했는지는 생각이 안 나네."

"알아내야 하는데. 사회 과목 리포트에 그 말을 쓰고 싶거든. 정확히 뭐라고 하는지를 모르니까 정보 검색도 못하겠고."

"미안. 나도 생각이 안 나. 아빠한테 전화해서 물어보지 그러니?"

네 표정을 보아하니 그 정도로까지 노력할 생각은 없어 보여. 이 시점에서 너와 네 아버지 사이는 그리 좋지 않을 테니까. "엄마가 대신 물어봐주면 안 될까? 내가 물어봤다고는 하지 말고."

"네가 직접 걸어."

너는 화를 내. "세상에, 엄마 아빠 헤어진 다음부터는 숙제하는 데도 전혀 도움이 안 돼."

네가 얼마나 많은 상황을 우리 이혼과 연관시킬 수 있는지 놀라울 따름이야. "지금까지 도와줬잖아."

"백만 년쯤 전에?"

이런 얘기는 그냥 하도록 내버려둬야겠지. "나도 도와주고는 싶지만 생각이 안 나는 걸 어쩌겠니."

너는 씩씩거리며 네 침실로 다시 들어가버리겠지.


나는 기회가 될 때마다 다른 언어학자들과 함께, 때로는 혼자서 '헵타포드 B'를 연습했다. 의미표시 언어를 읽는다는 새로운 경험에는 '헵타포드 A'와는 달리 사람을 매료하는 무엇인가가 있었다. 글쓰기 실력이 향상되고 있다는 사실도 나를 들뜨게 만들었다. 시간이 지날수록 내가 쓰는 문장들은 점점 더 모양이 좋아지고 더 면밀해졌다. 너무 깊이 생각하지만 않으면 오히려 매끄럽게 쓸 수 있는 수준에까지 도달했다. 문자를 쓰기 전 신중하게 생각해 구도를 결정하는 대신, 즉각적으로 획을 긋는 것이 가능해졌던 것이다. 내가 처음에 긋는 선들은 내가 전달하려는 내용의 명쾌한 해석에 거의 언제나 들어맞는다고 해도 좋을 정도였다. 나는 헵타포드와도 같은 능력을 발달시키고 있었다.

더 흥미로운 점은 '헵타포드 B'가 내가 생각하는 방식을 바꿔놓고 있다는 사실이었다. 나에게 지금까지 사고란 보통 마음속 목소리로 말하는 것을 의미했다. 전문 용어를 쓰자면 나의 사고는 음운적으로 코드화되어 있었다. 나의 마음속 목소리는 보통 영어로 말했지만, 반드시 그럴 필요는 없었다. 고등학교 3학년 여름방학 때 나는 러시아어로만 진행되는 집중 언어 습득 프로그램에 참가한 적이 있었다. 여름이 끝날 무렵 나는 러시아어로 생각하고 러시아어로 꿈을 꾸기까지 했다. 그러나 그것은 언제나 발화된 러시아어였다. 언어는 달라져도 방식은 바뀌지 않았다. 사고란 마음속으로 소리 없이 말하는 과정이었다.

언어적이지만 비음운적인 방식으로 사고한다는 개념은 언제나 나를 매료했다. 내게는 부모님이 두 분 모두 청각장애인 친구가 있었다. 그는 미국식 수화를 쓰며 자랐고, 내게 영어 대신 수화로 생각하는 일이 자주 있다는 얘기를 했다. 나는 수화로 코드화된 사고를 한다는 것은 어떤 것일지, 마음속 목소리 대신 마음속 손 한 쌍으로 사유를 한다는 것은 어떤 것일지 궁금해하곤 했다.

'헵타포드 B'를 습득하는 동안 나는 그에 못지않게 이질적인 경험을 하고 있었다. 나의 사고가 도형의 형태로 코드화되고 있었던 것이다. 낮에는 이따금 꿈을 꾸는 듯한 상태에 빠져, 나의 사고가 마음속 목소리로 표현되는 대신, 유리창에 서리가 끼듯이 생겨나는 어의문자로 대체되는 광경을 마음속 눈으로 보곤 했다.

내가 이 언어를 점점 더 유창하게 다룰 수 있게 되면서 이 의미표시 형태들은 완성된 형태로 나타났고, 나는 복잡한 개념들까지도 일거에 표현할 수 있게 되었다. 그러나 이 결과 나의 사고 과정이 예전보다 빨라지게 된 것은 아니었다. 앞을 향해 질주하는 대신, 나의 마음은 어의문자들의 기반을 이루는 대칭성 위에서 균형을 유지하며 부유하고 있었다. 어의문자들은 단순한 언어를 넘어선 무언가처럼 보였다. 거의 만다라에 가까웠다. 나도 모르게 명상 상태에 빠져 전제조건과 결론을 호환할 수 있는 방법에 관해 숙고하고 있다는 사실을 퍼뜩 깨달을 때도 있었다. 각 명제들 사이의 관계에 고유한 방향성은 없었고, 특정 경로를 따라 움직이는 '사고의 맥락' 같은 것도 존재하지 않았다. 사유에 관여된 모든 요소의 힘은 동등했고, 모두가 동일한 우위를 점하고 있었다.

미국 과학자들에게 헵타포드 관련 안건을 브리핑하는 일을 맡은 것은 국무성의 호스너라는 외교관이었다. 우리는 화상 회의실에 앉아 그의 브리핑을 들었다. 마이크가 꺼져 있었기 때문에 게리와 나는 호스너를 방해하지 않고 의견을 나눌 수 있었다. 브리핑이 계속되는 동안 게리가 한심하다는 표정으로 눈을 자꾸만 흡뜨는 통에 저러다가 눈에 탈이라도 나지 않을까 걱정이 될 지경이었다.

"그들이 이 먼 지구까지 온 데는 틀림없이 무슨 이유가 있을 겁니다." 스피커에서 흘러나오는 호스너의 목소리는 실제보다 작게 들렸다. "지구 정복이 목적은 아닌 듯하니 천만다행이지만요. 하지만 그게 아니라면 대체 무슨 이유로 온 걸까요? 자원 탐사자? 인류학자? 선교사? 그들의 동기가 무엇이든, 우리에게 그들에게 제공 가능한 것이 있다는 점만은 틀림없습니다. 태양계 채굴권일지도 모르겠군요. 아니면 우리 자신에 관한 정보일지도 모릅니다. 인류에게 설교를 할 수 있는 권리일 가능성도 있고. 하여간 뭔가 있다는 점만은 확실합니다.

제 얘기의 요점은, 그들의 동기가 무역은 아닐지도 모르지만 그렇다고 해서 우리가 무역을 할 수 없다는 뜻은 아니라는 겁니다. 따라서 우리는 그들이 왜 이곳에 왔는지, 우리가 가진 것 중 그들이 원하는 것이 무엇인지 반드시 알아내야 합니다. 그리고 일단 정보를 획득하면 무역 교섭을 시작할 수 있을 겁니다.

헵타포드와의 관계가 적대적일 필요는 없다는 사실을 강조하고 싶습니다. 그들의 이익이 곧 우리의 손실을 의미한다거나 그 반대가 성립하는 상황은 아니라는 뜻입니다. 우리가 적절하게 대처한다면 우리와 헵타포드 모두가 승자가 될 수 있습니다."

"그럼 이게 논 제로섬 게임이란 소린가?" 게리는 짐짓 경악한 어조로 말했다. "하느님 맙소사."


"논 제로섬 게임이야."

"뭐?" 침실로 가던 너는 몸을 돌려 다시 내 쪽으로 오겠지.

"양쪽 모두 이길 수 있는 경우에 쓰는 표현. 방금 생각났어. 논 제로섬 게임."

"맞아, 그거야!" 너는 그 단어를 노트북에 입력해. "엄마 고마워!"

"결국 떠올랐네? 네 아빠하고 오래 살다보니 좀 옮았나봐."

"엄마라면 알 거라고 생각했어." 너는 이렇게 말하고 갑자기 나를 잠깐 껴안아. 네 머리카락에서는 사과 냄새가 나겠지. "엄마가 최고야."

"루이즈?"

"응? 아, 미안. 잠깐 딴생각을 하고 있었어. 뭐라고?"

"저기 저, 우리의 호스너 씨에 대해 어떻게 생각하냐고."

"가급적 생각하고 싶지 않아."

"나도 그래보려고 했어. 정부를 무시하면 그쪽에서도 알아서 사라져주지 않을까 하고 말이야. 그런데 그래주지를 않네."

게리의 의견을 증명이라도 하듯 호스너는 계속 주절거리고 있었다. "여러분의 당면 과제는 지금까지 배운 것들에 관해 다시 생각해보는 것입니다. 우리에게 도움이 될 만한 것이 없는지 찾아보십시오. 헵타포드들이 원하는 것이 무엇인지, 그들이 가치 있다고 여기는 것이 무엇인지에 관한 징후는 없었습니까?"

"휴우. 그런 걸 찾아보겠다는 생각은 전혀 떠오르지 않았어요." 나는 중얼거렸다. "당장 그 일에 착수하겠습니다, 호스너 씨."

"개탄스러운 건, 우리가 실제로 그런 일을 해야 한다는 거야." 게리가 말했다.

"질문 있습니까?" 호스너가 물었다.

포트워스 체경 캠프의 언어학자 버하트가 입을 열었다.

"헵타포드들에게 이미 여러 번 같은 질문을 한 적이 있습니다. 그들은 자신들이 단지 관찰을 위해 이곳에 왔다고 말하고 있습니다. 그들은 정보는 거래 대상이 아니라는 주장을 굽히지 않습니다."

"우리가 그렇게 믿어주기를 원하는 겁니다." 호스너가 말했다. "하지만 생각해보십시오. 그게 말이 됩니까? 헵타포드들이 잠시잠깐씩 우리와의 대화를 중지한 적이 있었다는 걸 알고 있습니다. 나는 그것이 일종의 전술 행동일 가능성이 있다고 생각합니다. 따라서 내일 우리 쪽에서 대화를 중지한다면—"

"저 친구가 뭔가 재미있는 얘기를 하거든 깨워줘." 게리가 말했다.

"나도 지금 똑같은 얘기를 하려던 참인데."

게리가 페르마의 원리에 관해 내게 처음 설명해주던 날, 그는 거의 모든 물리 법칙은 변분 원리로 기술될 수 있다고 말했었다. 그러나 물리 법칙을 생각할 때 인류는 인과적 맥락에서 생각하는 편을 선호한다. 이것은 나도 이해할 수 있었다. 운동에너지나 가속도처럼 인류가 직관적으로 받아들이는 물리적 속성은 모두 주어진 한 시점時點에서 어떤 물체가 가지는 성질이다. 그리고 이런 성질은 순차적이고 인과적인 사건 해석으로 이어진다. 어떤 순간이 다음 순간을 낳고, 원인과 결과는 과거에서 미래로 이어지는 연쇄 반응을 만들어내는 것이다.

이와는 대조적으로, '작용'이나 적분에 의해 정의되는 다른 것들처럼 헵타포드들이 직관적으로 받아들이는 물리적 속성들은 일정한 시간이 경과해야만 의미를 가진다. 그리고 목적론적인 사건 해석으로 이어진다. 사건을 일정 기간에 걸쳐 바라봄으로써 만족시켜야 할 조건, 최소화나 최대화라는 목적이 존재한다는 사실을 인식하게 되는 것이다. 그리고 그 목적을 달성하기 위해서는 가장 처음과 가장 마지막의 상태를 알아야 한다. 원인이 시작되기 전에 결과에 관한 지식이 필요하게 되는 것이다.

나 역시 서서히 이 점을 이해하고 있었다.

"왜?" 너는 또 이렇게 물을 거야. 너는 세 살이야.

"왜냐하면 넌 이제 자야 하니까." 나는 똑같은 말을 되풀이하지. 너를 목욕시키고 잠옷을 입히는 데까지는 성공했지만 뒤로는 진전이 없는 상태야.

"하지만 난 안 졸려." 너는 징징거리지. 책장 앞에 서서 비디오를 볼 작정으로 테이프를 하나 꺼내려 하고 있어. 침실에 가지 않으려고 가장 최근에 네가 고안해낸 양동전술이야.

"그건 중요하지 않아. 넌 어차피 자야 해."

"하지만 왜?"

"난 네 엄마이고 내가 그렇게 말했으니까."

내가 정말 이런 말을 하게 될 거라고? 그러기 전에 누군가 나를 쏴준다면 좋을 텐데.

내가 너를 들어올려 한쪽 옆구리에 끼고 침대로 데려가는 동안 너는 계속 징징거리겠지만, 내 머릿속에는 오직 나 자신의 고뇌에 관한 생각밖에는 없을 거야. 내가 자라서 나중에 부모가 되면 이치에 맞는 대답을 아이에게 해주자, 내 아이를 지적이고 독자적인 생각을 지닌 하나의 인격체로 대접해주자, 하고 거듭 맹세했던 어린 시절의 내 결심은 전부 어디로 갔는지. 난 내 어머니와 똑같은 존재가 되려 하고 있어. 원한다면 얼마든지 그것에 저항할 수 있지만, 내가 이 길고 끔찍한 비탈길 아래로 미끄러지기 시작했다는 사실은 되돌릴 수 없을 거야.

미래를 아는 일이 정말로 가능한 것일까? 단지 추측하는 것을 말하는 게 아니다. 앞으로 무슨 일이 일어날지, 절대적으로 확실하고 구체적으로 자세하게, 실제로 아는 것이 가능할까? 물리학의 기본 법칙들은 시간 대칭적이며, 과거와 미래 사이에 물리적인 차이는 없다는 이야기를 게리에게 들은 적이 있다. 그런 얘기를 하면 어떤 사람들은 "이론적으로는 맞다"라고 대답할지도 모른다. 그러나 좀더 구체적인 얘기로 들어가면 대다수는 자유의지의 존재를 근거로 내세워 "그렇지 않다"라고 대답할 것이다.

보르헤스풍의 우화적 이야기를 통해 반론을 전개해보겠다. 과거와 미래에 걸친 모든 사건을 연대순으로 기록한 『세월의 책』 앞에 한 여자가 서 있다고 치자. 원본을 작게 복사한 것이지만, 이 책은 여전히 거대하다. 한 손에 확대경을 든 이 여자는 자기 인생의 이야기를 찾기 위해 티슈처럼 얄따란 책장을 넘긴다. 자신이 책장을 넘기고 있는 것을 기록한 대목을 찾아낸 그녀는 다음 대목으로 넘어간다. 그곳에는 그날 그녀가 나중에 하게 될 일들이 자세히 적혀 있다. 그녀가 책에서 읽은 정보를 바탕으로 경주마인 '될 대로 돼라'에 100달러를 걸고 스무 배에 달하는 배당금을 받는다는 내용이다.

정말 그렇게 할까 하는 생각이 뇌리를 스쳤지만, 청개구리 같은 성격의 소유자였던 탓에 그녀는 경마에 돈을 걸지 않기로 결심한다.

문제는 바로 이것이다. 『세월의 책』은 틀리는 일이 있어서는 안 되는 것이다. 이 책의 시나리오는 어떤 사람이 가능한 미래가 아닌 실제의 미래에 관한 지식을 제공받는다는 전제에 입각해 있다. 이것이 고대 그리스 비극이었다면 운명을 회피하기 위해 최선을 다했음에도 불구하고 제반 사정에 의해 결국 그 운명에 따라 행동한다는 식으로 얘기가 흘러갈 것이다. 어차피 그리스 신화의 예언은 모호하기로 악명이 높다. 이에 비해『세월의 책』은 극히 명확하고, 책에 명시된 식으로 그녀가 경주마에 돈을 걸도록 강요할 방법 따위는 존재하지 않는다. 그결과 다음과 같은 모순이 생겨난다.『세월의 책』은 절대 옳아야 한다. 그러나 이 책이 뭐라든지 그녀는 그와 다른 선택을 할 수 있다. 어떻게 하면 이 두 가지 사실을 양립시킬 수 있을까?

양립할 수 없다, 가 통상적인 대답이다.『세월의 책』은 논리적으로는 존재할 수 없다. 존재 자체가 위에서 언급한 모순을 만들어내기 때문이다. 조금 관대한 입장을 취해, 독자들에게 공개되지 않는 한『세월의 책』은 존재할 수 있다고 주장하는 사람들이 있을지도 모른다. 이 책은 특별 컬렉션의 일부이고, 이것을 열람할 권리가 있는 사람은 아무도 없다는 식으로 말이다.

자유의지의 존재는 우리가 미래를 알 수 없다는 것을 의미한다. 그리고 우리는 직접적인 경험에 의해 자유의지가 존재한다는 것을 안다. 의지란 의식의 본질적인 일부인 것이다.

아니, 정말로 그런 것일까? 미래를 아는 경험이 사람을 바꿔놓는다면? 이런 경험이 일종의 절박감을, 자기 자신이 하게 될 행동을 정확하게 수행해야 한다는 의무감을 불러일으킨다면?

나는 일을 끝내고 퇴근하기 전에 게리의 사무실에 들렀다. "오늘은 그만하려고. 가서 뭐 좀 먹을까?"

"그러지. 잠깐만 기다려줘." 게리는 컴퓨터를 끄고 논문 몇 개를 끌어모았다. 그러고는 나를 올려다보았다. "오늘밤엔 우리 집에 가서 저녁 먹지 않겠어? 내가 요리할게."

나는 의심스럽다는 투로 그를 바라보았다. "요리할 줄 알아?"

"한 가지밖에 못해. 하지만 그건 자신 있어."

"그럼 그러지 뭐."

"좋았어. 그럼 재료를 좀 사러 가야겠군."

"그렇게까지 안 해도―"

"집에 가는 길에 가게가 하나 있어. 일 분도 안 걸릴 거야."

우리는 각자의 차에 올라탔고 나는 게리의 차를 따라갔다. 앞차가 느닷없이 방향을 틀어 주차장으로 들어갔을 때는 하마터면 놓칠 뻔했다. 그가 말한 가게는 미식가들을 위한 식료품점이었고, 규모는 크지 않지만 고급스러웠다. 스테인리스 선반 위에 진열된 고급 취사도구들 옆에 수입 식재가 든 길쭉한 유리 단지들이 늘어서 있었다.

나는 신선한 바질, 토마토, 마늘, 링귀니 따위를 차례로 사는 게리와 함께 가게를 돌아다녔다. "바로 옆은 생선 가게야. 거기 가면 신선한 대합조개를 살 수 있어." 그가 말했다.

"그거 참 괜찮네." 우리는 주방 도구 코너를 지나갔다. 나는 선반 한쪽―후추 빻는 도구, 마늘 으깨는 도구, 샐러드 집게 따위가 진열된―을 무심코 보다가 목재 샐러드 볼 앞에서 멈춰 섰다.

세 살 때 너는 부엌 카운터에서 행주를 잡아당기다가 이 샐러드 볼을 머리에 뒤집어쓰게 될 거야. 나는 떨어지는 볼을 잡으려고 하지만 결국 그러지 못해. 네 이마 위쪽이 볼 가장자리에 맞아서 결국 한 바늘을 꿰매야 하지. 네 아버지와 나는 시저드레싱이 끼얹어진 채 흐느끼는 너를 안고 응급실에서 몇 시간이나 기다려야 해.

나는 손을 뻗어 선반에서 샐러드 볼을 집어들어. 이 움직임에 특별히 강요받은 듯한 느낌은 없지. 오히려 네 머리 위로 떨어지려는 볼을 잡으려고 달려갈 때 같은 절박한 느낌에 가까워. 본능적으로 주저 없이 따라야 하는 느낌.

"이런 샐러드 볼이 있으면 편리하겠네." 게리는 볼을 보고는 찬성한 다는 듯이 고개를 끄덕였다. "그것 봐. 여기 들르기를 잘했지?"

"응." 우리는 물건 값을 지불하기 위해 줄을 섰다.


The rabbit is ready to eat. 이 문장에 관해 생각해보자. 여기서 rabbit을 eat의 목적어로 해석한다면 이것은 저녁식사가 곧 시작될 것임을 알리는 문장이 된다. 그러나 rabbit을 eat의 주어로 본다면 이것은 이를테면, 어린 소녀가 퓨리나사의 애완용 토끼사료 봉지를 열 작정임을 자기 어머니에게 알리는 경우에 맞는 암시에 해당한다. 이 둘은 완전히 상이한 언술이다. 사실 한 가정 안에서 이 두 언술이 공존할 가능성은 거의 없어 보인다. 그럼에도 불구하고 양쪽 모두 타당한 해석이다. 문맥이 이 문장이 실제로 무엇을 의미하는지 결정할 뿐이다.

빛이 한 각도로 수면에 도달하고, 다른 각도로 수중을 나아가는 현상을 생각해보자. 굴절률의 차이 때문에 빛이 방향을 바꿨다고 설명한다면, 이것은 인류의 관점에서 세계를 보고 있다는 얘기가 된다. 빛이 목적지에 도달하는 시간을 최소화했다고 설명한다면, 당신은 헵타포드의 관점에서 세계를 보고 있는 것이다. 완전히 다른 두 가지의 해석이다.

물질 우주는 완벽하게 양의적인 문법을 가진 하나의 언어이다. 모든 물리적 사건은 완전히 상이한 두 방식으로 분석될 수 있는 하나의 언술에 해당된다. 한 가지 방식은 인과적이고, 다른 방식은 목적론적이다. 두 가지 모두 타당하고, 한쪽에서 아무리 많은 문맥을 동원하더라도 다른 한쪽이 부적격 판정을 받는 일은 없다.

인류와 헵타포드의 조상들이 맨 처음 자의식의 불꽃을 획득했을 때 양측은 모두 동일한 물질세계를 지각했다. 하지만 지각한 것에 대한 해석은 각자 달랐다. 세계관의 궁극적인 상이함은 이런 차이가 낳은 결과였다. 인류가 순차적인 의식 양태를 발달시킨 데 비해, 헵타포드는 동시적인 의식 양태를 발달시켰다. 우리는 사건들을 순서대로 경험하고, 원인과 결과로 그것들 사이의 관계를 지각한다. 헵타포드는 모든 사건을 한꺼번에 경험하고, 그 근원에 깔린 하나의 목적을 지각한다. 최소화, 최대화라는 목적을.


나는 너의 죽음에 관해 되풀이되는 꿈을 꿔. 그 꿈에서 암벽을 타고 있는 사람은 나야. 내가 그러는 광경을 너는 상상할 수 있겠니? 너는 세 살배기 아가이고, 내가 등에 지고 있는 일종의 배낭 속에 들어 있지. 우리는 한숨 돌리며 쉴 수 있는 바위에서 불과 몇 피트 아래까지 와 있지만, 너는 내가 그 위에 올라갈 때까지 기다릴 생각이 없어. 너는 배낭에서 억지로 빠져나오려고 하지. 나는 그러지 말라고 명령하지만, 물론 너는 내 말을 무시해. 네가 배낭 밖으로 나오면서 네 몸의 무게가 배낭 한쪽에서 다른 쪽으로 이동하는 것을 느낄 수 있어. 이윽고 네 왼쪽 발이 내 어깨를 딛지. 그다음에는 오른쪽 발. 나는 너를 향해 고함을 지르지만, 암벽에서 손을 떼고 너를 움켜잡을 수는 없어. 네가 암벽을 타고 오르면서 네가 신은 운동화 창의 물결무늬가 보이고, 한쪽 운동화 아래에서 바위 파편이 떨어져나가는 것이 보여. 너는 바로 내 옆에서 아래로 미끄러지지만 나는 근육 하나도 까딱할 수가 없어. 나는 아래를 내려다보고, 너의 모습이 까마득한 아래쪽으로 점점 조그맣게 줄어드는 것을 보게 돼.

그다음 나는 느닷없이 시체 안치소에 와 있어. 담당자가 네 얼굴에서 시트를 걷어내자 나는 네가 스물다섯 살이라는 것을 깨달아.

"괜찮아?"

나는 침대 위에 꼿꼿이 앉아 있었다. 내가 벌떡 몸을 일으키는 바람에 게리가 깬 모양이었다. "괜찮아. 잠깐 놀랐을 뿐이야. 잠깐 내가 어디 있는지 몰랐거든."

게리는 졸린 목소리로 말했다. "다음번에는 당신 집으로 가야겠군."

나는 그에게 입을 맞추고 말했다. "걱정 마. 난 여기도 좋아." 우리는 침대에 누워 둥글게 몸을 오므렸다. 내 등이 그의 가슴에 맞닿고 우리는 다시 잠에 빠져들었다.


네가 세 살인 때 우리는 가파른 나선계단을 함께 올라가고 있어. 나는 너의 손을 평소보다 더 세게 쥘 거야. 너는 손을 빼면서 "나 혼자 올라갈 수 있어" 하고 말해. 그러고는 고집을 피우면서 그 말을 증명해 보이기 위해 나한테서 떨어지겠지. 그리고 나는 그 꿈을 떠올릴 거야. 너의 어린 시절 동안 우리는 그런 장면을 수없이 되풀이하게 돼. 너의 반항적인 성격을 감안할 때, 네가 등반을 좋아하게 된 것은 너를 보호하려는 나의 노력 때문이었다고 나는 거의 확신할 수 있어. 처음에는 놀이터의 정글짐이었고, 그다음은 우리 집 근처 그린벨트의 나무 위,

등반 클럽의 인공 암벽, 그리고 마지막은 국립공원의 절벽이었지.

　나는 문장의 마지막 어근을 완성한 다음 분필을 내려놓고 책상 의자에 앉았다. 등받이에 등을 갖다대고 사무실 칠판 전체를 완전히 뒤덮고 있는 거대한 '헵타포드 B'의 문장을 관찰했다. 문장에는 복잡한 구가 몇 개 포함되어 있었고 나는 그것들 모두를 상당히 훌륭하게 통합시킬 수 있었다.

　이런 문장을 바라보고 있노라면, 헵타포드들이 왜 '헵타포드 B' 같은 의미표시 문자 체계를 발달시켰는지 이해가 됐다. 동시적인 의식 양태를 가진 종에게는 그쪽이 더 편리했다. 그들 입장에서 볼 때 한 단어 뒤로 다음 단어가 순차적으로 뒤따라야 하는 음성언어는 병목 현상을 일으킨다. 반면 문자를 쓸 경우에는 한 페이지 위에서 모든 기호를 동시에 볼 수 있었다. 그러니 왜 문자를 음성표시라는 구속복으로 속박하고 음성언어와 같은 순차적 구조를 강요한단 말인가? 그들에게 그런 생각은 애당초 떠오르지도 않았을 것이다. 의미표시 문자가 페이지의 2차원성을 활용하게 된 것은 당연한 결과였다. 형태소를 한 번에 하나씩 늘어놓는 대신, 한 페이지 위에 모든 것을 한꺼번에 제시할 수 있었던 것이다.

　그리고 '헵타포드 B'의 습득을 통해 동시적 의식 양태를 경험하게 된 나는 '헵타포드 A' 문법의 기반을 이루는 원리도 이해할 수 있게 되었다. 나의 순차적인 마음이 필요 이상으로 복잡한 것으로 인식했던 것이, 순차적인 음성언어의 제약 안에서 유연성을 부여하려는 시도였음을 인식하게 되었다. 그 결과 '헵타포드 B'를 대체하기엔 아직 부족

했지만, '헵타포드 A'를 더 쉽게 구사할 수 있게 되었다.

문에서 노크 소리가 나더니 게리가 안으로 머리를 들이밀었다. "웨버 대령이 곧 도착할 거야."

나는 얼굴을 찌푸렸다. "알았어." 웨버는 플래퍼와 래즈베리와의 대화 세션에 동석할 예정이었다. 내가 통역을 맡아야 했지만, 그런 훈련을 받은 것도 아니었고 내키지도 않았다.

게리는 사무실 안으로 들어와서 문을 닫았다. 그러더니 의자에서 나를 끌어올리곤 키스를 했다.

나는 미소를 지었다. "대령이 오기 전에 내 기분을 좋게 해주려고 이러는 거야?"

"아니. 내 기분을 좋게 해주고 싶어서."

"당신은 애초부터 헵타포드들과 대화하는 일에는 관심도 없었지? 단지 날 잠자리로 유인하고 싶어서 이 프로젝트에 참가했던 거야."

"이런, 완전히 투시당해버렸군."

나는 그의 눈을 들여다보며 말했다. "그렇게 믿는 편이 나을 거야."


네가 태어난 지 한 달이 될 때의 일을 기억해. 나는 새벽 두시에 비틀거리며 침대에서 나와 너에게 젖을 먹일 거야. 네가 있는 아기 방에서는 기저귀 크림과 탤컴파우더와 방구석의 기저귀 통에서 흘러나오는 희미한 암모니아 냄새가 뒤섞인 '아기 냄새'가 나. 나는 침대 위로 몸을 기울이고 앵앵거리는 네 몸을 들어올리고, 너를 안은 채로 흔들의자에 앉아 너를 달래지.

유아Infant라는 단어는 '말할 줄 모르는'이라는 뜻의 라틴어에서 유래한 것이지만, 너는 '난 괴로워'라는 말만은 완벽하게 할 줄 알고, 쉬지도 않고 주저 없이 그렇게 말해. 그 주장에 대한 너의 헌신적인 태도에는 정말 혀를 내두를 수밖에 없어. 일단 울기 시작하면 너는 분노의 화신이 되고, 온몸으로 그 감정을 표현하지. 재미있는 건 네가 조용하게 있을 때는 몸에서 빛을 발산하는 것처럼 보인다는 사실이야. 만약 누군가가 그런 상태의 너를 보고 초상화를 그린다면, 나는 그 그림에 후광을 포함시키라고 주장하겠지. 그렇지만 불쾌함을 느낄 때 너는 큰 소리를 발산하기 위해 만들어진 클랙슨이 되어버려. 그런 너를 그림으로 표현한다면 화재경보기로 족할 거야.

네 인생의 이 단계에서 네게는 과거도 미래도 없어. 내가 너에게 젖을 먹이기 전까지 네 안에는 과거의 만족감에 관한 기억도, 미래의 충족에 대한 기대감도 존재하지 않아. 그러다 젖을 빨기 시작하면 모든 것이 역전되겠지. 너는 세상에 대해 아무런 불만도 느끼지 않게 돼. 네가 지각하는 유일한 순간은 오로지 지금뿐이야. 너는 현재 시제 속에서만 살아. 여러 의미에서 실로 부러운 상태라고 할 수 있지.


헵타포드들은 자유롭지 않지만 속박당한 것도 아니다. 적어도 우리가 이 개념들을 이해하는 방식으로는 그렇다. 그들은 자신의 의지에 따라 행동하지 않지만, 그렇다고 그들이 무력한 자동인형인 것도 아니다. 헵타포드의 의식 양태를 특이하게 만드는 것은 단지 그들의 행위가 역사상의 사건과 일치하기 때문만은 아니다. 그들의 동기 또한 역사의 목적과 일치하는 것이다. 그들은 미래를 창출해내고, 연대기를 실연해 보이기 위해 행동한다.

자유는 환상이 아니다. 그것은 순차적 의식이라는 맥락에서는 완벽한 현실이다. 동시적 의식의 맥락에서 보면 자유는 의미가 없지만, 강제 또한 의미를 가지지 않는다. 맥락이 서로 다를 뿐, 한쪽이 다른 쪽보다 더 타당하다거나 덜 타당하다고 할 수는 없다. 그 유명한 착시 현상을 닮았다고나 할까. 고개를 뒤쪽으로 돌린 우아한 젊은 여인으로도 보이고, 턱이 가슴에 묻힐 정도로 고개를 푹 숙인, 울퉁불퉁한 코를 한 노파처럼 보이기도 하는 그 그림의 경우처럼 '올바른' 해석은 존재하지 않는 것이다. 양쪽 모두 동등하게 타당하다. 그러나 두 그림을 동시에 볼 수는 없다.

이와 마찬가지로 미래를 안다는 것과 자유의지는 양립할 수 없었다. 나로 하여금 선택의 자유를 행사할 수 있게 한 것은 내가 미래를 아는 것 또한 불가능하게 만들었다. 이와는 반대로 미래를 아는 지금, 내가 알고 있는 것을 다른 사람들에게 털어놓는 행위를 포함해서, 나는 결코 그 미래에 반하는 행동을 하지 않을 것이다. 미래를 아는 사람들은 미래에 관해 얘기하지 않는다. 『세월의 책』을 읽은 사람들은 그 책을 읽었다는 사실을 결코 인정하지 않는다.


나는 VCR을 켜고 포트워스 체경에서 행해진 세션을 녹화한 카세트 테이프를 넣었다. 통역을 맡은 버하트를 통해서 외무 교섭 담당자가 헵타포드들과 토론을 하고 있었다.

교섭 담당자는 애타주의의 개념을 전달하는 토대를 쌓을 작정으로 인류의 윤리적 통념에 관해 설명하고 있었다. 나는 헵타포드들이 이 대화의 최종적인 결말에 익숙하다는 사실을 알고 있었지만, 그들은 여전히 열성적으로 이 대화에 임했다.

만약 아직 진상을 모르는 누군가에게 내가 이 광경을 묘사했다면, 이런 질문이 돌아왔을지도 모르겠다. 만약 헵타포드들이 자신이 말하거나 들을 얘기를 이미 하나도 빠짐없이 알고 있다면, 그들이 언어를 사용할 이유가 도대체 어디 있습니까? 타당한 의문이다. 그러나 언어란 단지 의사소통을 위해 존재하는 것이 아니었다. 언어는 행위의 한 형태이기도 했다. 언어행위이론에 의하면 "당신은 체포되었습니다" "나는 이 배를 이렇게 명명하노라" 혹은 "약속하겠어" 따위의 서술문들은 모두 수행문이다. 발화자가 이 행위를 수행하기 위해서는 오로지 그 말을 입 밖에 내서 말하는 방법밖에는 없는 것이다. 그런 행위의 경우, 앞으로 어떤 말이 나올지 알고 있다는 사실은 아무것도 변화시키지 않는다. 결혼식 하객들은 누구나 "이제 이 두 사람은 부부가 되었음을 선언합니다"라는 말이 나올 것이라는 사실을 알지만, 실제로 목사가 그 말을 할 때까지 결혼의 의식은 성립되지 않는다. 수행문적 언어에서, 말하는 것은 그것을 실행하는 것과 등가인 것이다.

헵타포드의 경우 모든 언어는 수행문이었다. 정보 전달을 위해 언어를 이용하는 대신, 그들은 현실화를 위해 언어를 이용했다. 그렇다. 어떤 대화가 됐든 헵타포드들은 대화에서 무슨 말이 나올지 미리 알고 있었다. 그러나 그 지식이 진실이 되기 위해서는 실제로 대화가 행해져야 했던 것이다.


"금발머리는 아빠 곰의 죽을 먹으려고 했지만 거기에는 금발머리가 싫어하는 양배추가 잔뜩 들어 있었습니다."

너는 웃음을 터뜨릴 거야. "아냐, 그 얘긴 틀렸어!" 너는 나와 함께 소파에 나란히 앉아 있고, 우리 무릎 위에는 두께는 얇으면서 가격만 비싼 하드커버 그림책이 놓여 있지.

나는 계속 읽어. "금발머리는 엄마 곰의 죽을 먹어보았지만, 그 죽에도 역시 싫어하는 시금치가 잔뜩 들어 있었습니다."

그러면 너는 책장을 손으로 누르고 나를 제지하지. "원래대로 읽어줘, 엄마!"

"난 여기 나와 있는 대로 읽고 있는데?" 나는 천연덕스러운 표정으로 말하지.

"아냐. 엄마가 한 얘기는 진짜 얘기하고 달라."

"벌써 무슨 얘긴지 알고 있는데 왜 나더러 읽어달라는 거야?"

"얘기를 듣고 싶으니까!"


웨버의 집무실은 이 남자와 이야기를 나눠야 한다는 사실을 거의 벌충해줄 수 있을 정도로 냉방이 잘되어 있었다.

"그들은 어떤 종류의 교환에 응할 용의가 있습니다." 나는 설명했다. "하지만 무역은 아녜요. 단지 우리가 그들에게 뭔가를 주면 그들도 우리에게 뭔가를 주는 식입니다. 양쪽 모두 상대에게 무엇을 줄지 사전에 통고하는 일 없이요."

웨버 대령 미간에 주름이 조금 잡혔다. "그렇다면 선물 교환을 할 용의가 있다는 뜻입니까?"

여기서 무슨 말을 해야 할지 나는 알고 있었다. "그걸 '선물 증여'라는 식으로 바라보면 안 됩니다. 이번 거래가 우리가 생각하는 선물 증여와 같은 연상 작용을 헵타포드들에게도 불러일으킬 거라는 보장은 없으니까요."

"그렇다면—" 웨버는 올바른 단어를 찾기 위해 잠시 뜸을 들였다. "우리가 어떤 종류의 선물을 원하는지에 관해 그들에게 힌트를 줄 수는 있습니까?"

"이런 종류의 거래에서 그들 편에서는 그렇게 하지 않습니다. 다만 이쪽에서 그들에게 요청을 해도 좋은지 물어보았고 그들은 해도 좋다고 대답했습니다. 그렇다고 그들이 우리에게 무엇을 줄 건지 말하게 할 수는 없습니다만." 느닷없이 언어학의 '수행적performative'이라는 단어는 형태적으로 '연기perfomance'란 단어의 친척이라는 사실이 머리에 떠올랐다. 이미 무슨 말이 나올지 알면서 대화를 계속할 때의 느낌은 바로 그거였다. 연극에서 연기를 하는 듯한 느낌.

"그렇지만 그럴 경우, 우리가 요구한 것을 그들이 줄 가능성이 더 커지는 것이 아닙니까?" 웨버 대령이 물었다. 그는 각본이 존재한다는 사실을 전혀 모르고 있지만, 그의 반응은 그에게 주어진 대사와 정확하게 일치했다.

"그걸 알 방도는 없습니다." 나는 말했다. "하지만 그럴 것 같지는 않군요. 그건 헵타포드들의 관행이 아니니까요."

"만약 우리가 먼저 선물을 준다면, 우리 선물의 가치가 그들이 줄 선물의 가치에 영향을 끼치지 않을까요?" 대령은 즉흥적으로 말하고 있었지만, 나는 한 번뿐인 이 쇼에 대비해서 주의 깊게 리허설을 마친 후였다.

"아뇨." 나는 말했다. "저희가 판단하는 한 교환되는 물품들의 가치는 상관 관계가 없습니다."

"내 친척들도 그렇게 생각해주면 좋으련만." 게리가 비꼬는 듯한 표정으로 중얼거렸다.

나는 웨버 대령이 게리를 향해 고개를 돌리는 것을 보았다. "물리학 토론에서는 뭔가 새로운 점을 발견했습니까?" 대령은 절묘한 타이밍으로 이렇게 물었다.

"인류 입장에서 새로운 정보를 캐냈냐는 뜻이라면 대답은 '아니다'입니다. 헵타포드의 행동은 평소 때와 전혀 달라지지 않았으니까요. 우리가 뭔가를 그들에게 보여주면 그들은 그것에 조응하는 그들 자신의 것을 보여줍니다. 하지만 자발적으로 뭔가를 보여주거나, 그들이 무엇을 알고 있는가 하는 우리의 질문에는 대답해주지 않습니다.

인류의 담화라는 맥락에서 자발적이고 소통적인 발화로 보이는 것은 '헵타포드 B'의 입장에서 보면 의례적인 설명이 되어버립니다."

웨버는 미간을 찌푸렸다. "알았습니다. 국무성이 이 얘기를 어떻게 받아들이는지 기다려보는 수밖에 없겠군요. 선물 증여 의식 같은 걸 준비할 수 있을지도 모르겠습니다."

인과적 해석과 목적론적 해석이 양립하는 물리적 사건과 마찬가지로, 모든 언어적 사건은 정보의 전달과 계획의 현실화라는 측면에서 두 가지 해석이 가능하다.

"좋은 발상이라고 생각합니다, 대령님." 나는 말했다.

대다수의 사람은 내 말의 저변에 깔린 양가적 의미를 알아차리지 못했을 것이다. 우리끼리 하는 농담이다. 설명하라고는 말아주시기를.

아무리 내가 '헵타포드 B'에 숙달했다고 해도, 나는 내가 진짜 헵타 포드처럼 현실을 경험하지는 않는다는 사실을 알고 있다. 내 마음은 인간의 순차적 언어들의 주형에 맞춰 만들어졌기에 외계인의 언어에 아무리 깊게 빠져든다고 해도 그 형태를 완전히 바꾸는 것은 불가능하다. 나의 세계관은 인간과 헵타포드의 혼합물이다.

'헵타포드 B'로 생각하는 법을 배우기 전, 나의 기억은 극미의 담뱃불처럼 타들어가고 있는 나 자신의 의식—순차적인 현재에 머물러 있는—이 만들어내는 한 줄기 담뱃재처럼 자라나고 있었다. '헵타포드 B'를 습득한 다음에는 새로운 기억들이 거대한 블록들처럼 자리에 맞아들었다. 각각의 블록은 몇 년 동안의 기억에 해당됐다. 이것들은 순서대로거나 연속적으로 도착하지는 않았지만, 곧 오십 년에 걸친 세월의 기억을 형성했다. 이것은 내가 '헵타포드 B'로 생각할 수 있을 정도로 이 언어를 숙지하고 있는 기간이며, 플래퍼와 래즈베리와의 인터뷰로 시작해서 나의 죽음으로 끝난다.

보통 '헵타포드 B'는 단지 내 기억에만 영향을 끼친다. 나의 의식은 예전과 마찬가지로 시간 선을 따라 기어가듯이 전진하는 가느다란 담뱃불이며, 달라진 것이 있다면 기억의 재가 뒤뿐만 아니라 앞쪽에도 존재한다는 점이다. 진짜로 타오르거나 하지는 않는다. 그러나 이따금 '헵타포드 B'가 진정한 우위를 점하면서 일별의 순간이 올 때, 나는 과거와 미래를 한꺼번에 경험한다. 나의 의식은 시간 밖에서 타다 남은 반세기 길이의 잿불이 된다. 이런 경험을 할 때 나는 세월 전체를 동시에 지각한다. 이것은 나의 남은 생애와 너의 모든 생애를 포함하는 기간이다.

나는 '과정 창조-종점 포함한-우리를'을 의미하는 어의문자를 썼고, 이것은 '시작합시다'라는 뜻이었다. 래즈베리가 긍정을 의미하는 대답을 하자 슬라이드 쇼가 개시되었다. 헵타포드들이 준비한 제2의 디스플레이 스크린에 어의문자와 방정식으로 이루어진 일련의 이미지들이 떠오르기 시작했다. 그와 동시에 우리의 비디오 스크린에서도 같은 일이 진행되었다.

이것은 지금까지 여덟 번 있었던 '선물 교환식' 중 내가 참가한 두 번째 교환식이었고, 나는 이번이 마지막이 될 것을 알고 있었다. 체경 텐트는 사람들로 붐비고 있었다. 포트워스에서 온 버하트뿐만 아니라 게리와 핵물리학자 한 명, 여러 분야의 생물학자들, 인류학자들, 군 간부들, 외교관들 등이었다. 다행히도 그들은 텐트를 시원하게 유지하기 위해 에어컨을 설치해놓았다. 우리는 이미지들을 기록한 비디오테이프를 나중에 분석해서 헵타포드들의 '선물'의 정체를 알아낼 예정이었다. 우리의 '선물'은 라스코 동굴 벽화의 프레젠테이션이었다.

우리 모두가 헵타포드의 스크린 앞에 모여서 차례로 나타나는 이미지들의 내용에서 어떤 식으로든 의미를 찾아보려고 했다. "잠정적인 평가는?" 웨버 대령이 물었다.

"단순한 재생은 아닙니다." 버하트가 말했다. 지난번 교환에서 헵타포드들은 우리가 예전에 그들에게 말했던 우리 자신에 관한 정보를 우리에게 주었다. 그 사건은 국무성을 격노하게 했지만, 우리에겐 그것을 모욕으로 받아들일 이유가 전혀 없었다. 그것은 어쩌면 이런 식의 교환에서 거래되는 것들의 가치는 아무 역할도 하지 않는다는 암시일 수도 있었다. 헵타포드들이 우리에게 우주선 엔진이나 저온 핵융합,

그 밖의 인류의 오랜 소망을 충족시켜줄 기적과도 같은 과학기술을 제공할 가능성을 배제하는 것은 아니었다.

"무기화학처럼 보이는군요." 핵물리학자가 이미지가 사라지기 전 방정식을 가리키며 말했다.

게리는 고개를 끄덕였다. "재료 기술일지도 모릅니다."

"이제야 성과라고 할 만한 것을 얻었는지도 모르겠군." 웨버 대령이 말했다.

"동물 그림이나 더 보고 싶어." 나는 게리만 들을 수 있는 작은 목소리로 속삭이고 아이처럼 입을 비죽 내밀었다. 게리는 미소 지으며 내 옆구리를 찔렀다. 나는 지난 두 번의 교류에서 그랬듯이 헵타포드들이 외계 생물학 강의를 또 해주기를 고대하고 있었다. 그때 들은 얘기로 판단하건대 인류는 헵타포드들이 지금까지 조우한 그 어떤 종들보다 헵타포드를 닮아 있었다. 생물학이 아니라면 헵타포드의 역사에 관한 강의를 한 번 더 해줘도 좋았을 것이다. 역사 강의는 두서없는 얘기로 가득했지만 흥미롭다는 점에는 변함이 없었다. 나는 헵타포드가 우리에게 새로운 과학기술을 주는 것을 원하지 않았다. 인류의 정부들이 그것을 가지고 무슨 일을 하는지 보고 싶지 않았기 때문이다.

정보가 교환되는 동안 나는 래즈베리를 관찰하며 변칙적인 행동을 하지 않는지 주목하고 있었다. 래즈베리는 평소 때처럼 거의 움직이지 않았다. 조금 후에 일어날 일을 암시하는 징후는 전혀 없었다.

일 분 후 헵타포드의 스크린이 공백으로 바뀌었다. 다시 일 분 후에는 우리의 스크린도 그렇게 됐다. 게리와 과학자들 대다수는 헵타포드의 프레젠테이션을 재생하고 있는 조그만 비디오 스크린 주위에 몰려 있었다. 고체 물리학자를 불러야 한다고 의논하는 그들의 목소리가 들렸다.

웨버 대령이 이쪽으로 몸을 돌리더니 "거기 두 사람" 하며 나를, 다음에는 버하트를 가리켰다. "다음번 교환을 위한 시간과 장소를 정하세요." 그는 이렇게 말하고선 다른 사람들을 따라 재생 스크린 쪽으로 갔다.

"알겠습니다." 나는 이렇게 대답한 후 버하트에게 물었다. "그쪽에서 명예로운 주역을 맡을래요? 아니면 내가 할까요?"

나는 버하트가 나와 비슷한 수준으로 '헵타포드 B'를 능통하게 구사하게 되었다는 사실을 알고 있었다.

"그쪽 체경이잖아요. 그쪽이 맡아요."

나는 또다시 통신용 컴퓨터 앞에 앉았다. "대학원 다닐 땐 훗날 육군 통역으로 일하게 되리라고는 상상도 못했죠?"

"당연하죠." 버하트가 대꾸했다. "지금도 아직 믿기지가 않아요." 우리가 나누는 모든 말은 공공장소에서 만난 두 명의 스파이가 결코 정체를 드러내는 일 없이 나누는 신중하고 무미건조한 대화 같았다.

나는 '장소 교환-교류 대화 포함한-우리를'에 투사적 상$_{aspect}$ 변화를 준 어의문자들을 썼다.

래즈베리가 대답을 썼다. 이것은 내가 미간을 찌푸리고, 버하트가 "저건 뭘 의미하는 거지?"라고 묻게 되는 큐 사인이었다. 버하트의 타이밍은 완벽했다.

나는 설명을 요구하는 요청을 썼다. 래즈베리의 대답은 이전 것과 동일했다. 그런 다음 나는 래즈베리가 미끄러지듯이 방에서 나가는 광경을 바라보았다. 우리의 연극에 바야흐로 막이 내리려 하고 있었다.

웨버 대령이 앞으로 걸어나왔다. "무슨 일입니까? 어디로 갔습니까?"

"헵타포드들이 이제 떠날 거라고 말했습니다." 나는 말했다. "아까 그 헵타포드뿐만 아니라, 모든 헵타포드가."

"여기로 다시 불러와요. 그게 무슨 뜻인지 물어보십시오."

"음, 래즈베리가 호출기를 차고 다닐 것 같진 않군요." 나는 말했다.

체경에 나타난 방의 이미지가 너무나도 느닷없이 사라진 탓에 나는 한순간 후에야 그곳에 무엇이 보이는지를 깨달았다. 내 눈에 들어온 것은 체경 반대편이었다. 체경 자체가 완전히 투명해졌던 것이다. 재생 스크린을 에워싼 사람들의 대화가 일시에 끊겼다.

"도대체 여기서 무슨 일이 일어나고 있는 거지?" 웨버 대령이 말했다.

게리는 체경 쪽으로 걸어가 그 주위를 빙 돌아 반대편으로 갔다. 그는 한 손을 체경 뒷면에 갖다댔다. 체경에서 그의 손가락들이 닿은 부분에 희끄무레한 타원형들이 떠오르는 것이 보였다. "아무래도," 게리가 말했다. "우리가 방금 원격 물질 변환을 목격한 것 같군요."

마른 풀을 밟는 육중한 발소리가 들렸다. 텐트 문으로 병사 하나가 들어왔다. 커다란 워키토키를 든 그는 달려왔는지 숨을 헐떡이고 있었다. "대령님, 본부에서 연락이—"

웨버는 병사의 손에서 워키토키를 낚아챘다.


태어난 지 하루가 된 너를 바라보고 있을 때의 느낌을 기억해. 네 아버지는 요기를 위해 잠시 병원 식당으로 갔고, 나는 신생아용 침대에 누운 너를 보기 위해 허리를 구부리고 있지.

출산 직후라서 그런지 나는 아직 꼭꼭 쥐어짠 타월이 된 듯한 기분이야. 임신중에는 그렇게 거대하게 느껴지더니 막상 보니 너는 너무나 작겠지. 침대에 누워 있는 너보다 훨씬 더 크고 건장한 아기라도 충분히 뱃속에 가질 수 있었을 텐데. 너의 손과 발은 길고 가늘고 아직 통통해지지 않았어. 얼굴은 아직 새빨갛게 오그라든 상태이고 통통 부은 두 눈꺼풀은 꼭 닫혀 있어. 천사처럼 귀여워지기 전에 거쳐가는, 도깨비를 닮은 단계라고나 할까.

나는 손가락으로 너의 배를 훑으며 깜짝 놀랄 정도로 부드러운 살갗의 감촉에 감탄할 거야. 살이 이렇게 부드럽다면 설령 비단옷을 입힌다 해도 거친 삼베 천에 스친 것처럼 상처가 나지 않을까 싶을 정도야. 그러면 너는 꿈틀거리고, 몸을 비틀면서 양쪽 다리를 하나씩 내밀어. 나는 그것이 네가 내 뱃속에 있을 때 여러 번 했던 몸짓이라는 것을 깨닫겠지. 아, 바로 저런 식이었군.

나는 어머니와 자식 사이에 존재하는 유일무이한 유대 관계의 증거, 네가 내 뱃속에 있던 자식이라는 사실을 확인하고 고양감을 느껴. 설령 너의 모습을 직접 본 일이 없다고 해도, 나는 수많은 갓난아이들 사이에서도 단번에 너를 찾아낼 수 있을 거야. 저쪽은 아녜요. 아, 쟤도 아닙니다. 잠깐, 저기 저애예요.

예, 그 아이가 맞아요. 제 딸입니다.


최후의 '선물 교환'이 이루어진 날은 우리가 헵타포드를 본 마지막 날이었다. 전 세계에 분포한 그들의 체경은 일제히 투명해졌고, 그들의 우주선은 지구 궤도를 떠나갔다. 나중에 분석해보니, 체경은 석영 유리판에 불과했고, 화학적으로도 완전히 비활성 상태였다. 마지막 교환 세션에서 그들이 보낸 정보는 새로운 종류의 초전도체를 묘사하고 있었지만, 이후 일본에서 갓 완료된 연구 결과의 복제임이 밝혀졌다. 인류가 이미 알고 있는 지식에 불과했던 것이다.

우리는 헵타포드가 왜 떠났는지 결국 알아내지 못했다. 무슨 이유에서 지구로 왔는지, 왜 그들이 그런 식으로 행동했는지에 관해서도 알아내지 못했다. 나 자신의 새로운 인식은 그런 종류의 지식을 가져다주지는 않았다. 헵타포드의 행동을 순차적 관점에서 설명하는 것은 불가능하지 않았지만, 그 이유는 알아내지 못했다.

나는 헵타포드들의 세계관을 좀더 많이 경험하고, 그들이 어떻게 느끼는지를 느끼고 싶었다. 그랬더라면 아마 나는 그들처럼 사건들의 필연성의 바다에 완전히 몸을 담글 수 있었을지도 모르겠다. 남은 일생동안 얕은 물가에서만 철벅거리는 대신에 말이다. 그러나 그런 일은 결코 일어나지 않을 것이다. 나는 체경 프로젝트에 참여한 다른 언어학자들과 마찬가지로 헵타포드의 언어들을 계속 학습하겠지만, 우리중 누구도 헵타포드들이 이곳에 있었을 때보다 더 앞의 단계로 나아가지는 못할 것이다.

헵타포드들과의 공동 작업은 나의 인생을 바꿔놓았어. 나는 너의 아버지를 만났고, ‘헵타포드 B’를 배웠어. 이 두 가지 사건은 내가 지금너의 존재를 아는 것을 가능하게 해. 달빛에 물든 이 파티오에서 말이야. 훗날, 세월이 흐른 뒤에는 네 아버지도 떠나가고, 너도 떠나가게될 거야. 이 순간으로부터 내게 남겨질 것은 오직 헵타포드의 언어밖에는 없어. 그래서 나는 주의를 기울이고, 그 어떤 세부도 놓치지 않을 작정이야.

나는 처음부터 나의 목적지가 어디인지를 알고 있었고, 그것에 상응하는 경로를 골랐어. 하지만 지금 나는 환희의 극치를 향해 가고 있을까, 아니면 고통의 극치를 향해 가고 있을까? 내가 달성하게 될 것은 최소화일까, 아니면 최대화일까?

이런 의문들이 내 머리에 떠오를 때, 네 아버지가 내게 이렇게 물어. "아이를 가지고 싶어?" 그러면 나는 미소 짓고 "응"이라고 대답하지. 나는 내 허리를 두른 그의 팔을 떼어내고, 우리는 손을 마주잡고 안으로 들어가. 사랑을 나누고, 너를 가지기 위해.

**일흔두 글자**

**Seventy-Two Letters**

어렸을 적 로버트가 가장 좋아하던 장난감은 그냥 앞으로 걸을 줄밖에 모르는 단순한 찰흙 인형이었다. 부모가 손님들과 집 밖의 정원에서 빅토리아 여왕의 즉위라든지 차티스트 개혁운동 같은 것에 관해 담소하고 있을 때, 로버트는 저택의 복도를 행진하는 이 인형 뒤를 따라다니면서 복도가 꺾이면 방향을 바꿔주거나 아니면 왔던 곳으로 다시 돌려보내곤 했다. 인형은 명령 따위에는 반응하지 않았고, 아무런 판단력도 없었다. 벽에 부딪쳐도 계속 앞으로 나가려고 하는 탓에 결국은 팔다리가 뭉개져 납작해져버리기 일쑤였다. 이따금 로버트는 순전히 재미삼아 일부러 그렇게 되도록 놓아둘 때도 있었다. 팔다리가 완전히 뭉개진 인형을 집어올려 이름을 끄집어내면, 인형은 동작 중간에 움직임을 딱 멈췄다. 그런 다음에는 인형을 뭉쳐 둥근 덩어리로 만들고, 판자 위에서 납작하게 한 다음 다른 모양의 인형을 잘라냈다. 한쪽 다리가 구부러지거나, 양다리의 길이가 서로 다른 인형도 만들었다. 그런 인형 안에 이름을 다시 집어넣으면 인형은 그 즉시 뒤집어지고,

그 자리에서 작은 원을 그리며 움직이는 것이었다.

로버트가 즐긴 것은 찰흙으로 인형을 빚는 일이 아니라 이름의 한계를 알아내는 일이었다. 형상을 얼마나 변화시키면 이름이 더 이상 인형을 움직이지 못하는지 확인하고 싶었던 것이다. 시간을 절약하기 위해 인형을 빚을 때도 세부 장식에는 거의 신경을 쓰지 않았다. 그저 이름을 테스트할 수 있을 만큼의 형태만 갖추면 충분했다.

그가 가진 인형 중에는 네 다리로 걷는 것도 있었다. 세부까지 섬세하게 묘사된 자기제의 멋진 말 인형이었지만, 로버트는 그것의 이름을 대상으로 한 실험 쪽에 더 흥미가 있었다. 이 이름의 경우에는 시작이나 정지 명령에 따랐고 장애물을 피할 수 있을 정도의 지각이 있어서, 로버트는 손수 만든 인형 속에 이 이름을 넣어보려고 시도했다. 그러나 이 이름은 작동 시에 더 엄밀한 형상을 필요로 했고, 그는 이것을 써서 움직일 수 있는 찰흙 인형을 만드는 데 실패했다. 네 다리를 따로 만들어서 동체에 붙여보기도 했지만 이음매를 완전히 지울 수는 없었고, 이 이름은 인형의 몸을 하나의 연속체로 인식하지 않았던 것이다.

로버트는 그 이름들을 세밀하게 살피며, 사족 보행과 이족 보행을 구분해주거나 인형 동체로 하여금 단순한 명령에 따르게 만드는 단순한 대입들을 찾아보려고 했다. 그러나 두 개의 이름은 완전히 달라 보였다. 각각의 양피지에 여섯 개의 문자 12열로 이루어진 일흔두 개의 조그만 히브리 문자가 각인되어 있었지만, 그가 판단하는 한, 문자들이 늘어선 순서에서는 어떤 규칙성도 찾을 수 없었다.

로버트 스트래튼을 포함한 중학교 4학년 학생들이 조용히 앉아 있

는 교실에서 트리벨리언 선생이 책상 줄 사이를 왔다 갔다 하고 있었
다.

"랭데일, 이름의 원칙이란 무엇이지?"

"모든 사물은 신의 반영이고, 음, 그리고 모든—"

"그만 더듬거리게. 소번, 이름의 원칙에 관해 설명해줄 수 있겠나?"

"모든 것이 신의 반영이듯, 모든 이름은 신성한 이름의 반영입니다."

"그렇다면 어떤 물체의 진정한 이름이란 무엇인가?"

"그 물체가 신을 반영하는 것과 같은 방식으로 신성한 이름을 반영
하는 이름입니다."

"그렇다면 진정한 이름의 작용이란 무엇인가?"

"해당 물체에게 신성한 힘의 반영을 부여하는 것입니다."

"맞았어. 핼리웰, 서명署名의 법칙이란 무엇인가?"

자연철학 수업은 정오까지 계속되었지만, 토요일이었기 때문에 오
후부터는 수업이 없었다. 트리벨리언 선생이 수업을 끝내자, 첼트넘
사립학교의 남학생들은 뿔뿔이 흩어져 하교했다.

로버트는 기숙사에 잠시 들렀다가 교정 끄트머리에서 친구인 라이
어널을 만났다. "그럼 더 이상 안 기다려도 돼? 오늘은 볼 수 있단 얘
기지?" 로버트가 물었다.

"그렇다고 했잖아. 자꾸 물어보긴."

"그럼 가자." 두 소년은 학교에서 일 마일 반쯤 떨어진 곳에 있는 라
이어널의 집을 향해 걸어가기 시작했다.

첼트넘에 입학하고 나서 처음 일 년 동안 로버트는 라이어널과는 거
의 교류가 없었다. 라이어널은 통학생이었고, 로버트는 다른 기숙생들

과 마찬가지로 미심쩍은 태도로 통학생들을 대했기 때문이다. 그러던 어느 날, 휴일을 이용해 대영 박물관을 구경하던 로버트는 우연히 라이어널과 마주쳤다. 로버트는 이 박물관을 좋아했다. 금세라도 부스러질 것 같은 미라나 거대한 석관들, 박제된 오리너구리와 보존액에 담긴 인어, 상아와 무스 뿔과 유니콘 뿔로 뒤덮이다시피 한 벽. 그날 로버트는 원소의 정령들을 전시한 곳에 있었다. 살라만더*가 전시품에서 빠져 있는 이유를 설명한 카드를 읽다가, 갑자기 라이어널이 바로 옆에 서서 유리 용기에 든 운디네**를 들여다보고 있다는 사실을 깨달았다. 몇 마디 나눠보니 둘 다 과학에 흥미가 있다는 사실을 알게 되었고 그때부터 그들은 친구가 되었다.

길을 걸어가면서 두 사람은 큰 자갈돌을 교대로 찼다. 라이어널은 자신이 찬 돌이 로버트의 발목 사이로 굴러가는 것을 보고 웃었다. "빨리 나오고 싶어서 좀이 쑤셨어. 원칙 하나 더 배웠다가는 머리가 터질 것 같았거든."

"왜 그걸 굳이 자연철학이라고 부르는지 난 모르겠어." 로버트가 말했다. "그냥 일종의 신학 수업이라고 인정해버리면 될 텐데." 최근에 두 소년은 『소년들을 위한 명명학 입문』이라는 책을 샀다. 이 책에 의하면 명명학자들은 더 이상 신이나 신성한 이름 따위의 표현을 쓰지 않는다고 했다. 대신 눈에 보이는 물질적 우주와는 별도의 어휘적인 우주가 존재하며, 어떤 물체와 그에 조응하는 이름을 결합하면 잠재된 힘이 발현한다고 보는 것이 최근의 추세였다. 어떤 물체가 단 하나의

---

* 불의 정령.
** 물의 정령.

'진정한 이름'을 가지는 것도 아니었다. 어떤 물체는 그 정확한 형태에 따라서 '적명適名'이라고 불리는 몇 개의 이름을 가질 수도 있고, 역으로 단순한 이름일수록 물체 형태의 상당한 차이를 허용하기도 했다. 로버트가 어린 시절 가지고 놀던 인형이 좋은 예였다.

라이어널의 집에 도착한 두 소년은 곧 저녁을 먹으러 돌아오겠다고 요리사에게 약속한 다음 집 뒤꼍의 정원으로 나갔다. 라이어널은 정원에 있는 헛간을 연구실로 개조해 여러 가지 실험을 하고 있었다. 평소에는 로버트도 곧잘 연구실을 찾았지만, 최근 들어 라이어널은 혼자서 비밀스러운 실험을 행하고 있었다. 그리고 오늘에서야 로버트에게 결과를 보여줄 준비가 되었다고 한 것이다. 라이어널은 먼저 헛간에 들어가며 로버트를 밖에서 기다리게 했고, 그런 다음에야 안으로 들어오게 했다.

사방의 벽을 따라 긴 선반이 있었고, 그 위에는 시험관 지지대, 마개로 막은 녹색 유리병, 갖가지 암석과 광석 표본 따위가 빽빽하게 놓여 있었다. 좁은 실내 공간을 점령하다시피 한 것은 얼룩과 탄 자국이 그득한 테이블이었고, 그 위에는 라이어널의 최신 실험을 위한 장치가 놓여 있었다. 증류대에 지지된 호리병박 모양의 증류병이었는데, 병 바닥은 물이 가득 찬 넓은 용기 안에 잠겨 있었다. 삼각대가 그 용기를 아래에서 떠받치고 있었고, 그 밑에 불이 붙은 기름램프가 하나 놓여 있었다. 대야처럼 생긴 그 용기에는 수온을 재기 위한 수은 온도계도 하나 달려 있었다.

"들여다봐." 라이어널이 말했다.

로버트는 허리를 굽히고 증류병의 내부를 들여다보았다. 처음에는 보통 거품으로밖에는 보이지 않았다. 흑맥주의 파인트 잔에서 넘쳐흐르는 맥주 거품 말이다. 그런데 더 자세히 보니 처음엔 거품이라고 생각했던 것이 실은 반짝거리는 격자 구조의 간극間隙들이라는 사실을 깨달았다. 거품은 '호문쿨루스', 극히 미세한 정자인간들로 이루어져 있었다. 그들의 몸은 각각은 투명했지만, 전체적으로는 둥그런 머리와 머리카락 같은 팔다리가 서로 들러붙어 희끄무레하고 조밀한 거품을 이루고 있었다.

"병 속에 사정한 다음에 정액을 덥혔어?" 로버트가 이렇게 묻자 라이어널은 화난 듯이 그를 홱 밀쳤다. 로버트는 웃음을 터뜨리며 상대방을 달래려는 듯이 양손을 들어올렸다. "아니, 솔직히 말해서 정말 놀랍네. 어떻게 만들었어?"

라이어널은 태도를 누그러뜨리고 말했다. "모든 건 균형을 얼마나 잘 잡느냐에 달렸어. 물론 정확한 온도를 유지하는 것도 중요하지만, 이것들을 자라게 하려면 정확하게 배합된 영양분을 공급해야 해. 조금이라도 덜하면 배를 곯고, 너무 과했다간 필요 이상으로 활발해져서 서로 싸우기 시작하거든."

"설마 농담하는 거지?"

"아니, 사실이야. 못 믿겠거든 책에서 찾아보라고. 정자들끼리 벌이는 전투 때문에 괴물 같은 형태가 만들어지는 거야. 만약 부상을 입은 정자가 난자와 결합한다면 거기서 태어나는 아기는 기형이야."

"어머니가 임신중에 심한 공포를 느끼는 경우에 그러는 걸로 알고 있었는데." 로버트는 개개 정자들의 미세한 꿈틀거림을 겨우 알아볼 수 있었다. 이들의 집단적 움직임의 결과로 거품이 극히 느리게 소용돌이치고 있었던 것이다.

"그건 극히 일부에나 해당하는 얘기야. 털북숭이거나 몸 전체가 반점으로 뒤덮인 경우. 팔다리가 없거나 기형인 아기들은 정자였을 때 싸움에 휘말린 것이 원인이지. 그러니까 영양이 너무 과다하지 않도록 주의해야 해. 특히 이것처럼 나갈 곳이 없는 경우엔 더욱더. 안 그러면 미쳐서, 눈 깜짝할 새에 모두 죽어버리거든."

"앞으로 얼마나 오래 키울 수 있는데?"

"아마 그리 오래가지는 않을 거야. 난자와 만나지 않은 상태에서 오래 살려두는 건 어렵거든. 프랑스에서 주먹 크기까지 키웠다는 내용을 읽은 적이 있지만, 그건 최고의 기재를 갖춘 경우의 얘기야. 나는 그냥 이런 일이 가능하다는 걸 확인하고 싶었을 뿐이야."

로버트는 거품을 응시하며 트리벨리언 선생이 제자들 모두에게 숙지시킨 전성前成의 원칙을 머리에 떠올렸다. 모든 생물은 오래전 동시에 창조되었고, 현재의 생명 탄생은 예전에는 감지할 수 없었던 것들의 확장에 불과하다는 원칙. 새로 창조된 것처럼 보이지만, 이 호문쿨루스들 또한 까마득하게 오래전부터 존재했던 것이다. 인류의 역사가 시작되었을 때부터 호문쿨루스들은 자신이 태어날 차례가 오기를 기다리며, 대대의 조상 안에 내재하고 있었다.

사실 기다린 것은 이들뿐만이 아니었다. 로버트 자신도 태어나기 전에는 이들과 같은 일을 했다. 만약 그의 아버지가 이런 실험을 했다면, 로버트가 지금 보고 있는 조그만 사람 모양의 것들은 아직 태어나지 않은 그의 형제자매들일 것이었다. 난자와 결합하기 전에는 아무런 자각도 없다는 사실을 알고 있었지만, 혹시 자각이 있다면 어떤 생각을 할지 궁금했다. 자신의 몸이, 모든 뼈와 내장이 젤리처럼 부드럽고 투명한 몸이, 무수히 많은 동일한 형제들과 이어져 있다는 것은 어떤 기분일까? 투명한 눈꺼풀 너머 멀리 보이는 산이 사실은 사람이고 자신의 형제라는 사실을 깨닫는다면 어떤 기분일까? 난자에 도달할 수만 있다면, 자신도 저렇게 거대하고 견고한 거인이 되리라는 사실을 안다면 어떤 생각이 들까? 서로 싸우는 것도 무리가 아니었다.

로버트 스트래튼은 케임브리지 대학의 트리니티 칼리지에 진학한 후에도 명명학을 공부했다. 대학에서 그는 몇 세기 전 명명학자들이 여전히 '발레이 셈'으로 불리고 자동인형이 '골렘'이라고 불리던 시절에 쓰인 카발라 문헌들을 연구했다. 명명 과학의 초석을 쌓은 『세페르 예지라』, 보름스의 엘레아자르가 쓴 『소데이 라자야』, 아부라피아의 『하예이 하-올람 하-바』 따위였다. 그런 다음 그는 문자 조작 기술을 더 넓은 철학적 수학적 맥락에서 다룬 연금술 논문들, 이를테면 럴의 「아르스 마그나」, 아그리파의 「비의철학」, 디 박사의 「모나스 히에로글리피카」 등을 연구했다.

스트래튼은 모든 이름은, 그 하나하나가 개별적인 특성이나 능력을 나타내는 여러 개의 통명通名의 조합으로 이루어져 있다는 사실을 배웠다. 통명은 원하는 특성을 묘사하는 모든 단어를 집대성함으로써 생성된다. 현존하는 언어와 멸절된 언어를 통틀어서 어원이 동일한 단어들과 원형들까지 찾아내는 것이다. 이런 단어들을 구성하는 문자를 선별적으로 치환하고 재배열해 공통 에센스를 추출하면, 그것이 곧 그특성의 통명이 됐다. 경우에 따라서는 이런 통명들을 기반 삼아 삼각

측량을 실시함으로써 어떤 언어에서도 기술되지 않은 특성들에 대한 통명을 이끌어내는 것도 가능했다. 이 모든 과정은 정해진 공식뿐만 아니라 직감에도 크게 의존했기 때문에 최상의 문자 배열을 선택하는 능력은 누구에게 배운다거나 가르칠 수 없는 기술이었다.

스트래튼은 이름의 통합과 분해에 관한 최신 기술을 연구했다. 전자는 함축어와 환기어를 포함한 통명의 집합을 혼합해서 얼핏 무작위적으로 보이는 문자열을 생성하는 방법이었고, 후자는 이름을 그것을 구성하는 통명들로 나누는 기술이었다. 모든 통합법이 그것과 정확히 조응하는 분해법을 가지는 것은 아니었다. 강력한 이름을 분해하면 처음에 그것을 생성할 때 쓰였던 것과는 다른 통명들로 이루어진 집합이 나올 수도 있었다. 그리고 바로 그런 이유에서 이런 식의 통명들은 쓸모 있을 때가 많았다. 어떤 이름들은 재분해를 받아들이지 않는 경우가 있었고, 명명학자들은 이런 이름의 비밀을 밝히기 위한 새로운 테크닉을 개발하는 데 심혈을 기울이고 있었다.

명명학은 이 시기에 일종의 혁명을 경험하고 있었다. 이름에는 예부터 두 부류가 존재했다. 물체를 움직이는 이름과 호부護符로서 기능하는 이름. 건강 호부는 부상이나 병으로부터 몸을 지키기 위해 소지하는 것이었고, 다른 종류의 호부는 화재로부터 집을 지키거나 배가 바다에서 침몰할 가능성을 줄이는 데 효력이 있었다. 그러나 최근 들어서는 이 두 가지 카테고리 사이의 구분이 모호해지는 경향이 있었고, 매우 흥미로운 결과가 나오기 시작하고 있었다.

아직 초기 단계에 머물러 있는 열역학 연구를 통해 열과 일이 서로 변환 가능하다는 사실이 밝혀짐에 따라, 자동인형들이 주위에서 열을 흡수해 동력원으로 삼고 있다는 사실이 최근 판명되었다. 열에 관한 이런 진보된 이해를 바탕으로, 베를린의 어떤 명명학자는 물체로 하여금 어떤 장소에서 열을 흡수하고 다른 장소에서 발산하게 만드는 새로운 부류의 호부를 개발했다. 이 호부를 사용한 냉각 장치는 휘발성 액체의 기화열을 이용한 냉각 장치보다 더 단순하고 효율적이었고, 상업적으로도 엄청난 이용 가능성이 있었다. 호부 역시 자동인형의 진보에 기여하고 있었다. 물건이 없어지는 것을 방지하는 호부에 관해 연구하던 에든버러의 한 명명학자는 집 안의 물건을 원래 있던 곳으로 되돌려놓는 능력을 가진 가정용 자동인형을 개발해 특허를 땄다.

졸업과 동시에 스트래튼은 런던에 집을 얻었고, 영국 유수의 자동인형 메이커 중 하나인 '코우드 매뉴팩토리'에서 명명학자 자격으로 일자리를 얻었다.


스트래튼이 공장 건물로 들어가자 소석고로 주조된 스트래튼의 최신 자동인형은 몇 걸음 뒤에서 그를 따라왔다. 건물은 지붕에 천창이 여러 개 난 거대한 벽돌 구조물이었다. 건물의 반은 금속 주조를 담당하고, 나머지 반은 도기를 담당하고 있었다. 어느 쪽 구획에서도 구불구불한 통로가 여러 개의 방들을 연결하고 있었다. 각 방은 원자재를 완제품 자동인형으로 가공하는 공정을 하나씩 담당하고 있었다. 스트래튼과 그의 자동인형은 도기 구획으로 들어갔다.

스트래튼과 자동인형은 점토가 혼합되고 있는 나지막한 통들이 늘어선 곳을 지나갔다. 개개의 통에 든 점토는 등급이 달랐고, 흔히 볼 수 있는 적토에서 입자가 세밀한 백색 고령토까지 망라하고 있었다.

마치 액체 초콜릿이나 진한 크림이 가득 든 머그잔 같은 느낌이었다. 다만 강렬한 무기물 냄새가 그런 환상을 깨고 있었다. 점토를 휘젓는 주걱들은 천창 바로 아래쪽에서 방 전체를 관통하고 있는 구동축에 기어로 연결되어 있었다. 방 끝에는 자동기계가 있었다. 지칠 줄 모르고 구동륜을 돌리고 있는 주철제의 거인이었다. 그 옆을 지나가자 엔진이 주위의 열을 빼앗고 있는 탓에 스트래튼은 공기가 약간 서늘해지는 것을 느낄 수 있었다.

다음 방에는 주형들이 놓여 있었다. 갖가지 자동인형의 요철이 반전되어 있는 희끄무레한 거푸집들이 벽을 따라 쌓여 있었다. 방 중앙에는 앞치마를 두른 저니맨급의 직공들이 혼자서 혹은 짝을 지어 일하며 자동인형들이 부화하게 될 누에고치들을 돌보고 있었다.

제일 가까운 곳에 있는 주조 직공은 '운반부'의 거푸집을 조립하고 있었다. 머리가 큰 이 자동인형은 광도에서 광석을 실은 수레를 미는 데 쓰이는 것이었다. 젊은 직공이 고개를 들고 물었다. "찾고 계시는 분이 있습니까?"

"여기서 마스터 윌러비를 만나기로 되어 있어." 스트래튼은 대답했다.

"아, 몰라뵈서 죄송합니다. 곧 오실 겁니다." 저니맨은 하던 작업을 재개했다. 해럴드 윌러비는 주조 분야의 일급 마스터였고, 스트래튼은 재사용이 가능한 자동인형용 거푸집 설계를 위해 윌러비에게 조언을 구할 요량이었다. 기다리는 동안 스트래튼은 거푸집들 사이를 어슬렁거렸다. 그의 자동인형은 꼼짝도 않고 서서 다음 명령이 떨어지기를 기다리고 있었다.

윌러비가 금속 가공실로 이어진 문을 통해 방으로 들어왔다. 얼굴이

화로의 열기로 붉게 상기되어 있었다. "늦어서 미안하네, 스트래튼. 최근 몇 주 동안은 대형 청동 인형을 만들고 있었고, 오늘이 바로 녹은 청동을 거푸집에 붓는 날이었어. 그런 중요한 걸 젊은 친구들에게 내 맡겨놓을 수는 없는 노릇이니까 말이야."

"물론 이해합니다." 스트래튼이 대답했다.

월러비는 시간을 낭비하지 않고 성큼성큼 걸어 새로운 자동인형 앞으로 갔다. "최근 몇 달 동안 무어를 시켜서 만들던 것이 이건가?"

무어는 이 프로젝트에서 스트래튼의 조수로 일하는 저니맨이었다.

스트래튼은 고개를 끄덕였다. "솜씨가 괜찮은 친구입니다." 스트래튼의 요구에 따라 무어는 수없이 많은 인형을 만들었고, 모두 하나의 기본 테마를 변형시킨 것들로, 일단 모형용 진흙을 뼈대에 붙이고 그 것으로 석고 주형을 만들어서 스트래튼이 고안한 이름들을 시험해볼 수 있도록 했다.

월러비는 인형의 몸을 관찰했다. "세부 표현이 상당히 훌륭하군. 충분히 단순해 보이고. 잠깐— 이건 뭔가." 월러비가 자동인형의 손가락을 가리켰다. 전통적인 방법에 따라 주걱이나 벙어리장갑 모양에 손가락을 나타내는 홈을 파놓은 것이 아니라 엄지손가락과 네 개의 뚜렷하게 분리된 손가락으로 이루어진 완전한 형태의 손이었다. "설마 이것들까지 움직이는 건 아니겠지?"

"움직입니다."

월러비는 믿기 힘들다는 표정을 지어 보였다. "보여줄 수 있겠나."

스트래튼은 자동인형을 향해 말했다. "손가락을 구부려." 자동인형은 양손을 뻗치고 양손의 손가락을 한 쌍씩 구부렸다가 펴고는 다시 옆구리에 팔을 갖다댔다.

"축하하네, 스트래튼." 윌러비는 이렇게 말하고는 몸을 웅크린 채 자동인형의 손가락을 좀더 자세히 관찰했다. "손가락 관절 하나하나를 움직이는 데 별도의 이름을 쓴 건가?"

"네. 이런 부품들을 주조하기 위한 틀을 만들 수 있겠습니까?"

윌러비는 몇 번이나 끌끌 혀를 찼다. "상당히 신경을 써서 작업해야 할 걸세. 각 부품을 만들 때마다 거푸집을 쓰고 버려야 할지도 모르니까. 작은 부품이라도 도기로 만든다면 아주 비싸게 먹힐 거야."

"지출에 합당한 가치가 있을 겁니다. 지금 시연해 보이겠습니다." 스트래튼은 자동인형에게 명령했다. "인형을 주조해. 저기 있는 거푸집을 써서."

자동인형은 가까운 벽으로 걸어가 스트래튼이 가리킨 거푸집들을 집어올렸다. 조그만 자기제 전령을 만들기 위한 거푸집이었다. 몇몇 저니맨들이 하던 일을 멈춘 채, 거푸집들을 들고 작업장으로 가져가는 자동인형을 쳐다보았다. 그곳에서 자동인형은 여러 개의 부품을 짜 맞춘 다음 끈으로 단단히 묶었다. 주조 직공들은 깜짝 놀란 표정으로, 자동인형의 손가락이 움직이면서 끈 끄트머리에 고리를 짓고 매듭을 만드는 광경을 바라보았다. 이윽고 자동인형은 조립이 끝난 거푸집을 똑바로 세운 다음, 점토 슬립*이 든 피처를 향해 움직였다.

"그걸로 됐어." 윌러비가 말했다. 자동인형은 작업을 중단하고 원래의 기립 자세로 되돌아갔다. 거푸집을 살펴보면서 윌러비가 물었다.

---

\* 도기 제조에 쓰이는 점토. 고체 입자의 현탁액.

"자네가 직접 훈련시켰나?"

"네. 나중에 무어에게 금속 주조를 훈련시키도록 할 작정입니다."

"그럼 다른 작업을 습득시킬 수 있는 이름들이 있단 말인가?"

"아직은 없습니다. 하지만 지금 쓰고 있는 것과 비슷한 기능을 하는 이름의 집합이 존재한다고 믿을 만한 확실한 근거가 있습니다. 손의 기민함과 관련된 기술 하나에 이름이 하나씩 있는 겁니다."

"정말?" 윌러비는 다른 직공들이 쳐다보고 있다는 것을 깨닫고 큰 소리로 말했다. "달리 할 일이 없다면 얼마든지 다른 일들을 시켜줄 수 있어." 그러자 저니맨들은 서둘러 하던 작업을 재개했다. 윌러비는 다시 스트래튼을 향해 몸을 돌렸다. "자세한 얘기는 자네 사무실로 가서 하기로 하지."

"좋습니다." 스트래튼은 자동인형에게 따라오라고 명령한 다음 윌러비와 함께 '코우드 매뉴팩토리' 복합 건물의 정면 구획으로 향했다. 그들은 일단 스트래튼의 사무실 뒤에 있는 공방으로 갔다. 안에 들어서자 스트래튼은 단도직입적으로 물었다. "제 자동인형이 마음에 들지 않으십니까?"

윌러비는 작업 테이블 위에 고정되어 있는 점토제 손 한 쌍을 훑어보았다. 테이블 뒤의 벽에는 다양한 동작을 취하고 있는 손들을 묘사한 일련의 해설 도면이 핀으로 고정되어 있었다. "자네는 인간 손의 움직임을 훌륭하게 재현해냈네. 하지만 자네의 자동인형에게 가장 먼저 가르친 기술이 주조라는 부분이 마음에 걸려."

"혹시 주조 직공들의 일이 뺏길 걸 걱정하고 계시다면 기우입니다. 제 목적은 그것과는 전혀 무관한 것이니까요."

"그 얘길 들으니 좀 안심이 되는군. 그렇다면 하필 왜 주조를 택했나?"

"상당히 우회적인 길을 가기 위한 첫걸음이라고나 할까요. 저의 궁극적인 목표는 자동기계를 충분히 싼 가격으로 생산해서 일반 가정에서도 구입할 수 있게 하는 것입니다."

윌러비는 이해가 안 된다는 표정을 지었다. "일반 가정에서 그런 엔진이 도대체 무슨 쓸모가 있다는 거지?"

"예를 들자면 동력식 직기 따위를 움직이는 데 쓸 수 있겠지요."

"그러면 무슨 소용이 있는데?"

"방적 공장에서 일하는 어린아이들을 보신 적이 있습니까? 그 아이들은 지쳐 쓰러질 때까지 혹사당하고, 폐는 면에서 나온 먼지로 꽉 차 있습니다. 너무나도 병약해 어른으로 성장할 수 있을지 상상하기조차 어려울 정도입니다. 염가의 천은 결국 노동자들의 건강을 담보로 생산되는 것입니다. 직물 생산을 가내 공업으로 전환할 수 있다면 방적공들의 생활수준은 훨씬 더 나아질 겁니다."

"동력식 직기 덕택에 방적은 가내 공업에서 산업이 되었어. 어떻게 그걸 원상 복구할 수 있단 말인가?"

스트래튼은 이 점에 관해 얘기한 적이 아직 없었기 때문에 설명할 기회가 온 것을 기쁘게 생각했다. "자동엔진의 단가가 언제나 비쌌기 때문에, 그 대신 석탄을 때는 거대한 엔진을 써서 몇십 개의 직기를 돌리는 공장이 필요해진 겁니다. 하지만 제가 만든 자동인형은 이런 엔진을 싼값으로 주조할 수 있습니다. 몇 대의 직기를 움직이는 데 적합한 작은 자동엔진의 가격이 방적공과 그 가족이 구입할 수 있을 정도로 낮아진다면 예전과 마찬가지로 집에서 천을 짤 수 있습니다. 사람들은 노동 환경이 가혹한 공장에 종속되는 대신 집에서 일하면서 적정한 수입을 얻을 수 있게 되는 겁니다."

"직기 매입 비용에 관해서는 잊고 있군." 윌러비는 상대방의 비위를 맞추려는 듯이 상냥한 말투로 말했다. "옛날의 수직기手織機에 비교하면 동력식 직기는 훨씬 더 비싸지 않나."

"제 자동기계는 주철 부품 제조에도 도움을 줄 수 있으니 동력식 직기와 다른 기계들의 가격을 낮추는 데 일조할 수 있습니다. 저도 이걸로 만사가 해결될 거라고는 생각하지 않지만, 염가의 엔진이 있으면 직공들의 삶을 개선할 기회가 주어질 거라는 점을 확신하고 있습니다."

"자네의 개혁 욕구는 칭찬받아 마땅하지만, 방금 언급한 사회적 문제에는 좀더 간단한 해결법들이 있지 않을까. 노동 시간을 줄인다든지 작업 조건을 개선한다든지. 현재의 제조업 시스템 전체를 교란시킬 필요는 없지 않나."

"제가 하고 싶은 일은 교란이라기보다는 복구에 가깝습니다."

윌러비는 인내심을 잃기 시작했다. "가내 공업 경제로 되돌아가자는 자네 얘기는 그렇다 치고, 그렇게 된다면 주조 직공들은 어떻게 되나? 자네의 의도가 무엇이든 간에, 자네의 이런 자동인형들은 주조 직공들의 일을 빼앗을 거야. 그 친구들은 몇 년에 걸친 도제 수업과 훈련을 거친 자들이야. 그들이 일을 잃는다면 앞으로 어떻게 가족을 부양하란 말인가?"

스트래튼은 이렇게 가시 돋친 말투의 반론을 들으리라고는 상상하지 못했다. "명명학자로서의 저의 기술을 과대평가하시는군요." 그는 애써 가벼운 말투로 응했지만, 윌러비는 여전히 비우호적인 표정을 바꾸지 않았다. 스트래튼은 말을 이었다. "이 자동기계들의 학습 능력은 극히 제한되어 있습니다. 거푸집 조립은 할 수 있지만 그것들의 설계는 능력 밖입니다. 주조에서 가장 중요한 기능은 여전히 주조 직공들에 의해서만 행해질 거라는 뜻입니다. 우리가 만나기 직전 마스터께서는 저니맨들을 지도해 녹은 청동을 대형 거푸집에 붓고 오지 않았습니까. 자동인형들은 결코 그런 식으로 협조해서 일하지는 못할 겁니다. 단지 기계적으로 암기한 작업들을 수행할 뿐입니다."

"자기가 할 일을 자동인형들이 대신 해주는 걸 보면서 수습 기간을 거친 도제들이 어떤 주조 직공이 될 것 같나? 나는 주조처럼 오랜 전통을 가진 훌륭한 직업이 꼭두각시 인형들이 좌지우지하는 볼거리로 전락하는 걸 보고 싶은 생각이 없네."

"그런 일은 결코 일어나지 않을 겁니다." 스트래튼도 이제 인내심을 잃기 시작하고 있었다. "하지만 방금 마스터께서 하신 말씀을 되새겨보십시오. 주조공들이 유지하고 싶어하는 지위는 바로 방적공들이 박탈당한 지위가 아닙니까. 저는 이런 자동인형들이 다른 직종들의 존엄을 되찾게 해줄 것이라고 믿습니다. 주조공들에게 별다른 해를 주는 일 없이 말입니다."

윌러비는 그의 말을 듣고 있지 않은 듯했다. "자동인형이 다른 자동인형을 만든다는 생각 자체가 말이 안 돼! 모욕적일 뿐만 아니라 재앙을 불러일으킬 것이 뻔한 제안이야. 빗자루가 물이 든 양동이를 나르다가 폭주한다는 그 노래, 그게 뭐였지?"

"〈마법사의 제자〉 말입니까? 그런 것과 비교하다니 말도 안 됩니다. 이 자동인형들이 인간의 도움 없이 자기 복제를 할 수 있는 가능성은 불가능에 가깝기 때문에 도대체 어디서부터 근거를 열거해야 될지 모를 지경입니다. 차라리 춤추는 곰이 〈런던 발레〉의 무대에 오르는 걸 기다리는 쪽이 나을지도 모르겠군요."

"발레를 출 수 있는 자동인형을 개발할 작정이라면 이쪽에서도 전면적으로 협력할 용의가 있어. 하지만 손가락을 맘대로 움직이는 자동인형의 개발을 계속하게 놔둘 수는 없네."

"죄송합니다만 마스터에게 그런 결정을 내릴 권한은 없습니다."

"주조 직공들의 협력 없이는 일하기 힘들어질 거야. 무어를 불러들이고 다른 저니맨들이 자네의 이 프로젝트를 돕는 걸 금지하겠어."

스트래튼은 순간 아연실색했다. "정말 이해할 수 없는 반응이군요."

"더없이 적절한 반응이네."

"정 그러시다면 다른 공장의 직공들하고 일하겠습니다."

윌러비는 얼굴을 찌푸렸다. "주조 직공 조합의 조합장과 얘기해 모든 조합원이 자네의 자동인형 주조에서 손을 떼게 하라고 권유하겠어."

스트래튼은 피가 끓어오르는 것을 느꼈다. "나는 당신의 위협 따위에 굴복할 생각은 없습니다. 뭐든지 해보십시오. 하지만 내가 이 연구를 계속하는 걸 막을 수는 없을 겁니다."

"이걸로 회합은 끝난 것 같군." 윌러비는 문을 향해 성큼성큼 걸어갔다. "안녕히 계시게."

"안녕히 가십시오." 스트래튼은 격앙된 목소리로 대꾸했다.


다음 날, 스트래튼은 '코우드 매뉴팩토리'가 위치한 램버스 지구에서 한낮의 산책을 하고 있었다. 몇 블록을 걷자 노천 시장이 나왔다.

꿈틀거리는 뱀장어들이 든 바구니와 싸구려 시계를 늘어놓은 담요 사이에는 이따금 어린이용 자동인형이 진열되어 있었다. 스트래튼은 어렸을 때와 마찬가지로 여전히 최신 모델 구경하는 것을 좋아했다. 오늘 보니 탐험가와 야만인으로 보이도록 색칠한 권투인형 한 쌍이 눈에 띄었다. 잠시 이것들을 구경하는데, 그의 귀에 만병통치약을 파는 장사치들이 콧물 흘리는 행인의 주의를 끌어보려고 떠드는 소리가 들려왔다.

"보아하니 건강 호부가 듣지 않았나보군요, 손님." 탁자에 정사각형의 조그만 함석 조각들을 늘어놓고 파는 사내가 말했다. "세지윅 박사가 개발한 이 극성화極性化 알약에 집약된 자기 치유력을 쓰신다면 한방에 나을 겁니다!"

"말도 안 되는 소리!" 옆에서 장사하는 노파가 말했다. "손님한테 필요한 건 맨드레이크 농축액이야." 노파는 투명한 액체가 든 유리병을 내밀었다. "뿌리를 뽑아낸 개의 시체가 채 식지도 않았을 때 추출한 거라고!"*

달리 새로운 인형이 없었기 때문에 스트래튼은 시장에서 나와 산책을 계속했다. 그러면서 어제 윌러비가 했던 말에 관해 곰곰이 생각하고 있었다. 주조 직공 조합의 협력을 얻지 못한다면 독립 직공들을 고용하는 수밖에 없었다. 그런 사람들과는 일해본 경험이 없기 때문에 일단 사전 조사를 해볼 필요가 있었다. 표면상으로야 공공에 개방된

---

* 맨드레이크는 인삼을 닮은 가지과의 유독 식물로 뿌리에 흥분제와 진정제 성분이 있다. 이 식물이 뽑힐 때 지르는 비명을 들으면 사람은 미쳐버리기 때문에 개를 시켜서 대신 뽑게 하고 그 개는 죽여버린다는 속설이 있었다.

이름들만 써서 자동인형을 주조한다지만, 개중에는 은밀하게 특허권 침해나 해적판 제조에 종사하는 자들도 있었기 때문이다. 만약 그런 자들과 관계한다면 그의 명예가 회복하기 어려울 정도로 실추될 위험이 있었다.

"스트래튼 씨."

스트래튼은 고개를 들었다. 작은 몸집에 체격은 호리호리하고 아무 장식도 없는 옷을 입은 사내가 앞에 서 있었다. "제가 맞습니다만, 우리가 아는 사이인가요?"

"아닙니다. 저는 데이비스라고 합니다. 필드허스트 경 밑에서 일하고 있습니다." 사내는 필드허스트 가의 문장이 찍힌 명함을 스트래튼에게 건넸다.

에드워드 메이트랜드, 필드허스트 가의 3대 백작이며 저명한 동물학자인 동시에 비교해부학자인 그는 왕립학술원 원장이었다. 스트래튼도 왕립학술원 회합에서 그의 연설을 들은 적이 있지만 직접 소개받은 적은 한 번도 없었다. "무슨 용건이신지요?"

"필드허스트 경께서 스트래튼 씨 시간이 허락하는 대로 가급적 빨리 뵙고 최근의 연구 결과에 관해 논의하고 싶다고 말씀하셨습니다."

스트래튼은 백작이 어떻게 자신의 연구에 관해 알았는지 의아했다. "제 사무실로 연락하실 수도 있었을 텐데요?"

"필드허스트 경께서는 이번 일을 조용히 의논하고 싶어하십니다." 이 말에 스트래튼은 묻는 듯한 표정으로 눈썹을 추켜세웠지만 데이비스는 아무 설명도 하지 않았다. "오늘 저녁에 시간이 나시는지요?"

초대치고는 좀 이례적이었지만 이것이 명예로운 초대라는 점에는 변함이 없었다. "물론입니다. 기꺼이 내방하겠다고 필드허스트 경께 전해주십시오."

"오늘밤 여덟시, 계시는 곳 앞에 마차를 대기시켜놓겠습니다."

데이비스는 모자챙에 손을 대 인사하고 떠나갔다.

약속한 시간이 되자 마차에 탄 데이비스가 나타났다. 내부는 래커를 칠한 마호가니와 연마된 황동으로 장식되고, 좌석에는 부드러운 벨벳천을 댄 고급 마차였다. 마차를 끄는 것도 익숙한 장소로 갈 때는 마부가 따로 필요 없는, 고가의 청동 주조 말이었다.

마차 안에서 스트래튼이 무슨 질문을 해도 데이비스는 정중한 태도로 대화를 사양했다. 이 사내가 하인이 아니라는 점은 명백했지만, 그렇다고 비서인 것 같지도 않았다. 스트래튼은 데이비스가 어떤 종류의 고용인인지 감을 잡을 수가 없었다. 마차는 그들을 태우고 런던 교외의 시골로 갔고, 마침내 필드허스트 가문 소유의 저택 중 하나인 대링턴 홀에 도착했다.

저택 안으로 들어서자 데이비스는 현관홀을 지나 우아한 서재로 스트래튼을 안내한 다음, 자신은 들어가지 않고 밖에서 문을 닫았다.

서재의 책상 앞에는 실크 코트와 넥타이를 착용한 두툼한 가슴의 사내가 앉아 있었다. 깊은 주름이 진 뺨은 양털 같은 잿빛 구레나룻으로 뒤덮여 있었다. 스트래튼은 한눈에 그가 누구인지 알아보았다.

"만나뵙게 되어 영광입니다. 필드허스트 경."

"만나서 기쁘네. 최근의 훌륭한 연구 성과에 관해서는 잘 알고 있네."

"과찬이십니다. 제 연구가 세상에 알려져 있는지는 몰랐습니다."

"그 방면의 중요한 연구들을 가급적 알아두려고 노력한다네. 자, 그런 자동인형을 개발하게 된 자네의 동기가 무엇인지 얘기해주겠나."

스트래튼은 염가의 엔진을 제조하기 위한 그의 계획에 관해 설명했다. 필드허스트는 흥미로운 얼굴로 그의 이야기에 귀를 기울였고, 이따금 적절한 의견을 내기도 했다.

"칭찬받아 마땅한 목표로군." 필드허스트는 고개를 끄덕여 찬동의 뜻을 나타내며 말했다. "자네의 동기가 그토록 박애적이라는 걸 알게 되어서 기쁘네. 실은 내가 지휘하고 있는 프로젝트에 자네의 협력이 필요하기 때문이야."

"어떤 식으로든 도움이 될 수만 있다면 저로서는 기쁠 따름입니다."

"고맙네." 필드허스트는 엄숙한 표정으로 말했다. "이것은 극히 중대한 문제라네. 따라서 자세한 얘기를 하기 전에, 지금부터 내가 하는 얘기는 모두 비밀로 간주하고 함구하겠다는 약속이 필요해."

스트래튼은 백작의 눈을 똑바로 쳐다보았다. "신사로서의 명예를 걸고, 여기서 들은 얘기는 결코 입 밖에 내지 않겠습니다."

"고맙네, 그럼 이쪽으로 와주겠나." 필드허스트는 서재 뒤쪽 벽에 난 문을 열었다. 두 사람은 이 문을 지나 짧은 복도를 걸어갔다. 복도 끝에는 실험실이 있었다. 먼지 하나 떨어져 있지 않은 긴 작업 테이블이 몇 개의 구획으로 나뉘어 있었고, 각 구획에는 현미경 한 대와 놋쇠로 만들어진 모종의 복잡한 틀이 놓여 있었다. 이 틀에는 미세한 조종을 위해 쓰이는 듯한, 널링 처리된 바퀴 세 개가 서로 수직을 이루도록 배치되어 달려 있었다. 노인 하나가 가장 안쪽에 있는 작업 구획에서 현미경을 들여다보고 있었다. 두 사람이 실험실에 들어가자 그는 하던 일을 멈추고 고개를 들었다.

"애시본 박사와는 구면이지?" 스트래튼은 방심하고 있다가 한순간 말을 잃었다. 니컬러스 애시본은 스트래튼의 트리니티 재학 시절 은사였지만, 몇 년 전 대학을 떠난 인물이었다. 들리는 소문에 의하면 이단적인 연구를 하기 위해서였다고 했다. 스트래튼은 애시본의 열정적인 강의를 기억하고 있었다. 나이가 들어 얼굴 살이 홀쭉해졌고 그 탓에 튀어나온 이마가 한층 더 도드라졌지만, 눈빛은 예전과 다름없이 맑고 예리했다. 애시본은 조각 장식이 된 상아 지팡이를 짚고 다가왔다.

"스트래튼, 오래간만에 만나 반갑군."

"선생님도 여전하신 듯해서 기쁩니다. 설마 여기서 뵙게 될 줄은 생각지도 못했습니다."

"오늘밤에는 깜짝 놀랄 일들이 여러 번 있을 거야. 그러니 마음의 준비를 하고 있게." 애시본은 필드허스트 쪽을 바라보았다. "이제 시작할까?"

두 사람은 필드허스트를 따라 실험실 맨 안쪽으로 갔다. 필드허스트가 그곳에 난 다른 문을 열자 아래로 내려가는 층계가 있었다. 앞장서 층계를 내려가면서 필드허스트가 말했다. "극소수의 사람들, 그러니까 왕립학술원의 회원이거나 의회의 의원, 혹은 그 양쪽을 겸임하고 있는 사람들만이 이 일에 관해 알고 있다네. 오 년 전 파리의 과학아카데미에서 은밀하게 나한테 접촉을 해왔다네. 그들이 실험을 통해 발견한 어떤 결과를 영국 과학자들이 재확인해달라는 요청이었어."

"그런 일이 있었습니까?"

"주저하는 기색이 역력하더군. 하지만 그건 국가 간의 경쟁의식 따위를 초월하는 중대한 문제였고, 사정을 안 다음에는 나도 그들의 생각에 동의할 수밖에 없었어."

세 사람은 지하실로 내려갔다. 벽 위쪽을 따라 배치된 가스등 불빛으로 지하실이 상당히 넓다는 사실을 알 수 있었다. 내부에는 규칙적으로 돌기둥이 서 있었고, 이것들은 위로 올라가면서 십자형 궁륭 천장을 떠받치고 있었다. 길쭉한 모양의 지하실 안에는 튼튼한 나무 테이블이 몇 줄씩이나 늘어서 있었고, 각 테이블 위에는 욕조 크기의 네모난 수조가 하나씩 놓여 있었다. 수조는 아연으로 만든 것이었고, 사면의 두꺼운 판유리 창을 통해 수조 안에 노리끼리하고 투명한 액체가 담겨 있는 것이 보였다.

스트래튼은 가장 가까운 곳에 있는 수조를 응시했다. 수조 한복판에 뭔가 일그러진 물체가 떠 있었다. 마치 액체 일부가 응고해서 젤리 덩어리로 변한 듯한 느낌이랄까. 수조 바닥에 떨어진 얼룩덜룩한 그림자만 가지고선 이 물체의 특징을 분간하는 것이 쉽지 않았기 때문에, 그는 수조의 다른 편으로 가서 몸을 웅크린 다음 반대편에서 비쳐오는 가스등 빛을 통해 이 덩어리를 관찰했다. 다음 순간 그는 그것이 희미한 인간의 모습임을 깨달았다. 젤리처럼 투명한 그것은 뱃속의 태아처럼 몸을 둥글게 웅크리고 있었다.

"믿기 힘들군요." 스트래튼은 속삭였다.

"우리는 그것을 대태아大胎兒라고 부르고 있네." 필드허스트가 설명했다.

"정자 때부터 키운 겁니까? 이 크기까지 자라려면 몇십 년이나 걸렸겠군요."

"놀랍겠지만 그렇지 않다네. 몇 년 전 뒤뷔송과 질이라는 파리의 자연과학자가 정자 속 태아에게 이상 발달을 유발할 수 있는 방법을 개발했네. 영양분을 급속히 주입하는 이 방법을 쓸 경우 이런 크기에 도달하는 데는 이 주도 안 걸리지."

머리를 앞뒤로 움직이며 수조에 와 닿는 가스등 불빛의 각도를 조금씩 바꿔보니 대태아의 내장 윤곽을 알아볼 수 있었다. "이 생물은……살아 있습니까?"

"살아 있기는 하지만 의식은 없네. 정자와 마찬가지지. 그 어떤 인공적인 과정도 임신을 대체할 수는 없어. 난자 안에 존재하는 생명 원칙이 태아에게 생기를 불어넣고, 모태의 영향이 태아를 사람으로 변화시키는 거야. 우리는 단지 성숙 과정의 크기와 규모에 영향을 끼쳤을 뿐이라네." 필드허스트는 손짓으로 대태아를 가리켰다. "모태의 영향은 태아의 색소 및 모든 육체적인 특징을 규정하지. 우리가 만든 대태아는 성별을 제외하면 아무 특징도 없어. 남성은 여기서 보듯이 모두 이런 일반적인 모습을 하고 있고, 여성도 마찬가지로 모두 동일한 모습을 하고 있네. 성별이 같을 경우 외견만 가지고는 개체 식별은 불가능해. 설령 정자를 제공한 아버지들의 모습이 확연히 다르다고 해도 말이야. 각 대태아를 분간하려면 지금처럼 엄밀한 기록을 계속하는 수밖에 없네."

스트래튼은 다시 일어섰다. "인공 자궁을 개발하는 것이 아니라면, 이 실험의 목적은 무엇입니까?"

"종種의 안정성이라는 개념을 시험해보기 위한 것이라네." 스트래튼이 동물학자가 아니라는 사실이 생각났는지 백작은 설명을 계속했다. "만약 렌즈 연마 기술이 발전해서 무한대의 배율을 가진 현미경을 만들 수 있다면, 생물학자들은 모든 종의 정자 안에 내재된 미래의 세대들을 조사해 그것들의 모습이 안정되어 있는지, 아니면 변화를 통해 새로운 종을 만들어내지는 않는지 확인할 수 있을 거야. 후자의 경우에는 해당 변화가 점진적인지 급진적인지도 확인할 수 있겠지.

그렇지만 실제 렌즈에는 수차라는 것이 있기 때문에 광학기기의 배율에는 상한이 있을 수밖에 없지. 그래서 뒤뷔송과 질은 태아 자체의 크기를 인공적으로 늘린다는 아이디어를 생각해냈던 거야. 태아가 어른 크기까지 성장한다면 그 정자를 채취해서 같은 방법으로 다음 세대의 태아를 만들어낼 수 있어." 필드허스트는 다음 테이블로 걸어가서 그 위에 있는 수조를 가리켰다. "이 과정을 되풀이함으로써 우리는 모든 종의 아직 태어나지 않은 세대들을 검사할 수 있게 되는 걸세."

스트래튼은 방 안을 둘러보았다. 줄 지어 늘어선 수조들이 새로운 의미로 다가오기 시작했다. "그러니까 '탄생'의 간격을 압축해서 우리들 혈통의 미래를 미리 엿볼 수 있다는 말이군요."

"바로 그거야."

"실로 대담한 실험입니다! 그래서 어떤 결과가 나왔습니까?"

"많은 종을 테스트해보았지만 형태의 변화는 찾아볼 수 없었다는군. 그러나 인간의 정자로 만든 태아를 상대로 한 실험에서는 기묘한 결과를 얻었네. 다섯 세대 후의 남성 태아는 더 이상 정자를 가지고 있지 않았고, 여성 태아는 난자를 가지고 있지 않았어. 불임 세대에서 대가 끊겼지."

"전혀 예상할 수 없었던 일은 아니라고 생각됩니다." 스트래튼은 젤리 상태의 태아를 보면서 말했다. "각각의 과정을 되풀이할 때마다 생명의 본질 같은 것이 점점 더 희박해진 겁니다. 어떤 세대에 도달한 후에는 그것이 너무나도 희박해진 나머지 대가 끊어졌다고 생각한다면 논리적으로도 아귀가 맞습니다."

"뒤뷔송과 질도 처음에는 그렇게 추론하고 자기들의 테크닉을 개선하려고 시도했어. 그렇지만 예전 세대와 자손 세대들을 비교해보아도 태아의 크기나 생명력에는 차이가 없었네. 정자나 난자 수도 전혀 줄지 않았어. 마지막 세대 바로 전의 세대까지는 처음 세대와 마찬가지로 완전한 생식력이 있었어. 그러다가 다음 세대에서 갑자기 불임이 되는 거야.

그것 말고도 이상한 점이 하나 더 있었지. 정자들 중에 오직 네 세대나 그보다 적은 수의 세대만을 포함한 것들이 있는 반면 이런 변이는 각기 다른 혈통간에만 나타났고, 동일 혈통 안에서는 관찰되지 않았다네. 아버지와 그 아들에게서 각각 채취한 샘플을 조사해보았는데, 그럴 경우 아버지의 정자는 아들의 정자에 비해 정확히 한 세대 더 많은 태아를 만들어냈어. 그리고 샘플 제공자들 중 일부는 노령이었다는군. 노인들의 샘플에 포함된 정자 수는 당연히 적었지. 그럼에도 불구하고 그들의 정자는 그보다 혈기왕성한 장년 아들들의 정자에 비해 한 세대 더 많은 태아를 포함하고 있었던 거야. 어떤 정자의 생식력은 정자 제공자의 건강 상태나 생명력과는 아무 연관이 없었어. 단지 그 제공자가 속한 세대에 달려 있었다는 얘기지."

필드허스트는 잠시 말을 멈추고 심각한 표정으로 스트래튼을 보았다. "과학아카데미가 나와 접촉해 왕립학술원이 그들의 실험 결과를 재현할 수 없는지 문의해온 것이 바로 이 시점이었네. 양측은 서로 협력해서 일했고, 라플란드인에서 호텐토트 부족에 이르는 다양한 인종으로부터 채취한 샘플을 이용해 같은 결과를 얻어냈지. 이 결과가 암시하는 바에 관해서 우리는 일치되는 견해를 내놓았네. 인류라는 종에 내포된 세대 수는 정해져 있고, 앞으로 다섯 세대 후에는 종말을 맞을 거야."

스트래튼은 고개를 돌려 애시본을 쳐다보았다. 실은 이 모든 것이 자신을 놀릴 목적으로 공들여 만들어낸 농담이라는 얘기를 듣게 되지 않을까 반쯤 기대하고 있었지만, 나이든 명명학자는 엄숙하기 그지없는 표정을 하고 있었다. 스트래튼은 또다시 대태아를 바라보았고, 미간을 찌푸리며 방금 자신이 들은 이야기를 이해해보려고 노력했다. "만약 그 해석이 옳다면 다른 종들에게도 비슷한 한계가 있어야 합니다. 하지만 제가 아는 한 어떤 종의 멸절은 한 번도 관찰된 적이 없습니다."

필드허스트는 고개를 끄덕였다. "사실이네. 하지만 우리에게는 화석이라는 증거가 있어. 화석은 생물의 종이란 일정 기간 변화하지 않고 존속하다가, 돌연히 새로운 형태의 종들에 의해 대체되었음을 암시하고 있네. 천재지변설의 옹호자들은 멸종은 격렬한 지각 변동에 의해 일어났다고 주장하고 있지. 그러나 전성설前成說에 관해 우리가 최근 발견한 것을 감안하면, 생물의 멸종은 단지 해당 종의 수명이 다한 결과에 불과하다는 해석을 내릴 수밖에 없네. 바꿔 말해서 멸종은 자연사이지 사고사가 아니라는 얘기야." 필드허스트는 손짓으로 그들이 좀 전에 들어왔던 문을 가리켰다. "이제 위층으로 올라가도록 하지."

두 연장자들의 뒤를 따라가면서 스트래튼은 물었다. "그렇다면 새로운 종은 어떻게 생겨나는 걸까요? 원래 존재하던 종에서 태어나는 것이 아니라면, 자연발생했다는 얘깁니까?"

"그건 아직 확실치 않네. 현재 자연발생하는 것으로 알려진 것은 구더기나 연충蠕蟲 따위의 가장 단순한 동물들뿐이네. 보통 열의 영향에 의해 발생하는 경우가 많지. 격변론자들이 가정하는 홍수, 화산 폭발, 운석 충돌 등의 사건은 모두 엄청난 에너지를 분출하네. 아마 그런 에너지가 물질에 끼치는 영향이 너무나 심대하기 때문에 몇 안 되는 조상들 안에 숨겨져 있던 하나의 생물 종을 통째로 자연발생시키는 건지도 모르겠군. 그렇다면 천재지변은 대량 멸종을 불러일으키는 것이 아니라 오히려 향후 새로운 종들을 만들어낸다는 편이 옳겠지."

실험실로 돌아오자 연장자들은 그곳에 놓여 있던 의자에 앉았다. 스트래튼은 너무 동요된 탓에 앉지 못하고 그대로 서 있었다. "만약 어떤 천재지변에 의해 인류와 동시에 창조된 동물 종이 있다면, 그 종도 인류와 마찬가지로 수명이 다해가고 있을 겁니다. 혹시 인류처럼 마지막 세대에 다가가고 있는 종을 발견하셨습니까?"

필드허스트는 고개를 가로저었다. "아직 발견하지 못했네. 종이 다르면 멸종 시기도 다르고, 이것은 해당 종의 생물학적 복잡성과 관련이 있다는 것이 우리 의견이야. 인간은 아마 가장 복잡한 생물이니까 그 정자에 내포할 수 있는 세대 수가 더 적은 건지도 모르겠군."

"같은 이유에서," 스트래튼이 말을 이어받았다. "아마 그런 복잡성 탓에 인간은 인위적으로 촉진된 성장 과정에는 부적합한 건지도 모릅니다. 따라서 실험에서 밝혀진 한계는 인간이라는 종의 한계가 아니라 실험 과정의 한계일 수도 있습니다."

"매우 날카로운 지적이군. 현재 침팬지나 오랑우탄 같은 좀더 인간을 닮은 대상으로 한 실험도 진행중이라네. 그러나 그 의문에 대해 뚜렷한 해답을 얻을 때까지는 몇 년이 걸릴지 몰라. 만약 현재의 추측이 옳다면, 확답이 나올 때까지 기다리면서 시간을 낭비할 수는 없네. 지금 당장 행동에 나서야 해."

"하지만 다섯 세대가 끝나려면 일 세기는 족히—" 스트래튼은 문득 자신이 자명한 사실을 간과했음을 깨닫고 당혹감에 사로잡혔다. 모든 사람이 같은 나이에 부모가 되지는 않는 것이다.

필드허스트는 스트래튼의 표정을 읽은 듯했다. "정자 제공자의 나이가 같아도 샘플에 포함된 세대 수가 모두 똑같지는 않다는 사실을 깨달았나보군. 어떤 가계는 다른 가계보다 더 빨리 종언에 다가가고 있는 거야. 남자가 늦게 아이를 낳는 집안의 경우 다섯 세대는 이 세기 이상 대를 이어갈 수 있지만, 이미 종언을 맞은 가계도 있다는 점에는 의심의 여지가 없네."

스트래튼은 그럴 경우의 결말을 머리에 그려보았다. "시간이 흐를수록 번식력이 사라졌다는 사실을 알게 되는 일반 대중의 수도 늘어날 겁니다. 파국이 닥치기도 전에 공황 상태가 야기될지도 모르겠군요."

"정확히 봤네. 그리고 폭동은 세대의 고갈만큼이나 효과적으로 인류라는 종을 멸절시킬 수 있네. 그래서 그 무엇보다도 시간이 중요하다는 거네."

"어떤 해결책을 생각하고 계십니까?"

"상세한 설명은 애시본 박사에게 맡기기로 하지."

애시본은 의자에서 일어나서 무의식적으로 강연 자세를 취했다. "나무로 자동인형을 만들려는 모든 시도가 왜 무위로 돌아갔는지 자네는 아나?"

당황한 스트래튼은 잠시 머뭇거리다가 말했다. "나무의 자연적인 결은 우리가 그 표면에 조각하려는 그 무엇인가와 상충하는 형태를 내포하고 있기 때문인 걸로 알고 있습니다. 현재 고무를 써서 주조해보려는 노력이 진행중입니다만 아직 성공한 예는 없습니다."

"맞아. 하지만 나무의 본래 형태가 유일한 장애물이라면, 이름을 써서 동물의 사체를 움직이는 것은 가능해야 하지 않나? 해당 물체는 본디 그러기에 이상적인 형태를 가지고 있으니까 말일세."

"좀 섬뜩한 가설이군요. 그런 실험이 성공할 가능성에 대해서는 상상도 되지 않습니다. 지금까지 한 번이라도 그런 실험이 시도된 적이 있습니까?"

"실은 그랬던 적이 있네. 역시 실패로 끝났지만 말이야. 따라서 이 두 가지의 상이한 연구는 무익하다는 사실이 판명되었네. 그렇다면 이름을 써서 살아 있는 유기 물질을 움직일 방법은 없다고 해야 할까? 내가 트리니티를 떠난 건 바로 이 질문에 대한 해답을 얻기 위해서라네."

"그리고 어떤 발견을 하셨습니까?"

애시본은 한 손을 흔들며 그 질문을 피했다. "우선 열역학 얘기부터 하세. 최근의 연구 성과에 관해서는 알고 있나? 그렇다면 열의 발산이 열 레벨에서의 무질서의 총량 증가를 반영한다는 사실을 알고 있겠군. 역으로 자동인형이 작업을 행하기 위해 주위 환경에서 열을 빼앗아 응축시킬 경우 질서의 총량은 증가하네. 이런 현상은 어휘적 질서가 열역학적 질서를 유발한다는 나의 오랜 믿음을 확인해주는 것이라네. 호부의 어휘적 질서는 착용자의 육체가 이미 소유하고 있는 질서를 강화하고, 그럼으로써 손상에 대한 보호를 제공해주는 거야. 물체를 움직이는 이름의 어휘적 질서는 해당 물체의 질서를 증가시키고, 그럼으로써 자동인형을 움직이기 위한 동력을 제공하는 거지.

다음으로 문제가 되는 것은 질서의 증가를 유기물에 어떻게 반영시킬 것인가 하는 점이야. 이름은 죽은 조직을 움직이지는 못하기 때문에 유기물이 열 레벨에서 반응하지 않는다는 점은 명백해. 하지만 다른 레벨에서라면 질서화시킬 수 있을지도 모르네. 생각해보게. 거세된 수소를 끓인다면 큰 통 가득 끈끈한 육즙으로 변하네. 이 육즙은 수소와 똑같은 물질로 구성되어 있지만 더 많은 양의 질서를 구현하고 있는 것은 어느 쪽인가?"

"물론 수소 쪽이겠죠." 스트래튼은 당혹감을 느끼며 대답했다.

"물론 그렇지. 생명체는 그 물질적 구조 덕분에 질서를 구현하고 있어. 해당 생명체가 복잡하면 복잡할수록 그것이 구현하는 질서의 양은 더 크지. 유기물에 형태를 부여함으로써 그 질서가 증대했다는 사실을 증명할 수 있다는 것이 내 가설이었어. 그러나 대다수의 생명 물질은 이미 가장 이상적인 형태를 가지고 있어. 질문은 바로 이거야. 형태가 아니라면, 생명을 가지고 있는 것은 무엇인가?"

나이든 명명학자는 상대방의 대답을 기다리지 않았다. "답은 수정되지 않은 난자라네. 난자는 그 난자의 궁극적 단계인 생물을 움직이게 하는 생명 원리를 내포하지. 하지만 자체적으로는 아무 형태도 가지고 있지 않아. 보통 난자는 자신을 수정시킨 정자 내부에 압축 보존되어 있는 태아의 형태를 합병하지. 따라서 실험의 다음 단계가 무엇인지는 명백하지 않나." 애시본은 말을 끊고 대답을 기대하는 표정으로 스트래튼을 쳐다보았다.

스트래튼은 무슨 대답을 해야 할지 알 수 없었다. 애시본은 실망한 듯한 표정을 짓고는 말을 계속했다. "실험의 다음 단계는 이름을 적용함으로써, 난자를 자극해 태아의 성장을 인공적으로 유발하는 거야."

"하지만 수정되지 않는다면, 난자 안에는 애당초 자라날 수 있는 구조 자체가 존재하지 않는 것이 아닙니까?"

"맞는 얘기네."

"균질 매체로부터 구조가 발생하기라도 한단 말입니까? 그건 불가능합니다."

"그럼에도 불구하고, 몇 년 동안 나는 바로 이 가설을 증명할 목적으로 연구를 계속했다네. 최초의 실험은 수정되지 않은 개구리의 난자에 이름을 적용해보는 것이었어."

"개구리의 난자에 어떻게 이름을 각인할 수 있었습니까?"

"엄밀하게 말해서 이름을 각인한 것이 아니라 특별히 제조한 바늘로 도장 찍듯이 날인했다는 편이 옳다네." 애시본은 두 개의 현미경 작업대 사이의 공간에 놓인 캐비닛을 열었다. 안에는 두 개씩 짝을 이루어 배열된 작은 기구들이 가득한 나무 선반이 있었다. 각 기구 끄트머리에는 기다란 유리 바늘이 달려 있었다. 바늘 중에는 뜨개바늘만큼이나 두꺼운 것도 있었고, 주사기 바늘만큼이나 가느다란 것도 있었다. 애시본은 스트래튼이 자세히 볼 수 있도록 가장 두꺼운 한 쌍에서 하나를 골라 건네주었다. 유리 바늘은 투명하지 않았고, 내부에 얼룩덜룩한 심 같은 것이 들어 있는 듯 보였다.

애시본이 설명했다. "겉보기에는 의료 기구 같은 것으로 보일지도 모르지만 사실은 좀더 전통적인 양피지와 같은, 이름을 내포한 매개체라네. 유감스럽게도 그것들을 만들려면 양피지에 펜으로 쓰는 것보다는 훨씬 더 많은 노력이 필요하지. 그런 바늘을 만들려면 우선 투명 유리봉 다발 안에 가느다란 검은 유리봉들을 넣어 배열해야 해. 그러면 끄트머리에서 바라볼 때 이름을 읽을 수 있지. 그런 다음 이 유리봉 다발을 하나의 고체 봉으로 융합시켜 잡아끄는 방법으로 한없이 가느다랗게 만드는 거지. 숙련된 유리 직공이라면 유리봉이 아무리 가늘어져도 이름을 세부까지 보존할 수 있다네. 이렇게 해서 최종적으로는 단면에 이름을 내포한 바늘을 얻을 수 있는 거야."

"필요한 이름은 어떤 식으로 생성하셨습니까?"

"그 얘긴 나중에 천천히 하세. 지금 하는 토론에 국한시키자면, 내가 성별을 나타내는 통명을 집어넣었다는 것만 알면 족해. 그쪽 방면에 관해서는 잘 아나?"

"들어본 적은 있습니다." 그것은 남성과 여성 형을 가지고 있는 몇 안 되는 동종이형의 통명이었다.

"당연히 그 이름에는 두 개의 버전이 필요했네. 남성과 여성 양쪽의 세대를 유도해야 했으니까." 애시본은 두 개씩 짝을 이루어 캐비닛에 들어 있는 바늘들을 가리켰다.

스트래튼은 현미경 아래에 놓인 슬라이드 위에 바늘 끝이 닿을락 말락 하도록 놋쇠 틀에 바늘을 고정할 수 있다는 사실을 깨달았다. 널링 처리가 된 작은 바퀴들은 아마 바늘을 난자에 접촉시킬 때 쓰는 것이리라. 그는 바늘을 애시본에게 되돌려주었다. "박사님은 바늘로 각인을 한 것이 아니라 날인을 했다고 하셨습니다. 그렇다면 바늘을 개구리의 난자에 대는 것으로 충분했다는 말씀이십니까? 이름이 포함된 바늘을 떼어내도 그 영향력은 사라지지 않는다는 말씀이십니까?"

"바로 그거야. 이름이 난자 안에서 유발한 과정은 뒤로 되돌릴 수 없는 종류의 것이네. 바늘과 접촉하는 시간을 늘려보아도 아무런 차이도 발견하지 못했어."

"그럼 그 난자에서 올챙이가 태어났다는 말씀입니까?"

"처음에 시도했던 이름들로는 성공하지 못했어. 난자의 표면에 대칭적인 무늬가 나타났을 뿐이었지. 하지만 나는 다른 통명들을 포함시킨 새 이름을 써서 난자가 여러 종류의 형태를 갖추게 하는 데 성공했고, 그중 일부는 태아 상태의 개구리와 똑같은 모양을 하고 있었네. 그러던 중에 난자로 하여금 단순히 올챙이의 모양을 취하게 하는 것이 아니라 실제로 성장해서 부화할 수 있는 이름을 찾아냈네. 이런 식으로 부화한 올챙이는 같은 종의 개구리와 겉모습이 하등 다를 바가 없는 개구리로 자라났어."

"개구리라는 종의 적명을 찾아내신 거군요."

애시본은 미소 지었다. "이런 종류의 생식에는 성교가 관여하지 않는다는 맥락에서 나는 그 과정에 '단성생식'이라는 이름을 붙였다네."

스트래튼은 애시본과 필드허스트를 쳐다보았다. "여러분이 고려하고 계시는 해결법이 무엇인지는 명백합니다. 이 연구의 논리적인 귀결은 인간이라는 종의 적명을 발견하는 것입니다. 명명과학을 통해서 인류를 영속시킬 작정이시군요."

"받아들이기 쉽지 않겠지." 필드허스트가 말했다. "어떻게 보면 당연한 반응이야. 이 사실을 알게 된 다른 사람들처럼, 애시본 박사와 나도 처음에는 그렇게 느꼈으니까. 인간을 인공적으로 임신시킨다는 얘기를 듣고 좋아할 사람은 없어. 하지만 다른 대안을 생각할 수 있나?" 스트래튼에게서 대답이 없자 필드허스트는 말을 이었다. "애시본 박사의 연구와 뒤뷔송과 질의 연구에 관해 알고 있는 사람들은 모두 인정했네. 달리 해결책이 없어."

스트래튼은 과학자로서 초연한 태도를 취해야 한다고 스스로를 타일렀다. "그 이름을 구체적으로 어떻게 사용하실 생각이십니까?"

애시본이 대답했다. "남편이 아내를 임신시키지 못하는 경우 부부는 의사를 찾게 될 거야. 의사는 아내의 월경 분비물을 채취해서 난자를 분리해낸 다음 그 위에 이름을 날인하고, 다시 자궁에 집어넣네."

"그런 방법으로 태어난 아이에게 생물학적인 아버지는 없습니다."

"사실이네. 하지만 여기서 아버지 쪽의 생물학적 공헌은 거의 중요하지 않아. 어머니 쪽은 자기 남편을 아이의 아버지라고 생각할 거고, 따라서 그녀의 상상은 그녀 자신과 남편의 육체적 특성이나 성격을 태아에게 전할 거야. 그건 변하지 않을 거야. 미혼 여성들에게 이름이 날인되는 일이 없을 거라는 사실은 굳이 말하지 않아도 되겠지."

"그 방법을 써서 정상적인 아이가 태어날 거라고 확신하십니까?" 스트래튼이 물었다. "제가 무슨 얘기를 하는지 알고 계시리라고 믿습니다만." 임신한 여성에게 최면을 걸어 우수한 아이를 낳게 해보려는 이전 세기의 실험이 얼마나 참담한 실패로 끝났는지에 관해서는 그들 모두 잘 알고 있었다.

애시본은 고개를 끄덕였다. "다행히도 난자는 극히 특정한 범위의 이름밖에는 받아들이지 않네. 어떤 생물의 종에 적용되는 적명의 수는 극히 한정되어 있네. 날인된 이름의 어휘적 질서가 그 종의 구조적 질서와 엄밀하게 일치하지 않는다면 수정란은 태아로 성장하지 않아. 그렇다고 해서 어머니가 임신중에 차분한 마음을 유지할 필요가 사라지는 것은 아니네. 이름을 날인한다고 심리적인 동요가 나쁜 영향을 끼치지 않게 되는 것은 아니니까. 그렇지만 난자의 선택성 덕택에 인공적으로 임신한 태아가 모든 측면에서 정상적일 거라는 보증이 가능해지지. 단 한 가지 측면만 제외하고 말이야."

스트래튼은 놀라서 되물었다. "어떤 측면 말입니까?"

"상상이 안 되나? 이름 날인에 의해 만들어진 개구리들의 유일한 결함은 수놈에게 번식력이 없다는 점이야. 수놈의 정자 안에는 전생된 태아가 들어 있지 않기 때문이지. 그와는 대조적으로, 인위적으로 만들어낸 암놈 개구리들에겐 모두 번식력이 있어. 암놈의 난자는 통상적인 방법으로도 수정할 수 있고, 이름을 재차 날인하는 방법으로도 번식할 수 있다네."

스트래튼은 안도의 한숨을 내쉬었다. "그렇다면 이름의 남성 버전만 불완전했다는 말씀이시군요. 암수 사이에는 단순히 성별을 구분하는 통명 말고도 다른 차이가 있을 가능성이 크니까요."

"수컷 쪽의 이름이 불완전했다는 가정이 옳을 경우에는 그렇지." 애시본이 말했다. "그리고 나는 그걸 믿지 않네. 생각해보게. 생식 능력을 가진 남성과 생식 능력을 가진 여성은 동등해 보일지도 모르지만, 그것들이 예시하는 복잡성의 정도에서는 극단적인 차이가 있네. 성장 가능한 난자를 가지는 여성은 단일 생명체이지만, 성장 가능한 정자를 가진 남성은 실제로는 많은 생명체들의 집합이야. 아버지와, 그가 내포한 잠재적인 자식들로 이루어져 있기 때문이지. 이런 맥락에서 볼 때, 남성과 여성 버전의 이름이 행하는 기능은 서로 잘 맞물려 있다고 할 수 있네. 각 이름은 단일 생명체의 생성을 유도해내지만, 단일 생명체가 번식력을 가지는 것은 오직 여성의 경우만으로 한정되네."

"무슨 뜻인지 알겠습니다." 스트래튼은 유기적 맥락에서 명명과학을 고려하는 법에 더 익숙해질 필요가 있음을 자각했다. "다른 종들의 적명이 더 발견된 것이 있습니까?"

"갖가지 타입의 적명을 스무 개 남짓 알아냈네. 연구는 빨리 진척된 편이었지. 하지만 인류의 이름에 관한 연구를 개시한 건 최근의 일이고, 예전에 연구한 다른 종들에 비해 훨씬 더 어렵다는 사실이 판명되었다네."

"이 연구에 종사하는 명명학자들의 수는 얼마나 됩니까?"

"얼마 안 되네." 필드허스트가 대답했다. "왕립학술원 회원 몇과 프랑스 과학아카데미에서 지도적인 위치에 있는 명명학자 몇이 참여하고 있네. 이름을 거론하지 않는 이유는 이해해주리라고 믿네. 하지만 영국에서도 가장 뛰어난 학자들의 도움을 받고 있다고 단언하지."

"이런 질문을 해도 좋을지 모르겠지만, 그럼 왜 저한테 접근하신 겁니까? 아무리 생각해도 저는 그런 범주에는 들지 않습니다만."

"자네의 이력은 아직 짧지만," 애시본이 말했다. "자네가 개발해낸 일련의 이름들은 매우 독창적이야. 지금까지 자동인형들은 언제나 그 기능과 형태의 면에서 특화되는 경향이 강했네. 동물과 마찬가지라고나 할까. 기어올라가는 것이 특기인 것이 있는가 하면 땅을 파는 것이

특기인 것도 있지만, 양쪽 모두를 할 수 있는 경우는 없었어. 하지만 자네의 이름들을 쓰면 인간의 손이라는 극히 넓은 용도를 가진 도구를 제어할 수 있네. 렌치에서 피아노에 이르는 것들을 조작할 수 있는 도구가 또 어디 있겠나? 인간 손의 기민함이라는 것은 그것을 통제하는 마음의 정교함이 육체적으로 발현된 거야. 그리고 이런 특징들은 우리가 찾고 있는 이름을 찾는 데 필수적이라네."

"우리는 현재진행중인 명명학 연구에서 특별한 기민함을 끌어내는 이름들을 비밀리에 조사하고 있었네." 필드허스트가 말했다. "자네의 연구 성과에 관해 알게 되자 그 즉시 자네와 접촉했던 거야."

"사실," 애시본이 말을 이어받았다. "자네가 개발한 이름들이 주조 직공들의 걱정거리가 된다는 바로 그 이유 때문에 우리가 자네의 이름들에 흥미를 가지게 된 거야. 그것들을 쓰면 자동인형으로 하여금 일찍이 유례가 없을 정도로 인간을 닮은 행동을 하게 할 수 있으니까 말일세. 그러니 이제 자네에게 묻겠네. 우리 연구에 동참해주겠나?"

스트래튼은 이 제안에 관해 곰곰이 생각했다. 이것은 어쩌면 명명학자의 입장에서는 그 어떤 일보다도 중요한 임무라고 할 수 있고, 평소의 그였다면 두말 않고 수락했을 것이었다. 그러나 양심에 거리끼는 바가 없이 이 중대한 계획에 참여하기 위해서는 우선 해결해야 할 문제가 하나 있었다.

"초빙해주셔서 영광으로 생각합니다만, 만약 제가 동참한다면, 기민한 손을 가진 자동인형에 관한 제 연구는 어떻게 되는 겁니까? 염가의 자동기계들이 노동계급의 생활을 개선할 거라는 제 신념에는 아직 변함이 없습니다만."

"훌륭한 목표일세." 필드허스트가 말했다. "그리고 자네더러 그걸 포기하라고 할 생각도 없네. 사실, 우리는 자네에게 기민성을 나타내는 통명들을 가장 먼저 완성시켜달라는 요청을 할 생각이었어. 하지만 인류라는 종이 살아남지 않는다면 사회 개혁을 하려는 자네의 노력도 무위로 돌아가지 않나."

"물론 그렇겠지요. 하지만 저는 기민성을 이끌어내는 이름들에 잠재된 개혁 가능성이 무시되는 것을 원하지 않습니다. 일반 노동자들에게 존엄을 되찾아줄 이번 같은 기회는 다시 오지 않을지도 모릅니다. 이런 기회를 흘려보낸다면, 설령 살아남는다고 해도 그걸 승리라고 부를 수 있을까요?"

"옳은 말이네." 백작이 수긍했다. "그럼 이러면 어떨까. 자네가 시간을 최대한도로 활용할 수 있도록 왕립학술원은 기민한 자동인형에 대해 필요한 만큼 지원을 해주겠네. 출자자를 확보한다든지 뭐 그런 일들 말이야. 두 프로젝트에 어떻게 시간을 배분할지에 대해서는 자네가 잘 알아서 판단해주리라고 믿네. 물론 생물학적 명명과학 연구에 관해서는 비밀에 부쳐야 하겠지만. 어때, 만족할 만한가?"

"만족합니다. 제안을 받아들이겠습니다." 그들은 악수를 나눴다.

어쩌다 마주쳐 몇 번 냉랭한 인사를 건넨 것을 제외하면, 스트래튼이 윌러비와 마지막으로 말을 나눈 지 몇 주라는 시간이 흘렀다. 사실 그는 조합의 주조 직공들과는 거의 교섭이 없었다. 기민함을 나타내는 통명을 더 정교하게 만들기 위해 자신의 사무실에 틀어박혀 문자의 순열을 조정하는 일에 몰두하고 있었기 때문이다.

스트래튼은 정면 회랑을 지나 공장으로 들어갔다. 정면 회랑은 평소에는 고객이 카탈로그를 훑어보는 장소이지만, 오늘은 가정용 자동인형들이 잔뜩 들어차 있었다. 모두 같은 가정부 모델이었다. 사무원 하나가 자동인형에 표가 제대로 붙었는지 확인하며 다니고 있었다.

"여어, 피어스. 이것들은 도대체 뭔가?"

"'리전트'용으로 개량된 이름이 오늘 나왔습니다. 최신 이름을 빨리 입수하려고 다들 난리라는군요."

"그럼 오늘 오후엔 눈코 뜰 새 없이 바쁘겠군." 자동인형의 이름을 넣는 슬롯 열쇠들은 금고에 보관되어 있었고, 그것을 열려면 코우드 사의 관리직 두 사람이 필요했다. 그리고 이들은 필요 이상 오래 금고가 열린 채로 있는 것을 원하지 않아, 오후의 극히 제한된 시간 안에만 금고를 열어주었다.

"시간 내에 끝낼 수 있을 겁니다."

"예쁜 하녀한테 아까 맡기신 가정부 인형은 내일에나 받아 가실 수 있을 거라고는 도저히 얘기 못하기 때문이 아닌가."

사무원은 미소 지었다. "그런 저를 비난하실 수 있겠습니까?"

"비난할 수야 없지." 스트래튼은 쿡쿡 웃으며 대답했다. 그리고 회랑 뒤에 있는 사무실 구획으로 가려고 몸을 돌렸다가, 윌러비와 정면으로 마주쳤다.

"가서 그 금고를 억지로 열어놓지 그러나. 그럼 하녀들이 불편을 느끼지 않아도 될 테니까. 우리 직업을 뿌리째 들어내버리는 것이 자네의 의도인 걸 감안하면."

"안녕하십니까, 마스터 윌러비." 스트래튼은 굳은 어조로 말했다.

그리고 그 옆으로 걸어가려고 했지만 상대방이 그의 앞길을 가로막고 섰다.

"코우드 사가 비조합 주조 직공들을 불러들여 자네를 조력하게 허락할 거라는 얘기를 들었어."

"맞습니다. 하지만 장담하건대, 가장 신뢰할 만한 독립 직공들이 합류할 겁니다."

"그런 작자들이 정말로 존재하기라도 한다는 듯한 말투로군." 월러비는 경멸에 찬 표정으로 내뱉었다. "내가 코우드 사에 항의하기 위해 조합에 파업을 권고했다는 걸 아나."

"설마 진담은 아니시겠죠." 주조 직공들이 마지막으로 파업을 감행한 것은 몇십 년 전의 일이었고, 파업은 결국 폭동으로 끝을 맺었었다.

"진담이야. 이 문제가 조합원 투표에 부쳐졌더라면 틀림없이 통과됐으리라는 확신이 있어. 자네의 연구에 관해 다른 주조 직공들과도 얘기를 나눠보았고 그들 모두 그 연구가 위험하다는 점에 동의했네. 하지만 조합 이사회는 이 사안을 투표에 부치지 않을 걸세."

"아, 그들은 마스터의 평가에 동의하지 않았다는 얘기군요."

그러자 월러비는 이마를 찌푸렸다. "왕립학술원이 자네 편에서 이 문제에 개입해 당분간은 파업을 삼가도록 조합을 설득했나보더군. 상당히 강력한 지원군을 얻은 것 같군 그래."

스트래튼은 거북한 표정으로 대답했다. "왕립학술원은 제 연구를 가치가 있는 것으로 간주하고 있습니다."

"그럴지도 모르겠지만, 이 문제가 끝났다고는 생각하지 말게."

"정말 근거 없는 적의입니다." 스트래튼은 반론했다. "주조 직공들이 제 자동인형들을 쓸 수 있다는 걸 이해하신다면, 마스터의 직종에는 아무런 위협도 되지 않는다는 걸 이해할 수 있을 겁니다."

하지만 윌러비는 스트래튼을 쏘아볼 뿐이었고 곧 자리를 떴다.

필드허스트 경을 다시 만났을 때, 스트래튼은 왕립학술원의 개입에 관해 질문했다. 그들은 필드허스트의 서재에 있었다. 백작은 위스키를 자기 잔에 따랐다.

"아 그거 말이군. 주조 직공 조합은 집단으로서는 상당히 만만찮은 상대이지만, 개인들로 보자면 좀더 설득하기 쉬운 구성원들로 이루어져 있다네."

"어떤 식의 설득을 말씀하시는 겁니까?"

"왕립학술원은 직공 조합 이사회의 회원 몇 명이 이름과 관련해 미해결 특허권 침해 사건에 연루되어 있다는 사실을 알고 있네. 대륙 쪽과 말일세. 그래서 스캔들을 피하기 위해, 자네가 발명한 제조 시스템의 실연이 끝날 때까지는 그 어떤 파업에 관한 결정도 연기하라는 제안에 동의했던 거야."

"도움을 주셔서 감사합니다, 필드허스트 경." 스트래튼은 깜짝 놀란 표정으로 말했다. "솔직히 왕립학술원이 그런 방법을 쓸 줄은 전혀 상상하지 못했습니다만."

"당연히 학술원의 일반 회의에서 논의할 만한 화제는 아니지." 필드허스트 경은 자애로운 미소를 지었다. "과학은 언제나 일직선으로 진보하는 것은 아니라네. 왕립학술원은 이따금 공식적인 경로와 비공식적인 경로를 함께 써야 할 때가 있지."

"저도 그 사실을 깨닫기 시작하고 있었습니다."

"마찬가지로, 주조 직공 조합 역시 공식적으로는 파업을 감행하지 못할지라도 좀더 간접적인 수단에 호소할 가능성이 있네. 이를테면 자네의 자동인형에 대한 일반 대중의 반감을 유발하기 위해 익명으로 팸플릿을 유포한다든지 하는 방법으로 말이야." 그는 위스키를 들이켰다. "사람을 시켜 마스터 윌러비를 감시하도록 해야 할지도 모르겠군."

스트래튼은 필드허스트 경 밑에서 일하고 있는 다른 명명학자들과 함께 대링턴 홀에 있는 손님용 구획에 숙소를 제공받았다. 명명학자들은 필드허스트 경의 말대로 그 분야에서 지도적인 위치에 있는 사람들이었다. 스트래튼은 홀컴, 밀번, 파커 같은 쟁쟁한 명명학자들과 함께 일하게 되었다는 사실에 자부심을 느꼈다. 지금은 애시본의 생물학적 명명학 기술을 습득하는 중이었기 때문에 아직 별다른 기여는 할 수 없었지만.

유기적 영역에서 쓰이는 이름들은 자동인형을 구동시킬 때 쓰이는 통명들과 겹치는 부분이 많았지만, 애시본은 완전히 새로운 통합과 분해 시스템을 개발해놓았고, 그 결과 여러 종류의 새로운 이름 배열법이 생겨났다. 스트래튼의 입장에서는 대학으로 돌아가 명명과학을 처음부터 다시 배우는 듯한 기분이었다. 그러나 이런 테크닉 탓에 생물의 종에 적용되는 이름의 개발이 급속하게 진전된 것은 사실이었다. 린네식 생물 분류법이 제안하는 유사점들을 파고들어가 한 종에서 다른 종으로 응용 범위를 넓혀나가는 식이었다.

스트래튼은 전통적으로 자동인형에 대해 남성적 또는 여성적 특질을 부여하기 위해 사용되는, 성을 나타내는 통명에 관해서도 더 많은 것을 배워나갔다. 그는 그런 통명은 하나밖에 모르고 있었지만, 그것이 여러 버전 중 가장 간단한 것이라는 사실을 알고 놀랐다. 이것은 명명 학회에서는 거론되는 법이 없는 화제였지만, 이 통명이야말로 현재 가장 상세하게 연구된 것 중 하나였다. 사실 이 통명이 사용된 최초의 예는 성서 시대로 거슬러올라간다는 얘기가 있을 정도였다. 요셉의 형제들은 여러 형제가 한 여자와 교접하면 안 된다는 금기를 깨지 않기 위해 여성 '골렘'을 만들어 공동으로 사용했다. 이 통명은 몇 세기 동안이나 비밀리에 개발되었고, 이런 연구의 중심지는 콘스탄티노플이었다. 그리고 이제는 이곳 런던에서조차도 특별한 창관으로 가면 최신 모델의 고급 창녀들을 살 수 있었다. 부드러운 동석을 깎아 윤기가 날 때까지 연마해놓은 이 자동인형들은 사람의 체온과 같은 온도로 덥혀지고 향유를 뿌린 상태로 제공되며, 그보다 더 비싼 가격을 부를 수 있는 것은 인쿠부스나 수쿠부스밖에는 없었다.

그들의 연구는 이런 비천한 토양에서 발전했다. 자동창녀나 창부를 움직이는 이름은 남성이나 여성의 성을 나타내는 강력한 통명들을 포함하고 있었다. 양쪽 버전에 공통되는 육체성을 분해함으로써 명명학자들은 일반적인 인간의 남성상과 여성상을 나타내는 통명들을 추출해냈고, 이것들은 동물들을 생성시킬 때 쓰였던 통명들보다 훨씬 더 세련된 것이었다. 이런 통명들을 핵으로 삼아 그 주위에 다른 통명들을 부착시킴으로써, 그들은 자신들이 원하는 이름을 만들어냈다.

스트래튼은 인간 이름에 관한 실험에 직접 참가할 수 있을 정도의 지식을 점진적으로 획득했고, 연구 그룹의 다른 명명학자들과 협력해서 일하기 시작했다. 명명학자들은 방대한 명명 가능성으로 이루어진 나무를 서로 분담했고, 조사가 필요한 가지들을 각자에게 배분했으며, 가망이 없다고 판명된 가지를 쳐내고, 가장 유망해 보이는 가지들을 배양했다.

명명학자들은 여성들—대다수는 젊고 건강한 하녀들—에게 돈을 지불하고 그들의 생리 혈을 매입해 난자를 채취했다. 그런 다음 그 난자에 실험중인 이름을 날인하고 현미경으로 자세히 검사해 인간의 태아를 닮은 형태가 없는지 확인했다. 스트래튼이 여성 대태아로부터 난자를 채취할 수는 없냐고 묻자, 애시본은 생육하는 난자는 오로지 살아 있는 여자에게서만 얻을 수 있다는 사실을 그에게 주지시켰다. 이것은 생물학의 기본 견해였다. 여성은 생명 원리의 원천으로 자식에게 생명을 부여하고, 남성은 기본적인 형태를 부여한다. 이런 역할 분담이 있기 때문에 어느 성도 독력으로는 번식할 수 없다.

물론 이 제약은 애시본의 발견에 의해 제거되었다. 어휘적인 수단을 써서 형태를 이끌어내는 것이 가능해진 지금, 더 이상 남성이 관여할 필연성은 없었던 것이다. 일단 인간 태아를 생성할 수 있는 이름이 발견된 이상 여성은 순수하게 자기들끼리만 번식하는 것이 가능해졌다. 스트래튼은 이런 발견이 이성이 아니라 동성에 대해 도치된 사랑을 느끼는 여성들에게 환영받을지도 모른다는 사실을 깨달았다. 만약 그런 여성들이 문제의 이름을 입수한다면, 단성생식만으로 자손을 낳는 식의 공동체를 설립하려 할지도 모른다. 그런 사회는 여성의 섬세한 감수성을 증대시킴으로써 번성하게 될까, 아니면 구성원들의 병리적 경향을 억제하지 못하고 붕괴하게 될까? 그로서는 알 도리가 없었다.

스트래튼이 참여하기 전에, 명명학자들은 난자 안에 어느 정도 호문쿨루스를 닮은 형태를 생성할 수 있는 이름들을 개발해놓고 있었다. 뒤뷔송과 질이 개발한 방법을 이용해 세밀하게 검사해볼 수 있는 크기까지 키워놓자, 이 형태들은 인간보다는 자동인형을 더 닮아 있었다. 그것들은 손가락이나 발가락이 모두 결합되어 노를 닮은 모양을 하고 있었다. 스트래튼은 그가 발견한 기민성 유발 통명들을 사용해 손가락과 발가락들을 분리시키고 전체적인 형태를 더 세밀하게 만들 수 있었다. 그러는 동안에도 애시본은 줄곧 참신한 접근 방법의 필요성에 관해 역설했다.

"대다수의 자동인형들이 하는 일들을 열역학적인 관점에서 생각해보게." 여느 때처럼 토론을 벌이던 중에 애시본이 말했다. "채굴 기계는 광석을 파내고, 수확 기계는 밀을 베어들이고, 벌채 기계는 나무를 베어내지. 이런 작업들은 우리에게 쓸모가 있는 것이긴 하지만, 그중 어느 것도 질서를 만들어내는 것은 없네. 기계들을 기능하게 하는 이름들은 열을 움직임으로 변환함으로써 열 레벨에서는 질서를 만들어내지만, 결과적인 작업의 절대 다수는 가시 레벨의 무질서를 만들어내고 있는 거야."

"매우 흥미로운 관점이군요." 스트래튼은 생각에 잠긴 표정으로 말했다. "그런 관점에서 본다면 자동인형이 예부터 가지고 있는 능력상의 결함을 설명할 수 있을지도 모릅니다. 자동인형이 왜 쌓여 있는 화물 상자를 원래 상태보다 더 가지런하게 쌓지 못하는지, 분쇄된 광석을 왜 종류별로 분류하지 못하는지 말입니다. 기존의 공업용 이름들은 열역학적으로는 충분히 강력하지 않다고 생각하시는 거군요."

"바로 그거야!" 애시본은 제자가 뜻밖에도 우수한 일면을 보였다는 사실에 고무된 스승 같은 표정을 보이며 말했다. "자네가 발견한 기민성을 나타내는 이름들은 이런 면에서도 다른 것들과 일선을 긋고 있네. 자동인형에게 숙련노동을 시킴으로써, 자네의 이름들은 열 레벨에서 질서를 만들어낼 뿐만 아니라 가시 레벨에서도 질서를 만들어내고 있는 거야."

"밀번의 발견과도 공통점이 있는 것 같군요." 스트래튼은 말했다. 밀번은 집 안의 물건을 적절한 장소로 되돌려놓을 수 있는 가정용 자동인형의 개발자였다. "그의 연구 또한 가시 레벨에서 질서를 창조하고 있으니까요."

"물론 그렇지. 그리고 우리는 그 공통점에서 하나의 가설을 이끌어낼 수 있네." 애시본은 앞으로 몸을 내밀었다. "자네와 밀번이 개발한 이름들을 분해해서 공통된 통명 하나를 찾아낼 수 있다고 가정해보게. 그것은 두 개의 레벨에서 질서를 만들어낼 수 있는 통명일 거야. 나아가 우리가 인류 전체를 나타내는 적명을 발견하고, 이 통명을 그 적명에 통합시킬 수 있다고 가정해보게. 그런 이름을 인간의 난자에 날인한다면 무엇이 생겨날 거라고 생각하나? 만약 자네가 '쌍둥이'라고 대답한다면 꿀밤을 먹이겠어."

스트래튼은 웃음을 지어 보였다. "무슨 말씀이신지 압니다. 만약 통명 하나로 무기질의 영역에서 두 레벨에 걸친 열역학적 질서를 유발할 수 있다면, 유기물의 영역에서도 두 세대를 생성할 수 있을지 모른다는 말씀이시죠. 그런 이름은 전성된 태아를 포함한 정자를 가진 남성들을 만들어낼 수 있을지도 모릅니다. 그렇다면 이 남성들에겐 생식 능력이 있다는 얘기가 되겠지요. 그들이 낳은 아들들은 또다시 불임이 되겠지만요."

그의 은사는 딱 하고 손을 마주쳤다. "바로 그거야. 질서가 질서를 낳는 거지! 실로 흥미로운 추론이라는 생각이 들지 않나? 그럴 수만 있다면 인류를 존속시키기 위한 의학적 개입을 반으로 줄일 수 있을 거야."

"두 세대 이상의 태아의 형성을 유발하는 방법은 어떻습니까? 자동 인형의 이름에 그런 통명을 포함시킬 수 있다면, 그것은 어떤 능력을 가지게 될까요?"

"유감이지만 열역학은 아직 그런 질문에 대답할 수 있을 정도의 수준까지 진보하지는 못했어. 무기질의 영역에서 그보다 한층 더 높은 질서 레벨이란 무엇일까? 자동인형들끼리 협조해서 일을 한다? 아직 그 대답을 모르지만, 언젠가는 알게 될지도 몰라."

스트래튼은 얼마 전부터 마음에 걸리던 질문을 입 밖에 냈다. "애시본 박사님, 이 연구 그룹에 제가 처음으로 초빙되었을 때, 필드허스트 경이 했던 말을 기억하시죠. 천재지변이 새로운 종들을 만들어냈을 가능성 말입니다. 혹시 생물의 모든 종이 명명과학에 의해 창조되었을 가능성은 없을까요?"

"아, 어느새 신학의 영역으로 들어와버렸군. 새로운 종의 조상은 막대한 수의 후손을 생식기 안에 포함하고 있어야 해. 그런 생물 형태는 상상할 수 있는 한 최고 수준의 질서를 체현하고 있다고 보아야 해. 순수하게 물리적인 과정으로 그런 엄청난 양의 질서를 만들어내는 것이 가능할까? 이런 일을 가능케 하는 메커니즘을 주창한 연구자는 아직 없네. 어휘적 과정이 질서를 만들어낼 수 있다는 사실을 알지만, 완전히 새로운 종을 창조하려면 상상을 초월하는 힘을 내포한 이름이 필요해. 그 정도의 명명을 행하려면 아마 신의 능력이 필요할 거야. 어쩌면 바로 그것이 신의 정의의 일부인지도 모르겠군.

스트래튼, 우리는 아마 그 질문에 대한 대답을 결코 얻을 수 없을지도 모르지만, 그것이 우리의 현재 행동에 영향을 끼치는 일이 있어서는 안 되네. 하나의 이름이 인류를 창조했든 안 했든 간에, 이름이야말로 인간의 존속을 위한 최상의 기회가 될 거라고 나는 믿고 있다네."

"알겠습니다." 스트래튼은 이렇게 말하고, 잠시 후 이렇게 덧붙였다. "실은 연구를 하다보면 전적으로 문자의 배열과 조합에만 몰두하는 탓에 우리의 이런 노력의 목표가 얼마나 엄청난 것인지를 잊곤 합니다. 성공했을 경우를 떠올리면 곧잘 엄숙한 기분이 되곤 합니다."

"나는 그 일밖에는 염두에 없다네." 애시본이 대답했다.


공장 사무실의 자기 책상 앞에 앉아서 스트래튼은 거리에서 건네받은 팸플릿을 응시하고 있었다. 인쇄가 조잡한 탓에 글자가 흐릿했다.

"인간이 이름의 주인인가, 아니면 이름이 인간의 주인인가? 자본주의자들은 너무나도 오래 자기들의 금고 속에 이름을 숨겨놓았고, 특허권과 자물쇠와 열쇠로 그것을 지켰으며, 단지 글자를 소유하고 있다는 이유만으로 부를 축적해왔다. 그러는 동안에도 우리들 일반인은 1실링을 벌기 위해서 땀을 흘려야 했다. 그자들은 알파벳을 쥐어짜 마지막 1페니까지 뽑아내고, 그런 다음에야 우리에게 찌꺼기를 던져준다. 앞으로 얼마나 오랫동안 이런 일을 보고만 있어야 한단 말인가?"

스트래튼은 팸플릿 전체를 훑어보았지만 특별히 새로운 부분은 없었다. 과거 두 달 동안 계속 읽어왔건만 흔해빠진 아나키스트의 폭언 밖에는 찾을 수 없었다. 주조 직공들이 팸플릿을 이용해 스트래튼의 연구를 공격할지도 모른다는 필드허스트 경의 가설을 뒷받침해줄 증거는 아직 나오지 않았다. 기민한 손을 가진 자동인형의 실연은 다음 주에 있을 예정이었으므로, 윌러비는 이제 일반 대중의 반대 여론을 이끌어내려는 기회를 놓친 것이나 다름없었다. 그리고 보니 스트래튼 자신이 직접 팸플릿을 배포함으로써 대중의 지지를 얻을 수도 있겠다는 생각이 떠올랐다. 모든 사람에게 자동인형의 혜택을 보장한다는 포부를 설명하고, 자신이 개발한 이름의 특허를 엄격히 관리해서 양심적인 제조업체에만 제조 허가를 내주겠다는 의도를 알리는 것이다. 슬로건까지 생각났다. '자동인형을 통해 자치권을'이라고 하면 어떨까?

사무실 문을 노크하는 소리가 들렸다. 스트래튼은 팸플릿을 쓰레기통에 던진 다음 말했다. "들어오십시오."

수수한 옷차림에 턱수염을 길게 기른 사내가 들어왔다. "스트래튼 씨? 제 소개를 허락해주십시오. 제 이름은 벤저민 로스라고 합니다. 저는 카발리스트입니다."

스트래튼은 한순간 말을 잊었다. 신비주의자들은 신성한 의식을 세속화했다는 이유로 현대의 명명과학을 혐오하는 경우가 대부분이었다. 그런 인물이 설마 공장까지 찾아올 줄이야. "뵙게 되어서 반갑습니다. 무엇을 도와드리면 될까요?"

"문자 배열법에서 큰 진보를 이루셨다고 들었습니다."

"아, 고맙습니다. 설마 로스 씨 같은 분이 그런 일에 흥미를 가질 줄은 몰랐습니다."

로스는 어색한 미소를 지었다. "저는 실제적인 응용에는 관심이 없습니다. 카발리스트들의 목표는 신을 더 잘 아는 것입니다. 그 목적을 달성하기 위한 최상의 방법은 신이 어떻게 만물을 창조했는지 연구하는 것이지요. 우리는 여러 이름에 대해 명상함으로써 지고의 의식 상태에 돌입합니다. 명상하는 이름이 강력할수록 신성에 한층 더 가까이 다가갈 수 있습니다."

"그렇군요." 스트래튼은 자신과 동료들이 생물학적 명명 프로젝트를 통해 창조 그 자체를 시도하고 있다는 사실을 안다면 이 카발리스트가 어떤 반응을 보일지 궁금했다. "계속 말씀하십시오."

"당신이 개발한 기민성의 통명들은 골렘으로 하여금 다른 골렘을 주조하게 함으로써 자기 복제를 가능케 합니다. 창조하는 능력을 가진 존재를 창조할 수 있는 이름에 관해 명상한다면 그 어떤 이름보다도 더 가깝게 신성에 접근할 수 있는 것입니다."

"제 연구에 관해 오해하고 계시는 것 같군요. 처음은 아니지만 말입니다. 거푸집 조작 능력이 있다고 자동인형이 자신을 복제할 수 있는 것은 아닙니다. 거기엔 훨씬 더 많은 기술이 필요할 테니까요."

카발리스트는 고개를 끄덕였다. "저도 그 점에 관해서는 잘 알고 있습니다. 저 자신도 연구를 진행하는 과정에서, 필요한 다른 기술들을 나타내는 통명을 개발한 적이 있으니까요."

스트래튼은 갑자기 흥미를 느끼고 몸을 앞으로 내밀었다. 일단 자동인형의 몸을 주조하고 나면 그다음 단계는 이름을 써서 자동인형을 움직이는 것이 될 터였다. "당신의 통명은 자동인형에게 글을 쓸 수 있는 능력을 부과한단 말입니까?" 스트래튼 자신의 자동인형은 연필은 쉽게 쥘 수 있었지만 극히 간단한 기호조차도 쓰지 못했다. "글자를 쓸 수 있는 기민함을 가지고 있으면서, 어떻게 거푸집을 조작하지 못한단 말입니까?"

로스는 작게 고개를 가로저었다. "제가 고안한 통명은 글을 쓰는 능력이나 일반적인 손의 기민함을 부여하지는 못합니다. 단지 골렘으로 하여금 자신을 움직이게 하는 이름을 쓰게 할 수 있을 뿐입니다."

"아, 그렇군요." 그렇다면 그것은 여러 종류의 기술을 습득하게 하는 능력을 부여하지는 않고, 단지 하나의 내재적 기술을 가능하게 만드는 이름이라는 얘기였다. 스트래튼은 자동인형으로 하여금 특정한 문자의 배열을 본능적으로 쓰게 만드는 데 필요한 명명학상의 복잡한 과정을 떠올려보려고 노력했다. "매우 흥미롭기는 하지만 응용 범위는 그다지 넓은 것 같지 않군요. 안 그렇습니까?"

로스는 쓰디쓴 미소를 지었다. 스트래튼은 그제야 자신이 실언을 했고, 상대방이 애써 마음 상한 기색을 보이지 않으려고 노력하고 있다는 사실을 깨달았다. "그렇게 보는 사람도 있겠지요. 하지만 우리의 관점은 다릅니다. 우리 입장에서 볼 때, 다른 경우와 마찬가지로 이 통명의 가치는 골렘을 얼마나 유용하게 만드는가가 아니라, 그것을 통해 우리가 경험할 수 있는 황홀 상태 자체에 있습니다."

"물론입니다, 물론 그렇겠지요. 그리고 제가 만든 통명에 대해 흥미가 있으신 것도 같은 이유에서입니까?"

"예. 그 통명을 저희에게 가르쳐줄 수 있으신지요?"

스트래튼은 일찍이 카발리스트가 그런 요구를 했다는 얘기를 들어본 적이 없었다. 로스 자신도 자신이 그 첫 번째 예가 된 것을 전혀 기뻐하는 기색이 아니었다. 스트래튼은 잠시 말을 멈추고 생각에 잠겼다. "카발리스트가 가장 강력한 이름들에 관해 명상하기 위해서는 결사結社에서 높은 위계에 도달해 있어야 하지 않습니까?"

"예, 당연히 그렇습니다."

"그럼 당신들도 이름의 사용에 제한을 둔다는 얘기군요."

"아, 아닙니다. 제가 오해를 했군요. 어떤 이름을 통해 얻을 수 있는 지고의 의식 상태는 해당 인물이 필수적인 명상 테크닉을 모두 습득한 후에야 가능해집니다. 그리고 이런 테크닉들은 엄중하게 비밀에 부쳐져 있습니다. 적절한 훈련을 거치지 않고 사용한다면 발광으로 이어질 가능성도 있기 때문입니다. 하지만 이름 자체는, 그것이 아무리 강력한 것이라고 해도 그것을 경험할 능력이 없는 초심자에게는 아무 소용도 없습니다. 그런 이름은 점토인형을 움직이는 것 이외에는 쓸모가 없습니다."

"쓸모가 없지요." 스트래튼은 이렇게 맞장구를 치면서 쌍방의 관점이 얼마나 다른지 새삼 느꼈다. "그렇다면 유감이지만 제 이름을 사용하는 허가를 내드릴 수가 없겠군요."

로스는 침울한 표정으로 고개를 끄덕였다. 마치 이런 대답이 나올 것을 예상하고 있었다는 투였다. "로열티를 지불하라는 말이군요."

이번에는 스트래튼이 상대방의 무례를 그냥 묻어둘 차례였다. "금전의 문제가 아닙니다. 그러나 기민한 손을 가진 제 자동인형에 관해서는 특허권을 유지해야 하는 특수한 사정이 있습니다. 그 이름을 무제한적으로 공개해서 제가 가진 계획을 위험에 빠뜨릴 수는 없습니다." 필드허스트 경 휘하에서 일하는 명명학자들에게 이 이름을 알린 것은 사실이지만 그들은 모두 그보다 더 큰 비밀을 지키겠다고 맹세한 신사들이었다. 그러나 신비주의자들이 그럴 것이라는 보장은 없었다.

"명상 목적 이외에는 쓰지 않겠다고 약속할 수 있습니다."

"죄송합니다. 진심이라는 건 알지만, 위험부담이 너무 큽니다. 제가 드릴 수 있는 말씀은 이 이름의 특허권에는 기한이 있다는 것입니다. 일단 이 기한이 지나면 어떤 식으로든 자유롭게 쓰실 수 있습니다."

"하지만 그러려면 몇 년이나 기다려야 합니다!"

"타인의 이익 또한 고려해야 한다는 점은 이해해주시리라고 믿습니다만."

"상업주의라는 장애물이 영혼의 각성에 지장을 주고 있다는 생각밖에는 안 드는군요. 혹시 안 그럴지도 모른다고 생각했던 제가 어리석었습니다."

"그건 도저히 공정하다고 할 수 없는 의견이군요."

"공정?" 로스가 애써 분노를 참고 있는 것이 역력하게 보였다. "당신 같은 '명명학자'들은 신을 찬양해야 할 기술을 훔쳐 자기 자신의 이익을 위해서 쓰는 인종입니다. 당신이 종사하는 산업 전체가 『예지라』의 혼을 팔아먹고 있는 겁니다. 그런 당신이 어떻게 공정함에 관해 논할 수 있단 말입니까."

"아니, 어떻게 그런—"

"시간 내주셔서 감사합니다." 로스는 이렇게 내뱉고 방에서 나갔다.

스트래튼은 한숨을 쉬었다.

현미경의 접안렌즈를 들여다보며, 스트래튼은 바늘 끝이 난자 측면을 누를 때까지 조작 장치의 조정용 바퀴를 돌렸다. 그러자 물리적 자극을 받은 연체동물이 위족을 쑥 집어넣는 것처럼 느닷없이 오므리는 듯한 움직임이 있었고, 구형의 난자는 조그만 태아로 변했다. 스트래튼은 바늘을 당겨 슬라이드에서 거둔 다음 고정용 틀에서 분리해 새로운 바늘을 끼워넣었다. 그러고는 슬라이드를 따뜻한 인큐베이터 안에 집어넣었고, 수정되지 않은 인간의 난자를 묻힌 새 슬라이드를 현미경 아래에 놓았다. 그는 또다시 몸을 구부려 현미경을 들여다보고, 날인 작업을 되풀이했다.

최근 들어 명명학자들은 인간의 태아와 구별할 수 없는 형태를 만들어낼 수 있는 이름의 개발에 성공했다. 그러나 이 형태는 성장을 시작하지 않았고, 자극을 주어도 미동 없이 아무 반응도 보이지 않았다. 이 이름은 아직 인간의 비육체적인 특징을 정확하게 기술하고 있지 않기 때문이라는 것이 명명학자들의 일치된 의견이었다. 그런 연유로 스트래튼과 그의 동료들은 인간의 특이성에 관한 묘사를 열심히 수집했고, 이런 특징들을 나타낼 수 있을 정도로 상세한 동시에, 일흔두 개의 문자로 이루어진 이름 안에 육체적 통명들과 함께 통합될 수 있을 만큼 간결한 통명의 집합을 추출해내는 일에 매진했다.

스트래튼은 인큐베이터 안에 마지막 슬라이드를 집어넣고 기록부에 적절한 설명을 기입했다. 실험용 이름을 각인한 바늘들은 모두 날인을 끝마쳤고, 성장 여부를 테스트해볼 수 있을 정도의 크기로 새로운 태아들이 자라나려면 하루는 더 걸릴 터였다. 그는 남은 저녁 시간을 위층 접객실에서 보내기로 했다.

호두나무 패널을 댄 방에 들어서자 필드허스트와 애시본이 가죽의자에 앉아 시거를 피우며 브랜디를 마시고 있었다. "아, 스트래튼." 애시본이 말했다. "자네도 한잔하면 어떤가."

"그러겠습니다." 스트래튼은 이렇게 대답하고 주류 캐비닛 쪽으로 갔다. 크리스털 디캔터에 담긴 브랜디를 잔에 따른 후 다른 사람들 옆에 앉았다.

"실험실에서 오는 길인가?" 필드허스트가 물었다.

스트래튼은 고개를 끄덕였다. "몇 분 전 최신 이름들을 날인했습니다. 제가 가장 최근에 고안한 문자 배열이 올바른 방향으로 가고 있는 듯합니다."

"낙관적인 사람은 자네 혼자가 아니라네. 나도 방금 애시본 박사와 이 연구가 시작된 이래 전망이 얼마나 밝아졌는지 얘기하던 참이었어. 마지막 세대에 이르기 전에 충분한 시간 여유를 가지고 인류의 적명을 발견할 수 있을 것 같네." 필드허스트는 시가를 뻐끔거린 후 의자 등받이 덮개에 머리가 닿을 때까지 뒤로 몸을 기울였다. "이 재앙도 궁극적으로는 혜택으로 작용할지도 모르겠군."

"혜택이라면 어떤 종류의?"

"생각해보게. 우리가 일단 인간의 생식을 통제할 수 있게 된다면, 빈곤층이 그토록 고집스럽게 대가족을 유지하는 것을 막을 수 있는 수단이 생기지 않나."

스트래튼은 이 말에 깜짝 놀랐지만 그런 심정을 내비치지 않으려고 애써 노력했다. "거기까지는 생각해보지 못했습니다." 그는 신중한 어조로 말했다.

애시본도 약간 놀란 표정이었다. "자네가 그런 정책을 고려하고 있는 줄은 나도 몰랐네만."

"아직 시기상조라고 생각했기 때문이야." 필드허스트가 대답했다.
"알이 깨기도 전에 병아리 수를 세는 거나 마찬가지니까."

"그건 그렇지."

"이 연구에 엄청난 가능성이 잠재되어 있다는 사실에는 자네들도
동의하겠지. 누가 아이를 가지고, 누가 가지지 않을 것인가를 선택하
는 과정에서 일정한 식견을 발휘한다면, 우리 정부는 국가의 인종적인
구성을 유지할 수 있을 거야."

"우리의 인종적 구성이 위협받고 있습니까?" 스트래튼이 물었다.

"자네는 깨닫지 못했을 수도 있지만, 하층계급의 인구 증가율은 귀
족과 신사 계급을 능가하고 있다네. 평민들에게도 미덕이 전무한 것은
아니지만 세련미라든지 지성이라는 면에서는 크게 떨어지. 이런 형
태의 정신적 빈곤함은 대물림된다네. 하층민의 환경에서 태어난 여자
의 자식은 결국 같은 길을 가게 돼 있어. 하층계급의 높은 출산율을 감
안한다면 우리나라는 결국 조야한 멍청이들에게 점거당할 걸세."

"그렇다면 하층계급에게는 이름 날인을 실시하지 않겠다는 말씀이
신지?"

"완전히 그럴 수야 없지. 처음부터 그래서도 안 되고. 임신율 저하
에 관한 진실이 밝혀질 무렵 하층계급에 대한 이름 날인을 거부한다
면 폭동이 일어날 게 뻔하니까. 물론 하층계급 역시 나름대로 우리 사
회에서 역할을 다하고 있지. 요컨대 그 수가 너무 늘어나지만 않으면
되는 거야. 이 정책을 실행에 옮기는 것은 아마 어느 정도 세월이 흘러
사람들이 자손을 남기는 방법으로서의 이름 날인에 익숙해진 후의 일

이 되겠지. 그 시점에서 아마 인구조사와 병행하는 방식으로 한 쌍의 부부가 낳을 수 있는 자식의 수에 제한을 둘 수 있게 될 거야. 그 이후로는 정부가 인구의 증가와 구성을 규제하게 되는 거지."

"이 이름에 대해서 그런 식의 정책을 쓰는 것이 과연 가장 적절한 방법이라고 할 수 있을까?" 애시본이 물었다. "우리의 목표는 종의 존속이지 당파 정치의 실현이 아니잖나."

"아니, 이건 순수하게 과학적인 동기에서 비롯된 것이라네. 인류라는 종을 존속시키는 것이 우리 의무인 것과 마찬가지로, 적당한 균형을 유지함으로써 인구의 건전성을 확보하는 일 또한 우리의 의무야. 정치와는 상관없는 일이네. 상황이 역전해서 노동력이 모자라게 된다면, 그와는 정반대의 정책이 필요하게 되겠지."

스트래튼이 조심스럽게 제안했다. "빈민층의 생활수준을 개선시킨다면 그들도 더 우수한 자식들을 낳게 되지 않을까요?"

"자네가 만들고 싶어하는 염가의 자동기계에 의해 생겨날 변화에 관해 얘기하고 있는 거군?" 필드허스트가 미소 지으며 이렇게 묻자 스트래튼은 고개를 끄덕였다. "자네가 생각하는 개혁과 내가 생각하는 개혁은 서로를 보완하는 관계에 있다고 생각하네. 하층계급의 수를 조절하면 생활수준을 향상시키는 일도 더 쉬워질 테니까 말이야. 하지만 단순히 경제적인 안락함만으로 하층계급의 정신을 개선할 수 있을 거란 기대는 하지 말게."

"어떤 이유에서 말입니까?"

"자네는 문화의 자기 영속성을 간과하고 있어." 필드허스트가 말했다. "대태아들은 모두 동일하지만, 여러 국가의 국민들 사이에 육체적

기질적인 차이가 엄연하게 존재한다는 점은 결코 부인할 수 없지 않나. 이런 차이가 모태의 영향이라는 점에는 의심의 여지가 없네. 태아는 어머니의 자궁 속에서 사회적 환경에 노출되는 거야. 예를 들자면 프러시아인들 사이에서 살던 여자는 당연히 프러시아인적인 특징을 가지는 아이를 낳네. 한 나라의 국민은 국력의 부침과는 무관하게 바로 이런 식으로 몇 세기에 걸쳐 자신들의 국가적인 특징을 유지해왔던 거야. 빈민들만이 예외라고 생각하는 것은 비현실적이네."

"자넨 동물학자니까 이 방면의 지식에서는 우리를 능가하는 것이 사실이겠지." 애시본은 아무 말도 하지 말라는 표정으로 스트래튼을 보며 말했다. "자네의 판단을 따르겠네."

그런 다음 화제는 다른 쪽으로 옮겨갔고, 스트래튼은 불쾌감을 감추고 쾌활한 표정을 유지하기 위해 최선을 다했다. 마침내 필드허스트가 자신의 방으로 돌아가자 스트래튼과 애시본은 실험실로 내려가 머리를 맞댔다.

"도대체 우리는 어떤 종류의 인간을 돕기로 동의한 겁니까?" 스트래튼은 문이 닫히자마자 외쳤다. "사람을 가축처럼 번식시킬 작정인 걸까요?"

"그렇게 놀랄 일은 아닌지도 모르겠군." 애시본은 한숨을 내쉬고, 실험실에 있는 스툴에 앉았다. "우리 그룹의 목표는 본래 동물 전용으로 개발된 과정을 인간에게도 똑같이 적용하려는 것이었으니까 말이야."

"하지만 개인의 자유를 희생해서 그걸 달성한다는 건 어불성설입니다! 저는 더 이상 협력할 수 없습니다."

"성급하게 행동하지 말게. 이 그룹에서 자네가 탈퇴한다고 해서 얻어질 게 뭐가 있나? 자네의 공헌도를 감안할 때, 자네가 사임하면 인류의 미래는 그만큼 더 위태로워지는 것밖에 안 돼. 반대로 이 그룹이 자네의 도움 없이 목표를 달성한다면 필드허스트 경의 정책은 결국 실행되고 말 거야."

스트래튼은 냉정을 되찾으려고 노력했다. 옳은 말이었다. 잠시 후 그는 입을 열었다. "그럼 앞으로 어떻게 처신해야 합니까? 필드허스트 경의 정책에 반대할 만한 의원이라든지 달리 접촉할 사람은 없습니까?"

"귀족과 신사 계급 대부분은 이 문제에 관한 한 필드허스트 경의 의견에 찬동하리라고 생각하네." 한쪽 손끝에 이마를 기댄 애시본은 갑자기 늙어버린 것처럼 보였다. "진작 예견했어야 했어. 인류를 순수하게 하나의 종으로만 보고 있었던 게 나의 실수야. 영국과 프랑스가 공통된 목적을 향해 협력하는 것을 보고 서로 싸우는 것이 국가들만은 아니라는 사실을 잊었던 거야."

"이름을 은밀하게 노동계급에게 나눠주면 어떨까요? 그럼 그들도 자신들의 바늘을 만들어서 직접 이름을 날인할 수 있지 않겠습니까. 비밀리에 말입니다."

"그럴 수는 있겠지만 이름 날인은 실험실에서 실시하는 것이 합당한 미묘한 과정일세. 정부의 주의를 끌지 않을 정도의 규모로 그런 일을 할 수 있을지 의심스럽군. 발각되면 그 즉시 정부의 관리하에 놓이게 될 거야."

"그럼 대안이 없습니까?"

두 사람이 곰곰이 생각하는 동안 오랜 침묵이 흘렀다. 이윽고 애시본이 입을 열었다. "두 세대의 태아를 유발할 수 있는 이름에 관해 나눈 토론을 기억하나?"

"물론입니다."

"우리가 그런 이름의 개발에 성공한 다음, 필드허스트 경에게 보고할 때는 그 속성에 관해 함구한다면 어떻게 될까."

"교묘한 계략이군요." 스트래튼이 놀란 얼굴로 말했다. "그 이름을 날인받고 태어난 아이들은 모두 생식력이 있을 테니까, 정부의 규제 없이 아이를 낳을 수 있을 겁니다."

애시본은 고개를 끄덕였다. "인구 규제책이 실행되기 전의 기간에 그 이름을 아주 널리 퍼뜨릴 수 있을 거야."

"하지만 그다음 세대는 어떻게 되는 겁니까? 또다시 불임이 되풀이 될 거고, 결국 노동계급은 또다시 정부에 의존해서 아이를 낳게 될 겁니다."

"맞는 말일세. 일시적인 승리에 지나지 않을 거야. 아마 유일하게 영속적인 해결책은 의회가 지금보다 더 자유주의적으로 변하는 것이겠지만, 그렇게 만들 방법에 관해서는 나 역시 문외한이야."

또다시 스트래튼은 염가의 기계들이 가져올 수 있는 변화에 관해 생각했다. 노동계급의 상황이 그가 원하는 방법으로 개선될 수만 있다면, 빈곤은 타고나는 것이 아니라는 사실을 귀족들에게 증명할 수 있을지도 모른다. 그러나 설령 상황이 가장 좋은 쪽으로만 흘러간다고 해도, 의회에 결정적 영향을 끼칠 수 있으려면 많은 세월이 걸릴 것이다. "최초의 이름 날인을 통해 여러 세대를 유발할 수 있다면 어떻습니까? 또다시 불임이 시작되기 전에 더 오랜 기간을 확보할 수만 있다면, 자유주의적인 사회 정책이 채택될 가능성도 높아지지 않을까요?"

"그건 꿈같은 얘기야." 애시본이 대꾸했다. "복수 세대를 유발하는 기술적 어려움을 감안한다면, 나는 차라리 우리가 날개를 키워서 하늘로 날아올라갈 가능성 쪽에 돈을 걸겠네. 두 세대를 유발하는 일조차도 버거운 것이 현실 아닌가."

둘은 밤늦게까지 앞으로 취할 전략에 관해서 논의했다. 필드허스트 경에게 제시할 이름의 진정한 속성을 은폐하려면, 오랜 기간에 걸쳐 실험 결과를 날조해둘 필요가 있었다. 비밀리에 연구를 진행해야 한다는 여분의 부담 말고도 그들은 불평등한 경쟁에서 싸워 이겨야 한다. 다른 명명학자들이 비교적 직설적인 적명을 찾는 동안, 그들은 그에 비해 훨씬 세련되고 정교한 이름을 개발해야 하는 것이다. 이런 불리함을 조금이라도 줄이려면, 애시본과 스트래튼은 그들의 대의에 동참해줄 동료들의 수를 늘리는 수밖에 없었다. 그들의 협력을 받는다면, 다른 명명학자들의 연구를 미묘하게 방해하는 일조차 가능해질지도 모른다.

"이 연구 그룹에서 우리와 정치적 견해를 공유하고 있는 사람이 누가 있을까?" 애시본이 물었다.

"밀번은 찬성해주리라는 확신이 있습니다. 그렇지만 다른 사람들에 대해서는 자신이 없군요."

"불필요한 위험을 무릅쓰지는 말게. 잠재적인 멤버에 접근할 때는 필드허스트 경이 처음 이 연구 그룹을 만들었을 때 이상으로 주의를 기울여야 해."

"동감입니다." 스트래튼은 이렇게 말한 후 믿을 수 없다는 표정으로 고개를 저었다. "우리는 지금 비밀 조직 안에 또 하나의 비밀 조직을 만들고 있군요. 태아도 이처럼 쉽게 만들어낼 수 있으면 좋을 텐데."

　다음 날 저녁 해질 무렵 스트래튼은 웨스트민스터 다리 위를 걷고
있었다. 마지막까지 남아 있던 행상인들이 과일 수레를 밀고 집으로
돌아가고 있었다. 그는 방금 단골 클럽에서 저녁식사를 마친 후 코우
드 사로 돌아가는 중이었다. 어제 대링턴 홀에서 있었던 일로 아직도
마음이 뒤숭숭했기 때문에 아침 일찍 런던으로 돌아왔던 것이다. 표정
으로 본심이 들키지 않을 자신이 생길 때까지 필드허스트 경과는 가급
적 얼굴을 마주치지 않을 작정이었다.

　스트래튼은 자신과 애시본이 두 레벨의 질서를 만들어내는 통명을
추출해낼 가능성에 관해 처음으로 토론했던 때를 반추했다. 한동안 그
런 통명을 찾으려고 노력해보기도 했지만, 본래의 목표를 감안하다면
여흥 내지는 심심풀이에 가까웠던 탓에 별다른 결실을 맺지 못했다.
그러나 이제 그들의 목표는 상향 조정되었다. 예전 목표만으로는 충분
하지 않았다. 두 세대를 만들어내는 것이 최소한의 충족 조건이었고,
그 수를 더 늘리는 것이 지상 과제였다.

　그는 자신이 개발한 기민성을 나타내는 이름들이 야기하는 열역학
적인 움직임에 관해 다시 생각해보았다. 열 레벨의 질서가 자동인형
을 움직이고, 그 결과 가시 레벨의 질서가 생겨난다. 질서가 질서를 낳
는 것이다. 애시본은 다음 레벨의 질서는 자동인형끼리의 공동 작업일
지도 모른다고 했다. 그런 일이 실제로 가능할까? 공동 작업을 효율적
으로 행하기 위해서는 서로 의사소통을 할 필요가 있지만, 자동인형은
본질적으로 벙어리인 것이다. 자동인형을 복잡한 행동에 가담시키기

위한 다른 방법으로는 어떤 것들이 있을까?

문득 코우드 사 앞에 와 있다는 사실을 깨달았다. 주위는 어두웠지만 자기 사무실을 찾아가는 데는 아무 문제도 없었다. 스트래튼은 건물 현관의 자물쇠를 열고 정면 회랑을 거쳐 사무실이 늘어선 구획을 지나갔다.

명명학자들의 사무실을 마주보는 복도에 도달했을 때, 그는 자신의 사무실 문에 끼워진 불투명한 유리에서 빛이 새어나오는 것을 보았다. 가스등을 그대로 켜고 나왔을 리가 없었다. 사무실 문의 자물쇠를 열고 안으로 들어간 그는 경악했다.

책상 앞에 한 사내가 엎드린 자세로 쓰러져 있었다. 양손이 뒤로 결박된 채였다. 스트래튼은 황급히 사내에게 다가가 상태를 확인했다. 카발리스트인 벤저민 로스였고, 죽어 있었다. 스트래튼은 로스의 손가락 몇 개가 부러져 있다는 것을 깨달았다. 살해당하기 전에 고문을 받은 것이다.

스트래튼은 창백한 얼굴로 몸을 떨며 일어섰고, 자신의 사무실 내부가 엉망진창이라는 사실을 깨달았다. 책장은 완전히 비워진 상태였다. 안에 들어 있던 책들은 참나무 목재를 깐 바닥에 엎어진 채로 어지러이 널려 있었다. 책상 위에는 아무것도 남아 있지 않았고, 그 옆에는 놋쇠 손잡이가 달린 책상 서랍이 뒤집혀져 내용물을 모두 뱉어놓은 상태로 쌓여 있었다. 한두 장씩 떨어져 있는 서류의 줄이, 빼꼼히 열려 있는 작업실 문으로 이어지고 있었다. 스트래튼은 현기증을 느끼며 작업실에서 무슨 일이 일어났는지 알아보기 위해 문으로 걸어갔다.

기민한 손을 가진 그의 자동인형은 박살이 나 있었다. 하체는 바닥에 떨어져 있고, 나머지 부분은 석고 파편과 가루로 변해 있었다. 작업 테이블 위에 있던 손의 점토 모형은 납작하게 두들겨져 있었고, 벽에 붙여두었던 손의 설계 도면들은 모조리 찢겨나가고 없었다. 석고 혼합용 수조는 사무실에 있던 그의 서류로 넘쳐흘렀다. 수조로 다가간 스트래튼은 서류 위에 램프기름이 뿌려져 있다는 사실을 깨달았다.

등 뒤에서 소리가 들렸다. 스트래튼은 몸을 돌려 사무실 쪽을 쳐다보았다. 사무실로 이어지는 앞문이 홱 닫히며 그 뒤에 있던 건장한 사내가 앞으로 걸어나왔다. 스트래튼이 방에 들어온 후 줄곧 그곳에 서 있었던 것이다. "고맙게도 직접 왕림해주셨군." 사내는 맹금류를 연상시키는 살벌한 눈초리로 스트래튼을 찬찬히 관찰했다. 암살자의 눈이었다.

스트래튼은 작업실 뒷문을 통해 뒤쪽 복도로 뛰쳐나갔다. 사내가 뒤쫓아오는 소리가 들렸다.

그는 어둑어둑한 건물 안을 질주했다. 코크스와 철괴, 도가니와 거푸집 따위가 그득한 작업실들을 가로질렀다. 이 모든 것이 머리 위 천창에서 흘러들어오는 달빛에 물들어 있었다. 그가 들어온 곳은 공장의 금속 가공 구획이었다. 한숨 돌리기 위해 다음 방에서 멈춰 선 그는, 자신의 발소리가 얼마나 크게 공장 전체에 울려퍼지고 있었는지 깨달았다. 도망칠 작정이라면 달리는 것보다는 살금살금 움직이는 쪽이 유리했다. 멀리서 들려온 추적자의 발소리도 멈췄다. 암살자도 그처럼 은밀하게 행동하려고 마음먹은 듯했다.

스트래튼은 숨기에 마땅한 장소를 찾아 주위를 둘러보았다. 그는 거의 완성된 상태에 있는 자동인형들에 둘러싸여 있었다. 그가 있는 곳은 마지막 손질을 위한 방이었다. 주조 공정에서 생긴 흠을 깎아내고 표면을 가공하는 곳이었다. 숨을 만한 곳이 없었기 때문에 방에서 나가려는데 두 다리 위에 한 묶음의 소총을 거치해놓은 듯한 모양을 한 물체가 눈에 들어왔다. 자세히 보니 군용 자동기계였다.

이 자동인형들은 육군성을 위해 제조된 것들이었다. 스스로 알아서 대포를 조준하는 포가砲架라든지, 지금 눈앞에 있는 것처럼 스스로 다 총신의 크랭크를 돌려 총알을 발사하는 속사총 따위였다. 끔찍한 물건들이지만, 크림 반도에서는 없어서는 안 될 귀중한 전력이 되어주었다. 발명가는 귀족 작위를 받기까지 했다. 스트래튼은 이 무기를 움직이는 이름들에 관해서는 아는 바가 없었지만—이것들은 군사 기밀이었다—자동으로 작동하는 것은 총을 올려놓은 본체뿐이었다. 속사총의 발화 메커니즘은 순전히 기계적이었다. 만약 본체를 돌려 올바른 방향을 조준하게 할 수 있다면 수동으로 발사할 수 있을지도 모른다.

그는 자신의 어리석음을 깨닫고 개탄했다. 쏘고 싶어도 탄약이 없었던 것이다. 그는 다음 방으로 살금살금 들어갔다.

그곳은 소나무 재질의 상자와 지푸라기들이 잔뜩 쌓여 있는 포장실이었다. 그는 몸을 낮추고 상자들 사이를 지나 반대편 벽을 향해 갔다. 창문 너머로 공장 뒤꼍의 안뜰이 보였다. 자동인형 완성품들이 수레에 실려 운반되는 장소였다. 그쪽으로는 나갈 수가 없었다. 안뜰의 문은 밤에는 잠겨 있기 때문이다. 유일한 탈출구는 공장의 현관이었지만, 왔던 길을 그대로 되돌아간다면 암살자와 마주칠 위험이 있었다. 일단 도기 구획으로 가서 우회하는 식으로 되돌아가야 했다.

포장실 앞쪽에서 발소리가 들려왔다. 스트래튼은 낮게 쌓인 상자들

뒤로 몸을 숨겼다가 불과 몇 피트 떨어진 곳에 있는 미닫이문을 보았다. 그는 최대한 소리를 내지 않으려고 노력하면서 그 문을 열고 안으로 들어갔고, 등 뒤로 손을 돌려 문을 닫았다. 그를 쫓아온 사내는 그가 지금 낸 소리를 들었을까? 그는 문에 난 작은 격자를 통해 밖을 보았다. 사내의 모습은 보이지 않았다. 몰래 이 방에 들어오는 데 성공한 듯했다. 암살자는 아마 포장실을 뒤지고 있을 것이다.

스트래튼은 몸을 돌렸고, 그 즉시 자신이 저지른 잘못을 깨달았다. 도기 구획으로 통하는 문은 반대편 벽에 있었다. 대신 그는 저장실로 들어와버렸던 것이다. 저장실에는 자동인형 완제품들이 줄 지어 쌓여 있었지만, 방금 들어온 출입문을 제외하면 달리 나갈 곳이 없었다. 출입문을 잠글 방법도 없었다. 그는 독 안에 든 쥐였다.

혹시 이 방에 무기로 쓸 만한 것은 없을까? 줄줄이 진열된 자동인형들 중에는 납작한 채굴용 기계들이 있었고 이것들의 앞 팔은 거대한 곡괭이로 이루어져 있었지만, 곡괭이 날은 볼트로 팔에 고정되어 있었다. 볼트를 푸는 것은 불가능했다.

스트래튼은 암살자가 미닫이문을 열고 다른 저장실들을 뒤지는 소리를 들을 수 있었다. 그때 옆에 서 있던 자동인형이 눈에 들어왔다. 재고품을 옮길 때 쓰는 하역용 자동인형이었다. 사람 모양을 하고 있었고 저장실 안에서 그런 모양을 한 것은 이것 하나였다. 그러자 어떤 생각이 떠올랐다.

스트래튼은 하역부의 뒤통수를 점검해보았다. 하역부의 이름은 오래전에 이미 일반 공개되었기 때문에 이름을 넣는 슬롯에 자물쇠는 달려 있지 않았다. 철제 슬롯에서 길쭉한 양피지가 튀어나와 있었다. 그는 코트 호주머니에 손을 넣어 언제나 가지고 다니는 작은 노트와 연필을 꺼냈고 아무것도 쓰여 있지 않은 페이지의 일부를 작게 떼어냈다. 그는 어둠 속에서 완전히 암기하고 있는 일흔두 글자의 조합을 그 위에 썼고, 종이를 네모난 사각형으로 잘 접었다.

하역부를 향해 그는 속삭였다. "저 문 앞에 바싹 다가가서 서 있어." 주철 인형은 앞으로 한 걸음 걸어나간 다음 문을 향해 갔다. 그 걸음걸이는 매우 매끄러웠지만 빠르지는 않았다. 암살자는 지금이라도 저장실로 들어올 수 있다. "더 빨리 가." 스트래튼이 날카롭게 속삭이자 하역부는 그 명령에 따랐다.

하역부가 문에 도달한 순간 격자 너머에 추격자의 모습이 보였다. "옆으로 비켜." 사내가 외쳤다.

언제나 충실하게 명령에 따르는 자동인형이 뒤로 한 걸음 물러나기 위해 몸을 움직이려는 순간 스트래튼은 그것의 이름을 홱 끄집어냈다. 암살자가 밖에서 문을 밀기 시작했지만, 스트래튼은 새로운 이름이 쓰인 네모나게 접은 종이를 슬롯 속에 가능한 한 깊게 박아넣는 데 성공했다.

하역부는 전진을 재개했다. 이번에는 빠르고 뻣뻣한 걸음걸이였다. 어린 시절에 그가 가지고 놀던 인형을 실물대로 만든 꼴이었다. 자동인형은 곧바로 문과 충돌했지만 아무렇지도 않은 듯이 행진을 계속하며 문을 계속 밀어댔다. 팔을 흔들 때마다 쇠로 된 손에 부딪친 참나무 문의 표면에 움푹한 자국이 하나씩 생겨났다. 고무를 신긴 발은 벽돌 바닥을 세게 긁어대고 있었다. 스트래튼은 저장실 안쪽으로 후퇴했다.

"멈춰." 암살자가 명령했다. "걷는 걸 멈추란 말야, 너! 멈춰!"

자동인형은 어떤 명령도 무시하고 행진을 계속했다. 사내가 밖에서 문을 밀었지만 아무 소용도 없었다. 그러자 이번에는 어깨로 힘껏 부딪혀보기 시작했다. 문에 충격이 올 때마다 자동인형이 뒤로 조금 물러났지만, 워낙 걸음걸이가 빠른 탓에 사내가 문틈을 통해 안으로 들어오기 전에 다시 문 앞으로 되돌아가 섰다. 그러다 잠시 조용해지는가 싶었더니 무엇인가가 문의 격자를 통해 불쑥 들어왔다. 사내는 쇠지렛대를 써서 격자를 뜯어내려 하고 있었다. 느닷없이 격자가 뜯겨나가며 빈 공간이 남았다. 사내는 격자 너머로 팔을 뻗었고, 자동인형의 머리가 앞으로 까닥거릴 때마다 이름을 찾아 그 뒤통수를 더듬거렸다. 그러나 아무것도 잡히는 것이 없었다. 종이는 슬롯 안에 너무 깊숙이 박혀 있었던 것이다.

사내는 팔을 뺐다. 암살자의 얼굴이 창문에 나타났다. "넌 네가 똑똑하다고 생각하고 있지?" 그는 이렇게 내뱉고는 사라졌다.

스트래튼은 조금 긴장을 풀었다. 암살자는 추적을 포기한 것일까? 일 분이 흘렀고 스트래튼은 이제 어떻게 해야 할까 생각하기 시작했다. 공장이 문을 열 때까지 여기서 기다리는 수도 있었다. 출근하는 사람들의 이목 때문에 암살자도 마냥 기다리고 있지는 못할 것이다.

느닷없이 사내의 팔이 또다시 격자가 있던 공간 사이로 쑥 들어왔다. 이번에는 액체가 든 유리병을 들고 있었다. 그는 액체를 자동인형의 머리에 부었다. 액체는 사방으로 튀면서 자동인형의 등 위로 흘러내렸다. 사내의 팔이 사라졌다. 다음 순간 스트래튼은 성냥이 켜지며 화르르 타오르는 소리를 들었다. 성냥을 든 사내의 손이 또다시 나타나더니 자동인형과 접촉했다.

자동인형의 머리와 등 위쪽에 불길이 일면서 방 전체가 환해졌다. 사내가 뿌린 것은 램프용 기름이었다. 스트래튼은 눈을 가늘게 뜨고 이 기괴한 광경을 바라보았다. 빛과 그림자가 방바닥과 벽을 가로지르며 춤을 추었고, 저장실 전체를 마치 드루이드교 제단을 방불케 하는 장소로 바꿔놓았다. 불길이 내뿜는 열기 탓에 문을 공격하는 자동인형의 움직임이 빨라졌다. 이것은 마치 불의 정령을 숭배하는 제관이 점점 더 미친 듯이 춤추는 광경을 연상케 했다. 그러던 중 갑자기 자동인형의 움직임이 멎었다. 이름을 쓴 종이에 불이 붙어 거기 쓰인 글자들이 불타오르고 있었다.

불길이 점차 사그라들었다. 밝은 빛에 다시 익숙해졌던 탓에 방 안은 거의 칠흑처럼 어둡게 보였다. 눈보다는 귀를 통해서, 스트래튼은 사내가 다시 문을 밀고 있다는 사실을 깨달았다. 이번에는 자동인형도 뒤로 밀려났고, 사내가 안으로 들어올 수 있을 정도의 틈이 생겨났다.

"이제야 귀찮은 놈이 없어졌군."

스트래튼은 사내 옆을 빠져나가려고 했지만, 암살자는 간단하게 그의 몸을 잡아챈 다음 머리에 일격을 가해 쓰러뜨렸다.

그는 곧 의식을 되찾았지만, 암살자는 이미 그를 바닥에 엎어놓고 한쪽 무릎으로 그의 등을 짓누르고 있었다. 사내는 스트래튼의 손목에서 건강 호부를 뜯어낸 다음 두 손을 등으로 돌려 결박했다. 동작이 너무나 거친 탓에 삼 밧줄에 쓸린 손목의 피부가 벗겨졌다.

"같은 인간한테 이런 짓을 하다니 도대체 넌 어떤 종류의 인간이지?" 스트래튼은 벽돌 바닥에 뺨을 댄 채로 헐떡였다.

암살자는 껄껄 웃었다. "인간이나 자동인형이나 하등 다를 게 없어.

적절한 글자를 쓴 종이를 집어넣으면 하라는 대로 다 하지." 사내가 기름램프에 불을 밝히자 방이 밝아졌다.

"나를 놓아준다면 더 많은 돈을 줄 수도 있다고 한다면?"

"그럴 수야 없지. 나도 지켜야 할 평판이라는 게 있으니까 말이야. 자, 그럼 시작해볼까." 그가 스트래튼의 왼손 새끼손가락을 움켜잡더니 느닷없이 부러뜨렸다.

그 고통이 너무나도 충격적이고 강렬했던 탓에 스트래튼은 한순간 그것 말고는 아무런 생각도 할 수 없었다. 자기가 비명을 질렀다는 사실을 멍하게 인식하고는 있었다. 그러자 사내가 다시 입을 열었다. "당장 내가 하는 질문에 대답해. 네 연구 결과의 사본을 집에도 두고 있나?"

"그래." 스트래튼은 떠듬떠듬 한 단어씩밖에는 말할 수가 없었다. "서재에 있어. 책상 속에."

"다른 데 또 사본을 감춰두지는 않았나? 마룻바닥 밑이라든지?"

"아니."

"위층에 있는 네 친구는 아무 사본도 갖고 있지 않았어. 하지만 누군가 다른 사람이 갖고 있지는 않나?"

이 사내를 대링턴 홀로 인도할 수는 없었다. "그런 사람은 없어."

사내는 스트래튼의 코트 호주머니에서 노트를 꺼냈다. 그가 천천히 페이지를 넘기는 소리가 들렸다. "편지는 안 보냈나? 동료들과 편지로 연락을 주고받지는 않았어?"

"내 연구를 복원할 수 있을 정도로는 아냐."

"거짓말을 하고 있군." 사내는 스트래튼의 약지를 움켜잡았다.

"아냐! 사실이야!" 목소리가 히스테릭해지는 것은 어쩔 도리가 없었다.

그때였다. 스트래튼은 날카로운 충격음을 들었고, 등을 짓누르고 있던 압력이 갑자기 약해졌다. 그는 조심스레 고개를 들어 주위를 둘러보았다. 그를 고문하던 사내는 의식을 잃고 쓰러져 있었다. 그 옆에 서 있는 사람은 데이비스였다. 그는 가죽제 블랙잭을 들고 있었다.

데이비스는 호주머니에 무기를 집어넣은 다음 몸을 웅크리고 스트래튼을 묶은 밧줄을 풀어주었다. "많이 다치셨습니까?"

"손가락이 하나 부러졌어. 그런데 자네가 어떻게—?"

"필드허스트 경이 윌러비가 누구와 접촉했는지 아시고 저를 보내셨습니다."

"늦기 전에 와줘서 정말 고맙네." 스트래튼은 이 상황의 아이러니를 깨달았다. 그를 구하라는 명령을 내린 사람은, 그가 기만할 작정으로 음모를 꾸미고 있는 바로 그 장본인이었던 것이다. 그러나 그런 것에 연연하기에는 안도감이 너무 컸다.

데이비스는 스트래튼을 부축해 일으킨 다음 그의 노트를 건네주었다. 그런 다음 밧줄로 암살자를 결박했다. "먼저 간 곳은 사무실입니다. 거기 있는 사람은 누굽니까?"

"그의 이름은 벤저민 로스야. 벤저민 로스였다고 해야겠군." 스트래튼은 카발리스트와 처음 만났을 때의 상황을 떠듬떠듬 설명했다. "거기서 그 친구가 뭘 하고 있었는지는 모르겠어."

"종교색이 강한 사람들은 모두 어딘가 조금 광신적인 데가 있는 법입니다." 데이비스는 암살자를 결박한 밧줄을 점검하며 말했다. "그렇게 부탁했는데도 주지를 않으니까, 그럼 자기 손으로 직접 가져가도 된다는 식으로 자기 정당화를 한 거겠지요. 그래서 사무실로 그걸 훔치러 갔다가 운 나쁘게도 여기 이 친구와 마주쳤던 겁니다."

스트래튼은 강렬한 양심의 가책을 느꼈다. "로스가 부탁했을 때 줬어야 했어."

"설마 이렇게 될 줄은 모르지 않았습니까."

"그자가 죽다니 정말 불공평해. 이 일과는 전혀 무관한 인물이었는데."

"세상사라는 게 원래 그런 법입니다. 자, 이리 오십시오. 손을 치료해 드리겠습니다."


데이비스는 스트래튼의 부러진 손가락에 부목을 대고 붕대를 감아주었고, 오늘밤 일어난 모든 일은 왕립학술회가 소리 소문 없이 처리해줄 것이라고 보장했다. 두 사람은 스트래튼의 사무실 안에 널려 있던 기름투성이 서류들을 모아 트렁크에 담았다. 일단 공장에서 가지고 나간 다음 시간이 날 때 천천히 가려낼 작정이었다. 짐을 모두 챙기자 스트래튼을 대링턴 홀로 다시 데려갈 마차가 도착했다. 데이비스와 동시에 출발했던 마차였다. 데이비스 자신은 경주용 자동기계를 몰고 런던으로 왔다고 했다. 스트래튼은 서류를 넣은 트렁크를 들고 마차에 올라탔다. 데이비스는 암살자를 처리하고 카발리스트의 시체를 처분하기 위해 뒤에 남았다.

스트래튼은 마차가 달리는 동안 플라스크에 든 브랜디를 홀짝이며 신경을 안정시키려고 노력했다. 대링턴 홀에 도착했을 때는 안도감이 들었다. 이 저택에도 나름대로의 위협이 상존하고 있었지만, 적어도 암살로부터는 안전하다는 사실을 알고 있었다. 자기 방에 들어왔을 무렵에는 처음 느꼈던 공황 상태 대부분은 피곤함으로 바뀌어 있었다. 그는 깊은 잠에 빠져들었다.

다음 날 아침이 되자 기분이 한결 나아졌기 때문에, 트렁크에 가득 든 서류를 정리하기로 했다. 서류를 원래 카테고리에 대충 맞춰 쌓던 중에 낯선 노트가 한 권 나왔다. 내용을 훑어보니 히브리 문자들이 낯익은 명명과학의 통합과 분해 패턴을 따라 배열되어 있는 것이 눈에 들어왔다. 그러나 그 이외의 주석까지도 모두 히브리어로 쓰여 있었다. 스트래튼은 또다시 죄의식으로 가슴이 아파왔다. 로스의 노트임이 틀림없었다. 이것을 발견한 암살자가 스트래튼의 서류와 함께 태울 작정으로 쌓아두었던 것이리라.

옆에 치워놓으려다가 결국 호기심에 못 이겨 다시 집어들었다. 카발리스트의 노트를 읽어보기란 난생처음이었다. 고색창연한 용어가 수두룩했지만 이해하는 데는 별다른 어려움이 없었다. 주문呪文과 세피로스 관련 도형들 사이에서, 자동인형으로 하여금 자기 자신의 이름을 쓰게 만드는 통명도 찾아냈다. 스트래튼은 그것을 읽으며 로스의 발견이 그가 처음 생각했던 것보다 훨씬 더 정교하다는 사실을 깨달았다.

이 통명은 특정한 물리적 움직임들을 묘사하는 대신, 일반적인 재귀의 개념을 기술하고 있었다. 이 통명을 내포한 이름은 자명自名, 즉 스스로를 가리키는 이름이 된다. 주석에 의하면 그런 이름은, 자동인형이 어떤 모양을 하고 있느냐에 상관 없이, 어떤 식으로든 자기 자신의 어휘적인 성질을 표현한다고 했다. 자동인형에게는 자신의 이름을 쓸 손조차도 필요하지 않았다. 만약 통명이 적절히 이름에 통합된다면 자기로 만든 말조차도 말굽을 땅 위에 긁는 방법으로 목적을 달성할 수 있었던 것이다.

스트래튼이 개발한 기민성의 통명 하나와 로스의 통명을 결합한다면 자동인형으로 하여금 복제에 필요한 대부분의 작업을 수행하도록 하는 것도 실제로 가능해질 수 있었다. 자동인형은 자신과 똑같은 모양을 한 몸을 주조한 다음, 자신의 이름을 써서, 새로 만든 자동인형의 몸에 삽입해 움직이도록 할 수 있었다. 그러나 말을 할 수 없기 때문에 새로 만든 자동인형에게 주조 방법을 가르칠 수는 없었다. 인간의 도움 없이 진정한 자기 복제를 할 수 있는 자동인형의 개발은 여전히 요원했지만, 이토록 목표에 근접해 있다는 사실을 알았다면 카발리스트들은 기뻐했을 것이다.

자동인형의 복제가 인간에 비해 터무니없이 쉽다는 사실은 불공평하게 느껴졌다. 자동인형을 복제하는 문제는 단 한 번에 해결될 수도 있지만, 세대가 바뀔 때마다 개발해야 하는 이름의 복잡성이 증대하는 인간의 복제는 시시포스의 고역 못지않게 불가능한 일이라는 생각이 들 정도였다.

그러다 갑자기 스트랜튼은 육체적 복잡성을 배가시키는 이름은 필요 없다는 것을 깨달았다. 단지 어휘적인 복제를 가능케 하는 이름이면 됐던 것이다.

자명을 난자에 날인함으로써, 자신의 이름을 가진 태아를 유발하면 모든 것이 해결될 수 있었던 것이다.

이 이름은 원래 계획대로 두 개의 버전을 가지게 될 것이다. 한 버전은 남성 태아를 만들어내고, 다른 버전은 여성 태아를 만들어낸다. 이 방식으로 잉태되는 여성은 언제나 생식 능력이 있을 것이다. 이 방식으로 잉태된 남성 또한 생식 능력을 가질 테지만, 이것은 통상적인 형태의 생식 능력은 아닐 것이다. 그들의 정자는 전성된 태아를 내포하는 대신 그 표면에 두 개의 이름 중 하나를 지니게 될 것이다. 애초에 유리 바늘을 써서 날인한 이름의 자기 표현을. 그리고 그런 정자가 난자에 도달하면 그 이름은 새로운 태아의 탄생을 유발할 것이다. 인류는 의학의 개입 없이도 복제가 가능해지는 것이다. 그 몸 내부에 이름이 있기 때문에.

스트래튼과 애시본은 번식력이 있는 동물을 만들어낸다는 것은 그들에게 전성된 태아를 내포시키는 것이라고 가정했다. 이것이 자연이 채택한 방법이었기 때문이다. 그러나 그 결과 그들은 또 하나의 가능성을, 만약 어떤 생물이 이름을 통해 표현될 수 있다면 그 생물을 복제하는 행위는 그 이름을 필사하는 것과 동일한 행위라는 사실을 간과했다. 생명체는 자신의 몸의 미세한 분신 대신, 그 어휘적 표현을 내포할 수 있었던 것이다.

인간은 그 이름의 산물인 동시에 그 매개체가 될 것이다. 각 세대가 내용물인 동시에 그릇이 될 것이며, 자기 자신을 유지하는 반향 과정 속의 메아리로서 기능할 것이다.

스트래튼은 인류라는 종이 자기 자신의 행동이 허락하는 한 얼마든지 생존할 수 있는 날을 머리에 그려보았다. 번영도 몰락도 오로지 스스로의 행동에 의해서만 결정되고, 미리 정해진 종의 수명이 다했다고 허망하게 멸종해버리지 않는 날을. 다른 종들은 지질학적인 계절 속에서 꽃처럼 피고 지는 일을 거듭하겠지만, 인류는 스스로 원하는 만큼 존속할 수 있을 것이다.

그리고 그 어떤 특정 집단도 다른 집단의 출산율을 통제하지는 못할 것이다. 적어도 생식 면에서 자유는 개인의 몫으로 남을 것이었다. 로스는 설마 자신의 통명이 이런 식으로 쓰이게 되리라고는 생각지 못했겠지만, 스트래튼은 카발리스트가 이것을 가치 있는 일로 여겨주기를 희망했다. 이 자명의 진정한 힘이 밝혀질 무렵, 전 세계에는 이미 몇백만에 달하는 사람들로 이루어진 세대가 이 이름에 의해 생겨나 있을 것이고, 그 어떤 정부도 이들이 자식을 낳는 것을 통제할 수 없을 터였다. 필드허스트 경—혹은 그의 계승자들—은 분명 격분할 테고 결국 그 대가를 치러야 하는 사태가 도래하겠지만, 스트래튼은 그것을 받아들일 각오가 되어 있었다.

그는 서둘러 책상으로 돌아가 자신의 노트를 펴고 로스의 노트 옆에 나란히 놓았다. 그리고 로스의 통명을 인간의 적명에 통합시키는 방법에 관한 아이디어를 노트의 빈 페이지에 써넣기 시작했다. 그는 이미 마음속에서 문자들을 치환하며, 인간의 육체와 그 자신을 기술하는 배열, 인류라는 종 전체를 기술하는 개체 발생의 암호를 찾고 있었다.

# 인류 과학의 진화

## The Evolution of Human Science

독창적인 연구 논문이 간행을 위해 본지의 편집자에게 마지막으로 제출된 이래 이십오 년이라는 세월이 흘렀기 때문에, 이제 당시 광범위한 논쟁의 대상이 되었던 문제를 다시 거론해도 좋을 적절한 시기가 왔다고 해도 될 것이다. 과학 탐구의 최전선이 인류의 이해력을 초월해버린 시대에 인류 과학자의 역할은 무엇인가 하는 문제 말이다.

본지를 구독하는 독자들 중 다수는 해당 연구 결과를 최초로 입수한 집필자들이 직접 쓴 논문들을 읽었던 것을 뚜렷하게 기억하고 있을 것이다. 그러나 실험 연구 분야에서 메타인류가 우위를 점하기 시작하면서 그들은 점점 연구 결과를 DNT, 즉 디지털 신경 전이를 통해서만 발표하기 시작했고, 학술지는 인간의 언어로 번역된 이차적 설명을 발표하는 장으로 남았다. 디지털 신경 전이 기능이 없는 인류는 선행하는 연구 개발 결과를 완전히 이해할 수도, 연구 실행을 위한 새로운 도구들을 효과적으로 사용할 수도 없게 되었다. 한편, 메타인류는 디지털 신경 전이의 개량을 계속해나갔고 한층 더 그것에 의존하게 되었다. 인류를 위한 학술지는 통속화를 위한 매체로 전락했지만, 실은 그런 목적을 달성하기도 벅찬 실정이었다. 극히 총명한 인간들조차도 번역된 최신 연구 결과 앞에서는 곤혹스러움을 감추지 못했던 것이다.

메타인류 과학이 많은 이득을 가져다준다는 사실을 부정하는 사람은 없지만, 그것이 인류 연구자들에게 끼친 악영향 중 하나는 그들이 장차 과학에 또다시 독창적인 공헌을 할 가능성이 이제 거의 없다는 사실을 깨닫게 했다는 점이다. 연구자들 일부는 완전히 과학에서 손을 뗐지만, 뒤에 남은 사람들은 원래의 연구 분야에서 해석학 쪽으로 눈길을 돌렸다. 메타인류의 과학적 업적을 해석하는 학문 쪽으로.

처음 유행한 것은 문헌 해석학이었다. 이미 몇 테라바이트에 달하는 메타인류의 간행물이 존재했고, 그 번역은 이해하기는 힘들지만 완전히 부정확하지는 않은 것으로 간주되었기 때문이다. 이런 텍스트들을 해독하는 일은 전통적인 고문서학자의 작업과는 동떨어진 것이지만, 진전은 있었다. 최근 행해진 실험에서 십 년 전 간행된 조직 적합성 유전학 논문에 대한 험프리즈의 해석이 옳았음이 증명되었기 때문이다.

메타인류 과학에 입각해서 만들어진 장치들이 입수 가능해지면서 제품 해석학이 생겨났다. 과학자들은 이 제품들을 역설계하려고 시도했는데, 그들의 목적은 경합 제품의 제조가 아니라 그저 그 작동 방식의 기반을 이루는 물리 원칙을 이해하는 것이었다. 가장 흔히 쓰이는 테크닉으로는 나노웨어 제품의 결정 구조 분석이 있고, 이런 것들은 우리에게 기계적 합성에 관한 새로운 통찰을 곧잘 제공해주곤 한다.

가장 최근에 생겨났고 가장 불확실성이 큰 탐구 분야는 메타인류 연구기관의 원격 탐지이다. 최근 연구 대상은 얼마 전 고비 사막 지하에 설치된 고高에너지 입자가속기로, 이 입자가속기의 기묘한 뉴트리노 특성은 많은 논란을 불러일으킨 주제였다. (과학자들이 사용한 휴대용 뉴트리노 검출기는 물론 메타인류가 만든 제품이며, 그 작동 원리는 여전히 베일에 싸여 있다.)

문제는 이런 일들이 정말로 과학자들에게 걸맞은 일인가 하는 것이다. 혹자는 이것을 시간 낭비라고 폄하고, 유럽산 강철 제품을 쉽게 입수할 수 있는데도 불구하고 청동 제련을 시도하는 아메리카 원주민의 연구에 비교했다. 이런 비유는 인류가 메타인류와 경쟁 관계에 있다면 좀더 적절하게 들릴지도 모르지만, 작금의 풍족한 경제 상황에서 그런 경합이 존재한다는 증거는 없다. 사실, 하이 테크놀로지 문화와 충돌한 과거 대다수의 로우 테크놀로지 문화와는 달리, 현 인류가 동화 내지는 소멸 위기에 처해 있지 않다는 사실을 인식하는 것이 중요하다.

인류의 뇌 기능을 증강시켜 메타인류의 뇌로 변화시키는 방법은 아직 없다. 디지털 신경 전이와 호환 가능한 뇌를 원한다면, 배아가 신경 조직을 발생시키기 전에 스기모토 유전자 요법을 시행해야 한다. 이같은 동화 메커니즘의 결여는 메타인류 아이를 낳는 인류 부모들이 어려운 선택에 직면하리라는 것을 의미한다. 자기 아이가 메타인류 문화와 디지털 신경 전이를 통해 교류하는 것을 허용하고 그 아이가 점점 이해할 수 없는 존재로 성장하는 것을 지켜보고 있을 것인가, 아니면 아이의 발육기 동안 디지털 신경 전이에 엑세스하는 것을 제한할 것인가. 후자는 메타인류의 입장에서는 카스파 하우저가 겪은 것과 맞먹는 기회의 박탈이다. 최근 들어 자기 아이들을 위해 스기모토 유전자 요법을 선택하는 인류 부모의 비율이 거의 0에 가까워진 것도 전혀 놀랄 만한 일이 아니다.

 그 결과 인류 문화는 미래에도 계속 살아남을 공산이 크고, 과학의 전통은 그 문화의 필수 불가결한 일부이다. 해석학은 과학적 탐구를 위한 적절한 방식 중 하나이며, 독창적인 연구와 마찬가지로 인류의 지식 체계를 증대시킨다. 게다가 인류 연구자들이 메타인류가 간과한 응용 방법을 찾아낼 가능성도 있다. 너무나 큰 우위를 점하고 있는 탓에 메타인류는 우리 인류의 관심사를 모르고 지나치는 경향이 있기 때문이다. 다른 종류의 지성강화 요법, 이를테면 인간이 자신의 정신을 메타인류에 필적하는 레벨까지 점진적으로 '업그레이드'시킬 수 있는 종류의 연구가 하나 있다고 치자. 이런 요법이 실제로 존재한다면 우리 종種의 역사에서 생겨난 가장 큰 규모의 문화적 간극 사이에 다리를 놓을 수도 있겠지만, 이런 생각은 메타인류에게는 아예 떠오르지 않을지도 모른다. 이 가능성 하나만으로도 인류의 연구를 존속시켜야 할 충분한 이유가 된다.

 우리는 메타인류 과학의 성과에 위협을 느낄 필요가 없다. 메타인류의 존재를 가능케 한 과학기술은 본래 인류에 의해 발명된 것이며, 그들이 우리보다 더 똑똑하지도 않았다는 사실을 우리는 언제나 명심해야 한다.

# 지옥은 신의 부재

**Hell is the Absence of God**

이것은 닐 피스크라는 이름의 사내의 이야기이고, 그가 어떻게 해서 신을 사랑하게 되었는지에 관한 이야기이다. 닐의 인생에서 전기가 된 사건은 끔찍했지만 한편으로는 흔해빠진 일이기도 했다. 아내인 사라가 죽은 것이다. 아내가 죽은 뒤 닐은 크나큰 비탄에 잠겼다. 참기 힘든 슬픔을 느낀 것은 그녀가 죽은 탓이기도 했지만, 그 사실이 그가 과거에 경험했던 고통들을 기억 속에서 다시 한 번 불러일으키고 강조한 탓이기도 했다. 아내의 죽음에 의해 닐은 싫든 좋든 자신과 신의 관계를 재검토할 필요를 느꼈고, 그 과정에서 그는 자기 자신을 영원히 변화시키게 되는 여행을 시작했던 것이다.

　닐은 선천적인 기형을 가지고 태어났다. 왼쪽 넓적다리가 바깥쪽으로 돌아가 있었고, 왼쪽 다리는 오른쪽에 비해 몇 인치 더 짧았다. 의학용어로는 근위 대퇴골 초점성 결핍증이었다. 닐이 만난 사람들 대다수는 이것에 신의 의지가 개입되어 있다고 믿었지만, 닐을 임신했을 당시 그의 어머니는 아무런 강림도 목격한 바가 없었다. 닐의 기형은 임신 육 주째에 다리가 불완전하게 발달했기 때문이지, 그 이상도 이하도 아니었다. 사실 그의 어머니가 볼 때 잘못은 부재했던 아버지에게 있었다. 그의 수입이 있었더라면 교정 수술을 받을 수 있었을지도 모르는 것이다. 어머니가 이런 생각을 입 밖에 내서 말한 적은 없지만 말이다.

어린 시절 닐은 자신이 신이 내린 벌을 받고 있는 것이 아닌가 생각한 적도 이따금 있었지만, 대부분의 경우 자신의 불행을 학교의 같은 반 아이들 탓으로 돌렸다. 아이들의 천연덕스러운 잔인함과, 희생자의 감정적 갑옷에 생겨난 허점을 찾아내는 그들의 본능적인 능력과, 사디즘을 통해 친구들 사이의 우정이 강화되는 방식. 닐은 이것들을 신이 아닌 인간 특유의 행동으로 간주했던 것이다. 같은 반 친구들은 그를 조롱하며 툭하면 신을 들먹였지만, 닐에게는 이들의 행동을 신의 잘못으로 돌리지 않을 만큼의 분별이 있었다.

그러나 신을 비난한다는 함정에는 빠지지 않았지만, 한 걸음 더 나아가 신을 사랑하는 데까지는 이르지 못했다. 힘을 달라거나 도와달라고 신에게 기도하는 행위는 그의 가정교육이나 성격과는 완전히 동떨어진 것이었기 때문이다. 닐이 성장하면서 마주친 여러 가지 시련은 모두 우발적이거나 인간사에 기인한 것이었고, 그는 순전히 인간적인 수단에만 의존해서 이런 시련에 대처했다. 자신의 인생에 실제로 영향을 끼치기 전까지는, 닐은 많은 사람들과 마찬가지로 신의 행위를 단지 추상적인 관점에서만 바라보는 어른으로 성장했다. 천사의 강림은 다른 사람들에게나 일어나는 일이었고, 저녁 뉴스의 보도를 통해서나 접할 수 있는 일이었다. 닐 자신의 생활은 실로 평범했다. 그는 고급 아파트의 관리인으로 근무하면서 임대료를 징수하거나 수리 보수를 했다. 다른 사람은 몰라도 닐의 인생은 행복하든 불행하든, 하늘의 간섭 없이도 완전히 홀로 굴러갈 수 있는 것이었다.

언제나 이런 식이었다. 아내가 죽을 때까지는.

그것은 평범한 강림이었다. 대다수의 강림에 비하면 규모가 작았지만 성질은 다르지 않았다. 강림은 어떤 사람들에게는 축복을 가져다주는 한편 다른 사람들에게는 재앙을 가져왔다. 이번에 나타난 천사는 나다나엘이었고, 출현 장소는 시내의 상가 밀집 지역이었다. 기적에 의한 치유가 네 건 보고되었다. 악성종양이 사라진 사람이 둘, 척수가 재생된 하반신 불수 환자가 하나, 그리고 최근에 실명한 사람에게 시력이 돌아온 경우가 하나 있었다. 치유가 아닌 기적도 두 건 있었다. 배달용 밴을 몰던 운전사는 천사의 모습을 보고 정신을 잃었지만 밴은 통행인으로 북적이던 보도로 올라오기 전에 정지했다. 다른 사내는 천사가 떠났을 때 천상의 빛줄기를 맞고 눈을 잃었지만 그 대신 독실한 신앙을 얻었다.

닐의 아내인 사라 피스크는 여덟 명의 희생자 중 한 사람이었다. 천사를 에워싸고 소용돌이치는 불길의 장막이 그녀가 식사를 하고 있던 카페의 정면 유리창을 산산조각냈고 그때 날아온 유리 파편에 직격당한 것이다. 사라는 몇 분 만에 출혈 과다로 사망했고, 카페 안에 있던 다른 손님들―이들은 찰과상조차도 입지 않았다―은 고통과 공포에 찬 그녀의 비명소리를 들으면서도 속수무책 바라보는 수밖에 없었다. 이윽고 그들은 그녀의 영혼이 하늘로 올라가는 것을 목격했다.

나다나엘은 별다른 메시지를 남기지는 않았다. 강림 지역 전체에 우렁차게 울려퍼진 천사가 떠나면서 한 말은 주의 힘을 보라는 전형적인 내용이었다. 그날 죽은 여덟 명 중에서는 세 명의 영혼만이 천국에 받아들여졌고 나머지 다섯 명은 거부당했다. 이것은 모든 원인의 사망에 대한 평균치보다는 높은 비율이었다. 가벼운 뇌진탕에서 고막 파열, 피부 이식이 필요한 화상을 망라하는 부상으로 예순두 사람이 의학적 치료를 받았다. 피해 추정 총액은 810만 달러였고, 원인이 원인이었던 만큼 민영 보험회사의 보상 대상에서 제외되었다. 강림의 결과로, 몇십 명에 달하는 사람들이 감사하는 마음에서 혹은 두려운 마음에서 독실한 신자가 되었다.

유감스럽게도 닐 피스크는 그런 사람들 중 하나가 되지 못했다.

천사 강림이 있으면 보통 모든 목격자들은 한자리에 모여 서로의 공통된 체험이 각자의 인생을 어떻게 바꿔놓았는지에 관해 토론한다. 이번 나다나엘 강림의 목격자들 역시 그런 회합을 마련했다. 사망자 가족의 참가를 환영했기에 닐은 그곳에 다니기 시작했다. 회합은 시내에 있는 큰 교회의 지하실에서 매달 한 번씩 열렸다. 지하실에는 금속제의 접이의자들이 줄을 따라 놓여 있었고, 뒤쪽에는 커피와 도넛 따위가 놓인 탁자가 하나 있었다. 참석자 모두가 사인펜으로 이름을 쓴 접착식 종이 명찰을 가슴에 붙이고 있었다.

회합이 시작되기를 기다리는 동안 사람들은 옹기종기 모여 서서 커피를 마시고 가벼운 대화를 나누곤 했다. 닐과 말을 나눈 사람들 대다수는 그의 다리가 천사 강림의 결과라고 지레짐작했기 때문에 그는 그때마다 자신은 목격자가 아니라 희생자의 남편이라고 일일이 설명해야 했다. 자기 다리에 관해서 설명하는 것에는 익숙했기 때문에 그리 신경이 쓰이지는 않았다. 마음에 걸린 것은 참여자들이 강림에 대한 자신들의 반응에 관해 얘기하는 집회의 분위기였다. 이들 대다수는 새로이 생겨난 신앙심에 관해 얘기했고, 자기들과 같은 마음가짐을 가지라고 유족들을 설득하려 들었던 것이다.

그런 설득 시도에 대한 닐의 반응은 설득을 시도하는 당사자가 누구인지에 달려 있었다. 그 사람이 평범한 목격자일 경우에는 단지 조금 부아가 나는 정도였다. 그러나 기적적인 치유의 대상이 된 사람한테서 신을 사랑하라는 얘기를 들으면 상대방의 목을 조르고 싶은 충동을 억눌러야 했다. 그러나 닐의 마음이 가장 뒤숭숭해진 것은 토니 크레인이라는 이름의 사내로부터 다음과 같은 얘기를 들었을 때였다. 닐과 마찬가지로 토니의 아내도 강림 시에 죽었지만, 이제 토니의 일거수일투족은 비굴함 그 자체였다. 토니는 애써 목소리를 낮추고 당장이라도 눈물을 흘릴 듯한 어조로, 자신이 어떻게 해서 신의 종으로서의 역할을 받아들이게 되었는지를 설명했고, 닐도 자신처럼 행동하라고 충고했던 것이다.

닐은 회합에 나가는 일을 중단하지는 않았다. 왠지 이들과 계속 접촉을 유지하는 것이 사라에 대한 의무라는 생각이 마음 한편에 있었기 때문이다. 그러나 닐은 자신의 감정에 더 걸맞은 새로운 그룹의 회합에도 출석하기 시작했다. 이 그룹은 강림 시에 사랑하는 사람을 잃고, 바로 그 사실로 인해 신에게 분노를 느끼는 사람들을 격려하기 위한 그룹이었다. 그들은 인근 커뮤니티 센터에서 격주로 집회를 가졌고, 자신들의 내부에서 들끓고 있는 비탄과 분노에 관해 얘기를 나눴다.

일반적으로 말해서 모든 참석자는 신에 대한 각자의 태도에 차이가 있었음에도 불구하고 서로에 대해 동정적이었다. 사랑하는 사람을 잃기 전 신앙이 돈독했던 사람들 중에는 그런 독실함을 계속 유지하기 위해 고투하는 사람도 있는가 하면, 아무 주저 없이 신앙을 버린 사람도 있었다. 예전에는 독실하지 않던 사람들의 경우에는 자신이 본래 취했던 입장의 정당성이 입증되었다고 느끼는 사람도 있었고, 지금부터 새로이 신앙을 가진다는 거의 불가능한 사명에 직면한 사람도 있었다. 닐은 본의 아니게 이 마지막 범주에 들어가 있었다.

신앙이 깊지 않은 다른 사람들과 마찬가지로 닐은 자신의 영혼의 종착지에 관해선 그리 신경을 쓰지 않았다. 오래전 지옥에 갈 것을 확신하고 그 사실을 받아들였던 것이다. 인생이란 그런 법이었고, 지옥은 그래봐야 인간계보다 물리적으로 더 나쁜 장소도 아니었다.

지옥에 떨어진다는 것은 신과 영원히 단절되는 것을 의미할 뿐, 그 이상도 그 이하도 아니었다. 이것이 명백한 진실임은 지옥이 시현하는 것을 보기만 해도 알 수 있었다. 시현은 정기적으로 일어났다. 지면이 투명해지는가 싶더니, 마치 마룻바닥에 난 구멍을 통해 들여다보는 것처럼 지옥을 들여다볼 수 있었던 것이다. 지옥에 떨어진 영혼들은 살아 있을 때와 하등 달라 보이지 않았고, 그들의 영원한 육체도 인간이었을 때의 그것과 비슷해 보였다. 그들과 의사소통을 할 수는 없었다. 그들은 신과 영원히 단절되어 있기 때문에 신의 행위를 여전히 느낄 수 있는 인간계를 감지할 수 없었던 것이다. 그러나 이런 현상이 계속되는 동안에는 살아 있었을 때와 똑같이 그들이 말하고, 웃거나 우는 광경을 볼 수 있었다.

사람들이 이런 시현에 대해 보이는 반응은 각양각색이었다. 대다수의 경건한 사람들은 전기에 감전된 듯한 충격을 받는 것이 보통이었다. 무엇인가 끔찍한 광경을 보았기 때문이 아니라, 천국으로부터 단절된 장소에서도 영원한 삶을 살 수 있다는 가능성을 깨닫기 때문이었다. 반면에 닐은 별다른 영향을 받지 않는 축에 속했다. 그가 보는 한, 집단으로서의 지옥의 망자들은 지금의 그보다 더 불행하지 않았고, 그들의 생활은 인간계에서의 자신의 생활보다 더 나쁘지 않았으며, 어떤 의미에서는 오히려 더 낫다고 할 수 있었다. 그의 영원한 육체는 선천성 기형이라는 제약을 받지 않을 것이었기 때문이다.

물론 천국이 지옥과는 비교가 안 될 정도로 좋은 곳이라는 사실은 누구나 알고 있었다. 하지만 닐의 눈에는 부나 명성이나 매력처럼 가까운 자기 일로 생각하기에는 언제나 너무 멀게만 느껴졌다. 닐과 같은 사람들의 입장에서 보면 죽으면 갈 곳은 지옥밖에 없었고, 그것을 피하고 싶은 목적에서 인생 전체를 완전히 재구성하는 것은 무의미한 일이었다. 신은 닐의 인생에서 아무런 역할도 하지 않았기 때문에, 신으로부터 영원히 격리되는 것을 그는 두려워하지 않았다. 아무런 간섭도 받지 않고, 요행이나 불행이 결코 신의 의지에 의해 일어나지 않는 세상에서 살아갈 가능성에 대해 닐은 아무런 공포도 느끼지 않았다.

그러나 사라가 천국으로 간 지금은 상황이 달라졌다. 닐은 그녀와의 재회를 그 무엇보다도 갈망했고, 천국으로 가려면 오직 전력을 기울여 신을 사랑하는 수밖에 없었기 때문이다.

이것은 닐의 이야기이지만, 이것을 제대로 전달하려면 닐과 인생행로가 교차한 다른 두 사람의 이야기를 할 필요가 있다. 첫 번째 인물은 재니스 라일리이다.

사람들이 닐을 보고 추측하는 일은 재니스의 경우에는 실제로 일어난 일이었다. 재니스의 어머니는 임신 팔 개월이었을 때 운전중이던 차를 통제하지 못하고 전신주와 충돌했다. 맑게 갠 푸른 하늘에서 느닷없이 우박이 쏟아지면서, 주먹 크기의 볼베어링 같은 얼음 덩어리들이 도로 위에 어지러이 흩어졌기 때문이었다. 그녀는 동요하기는 했지만 다치지는 않았고, 그대로 운전석에 앉아 있다가 은빛의 불길이—나중에 천사 바르디엘이었던 것으로 판명되었다—하늘을 가로지르는 광경을 목격했다. 이 광경은 그녀를 공포로 얼어붙게 만들었지만, 자궁 속에서 무엇인가가 내려앉는 듯한 기묘한 감각을 자각하지 못할 정도는 아니었다. 나중에 초음파 검진을 받아보니 아직 태어나지 않은 재니스 라일리에게는 더 이상 다리가 있지 않았고, 그 대신 지느러미 모양의 발 한 쌍이 고관절에 직접 달려 있었다.

초음파 검진을 받고 이틀 뒤에 일어난 사건이 없었더라면 재니스의 인생은 닐의 그것과 같은 길을 걸었을지도 모른다. 재니스의 부모는 부엌의 식탁을 앞에 두고 앉아 울면서 도대체 우리가 무슨 짓을 했기에 이런 꼴을 당해야 하느냐고 한탄하다가 하늘의 계시를 목격했다. 구원을 받고 천국으로 간 친척 네 사람의 영혼이 두 사람 앞에 나타나 황금빛 광채로 부엌을 가득 채웠던 것이다. 천국에 있는 이들은 아무 말도 하지 않았지만, 그들의 얼굴에 떠오른 행복에 가득 찬 미소는 그것을 보는 사람의 마음에 평안함을 불러일으켰다. 그 순간부터 라일리 부부는 딸이 처한 상황이 벌이 아니라고 확신했다.

그 결과 재니스는 다리가 없는 상태를 하늘이 내린 선물이라고 생각하며 자랐다. 부모는 신이 그녀에게 특별한 사명을 내린 것이라고 설명했다. 재니스를 그 사명에 걸맞은 인물이라고 간주했기 때문이라는 것이었다. 재니스는 결코 신을 실망시키지 않겠다고 맹세했다. 교만해지거나 반항하는 일 없이, 자신의 상태가 약함이 아니라 강함을 나타내는 것임을 다른 사람들에게 보여주는 일이야말로 자신의 의무라고 확신했던 것이다.

재니스가 어린아이였을 때 학교 친구들은 그녀를 완전히 받아들였다. 재니스만큼이나 예쁘고 자신감 있고 카리스마가 있으면, 그녀가 휠체어에 앉아 있다는 사실은 깨닫지조차 못하는 법이다. 자신의 설득이 가장 절실하게 필요한 사람은 학교에서 보는 정상적인 몸을 가진 사람들이 아니라는 것을 재니스가 깨달은 것은 십대 무렵의 일이었다. 장애가 있는 다른 사람들에게 본보기를 제시하는 것이야말로 그녀에게 가장 중요한 일이었다. 그들이 신과 접촉을 했든 안 했든, 그들이 어디에 살든 간에 말이다. 재니스는 청중 앞에 나서기 시작했고, 장애가 있는 사람들에게는 신이 그들에게 요구하는 힘이 있다고 역설했다.

이윽고 그녀는 명성을 얻고 추종자들을 획득했다. 저술과 강연으로 생계를 세웠고, 자신의 메시지를 전달하기 위해 비영리 단체를 설립했다. 사람들은 자기 인생을 바꿔준 것에 감사하는 편지를 그녀에게 보냈고, 이런 편지를 받음으로써 재니스는 닐이 결코 경험한 적 없는 충족감을 맛보았다.

이것이 천사 라시엘의 강림을 목격하기 전까지의 재니스의 인생이다. 그러던 어느 날 그녀가 자기 집에 들어가려는데 땅이 흔들리기 시작했다. 화산 활동이 활발한 지역에 사는 건 아니었지만 처음에는 이것이 자연적인 것이라고 생각하고, 현관 앞에서 지진이 끝나기를 기다렸다. 몇 초 후 재니스는 하늘에서 은빛 광망$_{光芒}$을 목격했다. 그것이 천사라는 사실을 깨달은 직후 그녀는 정신을 잃었다.

의식이 돌아왔을 때 그녀는 인생 최대의 놀라움을 경험했다. 두 개의 새로운 다리가 생겨나 있었던 것이다. 길고, 완전히 기능하는 근육질의 다리가.

태어나서 처음으로 일어선 그녀는 깜짝 놀랐다. 예상보다 키가 컸던 것이다. 이런 높이에서 팔을 쓰지 않고 균형을 잡는다는 것은 불안한 느낌이었고, 그와 동시에 발바닥을 통해 느낀 지면의 감촉은 솔직히 기괴했다. 멍한 얼굴로 길가를 방황하고 있는 재니스를 발견한 구조대는 처음에는 그녀가 쇼크 상태에 빠진 것이라고 생각했다. 같은 눈높이에서 상대방을 바라볼 수 있다는 사실에 경이감을 느끼며 그녀가 자초지종을 설명하기 전까지는.

이번 강림의 통계가 집계되었을 때 재니스의 다리 복원은 축복으로 기록되었고, 그녀 자신도 겸허한 마음으로 자신의 행운에 감사했다. 재니스가 양심의 가책을 느끼기 시작한 것은 그 뒤에 참여한 격려 그룹의 첫 번째 회합에서였다. 회합에서 재니스는 라시엘의 강림을 목격한 두 사람의 암 환자를 만났다. 이들은 자신들이 당연히 치유될 것이라고 믿었지만, 결국 아무런 은총도 얻지 못했다는 사실에 몹시 실망하고 있었다. 재니스는 이들이 축복을 받지 못하고 왜 자신이 그 대상이 되었는지 궁금했다.

재니스의 가족과 친구들은 그녀의 다리가 복원된 것은 신이 내린 사명을 그녀가 훌륭히 성취했기 때문에 받은 복이라고 생각했지만, 재니스의 입장에서 볼 때 이 해석은 또 다른 의문을 불러일으켰다. 신은 그녀에게서 더 이상의 헌신을 바라지 않는 것일까? 설마 그렇지는 않을 것이다. 복음 전도는 그녀 인생의 구심점이었고, 그녀의 메시지에 귀를 기울이는 사람은 많으면 많을수록 좋았다. 따라서 전도를 계속하는 것은 그녀 자신을 위해서나 다른 사람들을 위해서나 최상의 선택일 것이었다.

강림 후 처음 가진 설교 자리에서 최근에 몸이 마비되어 이제 휠체어에 앉아 있을 수밖에 없는 사람들을 상대로 설교하면서 그녀의 확신은 흔들리기 시작했다. 재니스는 평소대로 간증을 했고, 청중 모두에게는 장래에 닥칠 힘든 일들을 극복할 수 있는 힘이 있다고 단언했다. 다리가 복원된 것은 그녀가 시험을 통과했음을 의미하느냐는 질문을 받은 것은 질의응답 시간의 일이었다. 재니스는 이 질문에 뭐라고 대답해야 할지 알 수 없었다. 불구가 된 그들의 몸도 언젠가는 원상 복구될 것이라고 약속할 수는 없는 일이었다. 사실 그녀가 신에게서 응분의 보답을 받았다고 한다면 여전히 고난을 당하고 있는 사람들에 대한 비난으로 비칠 수 있었고, 그러고 싶지는 않았다. 결국 재니스는 자신이 왜 치유되었는지 알 수 없다고 대답하는 수밖에 없었다. 청중은 이 대답에 만족하지 못한 기색이 역력했다.

재니스는 뒤숭숭한 기분으로 집으로 돌아왔다. 자신이 전달해야 할 메시지에 관해서는 여전히 확신이 있었지만, 그녀는 자신이 청중들에 대해 가질 수 있는 설득력의 가장 큰 원천을 잃었던 것이다. 신과 접촉한 사람들과 더 이상 같은 상태에 있지도 않으면서, 어떻게 그들이 처한 상황이 복된 것이라고 간증할 수 있단 말인가?

재니스는 이것이 풀어야 할 난제이며, 신의 말씀을 전파하는 그녀의 능력에 대한 시험이 아닐까 하고 생각했다. 신이 그녀의 사명을 예전보다 더 어렵게 만든 것은 명백했다. 그녀의 다리가 복원된 것은 어쩌면 다리를 잃었을 때와 마찬가지로 극복해야 할 장애물인지도 몰랐다.

이런 해석은 다음으로 예정된 간증에서 무위로 돌아갔다. 청중은 나다나엘의 강림을 목격한 사람들이었다. 고난을 당한 사람들이 그녀의 말을 듣고 고무될지도 모른다는 기대에서 이런 그룹의 회합에 초청받는 일은 자주 있었다. 재니스는 직면한 문제를 에둘러 회피하는 대신 자신이 최근에 직접 경험한 강림에 관한 얘기를 하기 시작했다. 재니스는 자신이 은총을 입은 것처럼 보일지도 모르지만, 실은 나름대로 난제에 직면해 있다고 설명했다. 청중과 마찬가지로, 예전에는 쓸 필요가 없었던 자질을 불가피하게 끌어내지 않으면 안 된다는 내용이었다.

말실수를 했다는 사실을 깨달았을 때는 이미 엎질러진 물이었다. 청중 속에서 다리가 기형인 사내가 일어서더니 그녀를 향해 이렇게 힐문했던 것이다. 당신 다리가 되돌아왔다는 사실을 내가 아내를 잃은 경험에 비교할 수 있다고 진심으로 믿고 있는 거요? 당신이 겪고 있는 시련이 내게 닥친 시련에 필적하다고 정말 믿고 있소?

그 즉시 재니스는 그런 뜻이 아니었다고 해명했고, 지금 그가 겪고 있는 고통을 그녀는 상상도 할 수 없다고 대답했다. 그러나 그녀는 신은 모든 사람이 같은 종류의 시련을 겪는 것을 원하지 않으며, 각자가 스스로의 시련을—그것이 무엇이든 간에—겪는 것이야말로 신의 의지라고 말했다. 각자가 시련을 겪으며 경험하는 고초는 주관적인 것이며, 두 개인의 경험을 단순 비교할 방법은 존재하지 않는다고 말했다. 그리고 그의 고난보다 더 큰 고난을 겪고 있는 것처럼 보이는 사람들이 그를 동정해야 하는 것처럼, 그도 자기보다 더 적은 고통을 겪고 있는 것처럼 보이는 사람들을 동정해야 한다는 것이 그녀의 의견이었다.

사내는 그 말을 받아들이려 하지 않았다. 누가 보아도 믿을 수 없을 정도로 축복받은 사람이면서, 그 축복에 관해 불평을 하고 있다는 것이었다. 해명을 시도하는 재니스를 두고 사내는 자리를 박차고 나갔다.

이 사내의 이름은 물론 닐 피스크이다. 닐은 지금까지 살아오면서 여러 번 재니스의 이름을 들었다. 그녀의 이름을 언급한 사람들 대다수는 그의 기형적인 다리가 신이 내린 징표라고 확신한 이들이었다. 그들은 그녀야말로 닐이 따라야 할 본보기이며, 그녀의 태도야말로 육체적인 결함에 대한 올바른 반응이라고 주장했다. 비틀린 대퇴골에 비하면 그녀의 다리 없음은 훨씬 더 나쁜 것이라는 사실을 닐은 부정할 수 없었다. 그러나 재니스의 태도는 닐에게는 너무 이질적으로 느껴졌고, 가장 좋았던 시절에도 그녀에게서는 아무것도 배울 수가 없었다. 그리고 지금, 비탄에 잠긴 채로 재니스는 왜 필요하지도 않은 선물을 받았는지 의아해하던 닐은 그녀가 한 말에 불쾌감을 느꼈던 것이다.

이런 일이 일어난 후 재니스는 점점 더 강해지기만 하는 의구심에 고민하게 되었다. 자기 다리의 복원이 무엇을 의미하는지 판단할 수가 없었던 것이다. 신이 내린 선물에 대해 그녀는 제대로 감사하고 있지 않은 것이 아닐까? 이것은 축복인 동시에 시험인 것일까? 혹은 이것은 의무를 충분히 다하지 못한 그녀에 대한 벌일지도 모른다. 많은 가능성이 있었지만, 그중 어느 것을 믿어야 할지 재니스는 알 수가 없었다.

닐의 이야기에서 중요한 역할을 하는 사람이 하나 더 있다. 그와 닐이 만나는 것은 닐의 여정이 거의 끝나갈 때의 일이지만 말이다. 그의 이름은 이선 미드이다.

이선은 경건하지만 독실하지는 않은 가풍에서 자라났다. 이선의 부모는 천사의 강림을 목격하거나 계시를 본 적은 없었지만, 자신들이 향유하는 평균 이상의 건강과 쾌적한 경제적 지위를 신의 은총으로 돌렸다. 직접적이든 간접적이든 신이 자신들의 행운에 기여하고 있다고 단순하게 믿었던 것이다. 그들의 신앙심은 한 번도 심각한 시련에 직면한 적이 없었고, 설령 직면했다 하더라도 그것을 견뎌내지는 못했을 것이다. 신에 대한 그들의 사랑은 현재의 상황에 대한 만족감에 기반을 둔 것이었다.

그러나 이선은 부모와는 달랐다. 어렸을 때부터 신이 자신에게 특별한 역할을 맡길 것이라는 확신이 있었고, 그 역할이 무엇인지를 그에게 알려줄 징표가 나타나기를 고대했다. 그는 언젠가는 설교자가 되고 싶었지만, 사람들에게 반드시 전해야 할 신앙 체험이 없다고 느꼈다. 모호한 기대감만으로는 충분하지 않았던 것이다. 이선은 신성한 것과의 만남을 통해 삶의 지침을 얻을 수 있기를 갈망하고 있었다.

성지들 중 한 곳에 간다는 대안도 있었다. 성지란 천사의 강림이―알 수 없는 이유로 인해―정기적으로 일어나는 장소였다. 그러나 이선은 이것이 분수를 모르는 행동이라고 느꼈다. 성지는 보통 절망적인 사람들, 이를테면 불구의 몸을 고쳐줄 기적적 치유를 원하거나 영혼을 고쳐줄 천상의 빛을 일별하고 싶어하는 사람들이 택하는 마지막 수단이었기 때문이다. 이선은 절망하고 있지는 않았다. 그는 자신이 정해진 인생행로를 따라 살아왔다고 판단했고, 언젠가는 그 이유가 밝혀질 것이라고 판단했다. 그래서 그날이 오기를 기다리며 최선을 다해 성실한 삶을 살아가는 쪽을 택했다. 이선은 도서관 사서로 일했고, 클레어라는 이름의 여자와 결혼해 자식을 둘 낳았다. 그러면서도 더 큰 운명의 징후가 나타날 때에 대비해 줄곧 주의를 게을리하지 않았다.

라시엘의 강림을 목격했을 때 이선은 드디어 때가 왔다고 확신했다. 몇 마일이나 떨어진 곳에서 재니스 라일리의 다리를 복원시켰던 바로 그 강림이었다. 강림이 일어났을 때 이선은 혼자였다. 주차장 한복판에 주차시켜놓은 자기 차를 향해 걸어가고 있을 때 땅이 흔들리기 시작했고, 그 즉시 그는 이것이 강림임을 직감하고 무릎을 꿇었다. 그는 아무런 두려움도 느끼지 않았다. 단지 지금부터 자신의 소명이 무엇인지 알게 되리라는 기대에 고양감과 경외감을 느꼈을 뿐이었다.

일 분쯤 지나자 지면의 흔들림이 멈췄다. 이선은 주위를 둘러보았지만 아직 움직이지는 않았다. 그가 일어선 것은 몇 분 동안 가만히 기다린 후의 일이었다. 아스팔트 위에 커다란 균열이 생겨 있었다. 균열은 그의 정면에서 시작되었고, 도로를 따라 구불거리며 계속되고 있었다. 균열은 이선을 위해 특정 방향을 가리키고 있는 것처럼 보였기 때문에, 그는 그것을 따라 몇 블록을 달려갔고 마침내 다른 생존자들과 조우했다. 한 남자와 한 여자가 발아래에 생겨난 작은 규모의 균열 속에서 기어나오고 있었다. 이선은 구조대가 와서 그들을 피난소로 데려갈 때까지 그들과 함께 기다렸다.

이선은 그후에 열린 격려 그룹의 회합에서 라시엘의 강림을 목격한 다른 사람들을 만났다. 몇 번 이런 회합에 참석하고 나자 그는 목격자들 사이에 모종의 패턴이 존재한다는 사실을 깨달았다. 부상을 입은 사람도 있었고 기적적인 치유를 경험한 사람도 물론 있었다. 그러나 이와는 다른 방식으로 인생이 바뀐 사람들도 있었다. 이선이 처음 만났던 남자와 여자는 사랑에 빠져 곧 약혼했다. 무너진 벽에 깔렸다가 구조된 한 여자는 이 사실에 감화를 받고 구급 의료사가 되었다. 사업 제휴를 통해 도산 위기에서 벗어난 상점의 여주인이 있는가 하면, 강림 탓에 가게가 파괴된 남자는 이것을 삶의 방식을 바꾸라는 메시지로 받아들였다. 이선을 제외한 모든 사람이 자신에게 무슨 일이 일어났는지 이해하는 방법을 찾아낸 것처럼 보였다.

이선은 뚜렷하게 알 수 있는 방식으로 저주를 받거나 축복을 받지는 않았고, 자신이 받았어야 할 메시지가 무엇인지도 알 수 없었다. 아내인 클레어는 천사 강림을 그가 지금 가진 것에 대해 감사하라는 뜻으로 받아들이라는 의견을 내놓았지만 이선은 이런 해석에 만족하지 못했다. 기본적으로 모든 강림은—그것이 어디서 일어나든 간에—그런 기능을 수행하며, 자신이 직접 강림을 목격했다는 사실은 그보다는 더 큰 의미가 있으리라는 것이 그의 생각이었다. 혹시 자기가 기회를 놓쳐버린 것은 아닌지, 같은 목격자 중에서 만나야 할 사람이 있는데 만나지 못한 것이 아닌지 하는 생각이 그의 마음을 어지럽혔다. 이번 강림은 그가 고대하고 있던 징후임이 틀림없었다. 그런 것을 그냥 무시하고 지나갈 수는 없었다. 그러나 강림은 이선에게 무엇을 해야 하는지 가르쳐주지 않았다.

마침내 이선은 소거법에 의지하기로 했다. 그는 모든 목격자의 목록을 손에 넣었고, 자신이 체험한 것에 관해 명쾌한 해석을 내린 사람들의 이름을 지웠다. 지워지지 않고 남은 사람들 중 하나는 이선 자신과 어떤 식으로든 운명이 교차하는 인물일 것이라는 논리에서였다. 강림의 의미에 관해서 혼란이나 불확실함을 느끼는 사람들 중에 그가 만나게 될 예정인 인물이 있을 것이었다.

목록에 있던 이름을 모두 지웠을 때 남아 있던 이름은 단 하나였다. 재니스 라일리.


닐은 공적인 장소에서는 슬픔을 감추고 어른답게 행동할 수 있었지만, 아파트에 혼자 있을 때면 감정의 봇물이 터졌다. 사라의 부재를 생각하면 참을 수 없는 비통함이 북받쳐올랐고, 그러면 방바닥에 쓰러져 흐느끼는 일도 부지기수였다. 그는 공처럼 둥글게 몸을 웅크린 채, 껙껙거리는 오열에 몸을 떨었다. 눈물과 콧물이 얼굴을 타고 내리고, 파상적으로 몰려오는 고뇌가 점점 더 큰 파도로 변하다가 마침내 더 이상 참을 수 없을 정도가 되었다. 도저히 가능하지 않을 것 같은 정도로 지독한 고통이었다. 몇 분 혹은 몇 시간이 지나면 파도는 사라졌고, 그는 녹초가 되어 잠에 빠져들곤 했다. 그리고 다음 날 아침에 일어나면 사라가 없는 하루를 또 맞이해야 했다.

닐의 아파트에 사는 나이든 여성은 괴로움은 시간이 흐르면 줄어들 것이라면서 그를 위로하려고 했다. 결코 죽은 아내를 잊는 일은 없겠지만, 적어도 앞으로는 나아갈 수 있게 된다고. 그러면 언젠가는 다른 여자를 만나 행복을 느낄 것이고, 신을 사랑하는 법을 배워 때가 오면 천국으로 올라갈 것이라고.

선의에서 비롯된 위로였지만 닐은 그런 말에서 위안을 얻을 수 있는 상태가 아니었다. 사라의 부재는 아물지 않는 상처처럼 느껴졌고, 언젠가 그녀의 부재가 고통을 불러일으키지 않는 날이 오리라는 생각은 가능성이 희박할 뿐 아니라 물리적으로 불가능한 것 같았다. 만약 자살이 고통을 멈추게 할 수 있었다면 그는 주저 없이 자살을 택했을 것이다. 그러나 그렇게 되면 사라와는 영원히 헤어지게 되는 셈이었다.

자살은 격려 그룹의 회합에서 정기적으로 화제에 올랐고, 그럴 경우에는 늦든 빠르든 누군가가 로빈 피어슨의 이름을 입에 올리기 마련이었다. 그녀는 닐이 참석하기 몇 달 전부터 회합에 참석한 여성이었다. 로빈의 남편은 천사 마카티엘이 강림했을 때 위암에 걸렸다고 했다. 로빈은 남편이 입원한 병실에 길게는 며칠씩 함께 머물곤 했지만, 집에 가서 세탁을 하는 사이에 남편이 갑자기 죽는 일을 당했다. 남편이 죽었을 때 병상에서 임종했던 간호사는 그의 영혼이 천국으로 올라가는 것을 보았다고 로빈에게 말했다. 그래서 로빈은 격려 그룹의 회합에 참석하기 시작했던 것이다.

몇 달이 지난 후 로빈은 분노에 못 이겨 몸을 떨며 회합에 나왔다. 그녀의 집 근처에서 지옥의 현시가 한 번 있었고, 로빈은 지옥에 떨어진 남편의 모습을 망자들 사이에서 보았던 것이다. 로빈이 간호사에게 힐문하자 간호사는 로빈이 신을 사랑하는 법을 배우게 되리라는 희망에서 거짓말을 했다는 사실을 시인했다. 남편은 지옥에 갔지만 적어도 아내는 구원받을 수 있으리라는 생각으로 말이다. 로빈은 다음 번 회합에 나오지 않았고, 그다음 회합에서 참석자들은 그녀가 남편과 합류하기 위해 자살했다는 소식을 들었다.

사후에 로빈과 그녀의 남편의 관계가 어떻게 되었는지 아는 사람은 아무도 없었지만, 그런 시도가 성공하는 경우도 있다는 사실은 알려져 있었다. 자살에 의해 행복한 재회를 이룬 커플들도 실제로 존재했던 것이다. 그룹의 참석자 중에는 배우자가 지옥에 떨어진 사람들도 있었고, 이들은 계속 살아가고 싶다는 마음과 배우자와 합류하고 싶다는 마음 사이에서 갈등하고 있다는 얘기를 했다. 닐은 그들과 상황이 같지는 않았지만, 그런 얘기를 들었을 때 그가 가장 처음 보인 반응은 부러움이었다. 만약 사라가 지옥으로 갔다면 자살은 닐의 모든 문제에 대한 해답이 되어주었을 것이다.

이것은 닐의 입장에서는 수치스러운 자기 인식으로 이어졌다. 그가 지옥에 가고 사라가 천국에 가는 것과, 두 사람 모두 지옥으로 함께 가는 것 중에서 양자택일을 하라면 그는 후자를 택했을 것이다. 아내와 이별하는 것보다는 그녀가 신으로부터 영원히 추방되는 쪽을 원했던 것이다. 이기적이라는 것은 알고 있었지만 자신의 감정을 바꿀 수는 없었다. 어느 쪽으로 가든 사라는 행복할 터였지만, 그는 오로지 그녀와 함께 있는 경우에만 행복해질 수 있었다.

사라 이전에 만난 여성들과의 경험이 좋았던 적은 단 한 번도 없었다. 바에 앉아 옆에 앉은 여자와 시시덕거리며 친해져도, 그가 자리에서 일어나 짧은 한쪽 다리를 보이면 여자는 갑자기 약속을 잊고 있었다는 식으로 자리를 피하는 일이 부지기수였다. 몇 주 동안 데이트를 하다가 결국 헤어지자고 선언했던 어떤 여자는 이렇게 설명했다. 그녀는 그의 다리를 결함이라고 생각하지 않지만, 그들이 공공장소에서 함께 있는 것을 본 사람들이 하나같이 그와 함께 있는 그녀에게 뭔가 문제가 있지 않은가 지레짐작하는 것을 참을 수 없다고. 이것이 나한테 얼마나 부담이 되는지 당신도 이해할 수 있겠죠?

사라는 닐이 만난 여성들 중 아무런 태도 변화도 보이지 않은 최초의 여자였다. 닐의 다리를 처음 보았을 때도 사라는 전혀 표정을 바꾸지 않았고, 애처로워하거나 두려워하거나 놀라워하는 기색도 보이지 않았다. 닐이 사라에게 푹 빠지는 데는 이것만으로도 충분했고, 그녀의 성격의 모든 면을 본 후 닐은 그녀와 완전히 사랑에 빠졌다. 그리고 사라와 함께 있다는 사실은 닐에게서도 최상의 자질을 이끌어냈기 때문에 그녀 역시 그와 사랑에 빠졌다.

사라에게서 그녀가 독실한 신자라는 얘기를 들었을 때 닐은 놀랐다. 그녀가 독실하다는 사실을 보여주는 징후는 그리 많지 않았기 때문이다. 사라는 닐과 마찬가지로 교회에 다니는 사람들 대다수의 태도를 탐탁지 않게 여겼기 때문에 교회에 나가지 않았지만, 자기 나름의 조용한 방법으로 자신의 인생에 대해 신에게 감사하고 있었다. 사라는 닐에게 마음을 바꾸라고 하지는 않았다. 신앙심이란 내부에서 오든지, 아니면 아예 오지 않든지 둘 중 하나라는 것이 그녀의 의견이었다. 두 사람이 신에 관해 언급할 이유는 거의 없었고, 대부분의 경우 닐이 신에 관한 사라의 견해가 자신의 견해와 일치한다고 상상하는 것은 그리 어려운 일이 아니었다.

그러나 이것은 사라의 신앙심이 닐에게 아무 영향도 끼치지 못했다는 얘기는 아니다. 사실을 말하자면, 사라는 지금까지 닐이 조우한 것 중 신을 사랑해야 하는 이유를 가장 설득력 있게 보여주는 존재였다. 만약 신에 대한 사랑이 그녀를 만드는 데 기여했다면, 어쩌면 그것은 의미가 있는 일인지도 몰랐다. 두 사람이 결혼해 함께 살면서 닐의 인생관은 더 밝아졌고, 만약 사라와 닐이 함께 노년을 맞을 수 있었다면 아마 그는 신에게 감사하는 단계까지 도달했을지도 모른다.

사라의 죽음은 이 가능성을 없던 것으로 만들었지만, 신을 사랑한다는 것 자체의 가능성을 닐에게서 완전히 빼앗은 것은 아니었다. 이를 테면 그 누구에게도 앞으로 몇십 년이나 무사히 살 수 있다는 보장은 없다는 사실에 대한 교훈으로 받아들일 수도 있었다. 만약 그가 그녀와 함께 죽었다면, 그의 영혼은 지옥에 떨어지고 두 사람은 결국 영원히 이별해야 했을지도 모른다는 사실을 깨닫고 감명을 받을 수도 있었다. 사라의 죽음을 그의 각성을 촉구하는 목소리로 받아들이고, 아직 기회가 있을 때 신을 사랑하라는 교훈으로 받아들일 수도 있었다.

그러나 그러는 대신 닐은 신에 대해 적극적인 분노를 느끼게 되었다. 사라는 그의 인생 최대의 축복이었고, 그런 그녀를 앗아간 것은 신이었다. 그런데 그런 신을 지금 와서 사랑하라고? 닐의 입장에서 보면 이것은 납치범이 아내를 돌려준다는 대가로 사랑을 요구하는 것이나 마찬가지였다. 복종이라면 어떻게 가능할지도 모르지만, 진정한, 마음 깊숙한 곳에서 우러나오는 사랑을 하라고? 이것은 그가 지불할 수 없는 종류의 대가였다.

격려 그룹의 몇몇 사람들은 이 패러독스를 정면에서 파고들었다. 참석자 중 한 사람인 필 솜스라는 사내는 그것을 충족시켜야 할 조건이라고 생각하면 실패를 보장하는 것이나 마찬가지라고 올바르게 지적했다. 사람은 목적을 달성하기 위한 수단으로서 신을 사랑할 수는 없고, 단지 신을 신으로서 사랑하는 수밖에 없다는 것이었다. 만약 당신의 궁극적인 목표가 신을 사랑함으로써 당신의 배우자와 재결합하는 것이라면, 당신은 진정한 신앙심을 보여준 것이 아닙니다.

발레리 토마시노라는 여자는 그런 시도조차 해서는 안 된다고 말했다. 그녀는 휴머니스트 운동가들이 출판한 책을 읽고 있었다. 이 운동의 멤버들은 신이 그런 고통을 인간에게 안겨주는 행위를 잘못된 일로 간주했고, 당근과 채찍에 의해 유도되는 것보다는 차라리 스스로의 윤리감에 따라 행동하라고 제창했다. 이들은 죽었을 때, 긍지 있게 신을 무시한 채 지옥으로 떨어지는 사람들이었다.

닐 자신도 휴머니스트 운동의 팸플릿을 읽어본 적이 있었다. 그의 기억에 가장 뚜렷하게 남아 있는 것은 타락 천사들에 관한 언급이었다. 타락 천사들의 강림은 드물었고 행운도 악운도 가져다주지 않았다. 그들은 신의 지시에 따라 움직이는 것이 아니라 상상 불가능한 자신들만의 일을 수행하면서 인간계를 잠깐 지나갈 뿐이었다. 그들이 나타날 때면 사람들은 질문을 하곤 했다. 당신들은 신의 의지가 무엇인지 알고 있는가? 당신들은 왜 반란을 일으켰는가? 타락 천사들의 답은 한결같았다. 너희의 일은 너희가 결정하라. 그게 바로 우리가 한 일이다. 너희도 우리처럼 하면 될 것이다.

휴머니스트 운동에 동참한 사람들은 그렇게 결정을 내린 사람들이었다. 사라의 일만 없었다면 닐도 똑같은 선택을 했을 것이다. 그러나 그는 그녀를 되찾고 싶었고, 그러기 위한 유일한 방법은 신을 사랑할 이유를 찾는 것이었다.

격려 그룹의 참석자 중에는 무엇이든 신앙심을 쌓기 위한 기반을 찾을 목적으로, 신이 자신들이 사랑하는 사람들을 데려갔을 때 그들이 고통 없이 즉사했다는 사실에서 위안을 얻는 사람들도 있었다. 닐의 경우에는 그런 위안조차도 불가능했다. 사라는 깨진 유리에 직격당하고 끔찍한 열상을 입었던 것이다. 물론 그보다 더 나쁜 경우도 존재했다. 어떤 부부의 십대 아들은 천사의 강림이 불러일으킨 화재에 휘말렸고, 구조대원들이 구출했을 때는 전신의 80퍼센트에 3도 화상을 입고 있었다. 최종적으로 찾아온 죽음은 오히려 자비라고 할 수 있었다. 이것에 비하면 사라는 운이 좋았지만, 닐이 신을 사랑하게 만들 수 있는 정도는 아니었다.

닐에게 신에게 감사할 가능성이 있는 유일한 것이 있다면, 그것은 눈앞에 사라가 나타나는 것을 신이 허락할 경우 정도였다. 그녀가 미소 짓는 모습을 다시 한 번 볼 수만 있다면 그는 헤아릴 수 없는 위안을 얻을 것이다. 지금까지 살면서 닐은 구원받은 영혼의 방문을 받은 적이 한 번도 없었지만, 지금이야말로 그런 계시는 인생의 어떤 시점보다도 그에게 더 큰 의미가 있을 것이었다.

그러나 어떤 사람이 필요하다고 해서 눈앞에 계시가 나타나는 것은 아니었고, 닐에게는 아무런 계시도 나타나지 않았다. 닐은 신에 다가갈 자기만의 방법을 찾아야 했다.

나다나엘의 강림을 목격한 사람들을 위한 격려 그룹의 회합에 다시 나갔을 때, 닐은 천상의 빛에 의해 두 눈이 사라져버린 베니 바스케스라는 사내를 찾아냈다. 베니는 간증 요청을 받고 다른 회합에도 참석했기 때문에 언제나 출석하는 것은 아니었다. 천상의 빛은 천사가 천국에서 나오거나 다시 천국으로 들어가는 찰나에만 인간계로 새어나오기 때문에 강림에 의해 눈이 없어지는 경우는 매우 드물었다. 따라서 눈이 없는 사람들은 좀 유명해지기 마련이었고, 교회 그룹에서 간증 요청을 받는 일이 많았다.

베니는 이제 땅속을 파고드는 지렁이만큼이나 시력이 결여되어 있었다. 눈과 눈구멍만 없어진 것이 아니라 그의 두개골에 그런 것들을 위한 공간 자체가 아예 사라져버리고 없었던 것이다. 그의 광대뼈는 이제 그의 이마로 그대로 이어지고 있었다. 인간계에서 가능한 한계치까지 그의 영혼을 완벽하게 만든 빛은 또한 그의 육체를 불구로 만들었다. 보통 이런 현상은 천국에선 물리적 육체가 불필요하다는 사실을 실증하는 예로 간주되고 있었다. 그나마 남아 있는 표현 능력의 한도 안에서, 베니의 얼굴에는 언제나 더없이 행복하고 황홀한 미소가 떠올라 있었다.

닐은 베니가 신을 사랑하는 데 도움이 되는 어떤 말을 해줄 것을 기대했다. 베니는 천상의 빛이 한없이 아름다우며, 그토록 장엄하고 감동적인 광경을 보는 사람의 마음에서 모든 의구심을 사라져버리게 한다고 말했다. 이것은 신을 사랑해야 한다는 사실에 대한 의문의 여지가 없는 증거이고, 하나 더하기 하나는 둘이라는 것만큼이나 명백한 설명이라는 것이다. 불행하게도 베니는 천상의 빛의 효과에 대해 많은 비유를 댈 수는 있었지만 자기 자신의 말을 통해 그것을 재현해내지는 못했다. 이미 신앙이 깊은 사람들은 베니의 설명을 듣고 감동을 받았지만, 닐의 귀에는 애가 탈 정도로 모호한 것이었다. 그래서 닐은 다른 곳에서 상담 상대를 찾아보았다.

신의 신비성을 받아들이게, 라고 인근 교회의 목사는 말했다. 의문에 대한 대답을 얻지 못함에도 신을 사랑할 수 있다면, 그것이 더 나은 일이니까 말이야.

신이 필요하다는 사실을 인정하십시오, 라고 인기 있는 영성 서적의 저자는 설파했다. 자족이 환상이라는 것을 깨달을 때면 당신은 준비가 된 것입니다.

완전하고 철저하게 스스로를 바쳐라, 라고 텔레비전에 나온 설교자는 말했다. 고통의 감내야말로 신에 대한 사랑을 증명할 수 있는 방법입니다. 받아들임은 현생에서 안식을 주지 못할지는 모르지만, 저항은 당신의 벌을 더 악화시킬 뿐입니다.

이런 전략들은 특정한 개인들의 경우에는 성공적이었다. 일단 이런 생각을 내재화할 수만 있다면, 누구나 신앙을 가질 수 있었다. 그러나 이런 방법들은 언제나 쉬운 것은 아니었고, 닐에게는 모두 불가능한 일이었다.

마침내 닐은 사라의 부모에게 연락을 취해보았다. 이것은 그가 얼마나 필사적이었는지를 보여주는 증거였다. 닐과 그들 사이에는 언제나 긴장이 팽배했었기 때문이다. 그들은 사라를 사랑하면서도 신앙심을 적극적으로 드러내지 않는다는 이유로 자주 꾸짖었고, 딸이 독실하지 않은 사내와 결혼했을 때는 충격을 받았다. 사라 자신은 자기 부모가 너무 독선적이라고 생각했고, 닐을 인정하려고 들지 않는 그들의 태도는 이 의견을 한층 더 강화할 뿐이었다. 그러나 닐은 이제 그들과 공통점이 있다고 느꼈다. 그들 모두 사라의 죽음을 애도하고 있지 않은가. 그래서 닐은 비탄 속에서 조금이라도 위안을 얻을 수 있을까 하는 희망을 가지고 교외의 식민지풍 저택에 살고 있는 그들을 방문했다.

얼마나 잘못된 생각이었는지. 닐이 사라의 부모에게서 받은 것은 동정은커녕 딸이 죽은 것은 그의 탓이라는 비난이었다. 그들은 사라의 장례식을 치른 지 몇 주 후에 이런 결론에 도달했다. 사라가 하늘의 부름을 받은 것은 닐에게 메시지를 보내기 위해서였고, 그들이 딸의 죽음을 속수무책으로 지켜보아야 했던 것은 오로지 닐이 독실하지 않았기 때문이었다. 닐이 예전에 설명했음에도 불구하고, 이제 그들은 닐의 기형적인 다리는 실은 신의 의지였다고 확신하고 있었다. 결국 닐이 제대로 회개했다면, 사라는 아직 살아 있었을지도 모른다는 얘기였다.

그들의 이런 반응은 사실 놀랄 일이 아니었다. 지금까지 닐이 살아오는 동안 사람들은 줄곧 그의 다리에 — 이것은 신과는 무관함에도 불구하고 — 윤리적인 의미를 부여했다. 따라서 명백하게 신의 의지에 기인한 불행을 닐이 겪은 지금, 누군가 그가 그런 일을 겪은 것도 당연하다는 식으로 추측하는 것은 놀라운 일이 아니었다. 하필이면 그가 정신적으로 가장 취약한 시기에 이런 감정적인 의견을 들었고, 그가 이로 인해 최대의 충격을 받은 것은 순전히 우연의 일치였다.

닐은 장인 장모의 주장이 옳다고는 생각하지 않았지만, 그것을 믿는다면 차라리 마음이 편해지지 않을까 하는 생각이 들기 시작했다. 정의로운 사람들은 보상을 받고 죄인들은 벌을 받는다는 이야기 속에서 살아가는 편이 — 정의나 죄의 기준이 도대체 무엇인지 그는 여전히 확신할 수 없었지만 — 아무런 정의도 존재하지 않는 현실 속에서 살아가는 것보다 차라리 낫지 않을까. 스스로에게 죄인의 역할을 맡기는 꼴이므로 마음을 편하게 하는 거짓말과는 거리가 멀었지만, 적어도 이것은 그 자신의 윤리관은 제공할 수 없는 하나의 보상을 그에게 제공했다. 이 이야기를 믿는다면 그는 사라와 재회할 수 있었다.

때로는 그릇된 충고조차도 사람을 옳은 방향으로 인도하는 법이다.

그런 의미에서 장인과 장모의 비난은 궁극적으로 닐을 신에게 더 가까이 가도록 하는 결과를 낳았다.

전도를 할 때, 다리가 있으면 좋겠다고 생각한 적이 없느냐는 질문을 재니스가 받은 것은 한두 번이 아니었다. 그리고 그녀는 언제나 이렇게—정직하게—대답했다. 아뇨, 그런 적은 없습니다. 알지도 못하는 것을 소망할 수는 없는 법이고, 처음에 다리를 가지고 태어났다가 나중에 잃었다면 그녀 역시 달리 생각했을지 모른다는 지적을 받은 적도 몇 번 있었다. 재니스는 결코 그런 지적을 부인하지 않았다. 그러나 재니스는 자기 자신이 불완전하다거나, 다리가 있는 사람들에게 선망을 느낀 적은 한 번도 없다고 단언할 수 있었다. 다리가 없다는 것은 그녀의 정체성의 일부였다. 의족을 달 생각은 해보지 않았고, 설령 외과적 조치를 통해 다리를 얻을 수 있었다고 해도 거절했을 것이다. 신이 그녀의 다리를 되돌려줄 가능성에 관해서는 한 번도 생각해본 적이 없었다.

다리가 생기고 나타난 예상 밖의 부작용 중 하나는 남자들이 그녀에게 더 관심을 보이기 시작했다는 점이었다. 과거에 그녀에게 관심을 보인 남자들 대다수는 사지 절단자에게 페티시가 있거나 성자 콤플렉스에 시달리는 사람들이었다. 그래서 이선 미드가 그녀에게 관심을 보이고 있다는 사실을 처음 깨달았을 때 그는 그것이 연애 감정에 기인한 것이라고 믿었다. 미드가 명백한 기혼자라는 사실은 그녀를 한층 더 우울하게 했다.

이선은 격려 그룹의 회합에서 재니스에게 말을 걸더니, 이윽고 그녀의 공개 강연에 출석하기 시작했다. 점심을 함께 먹자고 이선이 제안했을 때 재니스는 상대방의 의도가 무엇인지 물었고, 그러자 그는 자신의 가설을 설명했다. 이선은 자신의 운명이 그녀의 운명과 얽혀 있다고 했다. 어떤 식인지는 모르고, 단지 얽혀 있다는 사실만 알고 있다고 했다. 재니스는 회의적이었지만, 이선의 가설을 일방적으로 부인하지는 않았다. 이선은 재니스의 의문에 대한 해답을 가지고 있지는 않다는 사실을 시인했지만, 그녀가 해답을 찾는 일에 어떤 식으로든 도움을 주겠다고 약속했다. 재니스는 의미를 찾기 위한 그의 탐색을 돕겠다는 데 조심스럽게 동의했고, 이선은 자신이 결코 그녀의 짐은 되지 않겠다고 약속했다. 두 사람은 정기적으로 만나 강림의 의미에 관해 얘기를 나누기 시작했다.

그러는 동안 이선의 아내인 클레어는 걱정이 커져갔다. 이선은 재니스에게 아무런 연애 감정도 가지고 있지 않다며 아내를 안심시켰지만, 그렇다고 그녀의 불안이 줄어드는 것은 아니었다. 클레어는 극단적인 상황 아래 놓인 사람들 사이에 유대 관계가 생겨날 수 있다는 사실을 알고 있었고, 이선과 재니스의 관계가—연애 감정이든 아니든—자신들의 결혼 생활을 위협할 가능성을 우려하고 있었다.

이선은 재니스에게 도서관 사서로서의 위치를 활용해서 그녀의 조사에 도움을 주면 어떻겠느냐고 제안했다. 두 사람 모두 신이 천사 강림을 통해 어떤 사람에게 징표를 남기고, 다른 강림 때 그것을 다시 거두어갔다는 선례에 관해서 들어본 적이 없었다. 이선은 선례를 찾는다면 재니스의 상황에 조금이라도 도움이 되지 않을까 기대하고 있었다. 전 생애에 걸쳐 여러 번 기적적인 치유를 경험한 사람들은 몇 명 있었다. 하지만 그들의 질병이나 장애는 언제나 생득적인 것이었지 강림을 통해 주어진 것이 아니었다. 죄의 대가로 장님이 된 어떤 남자가 삶의 방식을 바꾸자 다시 시력을 되찾았다는 일화가 있었지만 이것은 도시 전설로 분류되었다.

설령 이 일화가 진실에 기반을 둔 것이라고 해도 재니스의 상황에 유효한 선례가 되어주지는 못했다. 그녀의 양다리는 태어나기도 전에 거두어졌기 때문에 이것이 그녀가 행한 일에 대한 처벌일 리는 없었다. 혹시 재니스의 상태는 그녀의 어머니나 아버지가 저지른 어떤 일에 대한 벌이었을까? 재니스의 다리가 복원되었다는 것은 그녀의 부모가 마침내 치유를 얻을 만큼 죄를 씻었다는 것을 의미할까? 그녀는 이런 얘기를 믿을 수가 없었다.

만약 죽은 친척들이 계시를 통해 나타났다면 재니스는 자기 다리가 복원되었다는 사실에 대해 안심할 수 있었을 것이다. 그러나 그들은 그러지 않았기 때문에 재니스는 뭔가 잘못되었다는 의구심을 떨칠 수 없었다. 그러나 그것이 벌인 것 같지는 않았다. 어쩌면 그것은 실수였는지도 모른다. 실수로 누군가 다른 사람에게 갈 기적을 그녀가 향유한 것인지도. 혹은 이것은 그녀가 이렇게 많은 복을 받고 어떻게 반응하는지를 보기 위한 시험인지도 모른다. 진상이 무엇이든 간에 그녀가 취할 길은 단 하나뿐인 것 같았다. 그녀는 최대한의 감사함과 겸허함을 가지고 자신이 받은 선물의 반환을 시도할 것이다. 그러기 위해서는 순례에 나서야 한다.

순례자들은 먼 거리를 여행해서 성지를 방문, 기적적인 치유를 희망하며 천사의 강림을 기다린다. 전 세계 대부분의 지역은 일생 동안 기다려도 강림을 경험하지 못할 가능성이 높지만, 성지에서는 몇 달 혹은 몇 주만 기다려도 강림을 목격할 수 있다. 그렇다고는 해도 치유 가능성은 낮았고 순례자들은 이 사실을 알고 있었다. 강림을 목격할 만큼 성지에 오래 머문 순례자들 중 대다수는 치유를 받지 못한다. 그러나 천사를 본 것만으로도 기뻐하고, 고향으로 돌아갔을 때 자신을 기다리고 있는 것에—이것이 임박한 죽음이든 중증의 장애이든 간에—전보다 더 잘 적응할 수 있었다. 그리고 물론, 강림을 경험하면서 살아남을 수 있었다는 사실은 많은 사람들로 하여금 자신들의 처지에 감사하게 만드는 법이다. 강림이 있을 때마다 소수의 순례자가 죽는 것을 피할 수는 없기 때문이다.

재니스는 어떤 결과가 나오든지 받아들일 작정이었다. 만약 신이 그녀를 데려갈 생각이라면 얼마든지 그럴 준비가 되어 있었다. 만약 신이 그녀의 다리를 다시 거둬간다면 예전에 하던 일을 재개할 것이다. 만약 신이 자기 다리를 그대로 놓아둔다면 재니스는 자신이 받은 선물에 대해 확신을 가지고 얘기하는 데 필요한 현시를 희망했다.

그러나 재니스는 자신의 기적이 다시 반환되고, 정말로 그것이 필요한 누군가에게 주어지기를 희망하고 있었다. 그녀가 돌려주고 싶어하는 기적을 받을지도 모르니 자기와 동행하자고 누군가에게 제안하지는 않았다. 분수 모르는 짓이라고 느꼈기 때문이다. 그러나 재니스는 내심 자신의 순례를 기적이 필요한 사람들을 위한 청원으로 간주하고 있었다.

재니스의 친구들과 가족은 그녀의 이런 결심을 신의 의지에 의문을 품는 행위로 간주하고 당혹스러워했다. 소문이 퍼지자 그녀는 많은 추종자들에게서 각양각색의 편지를 받았다. 실망하거나 곤혹스러워하는 편지도 있었고, 자진해서 그런 희생을 하려는 그녀를 칭찬하는 목소리도 있었다.

이선 입장에서는 재니스의 결정에 완전히 찬동했고, 스스로도 흥분하고 있었다. 그는 이제 라시엘의 강림의 의미를 이해했다. 행동에 나서야 할 때가 왔다는 징표였다. 그의 아내인 클레어는 그가 순례를 떠나는 일에 대해 격렬하게 반대했고, 자식들과 아내가 그를 필요로 하고 있음에도 불구하고 그 스스로도 얼마나 오래 집을 비워야 하는지조차 모르고 있다는 사실을 지적했다. 아내의 지지를 얻지 못하고 집을 나서야 한다는 것은 슬펐지만 선택의 여지는 없었다. 이선은 순례에 나설 것이다. 그리고 다음 번 강림에서, 신이 그에게 어떤 운명을 의도하고 있는지 알아낼 것이다.

사라의 부모를 방문한 이후 닐은 베니 바스케스와 나눈 대화에 관해 좀더 생각하게 되었다. 베니가 한 말에서 그리 많은 것을 끌어낼 수는 없었지만, 닐은 베니의 절대적인 신앙심에 감명을 받았다. 장래에 자신에게 어떤 불행이 닥치든 신에 대한 베니의 사랑은 결코 흔들리지 않을 것이고, 그는 죽으면 천국으로 갈 것이다. 이런 사실은 닐에게 극히 미미한 기회밖에는 제공하지 못했다. 아무런 매력이 느껴지지 않아 예전에는 고려조차 하지 않았던 기회였다. 그러나 닐의 절망이 점점 커져가는 지금에 와서는 쓸모가 있는 것처럼 느껴지기 시작했다.

모든 성지에는 기적적인 치유를 바라는 대신 천상의 빛을 의도적으로 찾아 헤매는 순례자들이 있었다. 이 빛을 본 사람들은 설령 그들의 동기가 이기적이었다고 해도 죽으면 언제나 천당으로 받아들여졌다. 마음의 불안을 제거해 사랑하는 사람들과 재회하고 싶어하는 사람들도 있었고, 지금까지 줄곧 죄를 짓고 살아오다가 그 결과를 회피하고 싶어하는 사람들도 있었다.

과거에는 천상의 빛이 정말로 구원을 가로막는 모든 영적인 장애물을 극복할 수 있게 해주는지에 대해 의구심을 품은 사람들도 있었다. 이것을 둘러싼 논란에 종지부를 찍은 것은 베리 라센 사건이었다. 연쇄 강간범이자 살인자였던 그는 갓 죽인 희생자의 시체를 처리하던 중에 천사의 강림을 목격하고, 천상의 빛을 보았다. 라센의 사형이 집행되었을 때 그의 영혼이 천국으로 올라가는 것이 목격되었고, 희생자들의 가족들은 이 사실에 격분했다. 성직자들은 가족들을 위로하며, 천상의 빛이 비친 순간 라센은 인생의 몇 배는 되는 속죄를 했을 것이라고—이 주장에는 아무런 근거도 없었다—장담했다. 그러나 이런 말은 아무런 위안도 되어주지 못했다.

닐에게 이것은 빠져나갈 구멍을 제공했다. 필 솜스의 반론에 대답하는 것을 가능케 했던 것이다. 이것은 신을 사랑하는 것보다 사라를 더 사랑하면서도 그녀와 재결합할 수 있는 방법이었다. 아무리 이기적이라도 천국에 들어갈 수 있는 방법이었다. 다른 사람들도 했으니까 그도 할 수 있을지 모른다. 공정하지는 않을지 모르지만, 적어도 예상 가능한 일이었다.

본능적으로는 전혀 내키지 않았다. 울증을 치료하기 위해 세뇌를 받는 듯한 느낌이었던 것이다. 자신의 성격을 극단적으로 바꿔버림으로써 더 이상 자기 자신이 아니게 되는 상황이 올 것 같다는 예감을 떨칠 수 없었다. 그러자 천국에 들어가는 사람은 누구나 비슷한 변화를 겪는다는 사실이 생각났다. 구원받은 사람들은 더 이상 육체가 없다는 사실을 제외하면 눈이 없어진 그 사내와 똑같은 것이다. 이런 생각을 함으로써 닐은 자신이 지향하고 있는 것이 무엇인지에 관해 예전보다 더 명확한 이미지를 떠올릴 수 있었다. 천상의 빛을 보든, 혹은 남은 일생 동안 노력을 해 신앙심을 가지게 되든, 사라와 다시 만날 경우 두 사람이 인간계에서 공유했던 것을 다시 만들어내지는 못한다. 천국에서는 두 사람 모두 달라져 있을 것이고, 서로에 대한 사랑은 천국에 사는 모든 구원받은 영혼이 모든 것에 대해 느끼는 사랑과 뒤섞이게 될 것이므로.

그러나 이런 자각도 사라와의 재결합을 갈망하는 닐의 열의를 꺾지는 못했다. 오히려 욕구가 더 첨예해졌을 정도였다. 그가 어떤 수단에 호소하든 보상은 똑같을 것이기 때문이었다. 지름길을 택한다고 해도 그 목적지는 통상적인 길과 완전히 동일했다.

한편, 천상의 빛을 좇는 것은 통상적인 순례보다 훨씬 더 힘들고, 훨씬 더 위험했다. 천상의 빛은 천사가 인간계로 들어오거나 나갈 때만 새어나왔다. 천사가 처음 어디에 출현할지 예상하는 방법은 없었기 때문에, 빛을 좇는 라이트 시커들은 천사가 도착한 후에 모여서 천사가 떠날 때까지 그 뒤를 따라가야 했다. 천상의 가느다란 광선 안에 들어갈 가능성을 최대한으로 높이기 위해 그들은 강림중인 천사에 가능한 한 접근했다. 그것이 어떤 여정이 될지는 강림한 천사가 누구인지에 달려 있었다. 맹렬한 토네이도 속으로 나아가야 할 수도 있었고, 홍수의 물마루나 지면을 두 동강 내는 균열의 앞부분을 따라가야 하는 경우도 있었다. 빛을 좇다가 죽은 자들이 성공한 자들보다 훨씬 많았다.

빛을 좇다가 실패한 자들의 운명에 관한 통계를 집계하기란 어려웠다. 그런 모험을 목격하는 사람의 수 자체가 적었기 때문이다. 하지만, 지금까지 알려진 통계로도 그리 고무적이라고는 할 수 없었다. 찾고 있던 치유를 받지 못하고 죽은 보통 순례자들의 대략 반수가 천국으로의 입장을 허가받은 것과는 매우 대조적으로, 빛을 좇다가 죽은 자들은 한 사람의 예외도 없이 지옥으로 떨어졌던 것이다. 어쩌면 이미 지옥행이 정해진 사람들만이 천상의 빛을 찾는 것일 수도 있었다. 어쩌면 그런 상황에서의 죽음은 자살로 간주되어야 하는지도. 어쨌든 닐이 보기에 그런 시도를 하려면 그 결과를 받아들일 준비가 되어 있어야 한다는 점은 명백했다.

이런 시도에는 성공 아니면 실패라는 느낌이 따라붙었고, 닐에게 이것은 두려운 동시에 매력적으로 다가왔다. 신을 사랑하려고 시도하며 계속 살아간다는 것은 점점 더 견딜 수 없는 일로 느껴졌다. 몇십 년 동안 시도해봐야 결국 실패할 수도 있었다. 아니, 몇십 년까진 남지 않았는지도. 최근 들어 정말로 자주 깨닫게 된 일이지만, 천사의 강림은 사람들에게 영적인 준비를 하고 있으라는 경고로서 작용했다. 죽음은 언제든 찾아올 수 있었기 때문이다. 그는 내일이라도 죽을지 모르는데, 가까운 시일 안에 통상적인 방법으로 돈독한 신앙을 갖게 되기란 불가능했다.

재니스 라일리의 예를 따르지 않는 쪽으로만 움직인 닐의 과거 행적을 감안한다면, 재니스가 자기 입장을 완전히 바꿨을 때 닐이 그 사실을 알아차린 것은 아이러니라고 할 수 있었다. 아침을 먹으며 신문을 보다가 재니스가 순례를 떠날 계획이라는 기사를 본 것이다. 그 순간 닐이 느낀 것은 분노였다. 도대체 이 여자는 얼마나 많은 축복을 받아야 만족할 수 있는 것일까? 닐은 잠시 더 생각해본 다음, 만약 그녀가, 축복을 받고도 그것을 받아들이기 위해 신의 조력을 구하는 것이 적절하다고 간주한다면, 자기처럼 끔찍한 불운의 당사자가 그래서 안 될 이유는 전혀 없다는 결론을 내렸다. 이것은 닐이 결단을 내리도록 하기에 충분한 사건이었다.

성지는 예외 없이 험준한 곳에 있었다. 대양 한복판의 환초環礁에 자리 잡은 성지가 있는가 하면, 해발 2만 피트의 산맥에 위치한 성지도 있었다. 닐이 목표로 삼은 성지는 사막에 있었다. 금이 간 진흙땅이 사방으로 몇십 마일씩 뻗어나가고 있는 장소였다. 황량하기는 했지만 비교적 접근하기가 쉬웠기 때문에 순례자들 사이에서는 인기 있는 성지였다. 성지의 모습은 천상의 영역과 지상의 영역이 접촉했을 때 어떤 현상이 일어나는지를 극명하게 보여주는 예였다. 풍경 전체가 용암류나 크게 아가리를 벌리고 있는 균열, 충돌 화구火口 따위의 상흔으로 뒤덮여 있었다. 초목은 수가 적은데다 단명했고, 홍수나 소용돌이바람으로 퇴적물이 쌓이고 또다시 걷혀나갈 때까지의 짧은 기간 동안에만 자라났다.

순례자들은 성지 전체에 머무르며 천막이나 캠핑용 밴으로 일시적인 마을을 형성했다. 그들 모두는 천사를 볼 가능성이 최대한도로 높은 동시에 부상이나 죽음의 위험을 최소화할 수 있는 장소가 어딘지에 관해 나름대로 추측을 하고 있었다. 모래주머니를 쌓아 만든 만곡한

둑은 과거의 오랜 기간에 걸쳐 쌓이고 필요에 의해 재건된 것이었고, 어느 정도는 엄폐물 역할을 해주었다. 각 성지를 전담하는 응급 구조대와 소방서는 필요로 하는 곳으로 구조차량들을 보낼 수 있도록 통행로를 통행 가능한 상태로 유지했다. 순례자들은 필요한 음식이나 물을 직접 가지고 오거나 터무니없는 값을 부르는 상인들에게서 샀다. 모든 사람이 빠짐없이 배설물 처리 비용을 부담했다.

라이트 시커들은 모두 천사를 추적할 때가 올 것에 대비, 험한 지형을 좀더 쉽게 돌파할 수 있는 오프로드 차량을 갖추고 있었다. 차를 구입할 여유가 있는 사람들은 혼자서 운전했다. 여유가 없는 사람들은 두 명, 세 명, 혹은 네 명의 그룹을 이뤘다. 닐은 승객이 되어 다른 사람에게 운전을 맡기고 싶지는 않았고, 그렇다고 다른 사람을 위해 운전하는 책임을 지고 싶지도 않았다. 이것은 이 지상에서 그가 행하는 마지막 행동이 될 수도 있었고, 그렇다면 혼자서 해야 한다고 느꼈기 때문이다. 저축해놓았던 돈은 사라의 장례를 치르면서 바닥이 났기 때문에 닐은 남은 재산을 모두 처분해 마땅한 차를 구입했다. 우툴두툴한 타이어와 튼튼한 완충 장치를 갖춘 픽업트럭이었다.

닐은 성지에 도착하자마자 라이트 시커 모두가 하고 있는 일을 하기 시작했다. 차를 타고 성지를 종횡으로 누비며 지형에 익숙해지려고 했던 것이다. 이선을 만난 것은 이런 식으로 성지 주변을 돌아다니고 있을 때였다. 이선의 차는 80마일 떨어진 곳에 있는 가장 가까운 잡화점에 갔다가 돌아오는 길에 고장을 일으켜 멈췄고, 손을 흔들어 지나가던 닐에게 도움을 요청했던 것이다. 닐은 이선을 도와 고장난 차를 다시 움직일 수 있도록 했다. 그러자 이선은 캠프로 돌아가 함께 저녁을 먹자고 제안했고 닐은 그 제안에 따랐다. 그들이 도착했을 때 재니스는 없었다. 그녀는 조금 떨어진 텐트에 있는 순례자들을 만나러 간 터였다. 휴대용 프로판가스로 알루미늄 팩에 든 인스턴트 식사를 데우면서 이 성지로 자신을 이끈 계기가 된 사건들에 관해 설명하기 시작한 이선의 말에 닐은 예의바르게 귀를 기울였다.

이선이 재니스 라일리의 이름을 입에 올렸을 때 닐은 놀라움을 숨기지 못했다. 닐은 또다시 그녀와 얘기를 나누고 싶은 생각은 없었기 때문에 즉시 적당한 이유를 대고 그 자리를 떠나려고 했다. 닐이 의아한 표정의 이선에게 실은 선약이 있는데 잊어버리고 있었다고 설명하는데 재니스가 도착했다.

재니스는 닐을 보고 놀랐지만, 가지 말고 좀더 있어달라고 부탁했다. 왜 닐을 저녁식사에 초대했는지 이선이 설명하자 재니스는 그녀와 닐이 어디서 만났는지를 털어놓았다. 그런 다음 닐이 왜 성지로 왔는지 물었다. 닐이 자신은 천상의 빛을 좇고 있다고 대답하자마자 이선과 재니스는 닐에게 계획을 재고하라며 설득을 시도했다. 당신은 자살하려는 것인지도 모릅니다, 자살보다는 언제나 더 나은 대안이 있습니다, 라고 이선은 말했다. 천상의 빛을 보는 것은 해답이 될 수 없어요, 신이 원하는 것은 그런 것이 아닙니다, 라고 재니스는 말했다. 닐은 굳은 표정으로 신경 써줘서 고맙다고 말하고는 그 자리를 떠났다.

몇 주 동안 강림이 있기를 기다리면서 닐은 매일 차를 몰고 성지를 돌아다녔다. 지도는 입수 가능했고, 강림이 있을 때마다 갱신되었다. 그러나 지도는 직접 차를 몰고 지형에 익숙해지는 것에 비교할 바가 못 되었다. 이따금 험지 주행에 익숙해진 것을 금세 알 수 있는 사람의 차와 마주치면 닐은 그에게―라이트 시커의 절대 다수는 남자였다―특수지형 주행요령에 관해 묻곤 했다. 개중에는 성지에 머무는 동안 몇 번이나 강림을 목격했지만 성공도 실패도 거두지 못한 사람들이 있었다. 그들은 천사를 추적하는 최고의 요령은 기꺼이 가르쳐주었지만 개인적 정보에 관해서는 일절 말하려 들지 않았다. 닐은 그들의 대화 방식이 기묘하다는 느낌을 받았다. 희망에 차 있는 동시에 절망하고 있다고나 할까. 닐 자신이 말을 할 때도 그런 느낌인 것일까.

이선과 재니스는 다른 순례자들과 어울리며 시간을 보냈다. 재니스의 결정에 대해서는 감사할 줄 모른다고 반응하는 사람도 있었고 고결하다고 느끼는 사람도 있었다. 이선의 얘기에 관해서는 대다수가 재미있다는 반응을 보였다. 이선처럼 기적적인 치유 이외의 것을 찾는 순례자는 드물었기 때문이다. 일반적으로 말해서 순례자들 사이에는 긴 대기 시간을 견딜 수 있게 해주는 일종의 동류의식 같은 것이 존재했다.

남동쪽에서 먹구름이 모여들기 시작했을 때 닐은 자기 차를 운전하던 중이었다. CB* 라디오에서 강림이 시작되었다는 정보가 흘러나오자 닐은 차를 멈춘 다음 귀마개를 꽂고 헬멧을 썼다. 준비를 마쳤을 때 번개가 번쩍이는 것이 보였다. 천사 가까이에 있던 라이트 시커 하나가 무전으로, 강림한 천사는 바라키엘이며 북쪽을 향해 이동중인 것으로 보인다고 보고했다. 천사의 진로를 미리 예측한 닐은 픽업트럭의 방향을 동쪽으로 돌리고 전속력으로 달리기 시작했다.

비도 바람도 없었고, 단지 먹구름 속에서 번개가 번득일 뿐이었다.

---

* Citizen Band. 시민 주파수. 보통 차량 사이의 무선 연락에 쓰인다.

무전을 통해 다른 라이트 시커들은 천사의 이동 방향과 추정 속도를 전달했고, 닐은 천사보다 앞서가 있기 위해 북동쪽을 향해 차를 몰았다. 처음에는 번개가 치고 천둥소리가 들려오기까지 걸리는 시간을 계산함으로써 폭풍우까지의 거리를 가늠했지만, 얼마 안 가 번개가 어찌나 빈번하게 번득이는지 개개의 번개를 구별할 수 없을 지경이 되었다.

다른 두 명의 라이트 시커가 차를 몰고 접근하는 게 보였다. 그들은 북쪽을 향해 크레이터 투성이의 지면 위로 나란히 차를 몰았다. 작은 크레이터는 덜컹거리면서 그대로 돌파했고, 큰 것은 우회했다. 벼락이 사방팔방에 떨어졌지만, 이것들은 닐이 있는 지점의 남쪽에서 방사되는 듯했다. 천사는 그의 바로 뒤에서 접근해오고 있었다.

귀마개를 했는데도 굉음은 귀가 먹먹해질 정도였다. 몸 주위에 전하가 축적되면서 몸의 털이 모조리 곤두서는 게 느껴졌다. 그는 천사의 위치를 확인하기 위해 백미러를 거듭 보았다. 얼마나 가까이 다가가야 하는 걸까.

망막에 남는 잔상이 너무 많아진 탓에 진짜 번개를 구분해낼 수 없을 정도가 되었다. 눈을 가늘게 뜨고 백미러에 반사된 눈부신 광경을 응시하면서, 그는 자신이 연속적인 번개를 보고 있다는 사실을 깨달았다. 강약이 있기는 하지만 끊임없는 번개였다. 운전석 쪽의 사이드미러를 위로 기울이고 더 잘 보려고 하는데 번개의 원천이 눈에 들어왔다. 어스레한 구름을 배경으로 부글부글 끓으며 꿈틀거리는 불길의 집합체, 천사 바라키엘이었다.

닐이 자신이 본 광경에 얼어붙어 마비된 바로 그 순간, 픽업트럭은 지면 위로 뾰족하게 솟아오른 바위를 타고 공중으로 튀어올랐다. 픽업트럭은 거대한 바위에 격돌했고, 모든 충격이 차의 전면 왼쪽으로 집중되면서 그곳을 은박처럼 우그러뜨렸다. 운전석을 뚫고 들어온 차의 일부는 닐의 양다리를 부러뜨리고 좌측 대퇴동맥에 상처를 입혔다. 닐은 천천히, 그러나 확실하게, 피를 흘리며 죽어가기 시작했다.

닐은 움직이려고 하지 않았다. 당장은 육체적인 고통이 느껴지지 않았지만, 조금이라도 움직인다면 견딜 수 없는 통증이 오리라는 것을 어떤 이유에선가 알고 있었다. 그가 픽업트럭 속에 완전히 갇혀버렸다는 점은 명백했고, 설령 그러지 않았다고 해도 바라키엘을 좇을 방법은 없었다. 그는 무력한 상태에서 번개를 동반한 폭풍우가 멀어져가는 광경을 바라보았다.

그 모습을 바라보면서 닐은 울기 시작했다. 회오와 자기 멸시가 뒤죽박죽이 된 기분으로, 이런 계획이 정말 성공하리라고 믿었던 자신을 저주했다. 그는 다시 한 번 기회를 달라고 간청했을 것이다, 기꺼이 신을 사랑하는 법을 배우며 남은 인생을 보내겠다고 약속했을 것이다, 살 수만 있다면. 그러나 그는 그 어떤 협상도 불가능하며, 모든 것은 오직 자신의 탓이라는 사실을 알고 있었다. 닐은 재회의 기회를 잃어버리고, 신중하게 행동하지 않고 자기 목숨을 도박으로 날려버린 것에 대해 사라에게 사과했다. 이 모든 일이 사라에 대한 자신의 사랑에서 비롯되었다는 것을 이해해주기를, 그런 그를 용서해주기를 빌었다.

눈물 사이로 자신을 향해 달려오는 여자의 모습이 보였다. 재니스 라일리였다. 그제야 자신의 트럭이 그녀와 이선의 야영지에서 100야드도 떨어지지 않은 곳에서 충돌했다는 사실을 깨달았다. 그러나 그녀가 할 수 있는 일은 아무것도 없었다. 닐은 자신의 몸에서 피가 빠져나가는 것을 느꼈고, 구급차가 도착할 때까지 살아 있지 않으리라는 것을 알았다. 재니스가 자신을 부르고 있는 기분이 들었지만, 귀가 너무 먹먹한 탓에 아무 소리도 들을 수 없었다. 그녀 뒤에서 이선 미드도 그를 향해 달려오는 것이 보였다.

다음 순간 섬광이 번득이며 재니스가 쓰러졌다. 마치 해머로 얻어맞은 것처럼. 처음에는 낙뢰를 맞았다고 생각했지만, 번개는 이미 사라져 있다는 사실을 깨달았다. 그가 그녀의 얼굴을 본 것은 그녀가 다시 일어났을 때였다. 이목구비가 사라진 피부에서 증기가 솟아오르는 것을 보고, 닐은 재니스가 천상의 빛에 맞았다는 사실을 깨달았다.

위를 올려다보았지만 눈에 들어온 것은 구름뿐이었다. 천상의 빛은 사라져 있었다. 마치 신이 그를 조롱하고 있는 것처럼 느껴졌다. 자기는 목숨을 잃으면서까지 획득하려고 했던 상을 손이 닿지 않는 곳에 두고 보여주기만 할 뿐 아니라, 그것이 필요하지도, 그것을 원하지도 않는 사람에게 내려주다니. 신은 이미 재니스에게 쓸모없는 기적을 내린 적이 있었고, 이제 또다시 그것을 되풀이하고 있었다.

바로 그 순간이었다. 또 다른 천상의 빛 한 줄기가 짙은 구름을 뚫고 차 안에 갇혀 있던 닐을 직격한 것은.

광선은 천 개의 주사바늘처럼 닐의 살을 꿰뚫고 뼈를 훑었다. 빛은 닐의 눈을 앗아갔고, 예전에는 시력이 있었던 존재가 아니라 처음부터 시력이 없었던 존재로 바꿔놓았다. 그리고 그렇게 함으로써 빛은 닐에게 신을 사랑해야 하는 모든 이유를 보여주었다.

그는 인간이 같은 인간을 상대로 경험할 수 있는 감정을 초월한 완전무결한 방식으로 신을 사랑했다. 이것을 무조건적이라고 부르는 것은 적절하지 않다. '무조건적'이라는 단어를 논할 때는 조건이라는 개념이 필요한데, 그런 개념은 이제 닐의 이해를 벗어나 있었기 때문이다. 전 우주에서 일어나는 모든 현상은 신을 사랑하기 위한 명명백백한 이유 이상도 이하도 아니었다. 이제는 그 어떤 상황도 장애가 될 수 없었고, 무관하다고 말할 수조차 없었으며, 단지 감사하고, 그에게서 사랑을 이끌어내는 또 하나의 이유에 불과했다. 닐은 그를 자살적인 무모함으로 몰아간 깊은 슬픔에 관해, 죽기 전 사라가 경험했을 고통과 공포에 관해 생각했지만, 여전히 신을 사랑했다. 자신들의 고통에도 불구하고 그랬던 것이 아니라, 바로 그 이유에서 그랬다.

닐은 과거의 모든 분노와 갈등과 해답을 얻고 싶다는 욕망을 버렸다. 지금까지 참고 견뎌온 모든 고통에 대해 감사했고, 이것들이 실은 선물이었다는 사실을 미처 인식하지 못한 자신의 어리석음을 뉘우쳤으며, 자신의 진정한 목적에 관한 통찰력을 부여받았다는 사실에 더할 나위 없는 행복을 느꼈다. 닐은 생이 어찌하여 과분한 은총인지를 이해했다. 어찌하여 가장 선한 사람들조차도 이 인간계의 영광을 받을 자격이 없는지를 이해했다.

닐을 고민하게 했던 모든 신비는 이제 풀렸다. 삶은 사랑이며, 고통조차, 아니 고통이야말로 사랑이라는 사실을 이해했기 때문이다.

그래서 마침내 몇 분 후 닐이 출혈 과다로 사망했을 때, 그는 진정한 구원을 받을 자격이 있는 사람이었다.

그럼에도 불구하고 신은 그를 지옥으로 보냈다.


이선은 이 모든 광경을 목격했다. 닐과 재니스가 천상의 빛을 받고 다시 만들어지는 것을 보았고, 눈이 없는 두 개의 얼굴에 경건한 사랑이 떠오르는 것을 보았다. 그는 하늘이 다시 개고 햇빛이 돌아오는 것을 보았다. 닐이 죽었을 때 그는 닐의 손을 잡고 구급 요원들이 도착하기를 기다리고 있었고, 닐의 영혼이 그의 육체에서 빠져나와 천국을 향해 올라가다가 결국 지옥에 떨어지는 것을 보았다.

재니스는 이 광경을 보지 못했다. 그때 그녀의 눈은 이미 사라져 있었기 때문이다. 유일한 목격자는 이선이었고, 그는 이것이야말로 신이 그에게 의도한 일임을 깨달았다. 이 시점까지 재니스 라일리를 따라와서, 그녀가 직접 볼 수 없었던 것을 보는 일.

바라키엘의 강림에 관한 통계가 집계되자 사망자는 열 명이라는 사실이 밝혀졌다. 여섯 명은 라이트 시커였고 네 명은 보통 순례자들이었다. 아홉 명의 순례자들이 기적적인 치유를 경험했다. 천상의 빛을 본 사람은 재니스와 닐뿐이었다. 이 강림에 의해 인생이 바뀌었다고 느낀 순례자의 수가 얼마나 되는지는 통계에 나와 있지 않았지만, 이선은 자신을 그중 한 사람으로 간주했다.

집으로 돌아간 후 재니스는 전도 활동을 재개했지만 간증의 초점이 바뀌어 있었다. 재니스는 육체적인 장애를 가진 사람들에게 스스로의 한계를 극복할 수 있는 능력이 있다는 얘기를 더 이상 하지 않는다. 대신 눈이 사라진 다른 사람들과 마찬가지로 신의 창조물의 견디기 힘든 아름다움에 관해 설파한다. 그녀에게서 영감을 얻곤 했던 많은 사람들은 영적인 지도자를 잃었다고 느끼며 실망을 금치 못했다. 고난을 짊어진 사람으로서 스스로가 가진 힘에 관해 얘기하던 재니스의 메시지에는 희소성이 있었지만, 이제 그녀는 눈이 없기에 그녀의 메시지는 흔한 것으로 변했다. 그러나 재니스는 청중의 감소에 개의치 않는다. 이제 그녀는 자신이 설파하는 것에 관해 완전한 확신이 있기 때문이다.

이선은 직장을 그만두고 전도사가 되었다. 자신이 경험한 것을 얘기하고 싶었기 때문이다. 아내인 클레어는 남편의 새로운 사명을 받아들이지 못했고 결국 아이들을 데리고 그에게서 떠나갔지만, 이선은 혼자서라도 이 일을 계속할 준비가 되어 있었다. 닐 피스크에게 어떤 일이 일어났는지를 사람들에게 얘기함으로써 그는 적지 않은 수의 추종자를 얻었다. 이선은 사후에 정의를 기대하는 것은 인간계에서 그것을 기대하는 것만큼이나 무의미한 일이라고 설파하지만, 이것을 예로 들어 사람들에게 신을 숭배하지 말라고 설득하지는 않는다. 오히려 신을 사랑하라고 촉구한다. 이선이 주장하는 것은 오해에 입각해서 신을 사랑하지는 말라는 것이다. 신을 사랑하고 싶거든, 신의 의도가 무엇이든 간에 그를 사랑할 준비가 되어 있어야 한다는 것이다. 신은 의롭지 않고, 친절하지도 않고, 자비롭지도 않다. 그리고 그런 사실을 이해하는 것이야말로 진정한 신앙심을 갖추기 위한 필수 조건이었다.

닐은 이선의 이런 설교에 관해서는 전혀 모르고 있지만, 만약 들었다면, 그것에 포함된 메시지를 완벽하게 이해했을 것이다. 지옥에 떨어진 닐의 영혼은 이선의 가르침을 그대로 구현한 것과 다를 바 없었기 때문이다.

대다수의 주민들에게 지옥은 지상과 큰 차이가 나지 않는다. 그곳에서 경험하는 가장 큰 벌은 살아 있을 때 충분히 신을 사랑하지 않았다는 사실에 대한 회오이고, 많은 사람들에게 이것은 쉽게 견딜 만하다. 그러나 닐의 경우, 지옥은 인간계와는 아무런 유사점도 없는 장소다. 닐의 영원한 몸에는 정상적인 두 다리가 달려 있었지만, 그는 그것을 거의 자각하지 못한다. 두 눈도 복원되었지만, 닐은 눈을 뜬다는 사실 자체를 견딜 수가 없다. 천상의 빛을 봄으로써 인간계에 존재하는 모든 사물에는 신이 존재한다는 인식을 얻은 그는, 지옥에 존재하는 모든 것에는 신이 부재한다는 것을 자각했던 것이다. 닐이 보고, 듣고, 만지는 모든 것은 비탄으로 이어진다. 그리고 이 고통은 인간계의 고통과는 달리 신의 사랑의 한 형태가 아니라 신의 부재의 한 결과이다. 닐은 살아 있을 때 가능했던 것보다 훨씬 더 지독한 고뇌에 시달리지만, 그가 보이는 유일한 반응은 신을 사랑하는 것이다.

닐은 여전히 사라를 사랑하고 그녀를 보고 싶어하지만, 그녀와 재결합하기 직전까지 갔었다는 생각은 그를 한층 더 비참하게 만들 뿐이다. 닐은 자신이 지옥으로 보내진 것이 그가 한 어떤 행위의 결과가 아님을 알고 있다. 그것에는 아무런 이유도 없었고, 고차원의 목적 따위도 존재하지 않는다는 사실을 알고 있다. 그러나 이런 것들 때문에 신에 대한 닐의 사랑이 줄어드는 일은 없다. 설령 닐이 천국으로 받아들여지고 고통이 끝날 가능성이 존재한다고 해도 그는 그것을 원하지는 않을 것이다. 그는 그런 욕망을 더 이상 느끼지 않는다.

닐은 자신이 신의 의식 너머에 존재함으로써 신에게 사랑받고 있지 않다는 사실조차 알고 있지만, 이것도 그의 감정에는 아무런 영향도 끼치지 못한다. 무조건적인 사랑은 아무것도 요구하지 않기 때문이다. 설령 아무런 보답을 받지 못하더라도.

그리고 신의 의식 너머에서 오랜 세월을 지옥에서 살아온 지금도 닐은 여전히 신을 사랑하고 있다. 진정한 신앙이란 본디 이런 것이다.

**외모 지상주의에 관한 소고 : 다큐멘터리**

**Liking What You See : A Documentary**

아름다움은 행복의 약속이다.
　　　　　　　－ 스탕달


**타메라 라이언스, 펨블턴 대학 1학년**

믿기지가 않아요. 지난해 캠퍼스 견학 때는 이런 얘기는 전혀 듣지 못했거든요. 대학에서 칼리를 의무화하려고 한다는 얘긴 여기 입학하고 나서 들었어요. 내가 대학 생활에서 기대했던 것 중 하나는 그걸 없애고 다른 사람들과 같아지는 거였는데. 계속 이걸 유지해야 할 가능성이 조금이라도 있는 줄 알았으면 아마 다른 대학으로 갔을걸요. 사기라도 당한 기분이네요.

다음주면 열여덟 살 생일이 돌아오고, 그날 난 내 칼리를 끌 작정이에요. 만약 학생 투표에서 칼리가 의무화된다면 어떻게 해야 할지 모르겠군요. 전학이라도 가야 하는 건가. 당장이라도 애들한테 가서 "반대표를 던져"라고 말하며 돌아다니고 싶은 심정이군요. 그런 캠페인이 있다면 기꺼이 참가하겠습니다.

## 마리아 데수자, 3학년, 〈철저한 평등 요구〉 학생회의 의장

저희들의 목표는 단순합니다. 펨블턴 대학의 학칙에는 윤리 행동 규정이 있습니다. 이 규정을 만든 건 학생들 자신이고, 신입생들은 등록을 하면서 모두 이 규정에 따르겠다는 동의를 합니다. 저희가 추진중인 학칙 개정안의 골자는, 이 규정에 모든 재학생은 의무적으로 칼리아그노시아*를 채택한다는 부수 조항을 덧붙이는 것입니다.

이런 개정안의 제출은 비자주 스펙스 버전의 발매로 촉발되었습니다. '비자주'란 눈에 스펙스를 끼고 사람들을 볼 경우 상대방이 마치 성형수술을 한 상태처럼 보이도록 하는 소프트웨어입니다. 일부 사람들에게는 이것이 일종의 오락이 되었고, 이 사실에 대해 많은 대학생이 불쾌감을 느끼고 있습니다. 항간에서 이것은 더 깊은 사회적 문제의 징후라는 얘기가 나오기 시작했을 때, 저희는 이 개정안을 추진할 좋은 기회가 왔다고 판단했습니다.

여기서 더 깊은 사회적 문제란 외모 지상주의를 의미합니다. 우리는 과거 몇십 년에 걸쳐 인종차별이나 성차별에 관해 기꺼이 토론해왔지만, 외모 지상주의에 관한 논쟁을 벌이는 일은 아직도 꺼려합니다. 그러나 매력 없는 용모를 가진 사람들에 대한 편견은 믿을 수 없을 정도로 넓게 퍼져 있습니다. 사람들은 누가 따로 가르쳐주지 않아도 혼자 알아서 이런 차별을 실행합니다. 이것은 그 자체만으로도 충분히 한심한 일이지만, 현대 사회는 이런 경향에 맞서 싸우기는커녕 적극적으로

---

\* calliagnosia. 실미증. 미美나 선善을 뜻하는 접두사 calli와 실인증失認症(지각 기능이 온전함에도 불구하고 뇌의 통합 기능의 손상으로 인해 시각이나 청각 자극을 제대로 인지하지 못하는 증세)을 의미하는 agnosia를 결합한 조어.

조장하고 있다는 점에서 문제의 심각성을 찾을 수 있습니다.

교육을 통해서 이 문제에 관한 대중의 인식을 높이는 것은 매우 중요한 일이지만 그것만으로는 충분하지 않습니다. 테크놀로지가 개입되는 것은 바로 이 부분입니다. 사람을 성숙하게 만드는 일종의 보조 수단으로 칼리아그노시아를 보아주십시오. 이 조치는 당신이 그렇게 해야 한다고 머리로 이해하고 있는 것을 실행에 옮길 수 있도록 해줍니다. 표면을 무시하고 더 깊은 내면을 이해할 수 있도록 해주는 겁니다.

저희들은 이제 칼리를 주류사회로 도입할 시기가 되었다고 생각합니다. 지금까지 칼리 운동은 대학의 캠퍼스에서나 존재했었고 특별히 관심 있는 사람들의 모임에 불과했습니다. 하지만 펨블턴은 다른 대학과는 다르고 이곳 학생들은 칼리를 받아들일 준비가 되어 있다고 생각합니다. 만약 개정안이 통과된다면 저희는 다른 대학에게도 선례를 남기게 되고, 궁극적으로는 사회 전체에도 선례가 될 수 있습니다.

**조지프 와인가트너, 신경학자**

이 상태는 통각적 실인증이라기보다는 연상적 실인증이라고 불리는 것입니다. 따라서 이 조치는 개인의 시각에는 간섭하지 않고, 단지 눈에 보이는 것을 인식하는 일에 간섭할 뿐입니다. 칼리아그노시아 조치를 받은 사람은 모든 사람의 얼굴을 완벽하게 인식할 수 있습니다. 뾰족한 턱과 뒤로 들어간 턱, 곧은 코와 비뚤어진 코, 매끄러운 피부와 티가 많은 피부를 구분할 수 있는 겁니다. 단지 이런 차이들에 대해 아무런 심미적 반응도 경험하지 않을 뿐입니다.

칼리아그노시아가 가능한 것은 뇌에 어떤 신경 경로들이 존재하기 때문입니다. 모든 동물은 배우자가 될 가능성이 있는 개체들의 번식 잠재력을 평가하는 기준이 있고, 진화를 통해 그 기준을 인식하게 해 주는 '회로'를 발달시켰습니다. 인간의 사회적 교류는 얼굴을 중심으로 돌아가기 때문에, 우리의 이 회로는 잠재적인 생식 능력이 상대방의 얼굴에 어떻게 나타나 있는지에 관해 가장 예민하게 반응합니다. 이 회로의 작용을 상대방이 아름답다든지 추하다든지, 혹은 그 중간의 어느 단계에 해당된다든지 하는 감각으로서 경험하게 되는 것입니다. 이런 특징들을 전담 평가하는 신경 경로들을 막음으로써 우리는 인위적으로 실미증을 유발할 수 있습니다.

유행이 얼마나 자주 바뀌는지를 감안할 경우, 아름다운 얼굴에 대한 절대적 기준이라는 것이 존재한다는 사실에 대해 믿지 못하겠다는 반응을 보이는 사람들도 있을 것입니다. 그렇지만 각기 다른 문화권의 사람들에게 여러 장의 얼굴 사진을 보여주고 매력적인 순서대로 배열해보라고 하면, 여러 문화에 공통되는 극히 명료한 패턴이 나타납니다. 아주 어린 아이들조차도 어떤 얼굴들을 어른과 마찬가지로 선호하는 것입니다. 이런 실험을 통해 우리는 만인이 아름다운 얼굴로 간주하는 것에 공통된 특성들을 알아낼 수 있습니다.

아마 가장 명백한 것은 매끄러운 피부일 겁니다. 이것은 새의 경우에는 선명한 깃털, 인간 이외의 포유류의 경우에는 반들반들한 모피에 해당합니다. 피부 상태가 좋다는 것은 아마 젊고 건강하다는 사실을 보여주는 최상의 지표이고, 모든 문화권에서 높게 평가되는 형질입니다. 여드름은 대수롭지 않은 것일지도 모르지만, 더 심각한 병처럼 보일 수가 있기 때문에 우리는 이것을 불쾌하게 여기는 것입니다.

또 하나의 형질은 좌우 대칭입니다. 우리는 어떤 사람의 얼굴 왼쪽과 오른쪽 사이에 존재하는 밀리미터 단위의 차이까지 의식하지는 않을지도 모르지만, 가장 매력적이라는 평가를 받는 사람들의 얼굴을 측정해보면 좌우의 균형이 가장 잘 잡혀 있다는 사실을 알 수 있습니다. 그리고 좌우 대칭은 우리의 유전자가 언제나 목표로 하는 것이기는 하지만, 발달적인 맥락에서 보자면 획득하기가 매우 어려운 형질입니다. 환경적인 스트레스 요인, 이를테면 영양 불량, 질병, 기생충 따위는 발육 단계에서 좌우 비대칭을 야기하는 경향이 있습니다. 좌우 대칭은 그런 스트레스 요인에 대한 저항력을 암시한다고도 할 수 있겠죠.

다른 형질들은 얼굴의 비율과 관련이 있습니다. 우리는 모집단의 평균에 근접한 얼굴 비율에 매력을 느끼는 경향이 있습니다. 이 경향은 당연히 당신이 소속된 모집단에 좌우되지만, 평균에 가깝다는 것은 보통 유전적으로 건강하다는 사실을 가리킵니다. 평균으로부터 동떨어져 있는데도 사람들이 언제나 매력을 느끼는 특성이 있다면 그것은 성호르몬으로 인한 것입니다. 생식 잠재력이 높다는 걸 나타내니까요.

기본적으로 칼리아그노시아는 이런 형질들에 대한 반응의 결여일 뿐, 그 이상도 그 이하도 아닙니다. 칼리아그노시아 조치를 받은 사람들은 패션이나 미의 문화적 기준 등에 대해서 결코 무감각하지 않습니다. 만약 검정색 립스틱이 크게 유행한다면 칼리아그노시아가 그 사실을 잊게 만들지는 않는다는 뜻입니다. 단지 검은 립스틱을 바른 예쁜 얼굴과 검은 립스틱을 바른 평범한 얼굴 사이의 차이를 못 느끼는 식이죠. 만약 주위 사람들이 모두 코가 낮은 사람들을 보고 비웃는다면, 당신은 그 사실 또한 깨달을 겁니다.

따라서 칼리아그노시아 그 자체는 겉모습에 기반을 둔 차별을 없애지는 못합니다. 그것이 하는 일은 말하자면 핸디캡을 없애는 일이라고 할 수 있습니다. 칼리아그노시아는 타고난 소인을 제거하고, 그런 차별적인 경향 자체가 나타나는 것을 원천적으로 막는 겁니다. 이 방법을 쓴다면, 사람들에게 겉모습을 무시하라고 가르치고 싶을 때 힘든 싸움을 하지 않아도 됩니다. 우선 모든 사람이 칼리아그노시아를 채택한 환경을 만들고, 그다음 겉모습에 대해 가치 판단을 하지 말도록 사회화하는 방법이 이상적이겠죠.

**타메라 라이언스**

이 대학에 오고 나서 자주 받는 질문이 세이브룩 학교에서 칼리를 한 상태로 자랄 땐 어떤 기분이었느냐는 거예요. 솔직히 어렸을 때는 별거 아니었어요. 다들 하는 말처럼 어떤 환경이든 자기가 자라난 환경이면 정상적으로 느껴지잖아요. 다른 사람들은 볼 수 있지만 저희들은 볼 수 없는 무언가가 있다는 건 알고 있었지만, 그건 그냥 호기심의 대상일 뿐이었어요.

예를 들자면 제 친구들과 저는 영화를 보면서 어떤 배우가 정말로 잘생겼고 어떤 배우가 그렇지 않은지 알아내는 놀이를 하곤 했죠. 다들 자기는 알 수 있다고 했지만, 실은 얼굴을 보는 것만으로 잘생긴 배우를 정말로 구분할 수 있는 애는 아무도 없었어요. 그냥 누가 주인공이고 누가 주인공 친구인지를 알아냈을 뿐이죠. 언제나 친구들보다는 주인공이 잘생겼다는 걸 알고 있었으니까요. 백 퍼센트 맞는 건 아니었지만 주인공이 잘생기지 않았을 때는 언제나 어떤 힌트가 있으니까 힘들지는 않았어요.

칼리가 점점 마음에 걸리기 시작하는 건 더 나이를 먹고 나서예요. 다른 학교를 다니는 아이들과 놀 때면 자기는 칼리가 있는데 다른 애들은 없다는 사실 때문에 이상한 기분을 느끼게 돼요. 그걸 가지고 누가 유난스럽게 구는 건 아니지만, 자기가 볼 수 없는 무언가가 있다는 사실을 깨닫게 되는 거예요. 그래서 진짜 세계를 못 보게 한다는 이유로 부모님과 싸우게 되고. 하지만 그래봤자 씨알도 먹히지 않아요.

### 리처드 해밀, 세이브룩 학교 설립자

세이브룩은 주택협동조합의 부산물로서 생겨났습니다. 당시 이십여 가구가 있었는데, 모두가 공통된 가치관에 입각한 공동체를 만들려고 노력하고 있었지요. 아이들을 위한 대안학교 설립 방안을 논의하기 위해 회합을 가졌을 때, 학부모 중 하나가 매스미디어가 아이들에게 끼치는 영향에 관해 언급했습니다. 자식이 십대가 되면 모두 패션모델처럼 보이려고 성형수술을 해달라고 조른다는 얘기였습니다. 부모들이 아무리 노력해도 아이들을 바깥세상으로부터 완전히 떼어놓는 것은 불가능합니다. 아이들은 이미지에 사로잡힌 문화에서 살아가고 있습니다.

마침 칼리아그노시아에 대한 최후의 법적 걸림돌이 해결된 무렵이었기 때문에 우리는 그것에 관해 논의했습니다. 칼리를 하나의 기회라고 생각한 겁니다. 만약 사람들이 겉모습으로 서로를 판단하지 않는 환경에서 살 수 있다면? 그런 환경에서 우리의 자식들을 기를 수 있다면?

세이브룩은 협동조합에 소속된 가족의 자녀들을 위한 학교로 시작했지만, 칼리아그노시아를 선택한 다른 학교들이 뉴스거리가 되면서 얼마 지나지 않아 협동조합에 가입하지 않고도 자기 자식들을 우리 학교로 보낼 수 있느냐는 문의가 들어오기 시작했습니다. 결국 협동조합과는 분리된 사립학교인 세이브룩이 설립됐습니다. 입학 조건 중 하나는 자식들이 이 학교에 재적하는 동안은 부모들도 칼리아그노시아를 채택한다는 것이었습니다. 이곳에 칼리아그노시아 공동체가 생겨난 건 결국 모두 이 학교가 있었기 때문입니다.

**레이철 라이언스**

타메라의 아버지와 저는 딸을 이곳에 입학시키기 전에 이 문제에 관해 많은 생각을 했습니다. 공동체 주민들과 얘기를 해보고 그들의 교육 방침에 공감했습니다. 하지만 역시 결정적인 계기가 된 건 학교 견학이었습니다.

세이브룩에는 골암이나 화상, 선천성 불구 등의 이유로 얼굴이 기형인 학생의 수가 일반 학교의 평균치보다 더 높습니다. 그런 자식들을 둔 부모들이 다른 아이들한테 따돌림을 받는 일이 없도록 이곳으로 전학을 오는 겁니다. 효과도 있어서, 제가 처음에 가본 교실에서는 열두어 살 먹은 학생들이 반장을 뽑고 있었는데, 반장으로 뽑힌 아이는 얼굴 반쪽에 화상 흉터가 있는 여학생이었습니다. 그 여학생의 행동거지는 보기에도 정말 편하고 자연스러웠고, 다른 아이들 사이에서 인기도 좋았습니다. 다른 학교였다면 아마 바로 그 아이들한테 따돌림을 당했겠죠. 그때 생각했습니다. 바로 이런 환경에서 내 딸을 키우고 싶다고.

여자아이들은 언제나 자신의 가치가 용모에 직결되어 있다는 얘기를 들으면서 자라왔습니다. 어떤 업적을 이루더라도 예쁘면 크게 각광받지만, 그렇지 못할 경우에는 평가절하됩니다. 더 나쁜 경우가 있다면, 여자아이들 일부가 자신의 외모만으로도 세상을 살아갈 수 있다는 잘못된 메시지를 수용하고 정신적 성장을 멈춰버린다는 사실이겠죠. 저는 타메라를 그런 종류의 영향에 노출시키고 싶지 않았습니다.

얼굴이 예쁘다는 것은 기본적으로 수동적인 특징입니다. 예뻐지기 위해 노력하더라도 그건 수동적인 노력에 불과합니다. 저는 타메라가 자기 자신의 가치를 판단하는 데 있어, 자신이 얼마나 예쁜지가 아니라, 정신과 육체 모두를 함양해 자기가 무엇을 할 수 있는지를 기준으로 삼기를 바랐습니다. 저는 제 딸이 수동적이 되는 것을 원하지 않았고, 그애가 그렇게 자라지 않았다는 사실에 만족하고 있습니다.

### 마틴 라이언스

타메라가 성인이 되어 칼리를 제거하기로 결심한다 해도 저는 개의치 않습니다. 저희 부부의 결정은 결코 타메라에게서 선택의 자유를 빼앗기 위한 것이 아니었으니까요. 하지만 요즘 같은 세태에서는 사춘기를 거치는 일만으로도 엄청난 스트레스를 받습니다. 또래끼리의 압력만으로도 종이컵처럼 우그러질 수 있는 겁니다. 자기가 어떻게 생겼는지 고민하는 것도 그런 압력 중 하나이고, 그런 압력을 완화할 수만 있다면 그게 뭐든 무조건 좋다는 게 제 의견입니다.

나이를 먹으면 외모 문제에 관해서도 좀더 능숙하게 대처할 수 있게 됩니다. 좀더 자신을 가지고 안정된 상태에서 자신의 겉모습에 안주할 수 있게 되지요. 잘생겼든 그렇지 않든 간에 자신의 외모에 만족하게 됩니다. 물론 모든 사람이 같은 나이에 이렇게 성숙한 수준에 도달한 다는 뜻은 아닙니다. 열여섯 살에 그렇게 되는 사람이 있는가 하면, 서른 살 혹은 그 이상이 되어서야 겨우 그렇게 되는 경우도 있습니다. 하지만 열여덟 살은 법적으로 성인이 되는 나이이고, 이때가 되면 모든 사람이 스스로 결정할 수 있는 권리를 가지게 됩니다. 부모 입장에서는 자식을 믿고 최상의 결과가 나오기를 바라는 수밖에 없습니다.

### 타메라 라이언스

오늘은 저에게는 좀 이상한 날이었어요. 좋은 날이긴 했지만 역시 이상했다고나 할까. 오늘 아침에 칼리를 껐거든요.

끄는 것 자체는 쉬웠어요. 간호사가 저한테 센서를 몇 개 붙이고 헬멧을 씌운 다음에 여러 사람의 얼굴 사진을 보여줬죠. 그러고는 키보드를 일 분쯤 두들기더니 "칼리를 껐습니다" 하더군요. 그게 다였어요. 껐을 때 뭔가 일어날 거라고 상상하고 있었는데 실은 아무렇지도 않았어요. 그런 다음 정말로 효과가 있는지를 확인하려고 다시 사진들을 보여줬어요.

다시 얼굴들을 보니까 그중 몇몇은…… 달라 보였어요. 빛이 난다고나 할까, 더 생동감이 있다고나 할까. 정확히 설명하는 건 힘들지만. 간호사가 나중에 테스트 결과를 보여줬어요. 제 눈의 동공이 얼마나 열렸는지, 피부의 전기 전도율이 얼마였는지 뭐 그런 수치가 나와 있었어요. 그런데 달라 보이는 얼굴들을 보았을 때는 그런 수치가 올라갔던 거예요. 간호사는 그것들이 아름다운 얼굴이라고 했어요.

간호사는 이제 다른 사람들의 얼굴이 어떻게 보이는지 금세 깨달을 수 있을 거라고 했어요. 그런데 저 자신의 얼굴에 반응하기까지는 시간이 좀 걸릴 거라더군요. 자기 얼굴의 경우엔 아마 너무 익숙하기 때문에 그렇다나요.

맞아요. 처음 거울로 제 얼굴을 봤을 때는 옛날하고 하나도 다르지 않잖아, 하고 생각했어요. 의사 선생님을 만나고 돌아온 다음부터 캠퍼스에서 보는 사람들은 달라 보였지만, 제 얼굴은 하나도 달라 보이지 않았어요. 전 하루 종일 거울을 쳐다보고 있었어요. 한동안은 제가 못생긴 건 아닐지, 또 금방이라도 못생긴 것이 뾰루지나 뭐 그런 것처럼 얼굴에 나타나는 것은 아닐지 걱정이 됐어요. 그래서 그냥 거울을 바라보면서 기다리고 있었어요. 하지만 아무 일도 일어나지 않더군요. 그래서 어쩌면 내가 그렇게 못생긴 건 아닌가보다 생각해요. 못생겼더라면 알 수 있었을 테니까. 하지만 예쁘지도 않은가봐요. 예쁘다면 그것도 알 수 있었을 테니까. 그러니까 저는 평범 그 자체라는 얘기가 되잖아요? 완전 평균. 그럼 뭐 괜찮은 거겠죠.

**조지프 와인가트너**

실인증을 유발한다는 것은 특정 부위의 뇌 손상을 시뮬레이트한다는 뜻입니다. 이때 쓰이는 것은 '뉴로스테트'라는, 프로그래밍이 가능한 약제입니다. 극히 선택적인 마취제라고 생각하셔도 좋습니다. 이 약제의 활성화와 표적 설정은 모두 동적 조정이 가능합니다. 환자가 머리에 쓴 헬멧으로 신호를 보내 활성화하거나 불활성화하는 겁니다. 이 헬멧은 체내 위치 정보도 제공하기 때문에 뉴로스테트 분자들은 자신의 위치를 삼각 측량할 수 있습니다. 이렇게 하면 뇌세포 조직의 특정 부위에 위치한 해당 뉴로스태트만을 활성화시킬 수 있기 때문에 그 부위의 신경 임펄스가 지정된 역치 이하에 머물게 할 수 있습니다.

원래 뉴로스태트는 간질 환자의 발작을 제어하고 만성적 고통을 완화시킬 목적으로 개발됐습니다. 이걸 사용함으로써 신경계 전체에 영향을 끼치는 약물에 부수되는 부작용 없이도 이런 중증 환자들의 치료가 가능해졌지요. 그 뒤로는 강박신경증, 약물의존증, 그 밖의 신경질환의 치료를 위한 각종 뉴로스태트 프로토콜이 개발되기도 했습니다. 동시에 이 약제는 대뇌 생리의 연구에도 다분히 소중한 연구 수단이 되어주었습니다.

뇌 기능의 특수화를 연구하는 신경학자들이 전통적으로 채택한 방법 중 하나는 여러 종류의 뇌 손상이 야기하는 결함을 관찰하는 일이었습니다. 그러나 부상이나 질병으로 인한 뇌 손상은 보통 복수의 기능 부위에 영향을 끼치는 일이 많기 때문에 이 테크닉에는 처음부터 명백히 한계가 있었지요. 이와는 대조적으로 뉴로스태트는 뇌의 극히 작은 부분에서만 활성화될 수 있기 때문에, 실생활에서는 결코 일어날 수가 없을 만큼 극단적으로 국소화된 뇌 손상을 시뮬레이트할 수가 있습니다. 게다가 해당 뉴로스태트를 불활성화하면 이 '손상'은 사라지고 뇌 기능은 다시 정상으로 돌아옵니다.

이런 방법을 써서 신경학자들은 여러 종류의 실인증을 유발할 수 있었습니다. 여기서 가장 밀접한 관계가 있는 것은 얼굴 실인증, 즉 사람 얼굴을 보고도 누군지 분간해내지 못하는 증세입니다. 친구나 가족을 봐도 상대방이 뭐라고 말을 하지 않는 이상 누군지 알아보지 못합니다. 사진에 나와 있는 자기 얼굴조차도 알아보지 못하죠. 이것은 인지

적이거나 지각적인 문제가 아닙니다. 얼굴 실인증 환자들은 상대방의 머리 모양이나 옷, 향수, 걷는 모습을 보고도 누군지를 알아볼 수 있습니다. 장애는 순전히 얼굴에만 한정되어 있는 겁니다.

지금까지 얼굴 실인증은 우리의 뇌 속에 얼굴의 시각적 정보처리를 전담하는 특수한 '회로'가 존재한다는 사실을 가장 극적으로 보여주는 증거로 간주되어왔습니다. 우리는 다른 물체들을 보는 것과는 다른 방법으로 얼굴을 봅니다. 그리고 누군가의 얼굴을 알아보는 것은 얼굴에 대해 우리가 실행하는 여러 정보처리 과정 중 하나에 불과합니다. 이와 관련해서는 얼굴 표정을 알아보는 일을 전담하는 회로도 있고, 다른 사람의 시선의 방향이 바뀌는 것을 탐지하는 회로조차도 있습니다.

얼굴 실인증 환자를 관찰하면 알 수 있는 흥미로운 사실 중 하나는 이들이 상대방의 얼굴을 알아보지 못하면서도 여전히 그 얼굴이 매력적인지 아닌지에 관해 의견을 내놓을 수 있다는 점입니다. 얼굴 사진들을 보여주고 매력적인 순서로 배열해달라는 요청을 받았을 때, 얼굴 실인증 환자들은 일반인과 거의 같은 방식으로 사진을 가려냈습니다. 연구자들은 뉴로스태트를 사용한 실험을 통해서 얼굴의 아름다움을 지각하는 신경 회로를 찾아낼 수 있었고, 그럼으로써 실질적으로 칼리를 발명했던 겁니다.

**마리아 데수자**

저희 조직은 학생 보건 사무실에 설치한 뉴로스태트 프로그래밍 헬멧의 수를 늘렸고, 희망자에게는 누구나 칼리아그노시아를 제공할 수 있도록 해놓았습니다. 따로 예약할 필요도 없이 그냥 들어가서 신청하면 됩니다. 저희는 모든 학생에게 칼리아그노시아를 권장하고 있고, 하루 동안만이라도 시험해보고 어떤 기분이 드는지 알아보라고 합니다. 처음에는 조금 이상한 느낌일 겁니다. 아는 사람 모두가 잘생기지도 못생기지도 않은 것으로 보이니까요. 하지만 시간이 지나면 이것이 대인 관계에 얼마나 긍정적인 영향을 끼치는지 알게 될 겁니다.

칼리가 혹시 성적인 욕구를 사라지게 하지 않을까 걱정하는 사람들이 많지만, 사실 육체적인 아름다움은 개인의 매력의 작은 일부에 지나지 않습니다. 그 사람이 어떻게 행동하는가, 무슨 말을 어떻게 하는가, 행동과 몸짓을 통해 어떤 일을 하는가가 훨씬 더 중요합니다. 그 사람이 당신에 대해 어떻게 반응하는지도 중요하겠지요. 제 경우에 대해서 말하자면, 제가 어떤 남자에게 매력을 느끼는 건 그 남자가 제게 흥미가 있는 것처럼 보일 때입니다. 일종의 피드백 루프라고나 할까요. 그 남자가 당신을 바라보는 걸 깨닫고, 그 남자도 당신이 자기를 바라보는 걸 깨닫고, 모든 것이 여기서부터 커져가는 겁니다. 칼리는 이런 과정을 바꾸지 않습니다. 게다가 페로몬으로 인한 화학 작용도 진행되는 법이고요. 칼리가 이것에 영향을 끼치지 않는다는 점은 명백합니다.

또 하나 사람들이 걱정하는 것은 칼리가 모든 사람의 얼굴을 똑같이 보이도록 할 거라는 걱정입니다. 하지만 이것 또한 사실이 아닙니다. 사람의 얼굴이란 언제나 그 성격을 반영하기 마련이고, 칼리는 오히려 그 점을 한층 더 명확하게 해줍니다. 일정한 나이를 지나면 사람은 자기 얼굴에 책임을 져야 한다는 격언을 들어본 적이 있으시죠? 칼리는 그 말이 얼마나 옳은지 실감하게 해줄 겁니다. 어떤 얼굴은 정말 단조

롭게 보일 때가 있습니다. 특히 젊고 표준적으로 잘생긴 경우에 그렇습니다. 육체적인 아름다움이 없다면 이런 얼굴들은 그냥 따분할 뿐입니다. 그렇지만 개성이 풍부한 얼굴은 칼리가 없었을 때와 마찬가지로 멋져 보이고, 칼리에 의해 더 멋져 보일 수 있습니다. 마치 좀더 본질적인 무언가를 보고 있는 기분이 되는 겁니다.

칼리를 강제할 작정이냐고 물어오는 사람들도 있습니다. 저희는 전혀 그럴 계획이 없습니다. 응시 패턴을 분석해 칼리 유무 여부를 상당히 정확하게 추정할 수 있는 소프트웨어가 있다는 건 압니다. 하지만 그러기 위해서는 많은 데이터가 필요하고, 캠퍼스에 설치된 보안 카메라들의 줌 기능 가지고서는 도저히 무리입니다. 결국 칼리를 강제하려면 모든 사람이 개인용 카메라를 휴대하고 데이터를 공유하는 수밖에 없겠죠. 불가능한 일은 아니지만 저희의 목적은 그런 것이 아닙니다. 일단 사람들이 칼리를 사용해보면, 그 이점을 단번에 깨달을 거라고 저희는 확신합니다.

**타메라 라이언스**

세상에, 전 예뻤어요!

정말 굉장한 날이었어요. 아침에 일어나자마자 거울 앞으로 갔죠. 크리스마스 선물을 받는 어린아이 같은 심정이었다고나 할까. 하지만 여전히 제 얼굴은 평범하게 보였어요. 나중에는 살금살금 거울로 다가가서 기습적으로 (웃음) 보기까지 했지만 효과가 없었어요. 그래서 좀 낙심했죠. 뭐랄까, 체념하고 운명을 받아들였다고나 할까요.

하지만 오늘 오후에 룸메이트 아이나하고 기숙사 친구 두 명하고 놀러 나갔거든요. 우선 제 자신이 익숙해지고 싶었기 때문에 칼리를 껐다는 얘긴 아무한테도 하지 않았어요. 저흰 캠퍼스 반대편에 있는 어느 스낵바로 갔어요. 저는 거기 가는 것이 처음이었어요. 테이블에 앉아서 얘기를 나누다가, 저는 주위를 둘러보면서 칼리 없이 다른 사람들이 어떻게 보이는지를 한번 보려고 했어요. 그랬더니 저를 쳐다보고 있는 여자애가 눈에 들어오더라고요. 전 그 아이를 보고 '정말 예쁜 아이네'라고 생각했죠. 그러던 중에 (웃음) 정말 바보 같은 소리로 들릴지도 모르겠지만, 그제야 스낵바의 벽이 거울이라는 걸 깨달았어요. 저는 저를 바라보고 있었던 거예요!

뭐라고 설명해야 할지 잘 모르겠지만, 저는 정말 엄청난 안도감을 느꼈어요. 가만있어도 자꾸 얼굴에 웃음이 떠오르더군요. 아이나가 뭐가 그렇게 좋냐고 해도 저는 그냥 고개를 젓기만 했죠. 저는 화장실로 갔어요. 제 얼굴을 좀더 바라보고 싶었거든요.

그래서 오늘은 참 좋은 날이었어요. 저는 제 얼굴이 정말 **좋아요!** 오늘은 정말 좋은 날이에요.

### 제프 윈스럽, 3학년, 학생 토론회에서의 발언

겉모습으로 사람을 판단하는 건 물론 잘못입니다. 하지만 이 '눈가림'은 결코 해답이 되지 못합니다. 우리에게 필요한 것은 교육입니다.

칼리는 나쁜 것뿐 아니라 좋은 것까지 제거해버립니다. 차별의 가능성이 있을 때도 제대로 작동한다고 할 수 없고, 그냥 아름다움을 아예 인식할 수 없게 만들어버리는 겁니다. 매력적인 얼굴을 바라본다고 해서 누구에게 크게 해가 되는 것도 아니지 않습니까. 칼리는 이럴 경우에도 구분을 허용하지 않지만, 교육이라면 그게 가능해집니다.

물론 누군가는 테크놀로지가 더 발달한다면 달라지지 않겠냐고 얘기하겠죠. 언젠가는 그들이 당신의 뇌에 전문가 시스템을 삽입하여 '이것은 아름다움을 음미하는 데 적절한 상황인가? 그렇다면, 즐겨라. 그렇지 않다면, 무시하도록' 하는 식으로 판단하게 할지도 모릅니다. 그래도 괜찮겠습니까? 이것이 사람들이 '도움받은 성숙함'이라고 부르는 것일까요?

아뇨, 그렇지 않습니다. 그걸 성숙이라고 할 수는 없습니다. 단지 전문가 시스템이 당신을 대신해서 결정을 내리는 것일 뿐입니다. 성숙함이란, 차이를 눈으로 보지만, 그것이 중요하지 않다는 사실을 깨닫는 것입니다. 테크놀로지에 의한 지름길 따위는 존재하지 않습니다.

### 아데시 싱, 3학년, 학생 토론회에서의 발언

전문가 시스템에게 당신의 판단을 맡기라는 얘기가 아닙니다. 칼리가 이상적인 것은 그것이 가져오는 변화가 실로 작기 때문입니다. 칼리는 여러분을 위해 판단을 내려주지는 않습니다. 여러분이 하려는 일을 막지도 않습니다. 성숙에 관해 말하자면, 칼리를 선택한다는 행위 자체가 이미 성숙함의 증거입니다.

누구나 육체적인 아름다움은 인간의 장점과는 무관하다는 것을 알고 있고, 이것은 교육 덕택입니다. 하지만 아무리 이 세상이 선의로 가득하다 해도 사람들은 외모 지상주의에서 벗어날 수 없습니다. 우리는 공평하게 사람을 판단하고 상대방의 외모로부터 영향을 받지 않으려고 노력하지만, 자동적인 반응만은 억제할 수 없습니다. 자신은 그럴 수 있다고 주장하는 사람이 있다면 그건 소망 충족적인 사고에 빠져 있는 겁니다. 가슴에 손을 얹고 자문해보십시오. 매력적인 사람을 만났을 때와 매력적이지 못한 사람을 만났을 때 당신이 보이는 반응에는 차이가 있지 않습니까?

이 문제에 관한 연구에서는 모두 똑같은 결과가 나왔습니다. 외모가 매력적이면 사회적으로 성공할 가능성이 높습니다. 우리는 잘생긴 사람들이 다른 사람들보다 좀더 유능하고, 좀더 정직하며, 더 나은 대우를 받을 가치가 있다고 생각하지 않을 수가 없는 것입니다. 사실이 아니지만, 그들의 외모는 우리에게 그런 인상을 줍니다.

칼리는 눈가림이 아닙니다. 아름다움이야말로 여러분의 눈을 가리고 있는 것입니다. 칼리는 당신이 볼 수 있게 해줍니다.


### 타메라 라이언스

그래서 전 캠퍼스 안에서 잘생긴 남자들을 구경하는 버릇이 생겼어요. 재미있어요. 기분이 좀 이상하긴 하지만 재미는 있어요. 며칠 전 카페테리아에 갔다가 한두 테이블 떨어진 곳에 앉아 있는 남자를 본 적이 있어요. 이름도 모르는 사람이지만 줄곧 얼굴을 바라보게 되더라고요. 그 남자 얼굴이 어디가 특별하다거나 한 건 아니었지만 그냥 다른 사람들에 비하면 훨씬 더 눈에 띄었어요. 마치 그 남자 얼굴은 자석이고, 내 눈은 나침반의 바늘처럼 그쪽으로 끌려갔다고나 할까.

그리고 한동안 바라보고 있자니, 그 남자가 정말 괜찮은 남자일 거 같은 생각이 자연스레 떠오르는 거예요! 그 남자에 관해서는 아무 것도 아는 게 없고 무슨 얘기를 하는지 들리지도 않았지만 어쩐지 친해지고 싶었어요. 좀 이상했지만 절대로 나쁜 느낌은 아니었어요.

**전국대학네트워크 관련, 에듀뉴스 방송에서**

펨블턴 대학의 칼리아그노시아 의무화 조치에 관한 최신 뉴스입니다. 에듀뉴스가 입수한 증거에 의하면, 홍보회사인 와이어트/헤이즈는 펨블턴 대학 학생 네 명을 음성적으로 고용해 칼리아그노시아 의무화 안에 찬성투표를 던지지 말라고 동료 학생들을 설득하는 일을 맡겼다고 합니다. 입수한 증거에는 '평판이 좋고 잘생긴 학생들'을 고르라고 권고하는 내용이 담긴 와이어트/헤이즈의 사내 메모와 이 홍보회사에서 펨블턴의 학생들에게 지불한 사례의 기록도 포함되어 있습니다.

이 파일의 발신처는 미디어를 상대로 폭로활동을 펼쳐온 문화 게릴라 집단인 〈세미오테크 전사들〉이었습니다.

입장 표명을 요청하자, 와이어트/헤이즈는 사내 컴퓨터 시스템에 불법 침입한 문화 게릴라 집단을 비난하는 성명을 냈습니다.

**제프 윈스럽**

예, 맞습니다. 저는 와이어트/헤이즈에게서 보수를 받았지만, 특별히 무슨 선전을 하기 위한 계약은 아니었습니다. 제가 무슨 무슨 얘기를 해야 한다는 지시를 받은 적은 한 번도 없으니까요. 제가 받은 보수는 단지 제가 안티-칼리 캠페인에 좀더 많은 시간을 할애하는 걸 가능하게 했을 뿐입니다. 교습 아르바이트를 하면서 돈을 벌 필요가 없었다면 안 그래도 그렇게 행동했을 테니까요.

안티-칼리 운동의 관계자 두 사람에게서 더 이상 이 문제에 관해 공공연히 발언하는 것은 삼가달라는 요청을 받았습니다. 자기들의 대의에 금이 가기 때문이라는군요. 그 친구들이 그렇게 느낀다니 유감입니다. 인신공격에 불과하기 때문입니다. 예전에 내놓았던 자신의 의견에 일리가 있다고 생각한다면 이런 일로 의견을 바꿀 필요는 없습니다. 하지만 항간에는 그런 구별도 못하는 사람들도 있기 마련이니까, 저는 대의를 실현하기 위해서 나름대로 최선을 다할 작정입니다.

### 마리아 데수자

그 학생들은 자기들 뒤에 스폰서가 있다는 사실을 밝혔어야 했습니다. 누가 걸어다니는 광고탑인지는 다들 잘 알고 있습니다. 하지만 이제 누군가가 이번 개정안을 비판하고 나서면, 혹시 돈을 받고 그러는 것이 아니냐는 질문을 받습니다. 이번 사건에 대한 반동이 안티-칼리 운동에 치명상을 입히고 있다는 점은 명백합니다.

개인적으로는 홍보회사를 고용할 정도로 저희의 개정안에 관심을 가져주는 사람이 있다는 사실을 일종의 칭찬으로 받아들이고 있습니다. 저희는 개정안 통과가 다른 학교의 학생들에게 영향을 끼칠 것을 기대했고, 이번 사건으로 기업들도 같은 생각을 하고 있다는 사실을 알게 되었습니다.

저희는 전국 칼리아그노시아 협회의 회장을 캠퍼스에 초청해 강연회를 열 예정입니다. 예전에는 전국적인 단체와 손을 잡아야 할지에 관해 확신이 없었습니다. 그분들이 강조하는 측면은 우리와는 다르니까요. 전국 단체는 매스미디어에 의한 미의 남용에 더 초점을 맞추고 있지만, 저희 조직에서는 사회적 평등 쪽에 더 관심이 있습니다. 하지만 와이어트/헤이즈의 책동에 대해 우리 학교 학생들이 보인 반응을 감안한다면, 미디어 조작을 이슈화할 경우 분명 저희들의 목표 달성에 힘이 될 것입니다. 의무화 안을 통과시키는 최상의 수단은 광고주들에 대한 분노를 이용하는 것입니다. 사회적 평등은 그 뒤를 따를 테고요.

**전국 칼리아그노시아 협회 회장 월터 램버트가**
**펨블턴 대학에서 행한 강연에서 발췌**

코카인을 예로 들어봅시다. 천연 형태의 코카 잎은 쾌감을 줍니다. 하지만 문제가 되는 정도까지는 아니지요. 그러나 정제하고 순화하면, 그것은 여러분의 쾌락 수용기를 부자연스러울 정도로 강렬하게 자극하는 약물로 변신합니다. 그러면 중독성이 생기는 거지요.

아름다움 또한 광고주들 덕택에 비슷한 과정을 거쳐왔습니다. 진화는 우리에게 잘생긴 외모에 반응하는 신경 회로를 부여했고, 시각 피질의 쾌락 수용기라고 부를 수 있는 이것은 자연 환경에서는 유용한 자질이었지요. 그렇지만 백만 명에 한 명밖에는 없는 피부와 골상을 가진 사람에게 전문적인 메이크업과 수정을 가한다면, 여러분이 보게되는 것은 더 이상 천연 형태의 아름다움이 아닙니다. 그것은 정제된 약제급의 아름다움이고, 미모의 코카인입니다.

생물학자들은 이것을 '초자극'이라고 부릅니다. 어미 새에게 거대한 플라스틱제 알을 보여주면 어미 새는 자기가 낳은 진짜 알들 대신에 이 플라스틱 알을 품습니다. 매디슨 애비뉴*는 우리의 환경을 이런 종

---

\* 뉴욕시 맨해튼에 있는 고급 쇼핑가. 미국 광고 산업의 총본산이다.

류의 자극으로, 이런 종류의 시각적 마약으로 채워놓았습니다. 우리의 미적 수용기는 진화로 얻은 처리 용량을 초과하는 자극을 받고 있습니다. 단 하루에 우리 조상들이 일생 동안 받은 것보다 더 많은 양의 아름다움을 보고 있는 겁니다. 그리고 그 결과 아름다움은 우리의 삶을 천천히 파괴하고 있습니다.

어떻게? 마약이 문제가 되는 것과 동일한 방식을 통해서입니다. 다른 사람들과의 관계에 간섭하는 거죠. 우리는 보통 사람들의 모습에 만족할 수 없게 됩니다. 그들은 슈퍼모델들과는 경쟁이 되지 않기 때문입니다. 이차원적인 이미지조차도 문제투성이인데, 스펙스가 보급된 지금은 광고주들이 슈퍼모델들을 여러분 눈앞에 출현시켜 여러분을 바라보게 합니다. 소프트웨어 회사들은 예약 시간이 됐음을 알려주는 여신들을 제공합니다. 가상의 여자친구를 살아 있는 여자친구보다 더 선호하는 남자들에 관해서는 들어보셨겠지만, 영향을 받은 것은 그들만이 아닙니다. 화려한 미모의 디지털 유령들과 함께 지내는 시간이 길어질수록 현실 세계의 인간관계는 더 큰 타격을 받습니다.

현대 세계에서 살아가는 한 우리는 이런 이미지들을 피할 수 없습니다. 따라서 우리는 이 습관을 떨쳐버릴 수가 없다는 얘기가 됩니다. 아름다움이란 글자 그대로 이십사 시간 동안 눈을 감고 있지 않는 한 절대로 떨쳐버릴 수 없는 마약이기 때문입니다.

지금까지는 그래왔습니다. 하지만 이제 여러분은 다른 한 쌍의 눈꺼풀을 가질 수 있게 되었습니다. 이 마약을 차단하면서도, 눈으로 보는 것을 허용해주는. 바로 칼리아그노시아입니다. 어떤 사람들은 이것을 너무 지나치다고 하는 사람도 있겠지만, 저는 이것을 충분히 필요한 것이라고 하겠습니다. 테크놀로지는 감정적 반응을 통해 우리를 조작하는 수단으로 사용되고 있기 때문에, 우리가 스스로를 지키기 위해 테크놀로지를 쓰는 것 역시 정당합니다.

지금 여러분에겐 사회에 엄청난 충격을 줄 수 있는 기회가 있습니다. 펨블턴 대학의 학생회는 지금까지 줄곧 모든 진보적 운동의 선봉에 서서 활동해왔습니다. 이곳에 있는 여러분의 결정은 전국의 학생들에게 모범이 될 것입니다. 개정안을 통과시키고 칼리아그노시아를 채택함으로써, 여러분은 젊은이들이 더 이상 조작당하는 것을 원치 않는다는 메시지를 광고주들에게 보내게 되는 것입니다.

### 에듀뉴스 방송에서

전국 칼리아그노시아 협회 회장인 월터 램버트의 강연 후, 펨블턴 대학의 재학생을 상대로 실시한 여론조사 결과, 전체 재학생의 54퍼센트가 칼리아그노시아의 의무화에 찬성했습니다. 미국 전체 대학에 대한 여론조사에서는 평균 28퍼센트의 재학생이 자기 학교에서 유사한 조치를 의무화하는 데 찬성했고, 이것은 지난달에 비해 8퍼센트 증가한 수치입니다.

### 타메라 라이언스

코카인에 비유한 건 좀 심했다고 생각해요. 광고라는 마약을 손에 넣기 위해 도둑질까지 하는 사람을 상상할 수 있나요?

하지만 광고에 나오는 잘생긴 모델들하고 실생활에서 잘생긴 사람들 사이의 차이에 관한 그분 얘기에는 일리가 있다고 생각해요. 모델들이 현실에서의 사람들보다 잘생겼다는 게 아니라 뭔가 달라 보이는 건 사실이니까.

그러니까, 며칠 전 대학 매점에 있다가 이메일이 왔는지 보려고 스펙스를 꼈는데, 스펙스에 포스터 광고가 뜨더라고요. 샴푸 광고, '쾌락'이었던가 그랬는데, 전에도 봤던 광고거든요. 그런데 칼리 없이 보니까 달라 보이는 거예요. 거기 나온 여자 모델은 정말이지 눈을 뗄 수가 없었어요. 카페테리아에서 그 잘생긴 남자를 보았을 때와 같은 느낌이었다는 뜻이 아녜요. 그 모델과 사귀고 싶다거나 뭐 그런 느낌은 받지 않았으니까. 그건 뭐랄까…… 해가 지는 광경이나 불꽃놀이를 구경하는 느낌이었어요.

그냥 거기 서서 그 광고를 한 다섯 번은 보고 있었던 것 같아요. 그 여자를 계속 더 보고 싶어서요. 사람이 그렇게, 뭐랄까, 스펙터클하게 보일 수 있다고는 생각하지 못했거든요.

하지만 제가 뭐 사람들하고 말하는 걸 그만두고 맨날 스펙스에 나오는 광고만 보고 있겠다는 얘긴 아녜요. 광고를 보는 건 굉장히 강렬한 체험이지만, 진짜 사람을 보는 것과는 전혀 다른 경험이거든요. 광고를 보자마자 당장 거기 나온 제품들을 사고 싶은 기분이 된다는 얘기도 아녜요. 사실 제품에는 거의 신경을 쓰지도 않거든요. 그냥 보고 있으면 정말 재미있어요.

**마리아 데수자**

만약 타메라를 더 일찍 알았다면 칼리를 끄지 말라고 설득했을지도 모릅니다. 성공했을 것 같지는 않아요. 상당히 굳은 결심을 한 것 같으니까요. 그럼에도 불구하고 타메라는 칼리의 장점을 여실히 보여주는 훌륭한 예입니다. 타메라와 말을 나누면서 그걸 모르고 지나치는 것은 불가능합니다. 이를테면 타메라가 얼마나 행운아인지 아느냐고 제가 묻자 "왜요? 제가 아름다워서요?"라는 대답이 돌아오더군요. 완전히 진심으로 한 말이었어요! 마치 자기의 키에 관해 말하듯이요. 칼리가 없는 여성이 그런 식으로 말하는 걸 상상할 수 있습니까?

타메라는 자신의 용모에 관해서 전혀 자의식이 없습니다. 허영심이 있거나 자신감이 결여된 것도 아니고, 아무런 부끄럼 없이 당당하게 자신을 아름답다고 표현할 수 있습니다. 사실 타메라는 매우 예쁩니다. 그쯤 되면 많은 여성들이 언동 면에서 좀 우쭐대고 싶어하는 경향이 있죠. 하지만 타메라에게는 전혀 그런 것이 없습니다. 우쭐대지 않는다면 거짓 겸손을 보일 때도 있고 이런 것은 한눈에 알아볼 수 있습니다만, 타메라는 그러지도 않습니다. 왜냐하면 그녀는 정말로 겸손하기 때문이죠. 칼리와 함께 자라나지 않았다면 절대로 그렇게 되지 못했을 겁니다. 앞으로도 그렇게 살아갔으면 좋겠군요.

## 아니카 린드스트롬, 2학년

이 칼리라는 건 정말 끔찍한 아이디어라고 생각해요. 전 남자들이 쳐다보면 기분이 좋아요. 만약 안 그렇게 된다면 정말 실망할 거예요.

이 모든 일은 솔직히 말해서 별로 잘생기지 못한 사람들이 좀 나은 기분을 맛보고 싶어서 만들어낸 것이 아닌가 하는 생각이 들어요. 그걸 실행하기 위한 유일한 방법은 자기들이 갖고 있지 않은 것을 갖고 있는 사람들을 벌하는 거죠. 정말 불공평해요.

예뻐질 수 있다면 누가 그걸 마다하겠어요? 누구에게 물어봐도 싫다는 사람은 없을걸요. 이 운동을 뒤에서 추진하고 있는 사람들에게 물어보더라도 백이면 백 같은 대답이 돌아올 거예요. 아, 물론 예쁘면 멍청이들이 가끔 귀찮게 군다는 단점은 있죠. 멍청이들은 어디에나 있으니까요. 하지만 인생이란 원래 그런 거 아닌가요. 만약 이 과학자 양반들이 남자들 뇌에 있는 멍청이 회로를 끄는 방법을 발견한다면 저는 쌍수를 들고 환영할 거예요.

**졸린 카터, 3학년**

저는 의무화 안에 찬성표를 던질 생각입니다. 모든 사람에게 칼리가 있다면 안도감을 느낄 거예요.

사람들이 저한테 친절한 건 제 용모 때문이에요. 마음 한구석에서는 그걸 좋아하는 부분도 있지만 한편으론 가책을 느낀답니다. 전 그런 대우를 받을 만한 일을 한 적이 없거든요. 물론 남자들이 저에게 주목하는 건 좋은 일이지만, 그 탓에 다른 사람과 진심으로 사귀는 일이 어려워질 때가 있어요. 어떤 남자가 좋아질 때마다, 그 사람이 내 자신에 대해 흥미를 느낀 건지 아니면 내 외모에 흥미를 느낀 건지 궁금해하곤 하죠. 그건 알기가 힘든 것이, 모든 관계라는 게 처음에는 다 멋지잖아요? 정말로 마음 편하게 지낼 수 있는 상대라는 걸 확인하는 건 시간이 좀 흐른 다음의 일이에요. 제 마지막 남자친구와도 그런 식이었어요. 그 남자는 제가 정말로 멋진 모습을 하고 있지 않으면 별로 좋아하지 않았고, 그래서 함께 있으면서 정말로 마음을 놓았던 적이 한 번도 없었어요. 하지만 그 사실을 깨달았을 땐 이미 그 남자와 아주 가까워진 사이였기 때문에 그 남자가 진짜 저를 보고 있지 않다는 사실을 알고선 정말 마음이 아팠어요.

여자들과의 관계도 있어요. 여자들 대다수가 그걸 좋아하지 않는다고 생각하지만, 여자는 언제나 주위 사람들과 자기의 용모를 비교하거든요. 때로는 마치 제가 무슨 경쟁에 참가하고 있는 듯한 기분도 드는데, 전 그러고 싶지가 않은 거예요.

칼리 생각을 한 번은 해보았지만, 모든 사람이 그걸 사용하지 않는이상 별 의미가 없을 것 같더군요. 저 혼자 사용해봐야 주위 사람들이 저를 대하는 태도는 달라지지 않을 테니까요. 하지만 캠퍼스에 있는 사람들 모두가 칼리 사용자가 된다면 저도 기꺼이 그렇게 할 생각입니다.

**타메라 라이언스**

룸메이트인 아이나한테 고등학교 앨범을 보여주고 있었는데 저와 옛날 남자친구인 개럿의 사진들이 나왔어요. 그래서 아이나가 그애에 대해 궁금해하기에 얘기해줬죠. 고등학교 3학년 때 줄곧 함께 다녔고, 제가 얼마나 그애를 사랑했었는지, 또 함께 있고 싶어했는지에 관해서요. 그랬더니 이러더군요. "아니 그럼 걔 쪽에서 먼저 헤어지자고 했단 말이야?"

제가 이 말이 도대체 무슨 뜻인지 이해하기까지는 좀 시간이 걸렸죠. 자기 말을 들어도 화를 내면 안 된다고 두 번이나 다짐을 받더군요. 그러고는 개럿은 솔직히 그리 잘생긴 얼굴이 아니라는 거예요. 전 개럿이 그냥 평범한 용모일 거라고 생각하고 있었어요. 칼리를 끈 다음에도 예전과 그리 달라 보이지 않았거든요. 하지만 아이나 말로는 틀림없이 평균 이하라는군요.

아이나는 개럿과 닮았다면서 다른 두 명의 남자 사진을 보여줬어요. 그걸 보니 저도 그 남자들이 별로 잘생기지 않았다는 걸 알겠더라고요. 멍청해 보였다고나 할까. 그다음 다시 개럿 사진을 보니까 그 남자들과 어딘가 이목구비가 비슷한 데가 있는 것 같았어요. 하지만 개럿의 경우에는 귀여워 보이는 거예요. 적어도 저한테는 말이죠.

아마 사람들 얘기가 사실일 거예요. 사랑이란 어딘가 칼리를 닮았다는 얘기 말예요. 누군가를 사랑하면, 상대방이 정말로 어떻게 생겼는지는 눈에 안 들어오는 거예요. 개럿에 대해 아직 감정이 남아 있으니까, 다른 사람들처럼 개럿을 보지는 않는 거겠죠.

아이나는 개럿처럼 생긴 남자가 저처럼 생긴 여자애하고 헤어졌다는 사실을 믿지 못하겠다고 했어요. 칼리가 없는 학교였다면 저와 데이트도 하지 못했을 거라나. 바꿔 말해서 우리 두 사람은 격이 다르다는 거죠.

그런 얘기를 들으니 참 이상하다는 생각이 들더군요. 개럿과 사귈 무렵 전 항상 우리 두 사람이 맺어질 거라고 생각했거든요. 운명이나 그런 걸 믿는다는 얘기는 아니고, 그냥 두 사람이 참 잘 맞는다고 생각했어요. 그래서 같은 학교에 다녔더라도 칼리가 없었다면 결코 사귀는 일이 없었을 거라는 얘기를 들으니 기분이 이상한 거예요. 아이나도 그렇게까지 확신하는 건 아녜요, 알아요. 하지만 저도 그애 말이 완전히 틀렸다고는 단언할 자신이 없군요.

그러니까 제게 칼리가 있었다는 걸 감사해야 하는 건지도 모르겠어요. 그 덕택에 개럿과 사귈 수 있었으니까. 참 뭐라고 해야 하는 건지.

**에듀뉴스 방송에서**

오늘 전국 각지에 있는 십여 개의 칼리아그노시아 학생 조직의 인터넷 사이트가 동시에 서비스 불능 공격을 받고 접속 불능 상태에 빠졌습니다. 범행을 인정한 그룹은 아직 없지만, 전국 성형외과의사 협회의 사이트가 칼리아그노시아 사이트로 뒤바뀌었던 사건에 대한 보복이 아닌가 하는 시각이 있습니다.

한편, 〈세미오테크 전사들〉은 자신들의 새로운 '피부과학' 컴퓨터 바이러스를 유포했다고 발표했습니다. 이것은 전 세계의 비디오 서버를 감염시켜 방송 내용을 변화시킴으로써, 얼굴과 몸에 여드름이나 정맥류 따위가 드러나 보이게 하는 바이러스입니다.


**워렌 데이비드슨, 1학년**

고등학교 때 칼리를 한번 사용해볼까 생각했지만, 그 얘길 부모님한테 어떻게 꺼내야 할지 몰라서 결국 못했어요. 그랬는데 대학에서 기회를 제공한다기에 한번 해보자 했죠. (어깨를 으쓱하며) 괜찮았습니다.

아니, 실은 괜찮은 것보다 더 나았습니다. (잠시 침묵) 저는 언제나 제 얼굴이 싫었어요. 고등학교 시절에는 거울을 보는 것조차 견디기 힘들었던 시기도 있었습니다. 하지만 칼리가 있으면 그때만큼은 심각하게 느껴지지 않습니다. 다른 사람한테는 똑같은 얼굴로 보인다는 걸 알지만, 예전에 비하면 그리 중대한 문제라는 느낌을 안 받거든요. 어떤 사람들이 다른 사람들에 비해 훨씬 더 잘생겼다는 사실을 언제나 자각하지 않아도 되는 것만으로 마음이 가벼워졌다고나 할까요. 예를 들어 도서관에서 미적분 숙제를 못 풀어서 고민하는 여학생을 도와

준 적이 있어요. 나중이 돼서야 깨달았는데, 예전의 저라면 정말 예쁘다고 생각했을 만한 학생이었어요. 예전의 저였다면 가까이에 있는 것만으로도 정말 신경이 곤두섰을 텐데, 칼리가 있으니 아무렇지도 않게 말을 걸 수가 있었습니다.

아마 그애는 제가 좀 이상한 놈이라고 생각했을지도 모르죠. 그건 모르겠습니다. 하지만 중요한 건 그애한테 말을 걸었을 때 저는 제가 이상한 놈이라고 결코 생각하지 않았다는 사실입니다. 칼리가 있기 전에는 너무 자의식이 강했고 그게 더 사태를 악화시켰어요. 하지만 지금은 훨씬 마음이 편한 상태입니다.

그렇다고 갑자기 제 자신에 대해 엄청난 자부심을 느낀다거나 그런 건 아니에요. 칼리가 있어도 전혀 쓸모가 없는 사람들도 있을 거고요. 하지만 적어도 제 경우에는 칼리 덕분에 예전보다 고민이 줄어든 건 사실입니다. 이건 가치 있는 일이라고 생각합니다.

**알렉스 비베스쿠, 펨블턴 대학 종교학 교수**

일부에서는 칼리아그노시아에 관한 토론 전체를 다분히 피상적인 것, 메이크업이나 데이트의 성패 따위에 관한 논란으로 간단히 치부해버렸습니다. 하지만 정말로 주의를 기울여본다면, 그보다는 훨씬 더 깊은 문제라는 사실을 알 수 있을 겁니다. 이 문제는 고대부터 줄곧 서양 문명의 일부였던, 육체에 관한 아주 오래된 양가적 감정을 반영하고 있습니다.

아시다시피 우리의 문화적 기반은 외모의 아름다움과 육체를 예찬했던 고대 그리스에 원류를 두고 있습니다. 그렇지만 동시에 우리의 문화에는 육체를 평가절하하고 영혼을 높이 보는 일신교의 전통도 깊이 침투해 있습니다. 이런 상반되는 충동에서 비롯된 오래된 갈등이 칼리아그노시아를 둘러싼 논란 속에서 다시 고개를 쳐들고 있는 것입니다.

대다수의 칼리 지지자들은 스스로를 현대적이고 세속적인 진보주의자로 간주하고, 자신들이 일신교의 영향 아래 있다는 사실을 결코 인정하려 들지 않을 겁니다. 하지만 그들 이외의 누가 칼리아그노시아를 지지하고 있는지 보십시오. 보수적인 종교단체들이 아닙니까. 세 개의 주요한 일신교인 유대교, 크리스트교, 그리고 이슬람교가 모두 칼리를 이용해 외부인들의 매력에 대한 젊은 신도들의 저항력을 키우려는 시도에 나섰습니다. 이들의 공통점은 결코 우연의 일치가 아닙니다. 칼리를 지지하는 진보주의자들은 "육체의 유혹에 저항한다"라는 식의 표현을 쓰지는 않겠지만, 그들 나름대로 육체를 경시하는 이 오래된 전통을 따르고 있는 것입니다.

사실 일신론의 영향을 받지 않았다고 확언할 수 있는 자격을 갖춘 칼리 지지자들은 네오마인드 불교도들뿐입니다. 이 종파는 허상에 불과한 구별에 대한 지각을 없애준다는 이유를 들어 칼리아그노시아를 깨달음으로 한 걸음 더 나아가게 해주는 수단으로 간주합니다. 그러나 네오마인드 파는 뉴로스태트를 명상의 보조 수단으로 폭넓게 사용하고 있고, 이것은 다른 종교들과는 전혀 다른 종류의 급진적 입장이라고 할 수 있습니다. 현대의 진보주의자나 보수적인 일신교 신자들이 설마 이런 일에 동조하지는 않을 테니까요.

그런 연유로, 이 토론은 단지 광고나 화장품에 관한 것이 아니라 몸과 마음 사이의 적절한 관계를 어떻게 규정해야 하는가에 관한 것입니다. 우리의 본성에서 육체적인 부분을 최소화할 경우 우리는 더 완전해질 수 있는 것인가? 이것이 심원한 질문이라는 점에는 당신도 동의할 수밖에 없을 겁니다.

### 조지프 와인가트너

칼리아그노시아를 알게 된 후 어떤 연구자들은 피험자가 인종이나 민족을 구별하지 못하게 하는, 비슷한 조건을 만들어낼 수 없을까 하는 생각을 했습니다. 얼굴 인식과 관련된 여러 레벨의 카테고리 식별 능력을 감손시킨다든지 하는 방법을 써서 여러 번 시도를 해보았지요. 그러나 그 결과 생겨난 결함은 언제나 불만족스러웠습니다. 피험자들은 생김새가 비슷한 사람들을 보여주면 누가 누군지도 구분하지 못하는 경우가 대부분이었습니다. 어떤 실험에서는 실제로 프레골리증후군*의 양성 변종에 해당하는 것이 생겨나, 피험자로 하여금 만나는 사람 모두를 가족 한 사람으로 착각하도록 만드는 경우조차 있었습니다. 모든 사람을 글자 그대로 자기 형제 취급한다는 것은 유감스럽게도 실생활에서는 바람직한 행동이 아닙니다.

강박 행동 같은 증세의 치료에 뉴로스태트 요법이 널리 쓰이게 되면서 많은 사람들이 드디어 '마인드 프로그래밍'의 시대가 왔다고 생각했습니다. 사람들은 주치의에게 배우자와 같은 성적 취향을 가질 수 없겠느냐고 문의했습니다. 매스미디어의 식자들은 정부나 기업에 대

---

\* 주변 사람들이 모두 어떤 특정 인물이 변장을 한 모습으로 보이는 망상 증세.

한 충성심이나 이데올로기나 종교에 대한 신앙을 개인에게 프로그래 밍할 가능성을 우려했습니다.

그러나 사실은 이렇습니다. 우리에겐 개인의 사고 내용에 액세스할 수 있는 수단이 없습니다. 인격의 넓은 양태를 형성한다든지 뇌의 자연스러운 특수화에 조응하는 변화를 만들어낼 수는 있지만, 이것들은 극히 조잡한 조정에 불과합니다. 이민자들에 대한 적개심을 전문적으로 담당하는 신경 경로 따위는 마르크스주의나 발에 대한 페티시즘을 전담하는 신경 경로와 마찬가지로 존재하지 않습니다. 만약 진정한 마인드 프로그래밍이 가능해진다면 '인종맹人種盲' 상태를 만들어낼 수 있겠지만, 그때까지는 교육에 희망을 거는 수밖에 없는 겁니다.

**타메라 라이언스**

오늘 강의에서 재미있는 얘기를 들었어요. 사상사 시간에 앤톤이라는 강사가 한 말인데 옛날부터 매력적인 사람을 묘사하는 데 사용된 단어 중에 마법에 관련된 단어가 상당하다는 거예요. 이를테면 charm은 원래는 마법의 주문을 의미했고, glamour도 마찬가지였다는군요. enchanting이나 spellbinding이라는 단어들은 사실 그렇구나 싶고요. 앤톤이 그렇게 말하니까, 맞아, 그래, 했어요. 정말로 잘생긴 사람을 본다는 건 마법의 주문에 걸리는 것과 같잖아요.

앤톤은 마법의 가장 원초적인 용도 중 하나는 다른 사람의 마음에 사랑과 욕망을 불러일으키는 거였다고도 했어요. 그것도 딱 맞는 얘기예요. charm이나 glamour라는 단어에 관해 생각해보면 말예요. 왜냐하면 미를 본다는 건 사랑을 닮은 감정을 불러일으키거든요. 아주 잘생긴 사람은 그냥 바라만 봐도 사랑에 빠져버리는 듯한 기분이 들잖아요.

그런 생각을 하다보니 개럿과 다시 연인 사이가 되는 방법이 있지 않을까 하는 생각이 들더군요. 만약 개럿에게 칼리가 없다면 나와 또 다시 사랑에 빠지지 않을까 하는. 우리를 처음 묶어준 게 칼리일지도 모른다는 얘기 기억나세요? 음, 지금 우리 사이를 갈라놓고 있는 건 실은 칼리일지도 모르거든요. 제가 실제 어떤 모습을 하고 있는지 볼 수만 있다면 개럿이 다시 저에게 돌아오고 싶을지도 몰라요.

개럿은 이번 여름에 열여덟 살이 됐지만 칼리를 끄지 않았어요. 별로 중요한 일이 아니라고 생각했던 거죠. 지금은 노스럽 대학에 다니고 있어요. 그래서 저는 그냥 친구 입장에서 전화를 걸어봤죠. 이런저런 얘기를 하다가 이곳 펨블턴의 칼리 의무화 안에 관해서 어떻게 생각하는지 물어봤어요. 뭐가 그렇게 난리를 칠 일인지 모르겠다고 하더군요. 그래서 전 제가 더 이상 칼리를 쓰지 않아서 얼마나 좋은지 모르겠다고 말했고, 그애도 그래보면 어떻겠냐고 했어요. 그러면 양쪽 입장에서 판단할 수 있으니까요. 맞는 말인 것 같다고 했어요. 저는 그 이상 깊게 캐묻지는 않았지만 속으로는 너무 좋았어요.

**대니얼 탈리아, 펨블턴 대학 비교문학과 교수**

학생회의 안은 교수진에는 적용되지 않지만, 만약 그것이 통과된다면 교수들도 칼리아그노시아를 채택하라는 압력이 가해질 건 뻔하겠지. 따라서 내가 그 안에 대해 단호하게 반대 입장에 서 있다는 사실을 지금 밝힌다고 해도 이르지는 않다고 생각하네.

정치적으로 적절한 태도는 통제력을 잃고 폭주하는 경우가 있는데,

이번 안이 바로 그런 경우에 해당되네. 칼리를 옹호하는 사람들의 동기는 선의에서 비롯된 것이지만, 그들의 행동은 우리를 어린애 취급하는 것과 똑같아. 아름다움으로부터 우리가 보호받아야 한다는 생각 자체가 모욕적이야. 이런 식으로 나간다면 급기야는 학생 모두가 음악실인증 조치를 채택해야 한다는 주장이 학생회에서 나올지도 모르지. 재능 있는 가수나 연주자의 음악을 들어도 열등감에 시달리는 일이 없도록 하기 위해서 말이야.

올림픽에서 선수들이 경기하는 걸 보면 자존심이 땅에 떨어지나? 물론 그렇지 않지. 그러기는커녕 경이감을 느끼고 감탄하지 않나. 그토록 비범한 능력을 가진 사람들이 존재한다는 사실에 기쁨을 느끼는 거야. 그런데 왜 아름다움에 대해서는 같은 느낌을 받으면 안 된다는 건가? 페미니즘의 입장에서 보면 그런 반응을 보이는 우리에게 반성해야 한다고 하겠지. 페미니즘은 미학을 정치로 치환하려고 하니까. 그런 시도가 성공하면 할수록 우리의 문화는 빈곤해질 거야.

세계 최고의 미인을 목격한다는 건 세계 최고 소프라노의 노랫소리를 듣는 것만큼이나 가슴 벅찬 일일세. 재능 있는 사람들만이 그 재능의 혜택을 받는 것은 아냐. 우리들 모두가 그 혜택을 받는다는 얘길세. 받을 수 있다는 편이 더 정확하겠군. 그럴 기회를 스스로 박탈하는 것은 범죄나 마찬가지야.

### 〈윤리적 나노약품을 지향하는 사람들〉이 돈을 댄 광고

(내레이션) 친구들에게서 칼리가 얼마나 멋진지, 얼마나 훌륭한 선택인지 강조하는 얘기를 들어보셨습니까? 그렇다면 칼리와 함께 자라

난 사람들 얘기를 들어보는 편이 나을지도 모릅니다.

"칼리를 끄고 나서 처음으로 매력적이지 못한 사람을 만났을 때는 움찔했습니다. 바보스럽다는 건 알지만 어쩔 수가 없더군요. 칼리는 제가 성숙하는 데 도움이 되기는커녕, 지속적으로 성숙을 막았던 겁니다. 저는 사람들을 대하는 방법을 처음부터 다시 배워야 했습니다."

"그래픽 아티스트가 되려고 입학해 밤을 새워가면서 공부했지만 아무 성과도 얻지 못했습니다. 저한테 눈썰미가 없는 건 칼리가 제 미적 감각을 마비시켰기 때문이라고 선생님이 말하더군요. 제가 잃은 것을 다시 되찾을 방도는 없습니다."

"그건 마치 머릿속에 부모님이 들어 있고, 제 생각을 검열하는 듯한 느낌이었습니다. 이제 칼리를 끄고 보니 제가 지금까지 어떤 종류의 학대를 받고 살아왔는지 알 것 같습니다."

(내레이션) 칼리아그노시아와 함께 살아온 사람들이 추천하지 않는다면, 뭔가 의미하는 바가 있지 않겠습니까?

이들에게는 선택의 여지가 없었지만 여러분에게는 있습니다. 친구들이 뭐라든 간에 뇌 손상은 결코 추천할 만한 것이 아닙니다.


### 마리아 데수자

〈윤리적 나노약품을 지향하는 사람들〉이란 단체에 관해서는 전혀 들어본 적이 없기 때문에 조금 조사를 해보았습니다. 쉽지는 않았지만, 결국 자생적인 조직과는 무관함이 드러났습니다. 기업 홍보를 위한 어용단체였던 겁니다. 최근 몇몇 화장품 회사가 회합해 이 단체를 만들었습니다. 광고에 출연한 사람들과는 연락이 되지 않기 때문에 그들의 주장에 조금이라도 신빙성이 있는지 여부는 알 도리가 없습니다. 설령 솔직한 의견이라고 해도 당사자들이 전형적인 칼리 사용자가 아니라는 점은 명백합니다. 칼리를 끈 사람들 대다수는 아무런 지장도 느끼지 못합니다. 그리고 칼리를 한 상태로 자랐어도 그래픽 아티스트가 된 사람들이 많다는 것은 틀림없는 사실입니다.

이번 일을 겪고 예전에 본 광고가 생각나더군요. 칼리 운동 초창기에 어떤 모델 에이전시에서 낸 광고입니다. 슈퍼모델의 얼굴만 나온 단순한 광고였고, 이런 카피가 쓰여 있었습니다. "만약 이 여자를 보고도 더 이상 아름답다는 생각을 못한다면 그것은 누구의 손해일까요? 이 여자? 아니면 당신?" 이번에 나온 광고도 기본적으로 같은 메시지를 전달하고 있습니다. "후회할 사람은 당신이다." 하지만 예전 광고처럼 뻔뻔한 태도를 취하는 대신 우려 섞인 경고라는 느낌을 담고 있죠. 고전적인 홍보 전략입니다. 그럴듯한 이름을 가진 단체 뒤에 숨어서 소비자의 권익을 옹호하는 제3자라는 인상을 만들어내는 겁니다.

**타메라 라이언스**

정말 한심하기 짝이 없는 광고라고 생각해요. 전 칼리 의무화 안에는 찬성하지 않습니다—학생들이 찬성표를 던지는 걸 원하지 않아요—하지만 잘못된 이유로 반대표를 던지는 일 또한 원하지 않습니다. 칼리와 함께 자랐다고 해서 무슨 장애를 가지게 되는 건 아니거든요. 제가 동정을 받거나 할 이유는 전혀 없습니다. 칼리를 끈 후에도 아무 문제 없이 잘 살고 있으니까요. 그래서 사람들이 의무화 안에 반대해야 한다고 생각하는 겁니다. 아름다움을 보는 것은 좋은 일이니까요.

그건 그렇고, 이번에 개럿과 다시 얘기를 나눴어요. 칼리를 막 끈 참이라고 하더군요. 좀 이상한 기분인 듯하면서도 지금까지는 괜찮다고 했어요. 전 제가 칼리를 껐을 때도 같은 기분이었다고 대답했죠. 지금 생각해보면 좀 우습군요. 그래봐야 몇 주밖에 안 된 주제에 경험 많은 프로처럼 아는 척했으니.

### 조지프 와인가트너

연구자들이 칼리아그노시아에 관해 가장 먼저 하는 질문 중 하나는 이 조치에 아무 '부작용'이 없는가 하는 것입니다. 바꿔 말해서 칼리아그노시아가 혹시 얼굴 이외의 아름다움을 감상하는 능력에 영향을 끼치지는 않는가 하는 것입니다. 개략적으로 말해서 대답은 '아니다'인 것 같습니다. 칼리아그노시아 조치를 받은 사람들도 다른 사람들과 같은 것을 보고 즐거움을 느끼는 듯하니 말입니다. 하지만 일단 그렇다는 것이지, 부작용이 있을 가능성을 완전히 무시할 수는 없습니다.

예를 들어 얼굴 실인증에서 관찰되는 부작용에 관해 생각해보시기 바랍니다. 얼굴 실인증 환자였던 어떤 낙농업자는 자기가 기르는 젖소들이 다 똑같아 보여서 어느 소가 어느 소인지 알아볼 수가 없게 되었습니다. 상상하기 힘들지도 모르지만 자동차 모델들을 구별하기가 힘들어졌다는 환자도 있습니다. 이런 사례들은 우리가 순수하게 얼굴을 식별하는 기준을 이따금 그 이외의 작업에도 쓰고 있다는 사실을 암시합니다. 어떤 사물이—이를테면 자동차가—얼굴을 닮았다는 생각은 하지 않을지도 모르지만, 신경학적 레벨에서는 그것들도 마치 얼굴처럼 처리되고 있는 것입니다.

칼리아그노시아 조치를 받은 사람들 사이에서도 비슷한 부작용이 존재할 가능성은 있습니다. 그러나 칼리아그노시아의 효과는 얼굴 실인증보다 미묘하기 때문에 부작용도 그만큼 측정이 어렵습니다. 이를테면 자동차 외양은 얼굴 외양보다 유행의 역할이 사뭇 중요하고, 어떤 차가 가장 매력적으로 보이는지에 관해선 의견의 일치를 보는 경우가 거의 없습니다. 칼리 사용자가 아니었다면 매력적으로 느꼈을 어떤 차들을 칼리 사용자이기 때문에 매력적이지 않게 느끼는 사람이 있을지도 모르지만, 그런 증세가 나타났다고 불평하고 나선 사람은 아직 없습니다.

또 좌우 대칭성에 대한 우리의 심미적 반응에서 우리의 미-인식 모듈이 수행하는 역할에 관해서도 생각해보십시오. 우리는 회화, 조각, 그래픽 디자인 등을 아우르는 광범위한 분야의 대칭적 아름다움을 존중하지만, 그와 동시에 비대칭적인 아름다움도 인정합니다. 예술에 대한 우리의 반응에는 수많은 요인이 관여하고 있어서, 어떤 특정한 사례가 예술적으로 성공했는지 여부에 관해서는 일치된 의견을 찾아보기가 쉽지 않습니다.

칼리아그노시아 공동체에선 진정 뛰어난 시각 예술가들이 나올 확률이 실제로 낮은 건지 여부를 판단할 수 있다면 흥미롭겠지만, 그런 예술가들은 일반 사회에서 출현한 빈도수도 현저히 낮다는 것을 감안한다면 통계적으로 의미가 있는 연구를 수행하기가 쉽지 않습니다. 다만 지금까지 확실하게 판명된 것은 칼리 사용자들이 어떤 초상화들에 대해서는 다소 미지근한 반응을 보인다는 것입니다. 그러나 이런 사실 자체는 부작용이라고 할 수 없습니다. 초상화가 관찰자에게 끼치는 영향의 일부는 초상화 모델의 얼굴 모습에서 비롯되기 때문입니다.

물론 사소한 부작용 하나도 받아들이지 못하는 사람들도 있습니다. 자식들이 칼리 사용자가 되는 것을 원하지 않는 부모들 중 일부는 바로 그런 이유를 댔습니다. 그런 사람들은 자기 자식들이 〈모나리자〉를 감상할 수 있고, 가능하다면 제2의 〈모나리자〉를 그릴 수 있게 되기를 희망하는 거지요.

### 마크 에스포지토, 워터스턴 대학 4학년

펨블턴 대학에서 벌어지고 있는 소동은 정말 황당 그 자체로군. 나라면 좋은 장난거리로 삼을 거야. 이를테면 사내 녀석한테 여자를 하나 소개해주면서 깜짝 놀랄 미인이라고 하는 거지. 실은 엄청난 추녀인데도 말이야. 하지만 그 녀석은 미녀인지 추녀인지 구별을 못하니까 내 말을 믿는 거야. 사실 상당히 재미있을지도 모르겠군.

하지만 나는 절대로 그 칼리라는 걸 사용하지 않을 거야. 난 예쁜 여자애들하고 데이트하고 싶으니까. 왜 일부러 나 자신의 기준을 낮추는 일을 해야 하는 거지? 아, 물론 예쁜 애들이 모두 딴 놈들하고 약속을 해서 부득이 남은 애들 중에서 골라야 하는 일도 있어. 하지만 맥주라는 건 바로 그런 경우를 위해 있는 거 아니겠어? 그렇다고 항상 맥주 색안경을 끼고 있고 싶진 않다고.

### 타메라 라이언스

그래서 개럿하고 저는 어젯밤 또 전화로 얘기했어요. 서로 얼굴을 볼 수 있게 화상 통화를 하는 게 어떠냐고 했더니 좋다더군요. 그래서 얼굴을 보면서 통화했어요.

아무렇지도 않은 투로 말하기는 했지만 실은 상당히 시간을 들여 미리 준비를 하고 있었어요. 아이나한테서 화장하는 법을 배우고 있기는 하지만 아직 솜씨가 좋은 편은 아니기 때문에, 화장한 얼굴로 보이게 하는 소프트웨어를 썼어요. 그 덕택에 정말 달라 보였던 것 같아요. 아마 좀 과했을지도 모르겠군요. 개럿이 얼마나 눈치를 챘는지도 의문이고. 하지만 가능한 한 예뻐 보이고 싶었어요.

화상 통화로 바뀌자마자 개럿이 반응하는 게 보이더군요. 눈이 더 커졌다고나 할까. 그러더니 "정말 예뻐 보이는데" 하는 거예요. "고마워" 뭐 이렇게 대답했죠. 그러더니 개럿이 수줍어하면서 자기 못생긴 얼굴이 어쩌고 농담을 했어요. 저는 개럿의 얼굴이 좋다고 말해줬어요.

우리는 한동안 화상 통화를 했고, 저는 줄곧 저를 바라보는 개럿의 시선을 의식하고 있었어요. 기분이 좋았어요. 개럿이 저와 다시 사귀고 싶다는 생각을 하고 있을지도 모른다는 느낌을 받았지만, 어쩌면 그냥 제 상상이었을지도 몰라요.

다음번에 전화할 때는 주말에 저를 한번 보러 오라고 하거나, 아니면 제 쪽에서 노스럽 대학으로 가겠다고 해볼 생각이에요. 그렇게 된다면 정말 좋겠군요. 그러기 전에 스스로 화장을 잘하는 법을 터득해놓아야 하겠지만.

개럿이 저와 다시 사귀려는 마음을 먹을 거라는 보장 따위 없다는 걸 저도 알아요. 칼리를 껐다고 제가 개럿을 덜 사랑하게 된 게 아닌 것처럼, 칼리를 껐다고 개럿이 저를 더 사랑하게 되는 건 아닐지도 몰라요. 하지만 그렇게 되면 좋겠다는 생각을 하고 있어요.

### 캐시 미나미, 3학년

칼리 운동이 여성의 권익을 신장시킨다고 말하는 사람들은 모든 압제자들의 이데올로기를 스스로 퍼뜨리고 다니는 것이나 마찬가지입니다. 복종이야말로 실은 보호라는 주장을 말입니다. 칼리 지지자들은 아름다움을 지닌 여성들을 혐오하고 있습니다. 아름다움은 그것을 감지하는 사람들뿐 아니라 그것을 지니고 있는 당사자들에게도 같은 기쁨인데, 칼리 운동은 여성이 자신의 용모에서 기쁨을 얻는 행위 자체에 대해 죄악감을 느끼도록 강요하고 있습니다. 이것은 여성의 성性을 억압하려는 또 하나의 가부장적 전략에 불과하고, 또다시 너무나 많은 여성들이 그 전략에 넘어갔습니다.

물론 아름다움이 지금껏 억압의 도구로 쓰여온 것은 부인할 수 없는 사실이지만, 아름다움을 아예 말소해버리는 것은 결코 해답이 아닙니다. 경험의 폭을 줄이는 방법으로 사람들을 해방시킬 수는 없기 때문입니다. 그런 식은 다분히 전체주의적입니다. 우리에게 정말 필요한 것은 여성을 중심으로 한 아름다움의 개념입니다. 대다수의 여성을 기분 나쁘게 만드는 대신, 자신을 생각할 때 모든 여성이 기분 좋아지게 하는 개념 말입니다.

### 로런스 서턴, 4학년

월터 램버트가 그 강연에서 무슨 얘기를 하고 싶었는지 저는 완전히 이해할 수 있었습니다. 램버트가 썼던 표현을 고대로 쓰지는 않겠지만, 예전부터 저도 같은 생각을 하고 있었습니다. 저는 이 년 전에, 그러니까 의무화 안이 상정되기 훨씬 전부터 칼리를 사용했습니다. 좀더 중요한 일들에 정신을 집중하고 싶었기 때문입니다.

그렇다고 제가 학업에만 관심이 있는 공부벌레라는 얘긴 아닙니다. 제겐 여자친구도 있고 좋은 관계를 유지하고 있습니다. 그 부분은 바뀌지 않았습니다. 칼리에 의해 바뀐 것은 저와 광고 사이의 관계입니다. 예전에 잡지 판매대 앞을 지나가거나 매체 광고를 보았을 때는 언제나 그것들에 대해 주의가 끌리는 것을 느낄 수 있었습니다. 마치 제 의지에 반해서 억지로 흥분을 불러일으키려는 듯한 느낌이라고나 할까요. 특별히 성적이라고 할 것까지는 없지만, 본능적인 레벨에서 저를 유혹하려고 한다는 인상을 받았습니다. 그럴 경우 저는 습관적으로 그런 느낌에 저항하고, 그때까지 하고 있던 일로 다시 돌아가곤 했습니다. 하지만 그 탓에 주의가 산만하게 되고, 그런 것들에 저항하려면 다른 일에 쓸 수 있는 에너지가 소모됐습니다.

하지만 칼리가 있는 지금은 그런 유혹을 느끼지 않습니다. 칼리는 저를 그런 번잡한 것들로부터 해방시켜주었고 에너지를 되찾게 해주었습니다. 그래서 저는 칼리 사용에 대해 전면적으로 찬성합니다.


**로리 하버, 맥스웰 대학 3학년**

칼리는 겁쟁이들용이야. 난 맞받아치지. 추해 보일 만큼 극단적으로. 아름다운 사람들에게는 바로 그런 걸 보여줘야 해.

코를 제거한 건 작년 이맘때쯤의 일이었어. 듣기보다 훨씬 더 힘든 수술이지. 코 없이도 건강한 상태를 유지하려면 코털을 더 안쪽에 심어서 먼지가 안 들어가도록 해야 하거든. 여기 보이는 이 뼈는 (손톱으로 툭툭 친다) 진짜가 아니라 세라믹으로 만든 거야. 진짜 뼈를 바깥 공기에 노출시키면 세균에 감염될 위험이 너무 크거든.

사람들이 날 보고 기겁하는 걸 보면 기분이 좋아. 어떤 때는 밥 먹고 있는 녀석들의 식욕을 완전히 없애버리는 경우도 있지. 하지만 깜짝 놀라게 하는 게 목적은 아냐. **중요한 건 추해짐으로써 아름다움을 이기는 거야.** 길을 가다보면 난 예쁜 여자들보다 훨씬 더 주목을 받아. 만약 내가 비디오 모델 옆에 서 있기라도 하면 어느 쪽에 더 눈이 갈 것 같아? 바로 나야. 그러고 싶지 않아도, 안 보고는 못 견디는 거지.

### 타메라 라이언스

개럿하고 어젯밤에 또 통화를 하던 중에, 요즘 서로 누구 사귀는 사람이 없냐는 얘기가 나왔어요. 전 아무렇지도 않게 남자애들하고 가끔씩 놀긴 하지만 특별히 사귀는 사람은 없다고 대답했죠.

그러고는 개럿한테 똑같이 물었어요. 처음에는 좀 당혹스러워하는 눈치더니, 결국 같은 대학 여자애들하고 정말로 친해지는 건 예상보다 더 힘든 것 같다고 털어놓더군요. 그리고 그게 자기 얼굴 때문이 아닌가 생각하고 있다는 거예요.

당장 "말도 안 돼"라고 대꾸했지만, 실은 무슨 말을 해야 할지 알 수가 없었어요. 한편으로는 개럿이 아직 아무도 사귀고 있지 않다는 사실이 기뻤지만, 개럿이 안됐다는 생각도 들고 그냥 놀랍다는 생각도 들었어요. 개럿은 똑똑하고 재미있고 멋진 애거든요. 예전에 저와 사귀었다고 하는 소리가 아녜요. 고등학교 때도 얼마나 인기가 있었는데요.

하지만 그때 아이나가 저와 개럿에 관해 했던 얘기가 생각나더군요. 머리가 좋고 재미있는 것만으로는 충분하지 않고, 그에 못지않게 잘생겨야 대접을 받나봐요. 개럿이 예쁜 여자애들에게 말을 걸면, 걔네들은 개럿이 자기들과는 격이 안 맞는다고 느끼나봐요.

더 깊은 얘기는 하지 않았어요. 개럿이 그러고 싶은 눈치가 아니었으니까요. 하지만 나중에 이런 생각이 떠올랐어요. 우리가 서로 만나기로 한다면 개럿이 우리 대학으로 올 게 아니라 제가 노스럽 대학으로 가는 편이 낫겠다고요. 제가 우리 두 사람 사이에 뭔가 새로운 감정이 싹트기를 기대하고 있다는 건 명백하지만, 만약 개럿의 대학에서 다른 사람들이 우리 두 사람이 함께 다니는 걸 본다면 개럿의 기분이 나아지지 않을까 하는 생각을 한 것도 사실이에요. 그런 일이 실제로 효과가 있을 때가 있다는 걸 알거든요. 멋진 사람과 데이트를 하고 있으면 자기도 어쩐지 멋진 사람이 된 듯한 기분이 들고, 다른 사람들도 그 사람을 멋지게 보잖아요. 그렇다고 제가 뭐 특별히 아주 멋지다거나 한 건 아니지만, 다른 사람들은 제 외모를 좋아하는 것 같으니까 그게 개럿에게 도움이 될지도 모른다고 생각한 거예요.

**엘런 허친슨, 펨블턴 대학 사회학 교수**

저는 이 의무화 안을 추진하는 학생들을 존경합니다. 그들의 이상주의는 저를 고무시킵니다. 그러나 그들의 목표에 대해서는 복잡한 감정을 갖고 있습니다.

제 연령대의 다른 사람들과 마찬가지로 저는 세월이 제 얼굴에 끼친 영향을 받아들이게 되었습니다. 익숙해지는 것은 쉽지 않았지만, 이제 저는 제 용모에 만족하고 사는 시점에 도달했습니다. 칼리 사용자들만으로 이루어진 공동체가 어떤 곳일지에 관해 궁금증을 느낀다는 사실을 부인할 수는 없지만 말입니다. 아마 그곳에서는 젊은 여자가 방에 들어와도 제 또래 여자가 시야에서 사라져버리는 현상이 일어나지 않을지도 모르겠군요.

하지만 만약 제가 젊었던 시절 칼리가 있었다면 저도 그것을 채택하게 되었을까요? 모르겠습니다. 나이들어간다는 사실에 대해 제가 느꼈던 고뇌는 어느 정도 줄여주었을지 모르겠군요. 하지만 젊은 시절 저는 제 모습을 참 좋아했습니다. 그걸 포기하고 싶어하지는 않았을 것 같군요. 나이를 먹어오면서, 칼리에서 얻을 수 있는 이득이 그 대가를 능가하는 시점이 정말로 존재했는지에 관해서는 회의적입니다.

그리고 어쩌면 이 학생들은 젊음의 아름다움을 아예 잃지 않게 될지도 모릅니다. 여러 종류의 유전자 요법이 속속 등장하는 요즘 세태로 미루어보건대 이 학생들은 몇십 년, 아니 일생 동안 젊은 용모를 유지할 수 있게 될지도 모릅니다. 제가 경험한 것 같은 노화 적응은 아예 불필요해질지도 모르고, 그럴 경우에는 칼리를 채택한다고 해도 훗날 느끼게 될 고통에서 해방되는 일은 없을 겁니다. 따라서 이 학생들이 청춘의 즐거움 중 하나를 자발적으로 포기하려 한다는 생각을 하면 거의 화가 치밀 때조차 있습니다. 때로는 이 학생들을 부여잡고 마구 흔들면서 이렇게 말하고 싶어지는 겁니다. "안 돼! 너희들이 지금 뭘 가지고 있는지 알아?"

젊은이들이 자신들의 신념을 위해 싸우려는 자세에 대해 저는 언제나 호감을 느꼈습니다. 그래서 젊은이들은 청춘을 낭비한다는 진부한 격언에는 결코 공감해본 적이 없죠. 하지만 이 의무화 안은 이 진부한 격언을 현실에 더 접근시킬 것이고, 저는 그런 일이 일어나는 것을 보고 싶지 않습니다.

**조지프 와인가트너**

하루 동안 칼리아그노시아를 시험해본 적이 있습니다. 그것 말고도 한정된 기간 동안 여러 종류의 실인증을 시험해본 적이 있습니다. 대다수의 신경학자들이 환자의 상태를 이해하고 감정이입을 용이하게 하려는 목적으로 그렇게 하지요. 하지만 제 경우 장기간 실미증 상태를 유지할 수는 없었습니다. 무엇보다 환자를 봐야 한다는 이유가 있었으니까요.

칼리아그노시아와 환자 개개인의 건강을 시각적으로 관찰하는 능력 사이에는 조금이긴 하지만 상호 작용이 존재합니다. 칼리아그노시아가 상대방의 피부 톤을 가늠하지 못하게 만들거나 하는 일은 없고, 칼리 사용자라고 해도 다른 의사들과 마찬가지로 증세들을 구분해낼 수 있습니다. 일반적인 인지 작용만으로도 충분히 다룰 수 있는 작업이니까요. 그렇지만 환자의 상태를 살필 때 의사들은 극히 미묘한 징후도 민감하게 알아차릴 필요가 있습니다. 경우에 따라서는 직감적으로 진단을 내릴 때도 있는데, 그런 상황에서 칼리는 핸디캡으로 작용합니다.

물론 순전히 제 직업적인 필요 때문에 칼리아그노시아 조치를 받지 않는다고 말한다면 정직한 대답이라고는 할 수 없을 겁니다. 만약 의사로서 환자와 접하는 대신 실험실에서 연구에만 전념한다면, 나는 자발적으로 칼리아그노시아를 선택할 것인가? 이것이 더 적절한 질문이겠지요. 그리고 그 질문에 대한 저의 대답은 '아니다'입니다. 많은 사람들과 마찬가지로 저는 예쁜 얼굴을 보면 좋습니다. 하지만 그 사실이

제 판단에 영향을 끼치지 않을 만큼은 충분히 성숙한 성인이라고 생각합니다.

### 타메라 라이언스

정말 믿기 힘든 얘기를 들었어요. 개럿이 다시 칼리를 켰다는군요.

어젯밤 전화로 이런저런 얘기를 하고 있을 때였어요. 화상 통화로 바꾸고 싶냐고 했더니 좋다고 해서 그렇게 했어요. 그런데 그 순간 개럿이 저를 쳐다보는 눈빛이 예전과는 다르다는 걸 깨달았어요. 그래서 무슨 일이 있었느냐고 물어봤더니 글쎄 칼리를 다시 켰다는 거예요.

개럿은 자기 얼굴이 만족스럽지가 않았기 때문에 그랬다고 했어요. 그래서 혹시 누구한테서 무슨 얘기를 들었냐고, 그런 거라면 그냥 무시해버리라고 했더니 그 때문은 아니라더군요. 그냥 자기 얼굴을 거울에 비춰보았을 때 마음에 안 들어서 그랬다고 했어요. 그래서 제가 그랬어요. "도대체 그게 무슨 소리야? 네가 얼마나 귀여운데." 그런 결심을 하기 전에, 다시 한 번 시험해봐라, 칼리 없이 좀더 지내봐야 된다면서 다시 칼리를 끄게 하려고 했어요. 개럿은 생각해보겠다고 했지만, 결국 어떻게 할지는 저도 모르겠어요.

어쨌든, 나중에 제가 개럿에게 한 얘기에 관해 생각해봤어요. 제가 개럿에게 그런 소리를 한 건 칼리를 싫어하기 때문일까? 아니면 내 얼굴을 그애가 좀더 보아주기를 원했기 때문일까? 뭐, 물론 개럿이 저를 보는 눈빛을 제가 좋아한 건 사실이고, 그것이 우리 사이에 다른 감정을 불러일으킬 걸 기대했던 것도 사실이지만, 그랬다고 해서 제 말에 무슨 모순이 있는 건 아니잖아요? 제가 계속 칼리에 찬성하는 입장이

다가 개럿의 경우에만 예외를 뒀다고 하면 그건 또 다른 얘기가 되겠죠. 하지만 저는 칼리에 반대하는 입장이기 때문에 그건 아녜요.

아아, 도대체 저는 누구를 속이려 하고 있는 걸까요? 저는 저 좋자고 개럿이 칼리를 끄기를 원했어요. 안티-칼리이기 때문이 아녜요. 따져보면 안티라고 할 수도 없죠. 칼리에 반대한다기보다는 칼리를 의무화하는 데 반대하고 있을 뿐이니까. 전 칼리가 제게 도움이 될지 여부를 다른 사람이 판단해주는 걸 원하지 않아요. 부모도, 학생회도. 하지만 칼리를 원한다는 판단을 내린다면 그건 그 사람 자유죠. 따라서 저도 개럿 스스로가 판단하게 내버려둬야 한다는 걸 잘 알아요.

실망감 때문인 것 같아요. 저는 이미 장래 계획을 세워둔 상태였거든요. 개럿이 저의 매력에 두 손을 들고, 자기가 얼마나 큰 실수를 했는지 깨닫게 되리라 꿈꿨던 거예요. 그래서 맥이 빠진 거예요.

**투표 전날 마리아 데수자가 행한 연설에서 발췌**

우리는 이제 스스로의 마음을 수정할 수 있는 단계에 도달했습니다. 그렇다면, 언제 그런 일을 하는 것이 적절한 걸까요? 우리는 자연 상태 그대로가 좋다는 생각을 무조건 받아들여서는 안 되고, 자연 상태를 개선할 수 있다고 무조건 생각해서도 안 됩니다. 어떤 상태가 더 가치 있다고 판단하는지는 우리들 자신에게 달렸고, 그 목적을 이루기 위해서 어떤 방법이 가장 좋은지 결정하는 것도 우리 몫입니다.

그리고 저는 이렇게 말하겠습니다. 우리에게는 더 이상 육체적인 아름다움이 필요하지 않습니다.

칼리는 이제 더 이상 당신이 누군가를 아름답게 볼 수 없다는 뜻이 아닙니다. 진심에서 우러나오는 미소에서 여러분은 아름다움을 볼 것입니다. 용기 있는 행위나 고결한 행위를 볼 때 여러분은 아름다움을 볼 것입니다. 그리고 무엇보다 사랑하는 사람을 볼 때 여러분은 아름다움을 볼 것입니다. 칼리는 여러분이 표면적인 것에 현혹되지 않도록 할 뿐입니다. 진정한 아름다움이란 사랑의 눈을 통해서 보는 것이고, 그 어떤 것도 이것을 덮어서 감출 수는 없습니다.

**〈윤리적 나노약품을 지향하는 사람들〉의 대변인 레베카 보이어가**
**투표 전날 텔레비전에 나와 행한 연설에서 발췌**

인공적인 환경 속에서야 순수한 칼리 사회를 만들어내는 것이 가능할지도 모르지만, 현실 사회에서는 절대 백 퍼센트의 찬동을 얻어낼 수 없을 겁니다. 그리고 바로 그것이야말로 칼리의 약점입니다. 모든 사람이 그것을 채택한다면 칼리는 잘 기능하지만, 단 한 사람이라도 예외가 있다면 그 사람은 다른 사람 모두를 이용할 수 있기 때문입니다.

칼리 조치를 받지 않은 사람은 앞으로도 언제나 존재할 것입니다. 여러분 자신이 잘 알고 있지 않습니까. 그런 사람들이 어떤 일을 할 수 있을지 생각해보십시오. 회사 매니저가 매력적인 사원을 승진시키고 못생긴 사원을 강등시킨다고 해도 아무도 그 사실을 깨닫지 못할 겁니다. 학교 선생이 매력적인 학생들에겐 상을 주고 못생긴 학생들에겐 벌을 주어도 아무도 그 사실을 깨닫지 못할 겁니다. 아무도 모르는 사이에, 여러분이 증오하는 차별이 백주에 일어날 수도 있는 것입니다.

물론 이런 일들이 일어나지 않을 가능성 또한 있습니다. 그러나 인간이 언제나 옳은 일을 한다는 보증이 있다면 애당초 칼리가 생겨나지도 않았겠지요. 사실 그런 차별적 행동에 나설 경향이 있는 사람들의 경우, 발각될 가능성이 없다면 예전보다 한층 더 그런 행동을 하려고 들 것입니다.

만약 여러분이 이런 종류의 외모 지상주의에 분노를 느낀다면, 어떻게 칼리 조치를 받을 수 있단 말입니까? 그런 행동을 보고 즉각적으로 호각을 불어야 하는 유형의 사람이면서 말입니다. 그러나 일단 칼리를 켜고 나면 그런 것을 알아차릴 수 없게 됩니다.

차별과 맞서 싸우려면, 두 눈을 크게 뜨고 있어야 합니다.


### 에듀뉴스 방송에서

펨블턴 대학의 칼리아그노시아 의무화 안은 64퍼센트 반대 36퍼센트 찬성의 비율로 부결되었습니다.

여론조사에 의하면 투표 며칠 전까지는 과반수가 의무화 안에 찬성했다고 합니다. 하지만 처음 의무화 안을 지지했던 학생들 다수는 〈윤리적 나노약품을 지향하는 사람들〉의 레베카 보이어가 텔레비전에서 한 연설을 보고 생각을 바꿨다고 말하고 있습니다. 화장품 회사들이 칼리아그노시아 운동에 대항하기 위해 설립한 단체라는 일전의 폭로가 있었는데도 말입니다.


### 마리아 데수자

물론 실망스럽기는 하지만, 본디 저희는 이 의무화 안이 통과될 가능성은 희박하다고 보고 있었습니다. 과반수 학생의 의무화 안 지지는 요행이었기 때문에 그 학생들이 마음을 바꿨다고 해서 크게 실망하고 있지는 않습니다. 정말로 중요한 것은 여기저기서 겉모습의 가치에 관해 사람들이 토론하기 시작했고, 이들 대다수가 칼리에 관해 진지하게 생각하고 있다는 점입니다.

그리고 저희는 이 운동을 그만두는 것이 아닙니다. 사실 향후 몇 년은 매우 흥미로운 시기가 될 겁니다. 최근 한 스펙스 제조업체가 모든 것을 바꿔버릴 수 있는 새로운 테크놀로지를 개발했다고 발표했습니다. 이 업체는 한 개인을 위해 특별 조정된 스펙스 한 쌍에 체내 위치 파악 비컨을 포함시키는 방법을 개발했습니다. 따라서 앞으로는 헬멧도 필요 없어지고, 뇌 속의 뉴로스테트를 리프로그래밍하기 위해 보건실을 방문할 필요도 없어집니다. 그냥 스펙스를 끼고 본인이 직접 할 수 있는 겁니다. 언제 어디서든. 스스로 칼리를 켜거나 끌 수 있다는 뜻입니다.

따라서 아름다움을 완전히 포기해버려야 하는 것이 아닌가 두려워하는 사람들이 생기는 문제는 더 이상 없게 됩니다. 대신 아름다움은 어떤 상황에서는 적절하지만 다른 상황에서는 적절하지 않다는 생각을 퍼뜨릴 수 있습니다. 예를 들어 일할 때는 칼리를 켜놓지만 친구들과 있을 때는 끈다는 식입니다. 이제 일반 대중도 칼리의 장점을 깨닫고, 최소한 파트타임제로는 칼리를 선택할 것이라고 생각합니다.

운동의 궁극적인 목표는 칼리야말로 예절을 존중하는 사회에서 적절하게 행동하기 위한 수단이라는 점을 널리 인정받는 것입니다. 사생활에 해당하는 시간에는 언제나 칼리를 끌 수 있지만, 공적인 관계에 있어서의 행동은 외모 지상주의로부터 해방될 것입니다. 아름다움을 감상하는 일은 보는 사람과 보여지는 사람 양쪽이 동의했을 때만 행해지는, 상호 합의에 입각한 교류가 될 것입니다.

## 에듀뉴스 방송에서

펨블턴 대학의 칼리아그노시아 의무화 안에 관한 최신 뉴스입니다. 저희 에듀뉴스는 레베카 보이어의 연설에 새로운 형태의 디지털 조작이 가해졌다는 사실을 알아냈습니다. 〈세미오테크 전사들〉로부터 제공받은 파일에는 같은 연설의 두 가지 버전으로 보이는 것이 포함되어 있었습니다. 와이어트/헤이즈의 컴퓨터에서 입수한 오리지널 버전과 방송된 버전이 그것입니다. 파일에는 이 두 버전 사이의 차이에 관한 〈전사들〉의 분석도 포함되어 있었습니다.

두 버전의 주요한 차이점은 주로 미즈 보이어의 억양과 표정, 그리고 보디랭귀지에서 발견되었습니다. 미즈 보이어의 오리지널 연설을 본 시청자들은 이것을 좋았다고 평가한 반면, 편집된 버전을 본 시청자들은 보이어의 연설이 굉장했고, 미즈 보이어가 대단히 다이내믹하고 설득력이 있었다는 평가를 내렸습니다. 〈전사들〉은 와이어트/헤이즈가 준\*언어적 신호를 세밀하게 조정함으로써 시청자들의 감정 반응을 극대화시킬 수 있는 새로운 소프트웨어를 개발했다는 결론을 내렸습니다. 이 소프트웨어를 쓰면 녹화된 프레젠테이션의 효과는 극적으로 증가하고, 특히 스펙스를 통해서 보았을 때 그 효과가 현저하다고 합니다. 칼리아그노시아 의무화 안을 지지하던 학생들이 생각을 바꾸게 된 이유는 〈윤리적 나노약품을 지향하는 사람들〉의 연설에 이것이 사용되었기 때문일 것이라는 설이 유력합니다.

## 월터 램버트, 전국 칼리아그노시아 협회 회장

오랫동안 사회 활동을 해왔지만, 그들이 그 연설에서 미즈 보이어에게 부여해준 것 같은 카리스마를 가진 사람은 두어 명밖에는 알지 못합니다. 그런 사람들은 현실조차도 왜곡할 수 있는 일종의 오라를 발산함으로써 사람들로 하여금 그 어떤 일도 거의 믿어버리도록 할 수 있습니다. 사람들은 그들이 가까운 곳에 있다는 사실만으로도 감동하고, 기꺼이 지갑을 열려 하고, 상대방의 요구에 무조건 동의하려고 합니다. 나중이 돼서야 본디 품고 있던 반대 의견이 되살아나지만, 그럴 때는 이미 엎질러진 물인 경우가 태반입니다. 그리고 저는 기업들이 소프트웨어를 이용해 그런 효과를 유발할 수 있을지도 모른다는 가능성에 크나큰 두려움을 느끼고 있습니다.

이것은 따져보면, 완전무결한 아름다움을 닮았지만 그보다 훨씬 더 위험한, 일종의 초자극입니다. 지금까지 우리는 아름다움에 대한 방어 수단을 하나 가지고 있었지만, 와이어트/헤이즈는 이 투쟁을 새로운 레벨로까지 격상시켰습니다. 그리고 이런 종류의 설득으로부터 우리 자신을 지키는 일은 지금보다 훨씬 더 힘들어질 것입니다.

아프로소디아라고 불리는 음조 실인증에 걸리면 귀에 들리는 목소리의 억양을 판별할 수 없게 됩니다. 들리는 것이라곤 단어들뿐이고, 상대방이 어떤 투로 말하고 있는지 알아듣지 못하는 겁니다. 표정을 판독하지 못하는 실인증도 있습니다. 이 두 가지 실인증을 채택한다면 여러분은 방금 언급한 종류의 조작으로부터 스스로를 방어할 수 있습니다. 연설을 들어도 순수하게 그 내용만으로 연설을 판단하게 되고, 그 이외의 연출은 전혀 자각하지 못하기 때문입니다. 하지만 이런 실인증들을 여러분에게 권하지는 못하겠군요. 그 결과는 칼리와는 전혀 다르기 때문입니다. 말투를 듣지 못하거나 표정을 읽지 못한다면 다른 사람들과 교류하는 능력에 심각한 타격을 받게 됩니다. 일종의 고기능 자폐증에 가깝다고나 할까요. 항의의 표시로 이 실인증들을 정말로 채택한 회원이 몇 사람 있지만, 많은 사람들이 그 뒤를 따를 가능성은 전혀 없습니다.

따라서 문제의 소프트웨어가 광범위하게 사용되기 시작한다면 우리는 사방팔방에서 상상을 초월할 정도로 설득력이 있는 선전 문구들의 공격에 직면하게 됩니다. 광고, 기자 회견, 전도 따위를 통해서 말입니다. 정치가나 장군은 몇십 년에 한 번 나올까 말까 한 감동적인 연설을 할 것입니다. 사회운동가나 문화 게릴라 집단조차도 기존 체제에 대항하기 위해 같은 일을 할 것입니다. 이 소프트웨어의 적용 범위가 충분히 넓어진 후에는 영화에서도 사용되기 시작할 겁니다. 그럴 경우 배우 자신의 능력은 영화하고는 무관해집니다. 출연 배우들 모두가 신들린 연기를 할 테니까요.

아름다움의 경우에도 똑같은 일이 일어날 겁니다. 우리를 둘러싼 환경은 이 초자극들로 포화 상태에 이를 것이고, 이것은 실제의 사람들과의 상호 작용에 영향을 끼치게 됩니다. 방송에 등장하는 발언자들 모두가 윈스턴 처칠이나 마틴 루터 킹 수준의 존재감을 가지게 된다면, 우리는 평균적인 준언어적 신호밖에 갖추지 못한 보통 사람들을 무미건조하고 설득력 없는 사람들로 치부하게 될 겁니다. 우리는 실생활에서 교류하는 사람들에게 불만을 느끼게 될 겁니다. 눈에 낀 스펙스를 통해 보는 영상만큼 매력적이지 못하다는 이유로 말입니다.

지금 제가 원하는 것은 뉴로스태트를 리프로그래밍할 수 있는 이 스 펙스가 조금이라도 빨리 시장에 나오는 것입니다. 사람들에게 영상물 을 볼 때만이라도 좀더 강한 실인증을 채택하라고 권고할 수 있을 테 니까요. 앞으로도 실생활에서 자유롭게 감정을 나타내고 싶다면, 이것 이야말로 사람들 사이의 진정한 상호 교류를 보존하기 위한 유일한 방 법일지도 모르는 것입니다.

**타메라 라이언스**

이 얘기를 들으면 다들 어떻게 생각할지는 저도 잘 알지만…… 실 은 다시 칼리를 켤까 생각하는 중이에요.

어떤 의미에서는 〈윤리적 나노약품을 지향하는 사람들〉의 비디오 방송 때문인지도 모르겠군요. 단지 화장품 회사들에서 사람들이 칼리 를 사용하는 걸 원하지 않는다는 사실에 화가 나서가 아네요. 그건 아 네요. 하지만 설명하려니 쉽지 않군요.

사실 화가 나긴 해요. 그들은 대중을 조종하기 위해 트릭을 썼으니 까요. 그건 공정하지 못했어요. 하지만 제가 정말로 깨달은 건 제가 개 럿에게 똑같은 일을 하고 있었다는 사실이에요. 아니면 그러려고 했던 가. 전 제 외모를 무기 삼아 개럿이 다시 저에게 돌아오게 하려고 했던 거예요. 그리고 어떤 의미에서는 제 행동 또한 공정하지 못했어요.

그렇다고 제가 그 광고주들만큼이나 악질적이란 얘긴 아네요! 저는 개럿을 사랑하는 거고 기업은 단지 돈 벌 생각밖에는 없는 거니까요. 하지만 아름다움이란 일종의 마법의 주문이라는 얘기 기억나세요? 그 게 있으면 당사자는 유리해지니까, 그걸 악용하는 일도 아주 쉬워진다고 생각해요. 그리고 칼리가 하는 게 바로 그런 종류의 주문에 면역력을 심어주는 일이에요. 그러니까 개럿이 면역이 있는 쪽을 선택한다 하더라도 제가 왈가왈부할 수는 없다는 생각이 들었어요. 애당초 그런 이점을 얻으려고 했던 제가 잘못이니까요. 만약 제가 개럿과 다시 잘되게 된다면 저는 공정한 방법을 쓰고 싶어요. 개럿이 있는 그대로의 저를 사랑할 수 있도록 말예요.

개럿이 칼리를 다시 켰다고 해서 저까지 그럴 필요가 없다는 건 저도 알아요. 사실 다른 사람들이 어떻게 생겼는지를 보는 건 정말 즐거운 일이었어요. 하지만 개럿에게 면역력이 생기게 된다면, 저도 그래야 한다는 생각이 들어요. 그래야 서로 동등해지는 거잖아요? 만약 우리가 다시 사귀게 된다면, 지금 화제가 되고 있는 그 스펙스를 쓰게 될지도 모르겠군요. 우리 둘만 있을 때는 칼리를 끌 수 있으니까요.

칼리를 켜야 하는 이유는 그것 말고도 또 있어요. 그 화장품 회사들이나 다른 기업들은 단지 소비 욕구를 만들어내려 하고 있을 뿐이에요. 만약 그들이 공정한 방법을 썼다면 우리가 느끼지 않았을 욕구죠. 그게 마음에 안 들어요. 광고를 보며 현혹되고 싶다면 저는 제가 그럴 기분일 때나 그러고 싶지, 언제 어디서든 무차별적으로 그러고 싶지는 않아요. 그렇다고 음조 실인증 같은 다른 실인증 조치까지 받고 싶은 생각은 없고요. 적어도 지금은. 그 새로운 스펙스가 나오면 생각해볼지도 모르겠지만.

그렇다고 우리 부모님이 어릴 때부터 제게 칼리를 사용하도록 했다는 사실에 찬성하는 건 아니에요. 여전히 그건 잘못이었다고 생각하고 있으니까요. 부모님은 아름다움을 제거하면 유토피아 건설에 도움이 될지도 모른다고 생각했지만, 저는 그런 생각에 동의하지 않아요. 아름다움 자체는 문제가 아니에요. 그걸 오용하는 사람들이 있는 것이 문제인데 칼리는 바로 그런 점에서 유용해요. 그런 오용으로부터 우리를 지킬 수 있도록 해주니까요. 글쎄요, 어쩌면 이런 건 우리 부모님 세대에서는 문제가 아니었을지도 몰라요. 하지만 지금은 우리 세대가 풀어나가야 할 문제예요.

**창작 노트**

## 바빌론의 탑

이 단편은 친구와 대화를 나누던 중에 영감을 얻고 쓴 것이다. 그 친구는 히브리 학교에서 배운 바벨탑 신화에 관한 얘기를 하고 있었다. 그 시점에서 나는 구약성서에 나온 바벨탑 얘기밖에는 몰랐고 별로 강한 인상을 받았다는 기억도 없었다. 그러나 친구가 얘기해준 더 정교한 버전에 따르면 바벨탑은 너무나도 높았던 탓에 꼭대기까지 올라가려면 꼬박 일 년이 걸릴 정도였다고 한다. 사람이 떨어져 죽어도 아무도 슬퍼지는 않지만, 벽돌 한 개를 실수로 떨어뜨렸을 경우 벽돌 직공은 비탄에 잠겨 울었다고 한다. 벽돌 하나를 대체하려면 일 년이나 걸리기 때문이다.

원래 이 전설은 신에게 반항하면 어떤 일이 일어나는지에 관한 이야기이다. 그러나 이 얘기를 처음 들었을 때 내 머릿속에 떠오른 이미지는 르네 마그리트가 그린 〈피레네의 성〉을 연상케 하는, 공중에 뜬 환상적인 도시의 모습이었다. 나는 이 몽상의 대담함에 매료당했고, 그런 도시에서의 생활이란 어떤 것일지 궁금해지기 시작했다.

톰 디쉬는 「바빌론의 탑」을 '바빌로니아인의 과학소설'이라고 평했다. 이 단편을 쓰던 당시 나는 특별히 그런 생각을 하고 있던 것은 아니었지만—바빌로니아인들의 물리학 및 천문학 지식은 나의 이 이야기가 공상적임을 이해할 수 있을 만큼 충분히 진보된 것이었다―디쉬가 무슨 얘기를 하고 싶었는지는 이해할 수 있다. 이 단편의 등장인물들은 경건한 사람들일지도 모르지만, 신을 향한 기도보다는 공학에 의존한다. 이 이야기 속에는 그 어떤 신적인 존재도 등장하지 않으며, 일어나는 모든 사건은 순전히 역학적인 용어만으로 이해될 수 있는 것들이다. 바로 이런 맥락에서―우주론상의 명백한 차이에도 불구하고―이 이야기의 우주는 우리들 자신의 우주를 닮아 있는 것이다.

## 이해

이 중편은 이 책에 수록된 작품 중 가장 오래된 작품이며, 클라리언 창작 워크숍의 강사 중 한 명이었던 스파이더 로빈슨의 도움이 없었더라면 결코 출간되지 못했을지도 모른다. 이 중편을 처음 투고했을 당시에는 출판사에서 보낸 거절 쪽지를 한 뭉치나 받았지만, 클라리언 수료라는 이력이 생긴 뒤 스파이더가 다시 투고해보라고 나를 격려했다. 그래서 약간의 수정을 가한 후 여러 잡지에 보냈더니 이번에는 훨씬 더 나은 반응이 돌아왔다.

이 이야기의 싹은 대학 시절의 룸메이트가 지나가듯이 툭 던진 말이다. 당시 그는 사르트르의 『구토』를 읽고 있었다. 이 소설의 주인공은 그 어떤 것을 보아도 단지 무의미함밖에는 느끼지 않는 사람이다. 그렇다면 그와는 반대로 눈에 보이는 모든 것에서 의미와 질서를 본다면 어떤 느낌을 받게 될까? 라는 것이 내 룸메이트의 의문이었다.

이 말을 듣고 나는 일종의 강화된 지각을 머리에 떠올렸고, 한 걸음 더 나아가 초월적인 지능이라는 개념에 관해 생각했다. 나는 양적인 개량—예전보다 좋아진 기억력, 빨라진 패턴 인식 따위—이 질적인 차이로, 일반인의 인식 양식과는 근본적으로 상이한 형태로 변화하는 시점에 관해 생각하기 시작했다.

그것 말고도 우리가 우리 자신의 정신 활동을 정말로 이해할 수 있을지의 여부에 관해서도 궁금증을 느꼈다. 어떤 사람들은 '자기 눈으로 자기 얼굴을 직접 볼 수는 없다'라는 식의 비유를 써가며 우리가 우리 자신의 마음을 이해하는 것은 불가능하다고 단언한다. 그러나 나는 이 의견이 그리 설득력이 있다고 생각해본 적이 없다. 사실 우리는 우리 자신의 마음을 이해할 수 없을지도 모르지만('이해'와 '마음'이라는 개념 자체를 확정하기 힘들다는 의미에서), 내게 확신을 주려면 그런 비유보다는 훨씬 더 설득력이 있는 논거가 필요할 것이다.


## 영으로 나누면

다음과 같은 유명한 등식이 있다.

$$e^{i\pi} + 1 = 0$$

처음 이 등식에서 도출된 전개식을 보았을 때는 놀란 나머지 입을 다물지 못했을 정도였다. 그 이유를 설명하자면 이렇다.

소설에서 우리가 가장 높이 평가하는 요소 중 하나에는 놀랍지만 불가피한 결말이라는 것이 있다. 이것은 기계 디자인의 우수함, 이를테면 매우 정교하면서도 극히 자연스러운 발명품 따위를 논할 때도 들어맞는 표현이다. 물론 우리는 이런 것들이 정말로 필연의 산물은 아니며, 그것들을 일시적으로라도 그렇게 보이도록 만드는 것은 인간의 창의력이라는 사실을 알고 있다.

자, 위의 등식에 관해 생각해보기 바란다. 이것이 놀랍다는 점에는 의심의 여지가 없다. 설령 이 등식에서 쓰인 수나 $e, \pi, i$ 를 각기 다른 맥락에서 몇 년 동안이나 써왔다고 하더라도, 설마 이것들이 이런 특이한 방식으로 교차할 수 있다는 것을 깨닫는 사람은 거의 없을 것이다. 그러나 일단 그 전개식을 보면 이 등식은 정말 불가피하다는 느낌을 받게 된다. 마치 절대적인 진리의 편린을 알아낸 듯한 외경심을 느끼는 것이다.

수학은 모순된 체계이며 그것이 내포하는 놀라운 아름다움 모두가 실은 환영에 불과하다는 증거와 직면한다는 것은, 내게는 인간이 경험할 수 있는 최악의 일인 것처럼 느껴진다.


## 네 인생의 이야기

이 중편은 물리학의 변분 원리에 대해 품었던 흥미에서 생겨났다. 처음 이 원리에 관해 알게 된 이래 줄곧 매력을 느끼고는 있었지만, 소설 속에서 이것을 어떻게 쓰면 될지 알게 된 것은 유방암과 투쟁하는 자기 아내를 소재로 한 폴 링케의 1인극 〈살아 있으면 시간 가는 것을 잊는다〉라는 제목의 연극을 본 후의 일이었다. 어떤 사람이 피할 수 없는 운명에 대처하는 이야기에 변분 원리를 대입할 수 있을지도 모른다는 생각이 떠올랐던 것이다. 몇 년 후, 이 아이디어와 친구 한 사람에게서 들은 갓 태어난 아기의 이야기가 결합되면서 이 작품의 핵이 되었다.

물리학에 관심이 있는 독자들을 위해서, 이 중편에서 거론되는 '페르마의 최단 시간의 원리'에서는 양자역학적 기반에 관한 논의는 모두 제외했다는 점을 명기해둔다. 이 원리의 양자역학적 해석은 그 자체로 흥미로운 것이지만, 개인적으로는 고전적 버전이 내포한 은유성 쪽에 더 무게를 두고 싶었기 때문이다.

이 이야기의 주제를 단적으로 요약한 글로는, 커트 보니것의 소설 『제5도살장』의 출간 25주년 기념판 저자 서문에 나오는 구절을 들 수 있을 것이다. "스티븐 호킹은…… 우리가 미래를 기억하지 못한다는 사실에 애를 태우고 있다. 그러나 지금 내 입장에서는 미래를 기억하는 일 따위는 식은 죽 먹기다. 연약하고 의심할 줄도 모르는 나의 갓난애들이 나중에 어떻게 될지 나는 알고 있다. 왜냐하면 이제 그들은 이미 다 자란 어른이기 때문이다. 나의 가장 친한 친구들의 말로가 어떨지도 알고 있다. 그들 중 다수가 이미 은퇴했거나 죽었기 때문이다…… 스티븐 호킹을 포함한 나보다 젊은 친구들에게 나는 이렇게 말하고 싶다. '인내심을 가지도록. 제군의 미래는 제군을 잘 알고 있으며, 제군이 어떤 인간이든 간에 사랑해주는 개처럼, 제군의 발치로 달려와 드러누울 것이므로.'"

## 일흔두 글자

이 중편은 예전에는 서로 상관이 없다고 생각하던 두 개의 아이디어 사이의 관련성을 깨달았을 때 태어났다. 첫 번째 아이디어는 골렘에 관한 것이다.

골렘에 관해 아마 가장 잘 알려진 이야기로는 프라하의 랍비였던 뢰프가 점토로 만든 조각상에 생명을 불어넣어, 외부의 박해로부터 그들을 지켜주는 유대인들의 보호자로 삼았다는 것이 있다. 그러나 이것은 1909년이 돼서야 만들어진 현대판 전설임이 판명되었다. 골렘을 허드렛일을 하는 하인으로 쓴다는 이야기―이 시도는 성공적일 때도 있고 그렇지 못할 때도 있지만―는 1500년대에 처음 등장한 것이지만, 이것조차도 골렘에 관한 가장 오래된 언급은 아니다. 2세기까지 거슬러올라가는 어떤 이야기에서는 랍비들이 골렘에 생명을 불어넣었다는 얘기가 나오지만, 이것은 무슨 실제적인 임무를 위해서가 아니라 자신들이 문자를 배열하는 법에 얼마나 통달해 있는지를 보여주기 위한 행위였다고 한다. 랍비들은 창조 행위를 직접 수행해봄으로써 신을 더 잘 이해하려고 했던 것이다.

언어가 가진 창조의 힘이라는 테마는 나보다 더 머리가 좋은 사람들에 의해 이미 여러 번 논의된 적이 있으므로 굳이 언급하지 않겠다. 내가 골렘에 관해 특히 흥미롭다고 생각한 부분은 전통적으로 골렘이 말을 할 수 없다는 사실이었다. 골렘은 언어를 통해 창조되기 때문에, 이것은 골렘이 골렘을 만들 수 없다는 사실을 의미한다. 만약 골렘에게 언어를 사용할 수 있는 능력이 있다면, 골렘은 마치 폰 노이만 기계처럼 자기 증식 할 수 있을 것이다.

이것과는 별도로 계속 염두에 두고 있었던 다른 아이디어는 생물은 그 부모 세대의 생식 세포 안에서 완전히 모양을 갖춘 상태로 존재한다는 전성설이었다. 지금이야 이것을 터무니없는 이론으로 치부하는 것이 쉽지만, 이 설이 제창되었던 당시에는 상당히 타당한 이론이었다. 이것은 생물이 자기 증식 할 수 있는 방법을 설명하려는 시도였고, 훗날 폰 노이만 기계를 상정하는 계기가 된 문제와도 동일하다. 이 사실을 깨달았을 때 나는 내가 같은 이유에서 이 두 가지의 아이디어에 흥미를 가지게 되었다는 느낌을 받았고, 그 결과 이것을 반드시 소설로 써야겠다고 결심했다.


## 인류 과학의 진화

이 단편은 영국의 과학 학술지인 〈네이처〉에 게재하기 위해 쓴 것이다. 2000년도의 〈네이처〉에는 '다양한 미래Futures'라는 제목의 연재 기사가 실렸다. 매주 새로운 작가가 새 천년에 일어나게 될 과학의 발전을 짧은 소설풍의 글로 써서 올린다는 취지였다. 〈네이처〉의 모기업은 토 북스Tor Books와는 먼 친척뻘이 되기 때문에, '다양한 미래'의 책임 편집자였던 헨리 지 박사는 토의 편집장인 패트릭 닐센 헤이든에게 글을 기고해줄 만한 작가들을 추천해달라고 요청했다. 패트릭은 친절하게도 나를 언급했다.

이 글은 과학 학술지에 게재될 예정이었기 때문에 자연스럽게 과학

학술지에 관한 글을 쓰면 어떨까 하는 생각이 떠올랐다. 초인간적인 지성이 출현한 후에 그런 학술지는 어떻게 될까 하는 생각이 들었다. 윌리엄 깁슨은 이렇게 말한 적이 있다. "미래는 이미 이곳에 와 있다. 단지 균등하게 분배되어 있지 않을 뿐이다." 지금 이 순간에도 세계에는, 설령 컴퓨터 혁명이 일어났다는 사실을 알고 있다고 해도, 그것을 다만 어딘가 다른 장소에 사는 다른 사람들에게나 일어난 일로 간주하는 사람들이 존재한다. 그 어떤 놀랄 만한 과학기술적 혁명이 미래에서 우리를 기다리고 있다고 해도, 이런 상황은 언제나 존재할 것이다.

(제목에 관한 메모: 편집자가 선택한 제목으로 〈네이처〉에 게재되었지만, 이 작품집에 수록하면서 원래 제목을 붙였다.)


## 지옥은 신의 부재


천사에 관한 이야기를 쓰고 싶어진 것은 그레고리 와이든이 각본을 쓰고 감독한 〈예언〉이라는 초자연적 스릴러 영화를 본 후의 일이었다. 오랫동안 나는 천사들을 등장인물로 삼은 이야기를 쓰고 싶었지만 마음에 드는 시나리오가 떠오르지 않았다. 길이 열린 것은 천사들을 무시무시한 힘을 발휘하는 현상으로 간주하고, 그 강림에 의해 자연 재해를 방불케 하는 피해가 야기된다는 설정이 머리에 떠올랐을 때였다. (아마 나는 무의식적으로 애니 딜라드를 생각하고 있었는지도 모르겠다. 나중에 기억났는데 그녀는 만약 사람들이 좀더 독실하다면 교회에 갈 때는 안전 헬멧을 쓰고 신도석에 자기 몸을 단단히 묶어놓을 것이라고 말한 적이 있다.)

자연 재해에 관한 생각은 아무 죄가 없는데도 불구하고 고통을 받는 사람들에 관한 고찰로 이어졌다. 고통을 받는 사람들에게는 종교적 관점에서 온갖 종류의 조언이 주어지곤 하지만, 단 하나의 대답만으로 만인을 만족시키는 것은 명백히 불가능해 보였다. 어떤 사람에게는 위로가 되는 말도 다른 사람에게는 터무니없는 헛소리로 받아들여진다는 것은 우연이 아니라 필연에 가깝다. 구약성서의 욥기가 좋은 예이다.

내가 욥기에서 불만족스럽게 느꼈던 것들 중 하나는 마지막에 가서 신이 욥에게 복을 내린다는 점이다. 새로 태어난 아이들이 예전 아이들을 잃었다는 사실에 대한 보상이 되는가 하는 의문은 일단 제쳐놓기로 하자. 신은 왜 욥에게 다시 예전의 복을 되찾게 해준 것일까? 왜 해피엔딩으로 끝나야 한단 말인가? 욥기의 가장 기본적인 메시지 중 하나는 선이 언제나 반드시 보상받는 것은 아니라는 점이다. 착한 사람들에게도 나쁜 일이 일어나는 것이다. 욥은 마침내 이 교훈을 받아들임으로써 미덕을 실행해 보이고, 그 결과 축복을 받았다. 이 부분은 본래의 메시지를 약화시키는 것은 아닐까?

내가 보기에 욥기는 자신의 신념을 끝까지 완수할 만한 용기를 결여하고 있는 것처럼 느껴진다. 만약 이 이야기의 저자가 선이 언제나 보상받는 것이 아니라는 주장에 정말로 공감하고 있었다면, 결말에 가서도 욥은 모든 것을 박탈당한 상태 그대로 남았어야 하는 것이 아닐까?

## 외모 지상주의에 관한 소고 : 다큐멘터리

　과거에 심리학자들은 가짜 대학 입학원서를 여행자가 깜박 잊고 간 것처럼 공항에 놓아두는 실험을 시행한 적이 있다. 원서의 여러 항목에 기입된 글은 언제나 동일했고 다만 가공인물인 지원자의 사진을 이따금 바꾸는 방식이었다. 그 결과 지원자의 용모가 매력적일 경우 원서를 주운 사람들이 그것을 대신 우송해줄 확률이 더 높다는 사실이 밝혀졌다. 그리 놀랄 일은 아닐지도 모르지만, 이 실험은 우리가 겉모습에 얼마나 영향을 받는지 여실히 보여주는 사례다. 결코 서로 만날 일이 없는 상황에서조차 우리는 매력적인 사람들을 선호하는 것이다.

　그럼에도 불구하고, 아름다움의 이점에 관해 논할 경우에는 당사자가 걸머져야 하는 부담도 함께 언급하는 것이 보통이다. 물론 아름다움 자체에도 불리한 점이 있다는 점에는 의심의 여지가 없다. 하지만 그렇게 얘기하자면 다른 모든 일도 마찬가지가 아닌가. 사람들은 왜 다른 종류의 부담, 이를테면 부의 부담 같은 개념에 비해, 미의 부담이라는 개념 쪽에 더 호의적인 것일까? 아름다움이 또다시 그 매력을 발휘하기 때문이다. 단점을 논할 때조차도 아름다움은 그 소유자에게 유리하게 작용하는 것이다.

　육체적인 아름다움은 우리가 눈과 몸을 가지고 있는 한 계속 존재할 것이다. 그러나 칼리아그노시아가 정말로 실용화되는 날이 온다면 적어도 나는 그것을 시험해볼 생각이다.

미셸에게. 그녀가 나의 누이라는 사실에 감사하며. 그리고 헌신적으로 뒷바라지를 해주신 아버지 후펜과 어머니 샬럿에게 감사드린다.

클라리언, 에크미 레토릭, 시커모어 힐즈 워크숍의 참가자들에게는 함께 글을 쓰도록 해줘서 고맙다는 말을. 방문해준 톰 디쉬와 전화를 걸어준 스파이더 로빈슨에게 감사를. 지도를 해준 데이먼 나이트와 케이트 윌헬름, 여러 가지 일화에 관해 얘기해준 캐런 파울러, 그리고 내 눈을 다시 뜨게 만들어준 존 크롤리에게 감사의 말씀을 드린다. 내게 격려가 필요할 때 격려해준 래릿 갤러신-라이트, 그리고 내게 마음을 빌려준 대니 크래신, 토론 상대가 되어준 앨런 캐플런에게도 감사를.

줄리엣 앨버트슨, 그녀의 애정에 감사를. 그리고 나를 사랑해준 마시아 글로버에게 감사한다.

# 옮긴이의 말

1세기에 달하는 긴 역사를 가진 과학소설Science Fiction이라는 문학 장르와 그 변증법적인 산물로 간주되는 현대 SF를 논하는 과정에서 '무엇을 우선적으로 소개할 것인가?'라는 딜레마에 직면하는 것은 드문 일이 아니다. 비평적인 입장에 서서 '최신' 내지는 '최상'의 작품들을 추려내는 것은 그리 어려운 일이 아니지만, 장르에 익숙하지 않은 독자들을 사로잡는 동시에 SF의 매력과 자기완결성을 뚜렷하게 각인시킬 수 있는 작품집을 "하나만" 추천하라는 요구에 부응하는 것은 불가능에 가깝다. 이런 맥락에서 볼 때 작가 테드 창은 여러 면에서 실로 특별한 존재이다.

많은 평론가들과 동료 작가들이 1967년생의 이 작가를 'SF계 최고의 현역 단편작가'로 주저 없이 꼽는 데는 그럴 만한 이유가 있다. 우선 데뷔한 이래 발표한 작품이 불과 열다섯 편의 중·단편과 엽편에 불과한데도 작품을 발표할 때마다 평단과 독자층의 큰 반향을 불러일으키며 SF계의 주요 상들을 휩쓸다시피 했다는 점을 들 수 있다. 그가 1990년에 발표한 데뷔 단편 「바빌론의 탑」은 〈옴니〉지 11월호에 실리자마자 SF 크로니클상, 휴고상, 로커스상 후보에 올랐고, 역대 최연소 수상인 동시에 데뷔작에 의한 최초의 수상이라는 인상적인 기록을 세우며 작가와 비평가 등으로 이루어진 전문가들이 선정하는 네뷸러상을 수상했다. 1991년에 발표한 단편 「영으로 나누면」은 로커스상 후보에 올랐으며, 중편 「이해」는 휴고상과 네뷸러상 후보에 오른 후 〈아시모프〉지의 독자상을 수상했다. 이듬해인 1992년에는 가장 유망한 신인 작가에게 주어지는 존 W. 캠벨 신인상을 수상했고, 그 이후 무려 6년 이상 침묵을 지키다가 발표한 중편 「네 인생의 이야기」는 네뷸러상과 스터전상을 수상했다. 테드 창이 'SF계의 보르헤스'로 불리며 SF의 한 시대를 풍미했던 단편 거장들의 후계자로 간주되기 시작한 것은 이 무렵부터이다.

2년 후인 2000년에는 세계적인 과학 학술지인 〈네이처〉 6월호에 발표한 「인류 과학의 진화」로 로커스상 후보에 올랐고, 같은 해 발표한 중편 「일흔두 글자」는 휴고상, 스터전상, 로커스상, 세계 환상문학상 등 무려 다섯 개 상의 후보에 오른 후, 대체역사 소설을 대상으로 하는 사이드와이즈상을 수상한다. 그리고 2001년 발표한 중편 「지옥은 신의 부재」로 휴고상, 네뷸러상, 로커스상을 모두 휩쓸더니, 2002년에는 「외모 지상주의에 관한 소고 : 다큐멘터리」를 위시한 모든 작품이 실린 『당신 인생의 이야기』를 출간함으로써 돌풍을 일으켰다.

이런 피상적인 업적과는 별도로, 그가 발표한 다양한 경향의 중단편들이 하나도 빠짐없이 '수작秀作'의 수준을 가볍게 뛰어넘는 걸작들이라는 사실 또한 놀라움의 대상이 아닐 수 없다. 이것은 자연히 작가 개인과 그의 창작 기법에 대한 관심으로 이어진다. 이 글 앞에 실린 테드 창의 창작 노트를 읽으면, 그가 어떻게 해서 각 작품의 아이디어를 얻고 발전시켰는지를 알 수 있다. 때로는 현기증이 날 정도의 강렬한 '인식'을 유발하고, 때로는 너무나도 절절한 감정을 불러일으키는 우아하고 정치精緻한 중·단편들의 이면에는 오랜 기간에 걸친 면밀한 자료수집의 뒷받침이 있었다는 사실 또한 익히 짐작할 수 있다. 기본적으로는 "작품을 통해서 모든 것을 말하는" 작가이기 때문에 다양한 해석이 가능하다는 점도 독자 입장에서는 큰 매력으로 작용한다.

특히 필자를 포함한 평자들의 흥미를 끄는 것은 그의 작품들이 예외 없이 내포하고 있는 SF로서의 정체성이다. 단편 형식의 특성상 하나 또는 복수의 아이디어가 스토리텔링의 핵심으로 기능하는 것은 자연스러운 현상이라고 할 수 있겠지만, 테드 창의 작품들은 단순한 아이디어 스토리의 한계를 뛰어넘어 SF라는 장르를 규정하는 일종의 메타 SF적인 사유를 짙게 함유하고 있다. 전통적으로 아이디어 스토리는 변화의 문학으로 불리는 SF의 구조적 핵심을 이뤄왔지만, 첨단 과학기술이 급격하게 다양해지며 거대화되고 그에 따른 사회 변화가 일상 현실이 되어버린 20세기 후반부터는 일정 수준의 지식이 없으면 쓰기가 점점 힘들어지는 분야이기도 하다. 테드 창의 탁월함은 인간 사회에 큰 영향을 끼쳐왔고 장래에도 그럴 가능성이 농후한 과학철학적 담론을 가능한 한 여러 측면에서 철저하게 파헤치는 동시에, 그것을 하드 SF에 익숙하지 않은 일반 독자들도 충분히 이해하고 감정이입할 수 있는 지극히 인간적인 은유에 담아 펼쳐낸다는 점이라고 할 수 있다.

테드 창이 몇몇 중·단편에서 일관되게 사용한 기법으로는, 우주의 기본적인 자연법칙이나 상징체계를 변화시킴으로써 '우리'의 우주와는 판이하게 다르지만 해당 우주의 주민들에게는 자연 그 자체인 동시에 과학적으로 엄밀한 세계를 창조하는 방법이 있다. 그가 상정한 변화는 「바빌론의 탑」에서처럼 새하얀 화강암 판으로 된 '천장'이 세계 전체를 뒤덮고 있는 이세계異世界를 통해 구현될 수도 있으며, 인지적인 초월의 형태를 취하거나(「네 인생의 이야기」, 「이해」), 우주를 통괄하는 수학적 원리와 생물(인간) 원리 사이의 근원적인 갈등(「영으로 나누면」)으로 나타날 수도 있다.

이러한 원리 법칙의 변화는 그가 펼치는 세계상世界像뿐만 아니라 장르의 경계선에서도 일어난다. 이 작품집 중 가장 환상적이면서 강렬한 인상을 남기는 중편 「지옥은 신의 부재」는 크리스트교의 세계관을 바탕으로 기적과 천사들의 시현示現이 일상화된 세계에서 한 개인이 겪는 존재론적인 고뇌를 다루고 있으며, 작가 자신의 표현을 빌리자면 자연법칙이 "인간의 의식이나 의도에 종속된 판타지의 우주"를 배경으로 한 판타지에 해당한다. 이와는 대조적으로 중편 「일흔두 글자」는 우리 입장에서 보면 마법에 해당하는 언령言靈 기술이 정통 과학으로서 기능하는 세계를 배경으로 한 지적인 모험담이다. 이 세계의 과학 기술—특히 인간의 노동을 대신하는 자동기계에 관련된 기술—은 카발라의 수비학數秘學을 연상시키는 명명법 내지 명명 과학을 통해 기능하며, 작품 내에서 실험 과학의 기반인 신뢰성과 타당성을 충족시키고 있다는 점에서 개개인의 능력으로 귀결되는 마법과는 뚜렷하게 구별된다.

언어학적인 관점에서 볼 때 테드 창이 고안한 명명 과학은 어떤 측면에서는 촘스키의 생성문법을 연상시키며, 이것은 조금 모순되게 들릴지도 모르지만 작가 자신이 일관되게 추구해온 '이상적인 언어'의 개념과도 맞닿아 있다. 이상적인 언어란 간단히 말해서 사고를 완벽하게 표현하고 사물을 완벽히 묘사할 수 있는 "바벨탑 이전의" 언어를 의미하며, 물리적 우주와 사변적 우주 양쪽을 서술하는 동시에, "모든 사고를 완벽하게 조직화하는 이론적인 구도 내지는 '도형'의 개념"으로서의 보편 언어에 가깝다. 중편 「네 인생의 이야기」는 바로 이런 구도를 개인적으로 체득하게 되는 한 여성의 이야기이며, 외계인과의 최초의 접촉이라는 SF적 내러티브와 철학적인 주제 사이의 균형이 거의 완벽하게 잡혀 있는 걸작이다. 물질주의적 우주관에 대한 일종의 메타포로서 과학을 활용했다는 점에서는 초기 단편 「영으로 나누면」의 연장선상에 있다고 할 수 있지만, 주인공이 획득하는 인지적인 '통찰'과 그 통찰에 이르는 과정의 소설적 치밀함은 SF가 사고실험의 문학으로 불리는 이유를 여실히 보여주고 있다.

\* \* \*

테드 창은 1967년 뉴욕 주 포트 제퍼슨에서 중국계 이민 2세로 태어났다. 어린 시절부터 아이작 아시모프와 아서 C. 클라크 등의 소설을 탐독하며 SF와 과학기술에 대한 소양을 쌓았다. 과학자가 되고 싶다는 꿈을 품고 아이비리그의 명문 브라운 대학에 입학해서 물리학과 컴퓨터공학을 전공했지만 학자의 세계에는 별 흥미를 느끼지 못하고 작가의 길로 나아가기로 결심한다. 졸업 후 워싱턴 주 시애틀 교외의 마이크로소프트 본사에 입사해서 기술 매뉴얼을 쓰는 한편, 저명한 SF 창작 강좌인 클라리언 워크숍에 참가해 큰 자극을 받는다. 강사 중 한 명이었던 작가 겸 비평가 토머스 디쉬는 테드 창의 재능을 높이 평가했고, 〈옴니〉의 편집장인 엘런 대틀로에게 습작 단편 「바빌론의 탑」을 보냈다. 이듬해인 1990년에 이 단편으로 데뷔한 이래 테드 창은 짧게는 1년, 길게는 7년의 간격을 두고 한 편씩 작품을 발표했고, 2002년에는 신작 「외모 지상주의에 대한 소고 : 다큐멘터리」를 포함한 첫 번째 작품집 『당신 인생의 이야기』를 출간하여 "한 세대에 한 번 나올까 말까 한 중요한 작품집" "스위스 시계처럼 정밀하며 그 깊이를 헤아리기 힘들 만큼 심오한 걸작들의 향연"이라는 극찬을 받는다.

『당신 인생의 이야기』는 전 세계 21개 언어로 번역 출간되었다. 휴고상, 네뷸러상 등을 수상한 「상인과 연금술사의 문」, 「숨」 등의 후속 작품들이 그리 큰 시차를 두지 않고 국내 잡지 등에 번역 소개된 것도 SF 작가로서는 이례적이라고 할 만큼 높은 인기에 기인한 바가 크다. 할리우드에서 일찌감치 영화 판권을 취득한 「네 인생의 이야기」는 〈그을린 사랑〉 〈시카리오〉 등을 연출한 드니 빌뇌브에 의해 〈컨택트 Arrival〉라는 제목으로 영화화되어 2017년 국내 개봉되었다.

**테드 창 작품 목록**

1. Tower of Babylon (1990)「바빌론의 탑」

2. Division by Zero (1991)「영으로 나누면」

3. Understand (1991)「이해」

4. Story of Your Life (1998)「네 인생의 이야기」

5. The Evolution of Human Science (2000)「인류 과학의 진화」

6. Seventy-Two Letters (2000)「일흔두 글자」

7. Hell Is the Absence of God (2001)「지옥은 신의 부재」

8. Liking What You See : A Documentary (2002)「외모 지상주의에 관한 소고 : 다큐멘터리」

9. What's Expected of Us (2005)「우리가 해야 할 일」

10. The Merchant and the Alchemist's Gate (2007)「상인과 연금술사의 문」

11. Exhalation (2008)「숨」

12. The Lifecycle of Software Objects (2010)「소프트웨어 객체의 생애 주기」

13. Dacey's Patent Automatic Nanny (2011)「데이시의 기계식 자동 보모」

14. The Truth of Fact, the Truth of Feeling (2013)「사실적 진실, 감정적 진실」

15. The Great Silence (2015)「거대한 침묵」

16. Omphalos (2019)「옴팔로스」

17. Anxiety is the Dizziness of Freedom (2019)「불안은 자유의 현기증」


**작품집**

1. Stories of Your Life and Others (2002)『당신 인생의 이야기』

2. Exhalation : Stories (2019)『숨』

옮긴이 김상훈

필명 강수백. SF 평론가이자 번역가, 기획자. 시공사의 〈그리폰북스〉와 열린책들의 〈경계소설〉 시리즈, 행복한책읽기 〈SF 총서〉, 폴라북스의 〈필립 K. 딕 걸작선〉과 〈미래의 문학〉 시리즈, 은행나무의 〈GRRM: 조지 R. R. 마틴 걸작선〉 등을 기획하고 번역했다.

주요 번역 작품으로는 테드 창의 『숨』, 로저 젤라즈니의 『전도서에 바치는 장미』, 로버트 A. 하인라인의 『스타십 트루퍼스』, 조 홀드먼의 『영원한 전쟁』, 로버트 홀드스톡의 『미사고의 숲』, 필립 K. 딕의 『유빅』, 스타니스와프 렘의 『솔라리스』, 그렉 이건의 『쿼런틴』『대여금고』, 새뮤얼 딜레이니의 『바벨-17』, 카를로스 카스타네다의 『돈 후앙의 가르침』 3부작 등이 있다.

당신 인생의 이야기 (양장본)

1판  1쇄   2020년 1월 28일
1판 14쇄   2024년 5월  1일

지은이     테드 창
옮긴이     김상훈
펴낸이     김정순
편집       김이선
디자인     김수진
마케팅     이보민 양혜림 손아영

펴낸곳     (주)엘리
출판등록   2019년 12월 16일 (제2019-000325호)
주소       04043 서울특별시 마포구 양화로 12길 16-9 (서교동 북앤빌딩)

✉         ellelit.book@gmail.com
◎         ellelit2020
전화       02 3144 3123
팩스       02 3144 3121

ISBN  979-11-969148-0-6   03840

행운을 빈다, 탐험자여

당신들의 삶은 우리의 삶이 그러했듯

다른 모두가 그러하듯

언젠가는 끝날 것이다

아무리 오랜 시간이 걸린다 해도

결국 모든 것은 평형 상태에 도달할 것이다

설령 이런 사실을 자각한다 해도 슬퍼하지 말기를

우리의 우주는 그저 나직한 쉿 소리를 흘리며

평형 상태에 빠져들 수도 있었다

그것이 이토록 충만한 생명을 낳았다는 사실은 기적이다

당신의 우주가 당신이라는 생명을 일으킨 것이

기적인 것처럼